JN315244

徳間文庫

スクランブル

空のタイタニック

夏見正隆

徳間書店

目次

一九一二年・四月一〇日——

英国・ホワイトスター汽船会社の親会社のオーナーであり客船タイタニック号の事実上の持ち主であったJ・P・モルガン氏は同船の御披露目の処女航海に、財界の要人を多数招待していながら直前に自分と取り巻きだけは旅程をキャンセル、乗船しなかった。

同船はアルコール依存症の疑いを持たれていたスミス船長の指揮で出航、氷山の出現が警告されていた北大西洋の海域へ向けなぜか全速力で進行した。

その船橋からは、氷山の発見には必須とされる双眼鏡が、一つ残らず姿を消していたという。

プロローグ

二〇××年　六月——

中華人民共和国・中南部　貴州省　山間部農村

「税金を払え」

貴州《きしゅう》省郷鎮府の税務徴収隊が、一斉に襲って来た。

その村の背後にそそり立つ、尖《とが》った禿《は》げ山にかろうじて残る木々が、緑に染まり始める時季だった。

この村では昔から、山々が緑になると、それを合図に山間《やまあい》に切り開かれた狭い田に水が入れられ、田植えが始まる。

だが今年は、通常ならば秋の収穫後に来るはずの税務徴収隊が、なぜか田植えの始まる直前にやって来た。

軍靴を履いた役人が十数名。後ろに、緑色のズボンの横に筋を入れた制服姿の警察官を十数名従えている。

先頭の役人が、集落の端にある家の戸口を蹴って開け、徴収指示書を出して読み上げた。

「喜べ。今年は国家へ税金を納められる、すばらしい機会がもうやって来た。お前の家は八人家族だから、農業人頭税が一人あたま七〇〇元で五六〇〇元、農業特産税が三〇〇〇元、耕地占有税一六〇〇元、住宅税が九六〇元、さらに自留地費、教育付加費、福祉費、民兵訓練費、道路費と合わせて計一五八〇〇元だ。さらに」

郷鎮府（自治体行政府）の役人は、土間で驚いて見上げる家人に対し、別の紙をもう一枚取り出した。

「さらに貴州美郷税、貴州特別愛国税、貴州特別郷土税、郷土開発推進税が全部で一〇〇〇〇元。さらに」

役人は紙を引っ込めると、今度はそらで言った。

「徴収隊特別慰労費が五〇〇〇元。しめて全部で三万とんで八〇〇〇元である。すぐ払え。今払え」

「――い」

土間で応対した老人は、息を詰まらせた。

「いったい、どういう――」

清朝の時代から、続いている村だ。

ここは巨大な大陸の、真《ま》っ只中《ただなか》に当たる。貴州の地方都市・呉岐《ごき》市からは山道を数時間もトラックで上がってようやく辿《たど》り着く。村の裏山のてっぺんに登って見回すと、三六〇度、目の届くかぎり茶色の山並みが続く。

貧しいが、古来からここで村人たちは肩を寄せ、山間に何とか切り開いた田と、山菜や木の実の採集、たまの狩猟によって食べて来た。

百年ほど昔の〈清〉の時代には、数人の地主が村を束ね、小作人たちを使っていた。

その頃には例年、秋の収穫が済むと清政府の役人がやって来て年貢を要求したが、村の長老（地主でもある）がうまく賄賂を摑《つか》ませると、村人が食べる分だけは残して帰ってくれたので、かろうじて飢える者は出なかった（生まれた女の子が間引かれたりはしたが、それはここでなくても起きたことだ）。

遥《はる》か西方のヨーロッパ人たちが勝手に決めた『西暦』という数え方で、一九一二年のことだ。伝わってきたことがある。この巨大な陸地の東方で戦争があり、どうやら〈清〉は海の向こうの日本とかいう国と戦って負けたらしい。

そして、『革命』というものが起きて清朝は滅ぼされたらしい――。革命と戦争がどう違うのか、理解出来る者は長老のほかにはいなかった。

やった。これで年貢を取られずに済む、と喜んだのは小作人たちだけで、長老は不安になった。

その不安の通り、次の年には清朝の役人の代わりに何とかという軍閥の幹部が兵を引き連れてやって来て「ここは××様の領地となったから米を出せ」と迫った。

どうやらこの大陸は無政府状態となり、軍閥が割拠する戦国時代となったらしい。今度も長老は何とか交渉し、最小限の作物は確保して、軍閥の幹部を帰らせた。

それから数年後。今度は南京《ナンキン》に出来たという政府の役人が兵隊を連れて来て「今日からここは中華民国だから、お前たちは我々国民党政府に年貢を払え」と要求して来た。

今度はずいぶん長い名前の王朝だな――そう感じながらも、長老は駆けずり回って米を集め、年貢を払い続けた。それが、古来からこの大陸に暮らす農民たちの生存の道だった。

ある年、真っ黒に汚れながら円《まる》い顔だけがやたらにテカテカ光る太った若い男が、ぼろぼろの服を着た兵隊たちを連れてやって来た。「我々は共産党だ、一緒に農村から都市を包囲しよう」と呼び掛けた男は、毛沢東と名乗った。背負った背嚢《はいのう》には本がぎっしり詰まっていた。長老は、この兵を連れているくせに米を要求せず、代わりに本を齧《かじ》ったような知識をまくしたてる若い男をかえって信用しなかった。もっと面倒なことに巻き込まれそうな気がしたのだ。

相手にせずにいると、毛は「この頭の悪い奴らめ」と吐き捨てて山へ入り、村から追放されていたならず者たちを手なずけて手下にし「俺たちは紅軍だ」と言って、長老はじめ村の地主たちを襲って皆殺しにした。

毛は、唖然《あぜん》とする村人たちに「地主から土地を取り上げたぞ。土地はみんなのものだ」とまくしたてた。しかし、村人の中にうさん臭そうに見ている者がいると「お前は国民党のスパイだ」と決めつけ、片っ端から殺してしまった。毛の率いる紅軍が「長征だ、長征だ」と言って出て行くまでに、村人たちは次から次へ殺されて、人口は半分に減ってしまった。

それから四半世紀。日本軍と戦うことで疲弊した国民党政府が台湾へ逃げてしまい、あの毛沢東率いる共産党が中華人民共和国を建国すると、この村も貴州省の人民公社の一部とされ「やっぱり土地は全部国家のものだ」と言われて、人口の半分を殺された代わりに小規模な地主になれた村人たちは、農地を取り上げられてしまう。農地ばかりか「家畜も全部国家のものだ」と言われたので、村人たちは家畜を全部殺して食ってしまった。

さらに四半世紀。人民公社では誰もやる気を出して働かず、人民共和国は食糧危機に見舞われたので「やっぱり人民公社はやめる。請負金と税金を国家に払えば、農民は割り当てられた農地で穫れた作物を自分のものにしてよい」ということになった。現在でも続く各戸生産請負制である。

ところが最初は安かった税金も、年々高くなり、それに加えて徴収に当たる自治体行政府（郷鎮府）の役人たちが自分たちで勝手な税を『創設』して重ね取りするので、農民たちの負担は重くなっていった。働き手は都市部へ出稼ぎに行かなくてはならなくなった。

さらに、この地方では前の年に地震に伴う地滑りが起きて、山々の木々が根こそぎ失われ、棚田も被害を受けて前年の収穫がほとんど無かった。

「金なんか、ねえだ」

応対した老人は、役人に言い返した。

「金なんかねえ。ここの村は去年の地震の地滑りで、一粒も米が穫れなかっただ。帰ってくれ」

だが
「うるさいっ」

役人は手にした棒で、いきなり老人を頭から殴りつけた。

きゃっ、と嫁二人が悲鳴を上げ、小さい孫たちが目を丸くして見上げた。

「――う」

長年の農作業に耐えた老人は、身体《からだ》は細かったが、殴られてもよろめいただけで役人を見返した。

「な、何をするだ」

「うそをつくなっ」役人は唾《つば》を吐いた。「お前のところは、この農民戸籍書によると、四十代の息子が二人いるな。二人ともどこかへ出稼ぎに行っているはずだ。そいつらから、三日前に送金があったはずだ。金の入った書留を届けたと、郵便配達員から報告が入っている」

「な、なんだと」

老人は目を見開いて睨《にら》み返した。

「だ、だども息子たちからの金は、苗を買う金だ。去年の収穫がねえから、よそから苗を買わねえと田植えが出来ねえだ」

「うるさいっ」

だんっ、と役人は土間を棒で突いた。

「ただでさえ、国の指導に従わず家族を増やした罪人のくせに。金があるなら出せ、今すぐ出せ。お前の家は徴収隊迷惑税で五〇〇〇元追加だ！」

「あっ、何するだ」

役人に続いて来た警察官たちが勝手に家捜しを始めるのを見て、老人が怒鳴った。

「やめるだ、何するだ⁉」

きゃぁあっ、と嫁たちはまた悲鳴を上げたが、警官が台所の引出しの中身を片っ端からぶちまけ始めると、取りすがって訴えた。

「やめてけろ、やめてけろ」

「それだけは勘弁してけろ」

うるさい、と今度は警官が叫び、すがりつく嫁たちを蹴り跳ばした。

「どうしてこんなことするだっ」

老人は抗議する。

「いつも、税金は秋の収穫の後に取りに来るでねえかっ。その金を持って行かれたら、俺のところは田植えする苗が買えねえだ！」

「黙れ。自分で何とかしろ」役人は怒鳴りつけた。「税金も払い、その上で田植えもやって、秋にもまた税金を払うのだ。今年は二回税金だ」

「ば──」


実際は、この地方の前年の地震被害を受け、北京《ペキン》の中央政府からは農民の今年の税を減免し、災害被害の復旧にあてるよう多額の補助金が交付されていた。

しかしこの県の郷鎮府では、その補助金を役人が自分たちの特別手当や飲食代や、公務員用高層住宅の建築費や県高級幹部の乗る外車の購入費などに、たちまち全部使ってしまっていた。中央政府の定める定員の七倍という大勢の役人に、給料や手当を支払うのに県では数年前から高利貸しに借りて予算を組んでいた。前年に収穫のなかった農民から普段の倍の税金を取らなくては、来月の自分たちの給料も払われる見込みがないのだった。

「馬鹿なことを言うでねえっ」

老人は日に灼《や》けた顔を赤くした。

「こんなん、ばかばかしくて絶対払えるかっ。帰れ帰れ」

「な、何だと」

「帰らねえと、村のみんなで北京の国家信訪局へ訴え出るだっ」

「この野郎、引きずり出せっ！」

警官たちは、老人を表通りへ引きずり出すと、十人余りで取り囲んで殴る蹴るの暴行を加え、あっという間に殺してしまった。

遠巻きにした村人たちは、見せしめにされたのはあの家か——と半ばホッとした表情をしたが、役人が『見せしめ』ではなく全部の家で同じようにやるつもりだと分かると恐慌に陥った。

たちまち、村のすべての家で台所がひっくり返され金品が根こそぎ奪われた。息子が上海《シャンハイ》で死ぬ思いで働いて送ってくれた金だべ、返してけろとすがりつく老婆が警官の拳銃で撃ち殺された。村人たちはどうしようもなかった。警察や県の裁判所、国家権力がすべて共産党の『指導』の下に入っているから、役人たちの所業を訴える先もない。

「ど、どうするべ」

役人が帰った後。

山賊に襲われた跡のような、目茶苦茶に壊された民家の一軒に集まって、村人たちは相談した。

「あいつら役人は、沿海部にいる出稼ぎから俺たちの家に田植えの苗を買う金が届くところを見計らって、襲って来ただ。郵便屋までぐるになってただ」

「このままじゃ、田植えが出来ねえ」

「村まるごと飢え死にするぞ」

「どうするべ」

「じゃあ殺された爺《じい》さんが言っていた、北京の何とかいう役所へ訴えに行くだか」

三十代の村人Aが言った。

地主がいなくなった現代、村では数人の中堅の村人が、自然に合議制のリーダーとなっていた。

「聞けば共産党の偉い人が、役人の悪さを咎《とが》めてくれるらしいだ。国の税金は仕方がねえが、県の役人が勝手にこしらえた税金は返してもらえるべ」

「けどよ、どうやって訴える」

同じ三十代の村人Bが言う。

「その何とか言う役所の話は俺も聞いた」村人Cが言った。「だが窓口には、訴えの行列のテント村が出来ていて、話を聞いてもらうまで半年待つってことだべ」

「それじゃ田植えに間に合わねえだ」

「おまけに、並んでることが県の役人にばれると、引きずり戻されて殺されるらしい」

「どうする」

「じゃあもう一度、出稼ぎの連中に『金送ってくれ』と頼むか」

村人Aは皆を見回して言った。

「とにかく、田植えには金がいるだ」

「でも無理だべ」

村人Bが頭を振った。

「出稼ぎの連中だって、食うや食わずで送ってくれてる」

「でもそれしかないべ」

「んだ。苗を買わないと生きていけねえ」

車座になった村人一同は「んだ」「んだ」とうなずき合った。

飢え死にを、するわけにはいかない。

一人っ子政策のせいで男手は少ない。出稼ぎの収入がある家の農作業を手伝う条件で、金を貸してもらう家もあった。

「おい、でもまた郵便屋から、役人にばれたらどうする」村人Dが口を開いた。「金を送られたことがばれたら、あいつらまた取りに来るぞ」

「――――」

「――――」

しわくちゃの札を手にしながら「これだけではとても足りない、また来るからな」と吐き捨てるようにして帰って行った役人と警官たちの様子が、思い起こされた。

車座になった村人たちは、みな口をつぐんだ。

空気が重くなった。

「――こうなったら」

村人Cが、ふいに口を開いた。

「こうなったら〈反日デモ〉やるべ」

「？」

「!?」

「なんだそりゃ」

「〈反日デモ〉だか？」

「そうだ〈反日デモ〉だ」村人Cは、皆を見回して訴えた。「みんなで〈反日デモ〉さやるだ」

〈反日デモ〉をやろう——

村人Cの言い出した案は、唐突のようであったが。

「聞いてくれ。あいつらは」村人Cは続けた。「あいつら役人は、俺たち農民を、自分たちが遊んで暮らすために働かせる奴隷と思っているだ」

「うう、そ、そうだ」村人Dが唸《うな》った。「飢え死にするまで搾り取っても平気だべ。農民なんて牛や馬としか思ってないべ」

「そうだ」

「そうだべ」

「だが悔しいが、警察も、県の裁判所もみな役人の手下だ。俺たちの力では逆らえねえ。逆らえばさっきの爺さんや婆《ばあ》さんのように犬ころみたく殺されるだ。しかし金を取り戻して田植えをしねえと、俺たちゃ村ごと飢え死にするだ。何とかして、取られた金を取り戻すだ」

「んだ」

「んだ」

「でも〈反日デモ〉やれば、金は取り戻せるだか？」

「これを見ろ」

日頃から、棚田に日が当たるよう工夫したり、山菜採りの邪魔をする熊を追い払う方法を考案したりして皆に一目置かれる村人Cが、土間に棒で何かを描き始めたので一同は注目した。

「これを見るだ。俺は昨日、山菜を売りに呉岐の町へ下りて行って、役場の前を通った。そうしたら役場前広場の向かい側に、日式の麵《めん》屋が出来てただ」

「日式の麵屋か」

「あの、朝でなく昼に食うっていう？」

「知ってるべ。確かラーメンとか言うべ」

「俺たちが畑仕事前にかっこむようなものを、高い値段で売るらしいべ」

「そうだ」

村人Cはうなずき、火搔《ひか》き棒で土間に図を描いた。

「日式麵屋は、こうやって、広場を隔てて役場と向き合っているだ。ここへ反日デモ仕掛けるだ」

「――――」

「――」

覗《のぞ》き込む一同に、村人Cは図を棒で叩いて示した。

「反日デモなら警察も取り締まらねえ。みんなで大騒ぎするだ。こっちの日式麵屋に殴りこんで、ぶち壊すついでに役場にも火をつけるだ。火事になったら役人どもは逃げるだ、俺たちは混乱に乗じて役場へ突入して金奪い返すだ」

「――」

「――」

一同は、息を吞んだ。

役場に火をつけて、金を奪い返す……？

皆は引いてしまう気配だったが、その中で一人、殺された老婆の息子と同い年の村人Fが口を開いて「俺はやるぞ、賛成だ」と言った。

「役人どもが、二人殺して咎められもしねえ。俺たちが役場に火をつけて、何が悪い」

「……そ、そうか」

「それも、そうだ」

「で、でも、どんな理由で反日デモをやるだか？」

「そうだべ」

「何か理由がいるだ」

「それならこれだ」

Cは懐《ふところ》から、しわくちゃの黒ずんだ紙を摑み出した。

「これを見てくれ」

「それ、新聞か？」

「新聞だか」

村人たちは、Cの手元を覗き込んだ。

「そうだ新聞だ」Cはうなずく。「俺が昨日、町で焼芋《やきいも》さ買って食った時の包み紙だ」

この村に新聞は届かない。電話は通じているが有線のみだ。もちろん携帯電話を使ったことのある者もいない。中国ではインターネットのユーザーが五億人いるが、それらは沿海部の都市住民に限られた。ついでにこの山間の村には学校もなかった。数年前、初等学校を建てるための補助金を中央政府が交付したのだが、郷鎮府の役人たちが全部自分たちで使ってしまっていた。

「見ろ。この新聞記事によると」Cは、しわくちゃの紙を広げて示した。「日本のある町の市長が、『南京大虐殺はなかった』と発言したらしい。南京の党本部が怒って交流事業を取り止《や》めただ」

「な、南京大虐殺……？」

「南京大虐殺って、何だべ」

「俺もよく知らないが、大昔の戦争中に、日本軍が南京で三十万人殺したらしい」

「三十万人？」

「三十万人だか」

村人たちは、顔を見合わせる。

「そんで大虐殺か？」

「三十万人で大虐殺って言うべか」

「ずいぶんおとなしいべ。日本軍たいしたことないべ」

「んだ。んだ。共産党は文化大革命でその百倍は殺してるだ」

「とにかく」

村人Cは、皆を見回して言った。

「日本がした悪いことに抗議するなら、皆で騒いで店を壊しても、警察は止めねえだ」

「でもどうやって、役場から金を取り戻す？」

「それは俺に考えがある。聞いてくれ」

貴州省　呉岐市　郷鎮役場前広場

翌日。


「日本は謝るだーっ」

この県の中心都市である人口一万人の呉岐市。その中心街の役場前広場には、旗や鳴り物を手にした農民たちが集結していた。

その数、数千人。

あの山間の村人たちだけではなかった。県の各地から農民たちが、あふれるように参集していた。田植え前の役人の税の取り立てに、みな怒っていたのだ。中華人民共和国の一般国民──特に農民が、暴れてうさを晴らすことが出来るのは反日デモだけだった。

「日本は謝るだーっ」

「南京大虐殺はあっただーっ」

折しも、日本のある都市の首長が『戦時中の南京大虐殺はなかった』と発言し、それが中国国内でも盛んに報道されていた。情報に疎《うと》い山間部の農村にも、数日後れのニュースとして伝わっていたのだった。

日本に対し、おおっぴらに抗議出来る材料を得た農民たちはくわや鋤《すき》を手に山を下りて参集すると、役場前広場に一軒だけある日本式料理店に群れをなして襲いかかった。

金属音とガラスの砕ける音。日本の有名チェーン店らしいラーメン屋は、たちまち前面ウインドーをすべて破壊された。

「日本は謝るだーっ」

日本への抗議を叫ぶ反日デモの群衆の中に、村人Cたちもいた。

怒りのやり場がない農民たちは店の中へ突入すると、テーブルや椅子をことごとくぶち壊した。

がちゃん

ばきばきっ

反日デモの来襲をあらかじめ察知していた店の経営者は、売上金を持って従業員と共に避難していた。止める者は誰もいなかった。

「思った通りだべ」

村人Cは、規制に出動した警官隊がただ遠巻きに見ているだけなのを目の端で確認すると、懐からたいまつを取り出した。棒に油をしみ込ませた布を巻きつけてある。

「いよいよ実行するべ」

「火なんかつけて、本当に大丈夫だべか」

村人Dが不安そうにした。店を破壊し過ぎるのを恐れたのでなく、火を出して警官に捕まらないかと心配したのだ。

「心配ないべ。日本の国旗を燃やすためなら、火を持っていてもオーケーだべ。出せ」

指示された村人Aと村人Bが、村の女たちが手縫いした畳二畳ぶんの大きさがある日本国旗を店の前の広場に広げると、ポリタンクの燃料をどぼどぼっ、とかけ、たいまつで火をつけた。

ボンッ
爆発のような轟音《ごうおん》と共に、黒煙が盛り上がった。

「どうだーっ、日本の国旗を燃やしてやっただー！」

燃料には大量の墨が混ぜてあり、黒煙は固体の壁のように群衆の一部を覆い隠した。もともと山林で人を害する熊をいぶし出すためのものだ。

黒煙は噴水を中心とするあまり大きくない広場をたちまち覆い尽くし、反対側の役場の建物にも達した。慌てた警官隊が止めに入ろうとしても、もう遅い。大混乱に陥った。

「今だ」

Cは黒煙に紛れて役場の入口へ走った。

「みんな続けっ」

役場の一階に、年金係というカウンターがあることにCは気づいていた。

町の住民たちには、年金というものがあるらしい。聞けば、それは加入者が歳《とし》を取って働けなくなったら、国が生活する金を死ぬまでくれるという夢のような仕組みだった。どうして都市戸籍の者たちはそんなに優遇され、自分たち農村戸籍の農民は、奴隷のように死ぬまで働かされるのか……!?

「火事だーっ」

濡らした布で目鼻を覆い、顔を隠して叫ぶと、待ち合い所にいた人々が一斉に振り向いた。黒煙はCが考案した秘密兵器だった。山林の熊を辟易《へきえき》させる強烈な臭《にお》いだ。目がちかちかする。町の人々を驚かせるには十分だった。人々は悲鳴を上げ、ベンチを蹴ると我先に逃げ出し始めた。動きはたちまち伝染し、カウンターの中にいた年金係の役人たちも仕事を放って逃げ出した。事務机の上で数えていた人民元の札を、金庫へしまおうとする者はない。そればかりか、数えていた札をポケットへねじ込みながら逃げる役人もいた。

「それっ」

Cは、逃げる人々とすれ違ってカウンターを跳び越すと、年金係の事務机の上に残された人民元を、用意した布袋へ突っ込んだ。村人D、A、B、Fらも続いて年金係の区画へ跳び込み、主のいない事務机から金を掻き集めた。奥の金庫が半開きになっていることを見つけたFが、木のほこらから落ち葉を掻き出すようにして、百元のピンク色の札を袋へ詰め込んだ。

「長居は無用だ、逃げるぞ」

「おう」

「おう」

Cは覆面のように布で顔を押さえたまま、懐から小瓶《こびん》を取り出すと中身を辺りへばらまき、マッチで火をつけた。ボンッ、という爆発音と共に黒煙が充満した。

「火をつけただ。逃げろっ」

どの金が、村から取り上げられたものかはCにも分からない。だが役場の金であることに変わりはない。

Cを先頭に五人の村人は、金を詰め込んだ袋を懐へ押し込み、役場を跳び出した。

広場にはまだ黒煙がたちこめ、警官の怒声があちこちから聞こえる。日式のラーメン屋だけではなく周囲の店も打ち壊されている。「やめろ」「やめろっ」と怒鳴ってはいるが、警官の短い警棒では農民がくわや鋤を本気で振り回したら近寄れない。これだけのデモなら報道陣も来ているはずだ、山間の村でのように簡単に拳銃は使えない。第一、農民たちは日本に怒って抗議している『愛国者』だ。愛国者は撃ち殺すわけにいかない。

「脱出口はこっちだっ」

Cは仲間を先導し、身体を屈《かが》めて煙をくぐり、広場の一方を目指した。商店と商店の間に狭い路地がある。脱出経路はあらかじめ調べてあった。

このまま、遠回りの山道で村へ逃げ帰れば……。奪い返した金で苗を買って、田植えが出来る——！

Cたちは走った。

だがそこまでだった。

煙が薄れ、カクカクと曲がる狭い路地を抜け切ると、ふいに黒っぽいシルエットの群れがずらりと立ちはだかった。何だ、小型の熊か……!? 一瞬そう錯覚したが、それがプロテクターと戦闘服に身を固めた一群と分かった時には遅かった。

何だ。

（——ぐ、軍隊……!?）

パンッ
パパンッ
目を見開くCの視界で、白色の閃光《せんこう》が瞬《またた》いた。同時に胸を突かれるような衝撃を食らうと、一瞬宙に身体が浮き、そのまま仰向《あおむ》けに地面へ叩きつけられた。

どさささっ
「ぐ」

意識が遠のく。

ぐ、軍隊が――どうして待ちぶせを……。

中国大陸　某所

どのくらい時間が経《た》ったか。

ざわざわ
ざわざわざわ
「――――」

Cは目を覚ました。

冷たく平らなコンクリートの上で、仰向けに寝かされていた。

（……ここは――？）

初めに目に入ったのは、薄暗がりの向こうに、鋼材にワイヤーを渡した高い天井だ。

倉庫――のようなところか……？

一瞬遅れて、記憶が蘇《よみがえ》った。自分は、デモの広場から脱出しようとして撃たれたのだった。ハッとして胸に手を当てると、何ともない。上着も破けていない。

撃たれたと思ったが――あの白い閃光は……？

我に返ると、周囲には大勢の人間が呼吸する気配。

手をついて、起き上がった。眩暈《めまい》がして「うっ」とうめく。どうやら、ガス弾らしきものを撃ち込まれたらしい。俺はそれをもろに胸に食らって――

「――おい」

薄暗がりの中を見回すと、大勢の人々が自分と同じように転がされている。すぐそばに村人Dが仰向けになっていた。Cが肩を摑んで「おい、起きろ」と揺さぶると、Dも目を覚まし、頭を振りながら起き上がった。

「うう、こ、ここはあの世だか?」

「分からん」

どこかに、村人BやAやFもいるはずだ……。広い倉庫の床をびっしり埋めつくしているのは、顔も知らぬ男たちだ。いったい何人いるのか……? ある者は起き上がり、自分と同じように驚いた表情で周囲を見回している。

「どうやら、デモに集まった連中が、みんな捕まって集められ――はっ」

言いかけて、Cは反射的に人民ジャンパーの懐を探った。

金を詰めた袋は――!? 大丈夫だ、まだある……。ほうっ、と息をついた。ジャンパーのジッパーを、一番上まで上げておいて正解だった。衣服の中身までは、いちいち調べられなかったのか。

「みんな近在の村の連中だろう」

おそらく千人を超す男たちは、みな農民だ。身なりですぐ判別出来る。

役人、警官、軍人、町の住人と、農民……。Cの住む世界にいるのは、外見で『人種』の区別が出来る五種類の人間たちだけだ。

これが沿海部の大都市へ行くと、空に夢のようなTV塔と高層ビルがきらきら光っていて、その麓《ふもと》の街路に色とりどりの服を着た都市戸籍の市民たちが行き交っているという。

「役場を襲って金盗《と》ったのが、ばれたべか？」

村人Dが、声をひそめて言った。

「おい」Cは、下手《へた》なことを言うな、という意味を込めて頭を振った。「それにしても、軍隊の包囲が早過ぎるべ。眠らされている間に、服も調べられてない」

「それじゃ」

Dは心細げにした。CもDも三十代で、『一家の主』と言うことになっているが、それは二人とも老父母が逝《い》ってしまったというだけで、嫁も、子供もいない。一人っ子政策のせいで、Cの世代は兄弟もいない。農村部では女子が極端に少なく、嫁のもらえる見込みもない。

独り者のCやDは、出稼ぎに行った家の田植えまで手伝うという条件で、金を借りたり、苗を分けてもらうことになっていた。

この懐の金さえ、村へ持ち帰ることが出来れば――

カッ
突然、頭上から白い光が空間をさしつらぬき、Cの目を射た。

「うっ」

眩《まぶ》しさに思わず顔をかばった。倉庫の一方で扉の開く音が響き、何者かが大勢で入場して来るのが分かった。コンクリートの床を叩く硬い靴音。

たちまち倉庫の空間の前方に、濃いシルエットが横一列に並んだ。照明灯に目が慣れると、ずらり立ち並んだ人影の様子が見えて来た。

中央の一人が目立っている。背広姿の長身の男だ。自分と同じ三十代か――？　とCは直感した。その左右両脇に軍の将校と、銃を肩にした兵士たちを従えている。

「愛国者の農民諸君」

その長身が、低い声で呼び掛けて来た。

男は、細い縁無しの眼鏡、短髪。着ているのはしわ一つない暗色のスーツで、まるで町に張られるアメリカ映画のポスターの俳優のようだ。

軍の将校が左右に控えていると言うことは――地位の高い人間か……。

俺だって、都市に生まれて大学へ行けていれば……Cはふとそう思うが、その中央の男が続けて話し出したので、耳に神経を集中した。

「愛国者の農民諸君、君たちの憤懣《ふんまん》は、よく分かった」

憤懣は分かった――その言葉に、床を埋めつくす千人以上の男たちは注目した。

怜悧《れいり》な印象の男は続けた。

「ある事情があり、諸君にはここへ集まってもらった。私のことは、そうだな。仮にミスターXとでもしておこう。共産党中央国家戦略部の任務でここへ来ている」

しん、と辺りが静まった。

共産党――

「党は、愛国者の農民諸君へ贈り物を用意した」

官僚らしき男は言った。

贈り物……？

Cは、瞬《まばた》きをした。

何のことだろう。

「諸君。私は、それを手渡すために来た。聞けば中南部の農村では、昨年の災害の影響で種籾《たねもみ》も苗もないという。このままではいかん。そこで党は、君たち愛国者農民を特別に外国へ出稼ぎに行かせてやることにした。渡航の許可、手続き、費用は全て心配ない。国家が面倒を見よう」

「――――」

場内が、一斉に息を呑んだ。

Cは、耳が違ったのかと思った。

集められて処罰されるのかと思ったら。

外国へ、出稼ぎに行かせてやる……!?

ただでか。本当なのか……？　上海など国内の沿海部の大都市への出稼ぎすら、自分には思うに任せないというのに……。

「よいか。党は、君たち愛国者農民を何より大事にしている」男は続けた。「国家の根幹は農だ。米だ。君たち農民が飢えては、中華人民共和国の発展はない。そこで、昨年の災害の影響で今年の耕作がままならぬ地方の農民諸君の中から、特に愛国的な者を選び、党は外国へ出稼ぎに行ってもらうことにしたのだ。選ばれたのが、まさにここにいる諸君である」

「――」

「――」

男たちは息を呑んだまま、顔を見合わせた。

反日デモをして、正解だったのか……。

党は、自分たちを愛国者と認めてくれたのか。

「愛国者農民諸君。これは特別の措置だから、他の国民にはまだ秘密だ」

倉庫の中を鋭い目で見回し、官僚の男は続けた。

「君たちは村へ戻って家族に別れを告げることも、支度をすることも出来ない。ここからすぐに出発してもらわなければいけない。そうしないとほかの地方の農民に話が伝わり、あちこちから不満が出て、施策が行なえなくなる。家族には、落ち着いてから知らせてやればいい。まずは金を稼ぐことだ」

そうだ、金を稼ぐことだ――Cはうなずきながら思った。

どのみち、自分に心配してくれる家族はない。

Cは思った。亡父から受け継いだ小さな棚田は荒れ放題となるだろうが……外国で働いて稼げるのなら、農業収入よりも多く稼げるかも知れない。行かされる国にもよるだろうが……

「では、あれを見たまえ」

官僚が手を挙げて合図した。

倉庫のフロアをいつの間にか囲むように立ち並んでいた兵士たちが、一斉に動いた。

どこかでモーターが操作され、巨大な倉庫の一方の壁面がスライドし、左右に開き始めた。

ゴンゴンゴン――

「――――」

「――!」

おお、と声が漏れた。

外はいつしか、夕暮れとなっている。冷たい空気が吹き込んで来た。

そして残照の紅《あか》い空の下に、黒々と横たわっていたのは貨車の列だった。

Cは目を見開いた。

貨物列車だ。左右の端が見えないくらい、多数繋《つな》がっている。

この倉庫は、荷積みをするための車両基地か……？

戦闘服の兵士たちが、横長のテーブルをいくつも運んでくると、開かれた倉庫の出口に据え付けた。

「そこで受付をする。ひとつだけ、簡単なテストをさせてもらう」

官僚の男が、上着のポケットから長方形の白い紙を取り出して皆に示した。

「この係から、これを渡される。短冊のようなものだ。この空欄の中へ、自分の名前を漢字で書くのだ」

「――――」

「――――」

見上げる男たちに、官僚は短冊の中の縦長の欄を示した。

「党が、君たちを外国へ出稼ぎに出す条件はただ一つ。自分の名前が、漢字で書けることだ。手続きに必要なのでね」


名前……？

名前さえ書ければ、行けるのか。

渡航費なしで出稼ぎに行ける。

でも、外国ってどこだ……？

中には不安そうにする者もいたが
「よし。では手続き開始」

官僚が、固まっている農夫たちにスイッチを入れるように、パンと手を叩いた。

すると農夫たちは我に返ったように「うわ」「わっ」と立ち上がり、倉庫の出口に関所のように設営された三つのテーブルに駆け寄った。

迷いを見せた者も、周囲の者たちがどんどん立ち上がるので、引きずられるように床を立つ。

「俺書けるだ」

「名前、書けるだ」

Cも列に並び、順番を待った。待っている間、Cも含めて無駄口をする者はなかった。前方で共産党幹部の官僚が、機嫌良さそうに列を眺めている。下手な立ち話をして、あの偉い人の機嫌を損ねてはダメだ——なんとなく皆が、農民の本能のようなものでそう嗅《か》ぎ取った。

順番が来ると、Cは用意された鉛筆で自分の名前を書いた。欄は縦長で、ちょうど隣村の初等学校に通っていた子供の頃、社会の時間に見せられた〈投票用紙〉に似ていた。

こんな簡単なテストで、外国へ行かせてもらえるのか——

〈受付〉の兵士に紙を渡すと「5番の貨車に乗れ」と指示された。Cは、後に続く村人Dに『行こう』と目で促し、倉庫を出ようとした。

だが村人Dが、テーブルの前で固まっている。鉛筆を慣れない感じで握ったまま、動かない。

「どうしただ」

「俺、書けねえだ」

「えっ」

「字が、書けねえだ。恥ずかしくて黙ってたけど、書けねえだよ」

「そ、そんな」

　すると
「お前は向こうだ」

　テーブルの兵士がDを通さず、倉庫の一隅へ行くよう顎《あご》で指した。

「だ、だども――」

「向こうだ」

　兵隊の命令だった。倉庫の前方では、まだあの官僚がこちらを眺めている。

　騒ぎを起こして、官僚の機嫌を損ねてはいけない。

　Dには、申し訳ないが……。

「すまねえ」

　だが先に詫《わ》びたのは、Dの方だった。

「俺は、一緒に行けねえ」

「何言うだ。いいんだ、俺こそすまねえ」

　そうか――

　Dの家は、子供の頃に父親がすでに病弱で、幼いDが田んぼの世話をしなければならなかった。

そうか、あいつ、読み書きが出来なかったのか……。

Cは、離れたところからDに『懐の金を持って帰れ』と身振りで示した。Dは自分の懐を押さえ、『ああ、そうする』というようにうなずいた。本当ならば、Cが懐に抱えている金も託してやりたいが、皆が見ている前で出来はしない。それに、外国へ行くのならば、現金は持っていたほうが心強い。

Dは案内係のような兵隊に促され、倉庫の一角へ移動させられて行った。そこには同じように字が書けない百人ばかりの農民が一塊《ひとかたまり》に集められていた。

一方Cは「5」と数字の描かれた貨車の前に集められた。

振り向いて見ると。官僚が一塊に集められた百人ほどに対して、言葉をかけていた。

「大変残念だが、名前の書けない者は今日は連れて行けない。党の決定事項なので、仕方がないのだ。君たちも好きで字が書けないわけではあるまい。今日はそれぞれの村へ戻ってもらうが、ここで見たことを一切誰にも言わない、と約束できるのであれば、私が党本部へ掛け合って、君たちも次回の派遣で出稼ぎに行けるよう、取り計らおう」

ずいぶん、さっきから親切だ……。

Cは、その様子を振り向いて見ながら、共産党の幹部というのはみんなあんなに優しいのだろうか、と思った。生で初めて目にしたが、共産党幹部は、郷鎮府の役人たちより遥かに偉い。きっと悪魔のように恐ろしいのではないか——と想像していた。

妙に優しい。

「ああ、そうだ」

官僚——どのくらい偉いのか分からない共産党の幹部は、思い出したようにうなずいて指を鳴らした。

「君たち、自分たちの村へ帰る前に、風呂に入って行きたまえ」


風呂……？

Cが立ち止まって聞き耳を立てていると、背中から「早く乗れ」と銃で小突かれた。

貨車のステップを這《は》い上がるようにして上り、車室から振り向いて見やると、ちょうど指を鳴らした官僚の合図で、倉庫を隔てて反対側の壁がスライドして開くところだ。

ゴンゴン——

(何だろう、あれは……)

自分たちが、ついさっきまで気を失ったまま倒れていた倉庫の大空間。

その反対側の壁が、大きく横へ移動して開くと。その向こう側に、コンクリート造りの平屋が姿を見せた。横幅は機関車よりも長く、のっぺりした印象で、側面には窓がひとつもない。壁の中央に円形のハンドルのついた金属製の扉がひとつ、こちらに裏面を見せて開いているだけだ。

あれが『風呂』なのか……?

開いた金属製の扉の内部は、暗くて、よく見えない。

「諸君、あれは蒸気風呂というものだ」官僚が指し示して言った。「あの中に入ると、上から熱いスチームがかかって、気持ちよく汗を流すことができる。見れば君たちは、愛国的なデモで活躍した後だ。煤《すす》で汚れ、汗まみれであろう。さっぱりしてから村へ帰ると良い。何、大した時間はかからぬ。あれは一度に百人が入れる——おお、ちょうど人数は百人か。よしよし」

官僚が「よし」とうなずくと、それを合図に兵士たちがどこからか竹のカゴを持って駆け寄り、集められた百人の農民たちに「これに服を脱げ」と命じた。

百人の農民たちは、おずおずと手足を動かし、命じられるままに人民ジャンパーや野良着を脱ぎ始めた。

(Dのやつ、カゴに服を置いている間に、兵隊に金を取られたりしないといいが……)

Cは、それが心配だったが。

たちまち裸にされた百人の農民が、一列に並ばされ、こちらへ背中を向け、銃を持った兵隊に両側を囲まれてコンクリートの低い平屋へ呑み込まれ始める。同時にCの乗った貨車も外側からガチャンッ、と勢い良く扉を閉められた。

第Ⅰ章　美砂生と黒羽

1

中国大陸　貴州省と東海岸との間　鉄路

数時間後。

ガトンガトン

ガトン――

床が小刻みに揺れ続ける。

貨車は、扉を密閉したまま走り続けている。

電灯もランプも無く、車室内は真っ暗闇だ。

（――――）

Cは時計など持っていなかったが、感覚で、もう夜半を過ぎただろう――と思った。

寒い。

夜とは言え、この季節でこの肌寒さは――Cは思った。列車はきっと標高の高い山地を走っているに違いない。

夜を徹して、この長大な貨物列車は走り続けるのか。

きっと、BやAやFも、前後の貨車のどこかにいるに違いない……。

数時間前。兵士に小突かれながら車室へ乗り込む時、左右を見やって驚いた。

貨物列車は長大な編成で、いったい何両繋いでいるのか、最後尾が見えない。

そしてもっと驚いたのは、貨車の並ぶ線路に沿って前方と後方に、自分たちが出て来たのと同じ規模の巨大な倉庫――見上げるような窓のない立方体――が一棟ずつそびえ立っていたのだ。

その二つの倉庫からは、自分たちと同じ農民が兵士に先導され、蟻の行列のように貨車へ乗り込まされていた。

反日デモの広場から拉致されて来た農民は、自分たちのいた倉庫の中のおよそ千人だけではなかったのだ。

（BやAたちも、字が書けていればいいんだが……）

Cは、ふと思った。

自分の村には学校がなかった。字を書けない者は、Dばかりではないはずだ。

「――おい、日本へ行くらしいぞ」

子供時代を思い出そうとしていたCは、ふいに聞こえて来た声にハッ、とした。

　五十人ばかりが詰め込まれ、ようやく床に腰を下ろしている真っ暗な車室の中で、同時に皆も注目する気配がした。

「この貨車に乗せられる時、兵隊同士が話しているのを立ち聞きしただ」

　隅の方の男が、ぼそりと言った。真っ暗で、顔は見えない。

「俺たちはどうやら、上海に近い港から船に乗せられて、日本へ行かされるらしい」

　すると
「本当かっ」

「本当だか⁉」

　不安の空気で重くなっていた車室内が、照明はまったく無いが、パッと明るくなる感じだった。

「外国って、日本のことだったか」

「まさかと思ったが」

「何のつてもねえ百姓が、出稼ぎに行けるところでねえぞ」

「んだ。役人のつてで研修生っていうのに選ばれるか、蛇頭《じゃとう》の組織に身代売り払って金さ払わねえと、行けねえって話だ」

「党が行かせてくれるのか⁉」

昼間は、日本は謝れと奇声を上げていた農民たちに明るい興奮が走った。

「凄《すげ》え稼げるって話でねえか」

「んだ、んだ」

日本は稼げる――

山間の村に住む農民ですら、そういった噂は聞き知っていた。だが、行くのは難しく、どんなところなのかも分からない。

この車室に詰め込まれているのは、みな自分の名前が書ける人間だ。書けると言うことは、少なくとも初等学校の教育を受けている。

初等学校の歴史の授業で、まず教えられるのは『日本は昔大陸でさんざん悪いことをした、畜生にも劣る悪い奴らだ』ということ。

その日本軍を、共産党が勇敢に戦って打ち破り、追い散らした。国民党はいくじなしで正面から立ち向かわず、台湾へ逃げてしまった。さんざん中国の民を苦しめた日本をやっつけたのだから、共産党は偉い――

だが噂で聞こえて来る実際の日本の評判は、だいぶ違う。

「俺は、日本へ壁塗り職人の研修生で行ってきたやつの話さ、聞いたことがある」

興奮する中で、一人が言い出した。

「上海も高層ビルは凄えが、日本の東京はもっと凄え。街中こう、ぴっかぴか光って、道にはチリ一つおちてねえそうだ。誰も唾なんか吐かねえし、みんな礼儀正しくて行列にも譲り合って並ぶし、女が一人で夜道さ歩いても追い剝《は》ぎに遭《あ》わねえだ。そいつの話によると、俺たちのような田舎者が働きに行っても、みんな親切にしてくれるだ。職人の親方は熱心に仕事を教えてくれて、給金はひと月で、おい、ひと月でだぞ。俺たちが一年田んぼで働いて米を作って売ってもらえる金よりも多いだ」

「なんだって」

「な、なんだって⁉」

「おまけに研修生を終えて帰るときには、親方は使い古しの道具をくれて、これで国さ帰って開業しろと励ましてくれたそうだ」

「――」

「――」

男たちは絶句した。

「だ、だども、税金はたくさん取られるべ？」

「それが驚くな。最初は少し天引きされるらしいが『収入の少ない者からは要《い》らねえ』と言って、年度末になると取った税金をみんな返してくれるだ」

「な」

「な……」

「や、役人が、取った税金を返すだか!?」

「返してもらうとき賄賂はどのくらい包むだ?」

「賄賂はいらねえだ」男は頭を振った。「日本の役人は、賄賂は一元も取らねえだ」

「…………」

「…………」


絶句する男たちの横で、Cは思った。

そんな世界が、本当にあるのか……。

物知りの男は続けた。

「俺は思うんだが。ひょっとしたら、学校で教えているのはでたらめじゃねえのか。悪い日本を共産党が追っ払ったから共産党はえらい、というのは本当だろか」

また男たちが、しんと絶句した。

今度は驚きではない。引いてしまったのだ。

学校で教えていることはでたらめ——もしも役人や警察官の耳にでも入ったら、ただではすまない。

この普段は家畜でも積んでいるらしい臭気漂う貨車の内部では、何を発言しても役人や党員には聞こえないだろうが……。

「お前ら、共産党が日本に勝ったっていうのは、本当のことだと思うか？」

物知りの男は、『日本へ行けるらしい』という興奮と、普段は言えないことを口にした興奮が重なったか、続けてまくしたてた。

「おかしいと思わねえか？　共産党が日本に勝ったんなら、どうしていま人民共和国は、日本を占領していないだ？　日本の東京は、今頃中国の東京でもおかしくねえべ」

「……お、おう」

「そ、そうだな」

「そげな考えさ、出来るとこもあるな」

うなずいて同調する者もいた。

Cは、村の寄り合いでは議論好きだった。

物知りの男に話しかけて、もっといろいろと訊《き》き出したかった。しかしCの中で何かが『やめておけ』と止めるので、話しかけはしなかった。

昼間は役場を襲って、金を奪い返したのだ。顔はなるべく隠したが、防犯カメラというやつに火をつける自分の姿が映っているかもしれない。

今も懐に、Cは二摑みはある百元札の束を隠し持っているのだ。

目立つのは、得策じゃない……。目立たないようにおとなしくしていよう――

ガコンッ

ふいに貨車同士が、連結器を介して当たる響きがすると、減速のＧがかかった。

ぐぐっ、と男たちは車室の一方へ身体を取られる。興奮して立ち上がってしゃべっていた者は転んだ。

「あうっ」

ギキキキキキ――

ひどいきしみ音を立て、ブレーキがかけられると、貨物列車は巨体を揺するようにしてまもなく線路上に停止した。

ガラガラガラッ

車室の扉が外側から引き開けられると、夜気が吹き込んだ。冷たい空気だ。やはり高山地帯か――

ピカッ

凄《すさ》まじい白い光が、Ｃのいる車室内を真っ白にした。

眩しくて何も見えない。乗っていた五十人あまりの男たちはそれぞれ顔をかばい、床にのけぞるばかりだ。

「動くなっ」

長い外套《がいとう》に小銃を携えた兵士が、サーチライトの白い光を背にだだっ、と乗り込んで来ると「お前」「お前っ」「それからお前だ」と床にうずくまる男たちから三人を選び出して摑み上げた。

車室は真っ暗で、どこに誰がいるのか分からない暗闇だったが、兵士たちはあらかじめよく把握しているふうに、迷いなく三人を摑み出すと、たちまち貨車の外へ引きずり出した。

Cは息を呑んだ。

「やめてくれ」

「や、やめてくれぇっ」

抵抗しながら叫ぶ声を聞くと、それはつい今し方まで共産党への疑問を話し合っていた物知りの男と、同調した二人だった。

「共産党の悪口を言った者がいるっ」

列車が停止していたのは峠のような場所で、サーチライトの光が照らす部分のほかは深い森のような闇だ。地面は雪で白い。

人里離れた高山で、何が起きているんだ……。

前後の車両からも何人もの男たちが引きずり降ろされ、サーチライトの照らす雪の上の一角に、集められて行く。

引きずり降ろしているのは外套の兵士たち。その指揮を取っているのは、手持ち拡声器を口に当てた制服の人民解放軍将校だ。

「愛国的でない者は、ここで降ろす！」

共産党の悪口――!?

密閉された真っ暗な車室の中、どうして兵隊に、しゃべった人間を特定出来たのだ？

どうなっているんだ……!?

（――！）

Cはハッとした。

そう言えば。あの一連の会話の発端となった『日本へ行くらしい』という情報。あれを言い出したのは誰なのか。

思い出すと、あのぼそりとした声はその情報だけ与え、あとは黙ってしまった。

まさか――

「この者たちは」

拡声器の大音量が、Cの耳を叩いた。

「この者たちは、こともあろうに貨車の中で『共産党は間違っている』『学校で教えている歴史はでたらめだ』『南京大虐殺はなかった』などと発言した！　申し開きは聞かぬ、我々軍はすべて見通しだ。こともあろうに、世界で一番正しい中国共産党を『間違っている』などと言うとは。そのような間違ったことを口にする者には、生きる資格はない！　ここで軍事法廷を開き略式裁判の上、処刑する。判決、国家反逆罪ならびに間違ったことを平気で口にした罪で、死刑」

ジャキ
ジャキッ
雪の上で兵たちが一斉に銃を構えた。

サーチライトに照らされ、雪の中の一角に集められた男たちは十数人もいた。

Cは目を見開いた。

本当に撃つのか……!?

「構え、撃てっ」

パンッ
パパンッ

「よし」

将校は、手にした拡声器を今度は貨車の列に向けた。

中には、引きずり出された者のいない貨車もあったが、すべての車両の扉が開かれ死刑の様子を見えるようにされていた。

「お前たちに警告しておく！　約束通り、出稼ぎには行かせてやる。しかしこれから先、少人数で集まって共産党の悪口を言ったり、愛国的でない行動をとる者がいれば、このように必ず見つかる。どんなに隠そうとしても無駄だ、国の監視から逃れられはしない。いいか見ておけ、国家と党に逆らおうとした者は必ずこうなるのだ。これから行く外国でも同じだ。愛国的でない者は必ず捕まって、こうなる。地の果てまで逃げようと、必ず捕まえる」

しん、と雪の峠が静まった。

「出稼ぎをして故郷に貢献したくば、お前たちは正しい愛国的共和国民として考え、行動するのだ。党の命令は絶対である。これから行く国では、お前たちは重要な任務を負うのだ。わかったかっ」

列車が動き出したのは、その数分後だった。

兵たちによって再び貨車の扉が次々閉められ、合図の笛が外で鳴り、ガチャガチャンッ、と連結器を激しく鳴らして、Cたちを乗せた貨車は動き始めた。

（――――）

上海の近くの港へ向かう、というのは本当なのか。

何も分からない。

私語をする者がいなくなった車室の床にうずくまり、Cは『これから俺はどうなるのだろう――？』と思った。

数日後。

2

日本　伊豆半島
陸上自衛隊富士学校・訓練隊舎

がばっ

振動モードにしていた目覚ましタイマーがシャツの内側で作動すると、天井から吊したハンモックの中で死んだように動かなかった緑色の迷彩服が、スイッチが入った自動人形のように起き上がった。

同時に転げおちた。

ずだだっ
長い髪を後ろで縛った迷彩服は、タイル張りの床へ転げおちてもうめき声ひとつ上げず、代わりにその位置に両手をついて腕立て伏せを始めた。

「――はっ、はっ」

電灯は点《つ》いていない。素早い上下運動を繰り返すのは細身のシルエットだ。五十回も続けて、ふうっと息をつくと今度は俯《うつぶ》せのまま暗闇の中で手を伸ばし、ハンモックの下に置かれた布袋から黒い塊のような物を二個掴み出した。両手に一つずつ持つと、肘《ひじ》を曲げるようにして上げ下げし始めた。小型のダンベルだった。

「はっ、はっ、はっ」

半ば無意識にやっているのか、ロボットのようにぎくしゃくした動き。暗闇の中に白く息だけが浮かぶ。整った横顔の両目は、閉じられている。半分眠っているのだ。その頬《ほお》は黒く汚れている。昨夜はカムフラージュ用の迷彩顔料をふき取るのも忘れ、ハンモックに倒れて寝てしまった。昨夜と言っても、ほんの三時間前のことだが――

「はっ、はっ」

迷彩服の細身――漆沢美砂生《うるしざわみさお》は、一六四センチと女性では長身の部類に入る。しかし体型はほっそりとスレンダーで、筋肉がついているようには見えない。

現在の職業についたのには、事情があった。大学を出てからの二年間は証券会社の窓口で紙（金融商品）を売っていたのだ。

パイロットになってから、もう五年になる。現在ついているポジションには迷彩服も、力仕事も要求されない。

華奢《きゃしゃ》に見える身体でなぜ、この訓練課程に参加することを選択したのか――？

本人も、よく覚えていなかった。八〇メートル岩登りで闇の中にそそり立つ崖を見上げた時に「しまった」と思ったが、もう遅い。

操縦桿《そうじゅうかん》を――もう何か月握っていない……？

その思いがちらと、彼女の意識をかすめた時。

ジリリリリッ

天井のベルが短く鳴り、どこかで「非常呼集！」と誰かが怒鳴った。

「急げっ」

すると

どざざざっ

体育倉庫のような大部屋の中、天井から蓑虫《みのむし》の群れのように吊してあったハンモックが一斉に動いて、同じような迷彩の影がこぼれるように床へ降り立った。全員がそのまま、もの凄い速さで闇の中で軍用長靴を履く。

「――――！」

漆沢美砂生は、握っていたダンベルを放り出すと、自分も床を這いずるようにしてハンモックの真下へ手を伸ばし、軍用長靴を摑みとって自分の足へはめ込んだ。

「はぁ、はぁっ」と息をつきながら靴紐を結び、跳ねるようにして立ち上がると装備を身につけ始めた。

カチン、カチッと周囲でも金属のバックルを締める響き。たちまち支度の済んだ者から、隊舎の大部屋を駆け出て行く。


「レンジャー漆沢、遅いっ」

怒鳴られた。

「それでも貴様、隊長かっ」

すでにカマボコ型の隊舎の前には、美砂生を除く十一名が整列を終えていた。

「――も、申し訳ありませんっ……う」

一列横隊の中央の位置に、最後に駆け込むと吐き気がした。

「う」

美砂生は二十九歳。

福岡県久留米市の生まれだ。

小さい頃は『才女』と呼ばれた。地元の高校を卒業し、大学進学と同時に独りで東京へ出た。しかし当時の（現在もそうだが）女子大生は就職氷河期の真っ只中。早稲田の法学部を卒業しても、証券レディーになるのが精一杯だった。

支店採用だった。努力して営業成績を上げ表彰まで受けたが、直後に上司から顧客トラブルの責任を全て負わされ、放り出されてしまった。後に有名となる山海《さんかい》証券破綻《はたん》事件の渦中だった。

罠《わな》に嵌《は》められ〈生贄《いけにえ》〉にされても、その時は逆らって戦う手段を持たなかった。退職金まで没収され、身ぐるみはがされて東京の街中へ放り出された。二十四歳だった。

以来、人生は変わった。

傷心旅行に出かけた沖縄の離島でのことだ。乗っていた小型旅客機が鳥の群れと衝突。いい加減にしてよ、まだ災難は続くの――!? と思いながらも美砂生はとっさに失神した地元操縦士に代わって機を立て直し、生還する。「君には素質があるぞ」と言ったのは、同じ乗客としてその場にいた航空自衛隊の戦闘機パイロットだ。真に受けた美砂生は、藁《わら》にもすがる思いで防衛省一般幹部候補生を受験して、合格。

それまでの美砂生の頭には、公務員のこの字も飛行機のひの字もなかった。ただ祖父の雄一郎が大戦中に零戦搭乗員であったことが、ずっと後になって分かった。訓練を受けてみると適性はあった。戦闘機コースに選抜された。美砂生は「最初からこうしとけばよかったわ」と思った。

航空自衛隊、第六航空団・第三〇七飛行隊特別飛行班・漆沢美砂生一尉。それが現在の肩書きだ。

ところが一年前。『大卒の幹部だから』と、美砂生は航空団の指示でＣＳ課程――指揮幕僚課程に入校させられた。東京都目黒区にある航空自衛隊幹部学校で、四十九週間の上級幹部教育を受けろ、という。ＣＳ課程を修了すると、様々な役職につけるようになるらしい。いわゆる出世コースだ、有り難く思わないといけない、と言われた。飛行機はしばらく降りることになるが……。

「よく眠れたか」

隊舎前のグラウンドに張られた作戦テントを背に、両手を後ろにして訓練幹部が立った。夜でも日に灼けて黒いのが分かる彫りの深い顔。獰猛《どうもう》そうに、十二名の女子幹部たちを見回した。

「本日は、貴様たち〈女子幹部レンジャー課程〉の、最終段階の初日であるっ」

それがどうして、自分はここにいる――？

あ、そうか……。思い出した。ＣＳ課程修了の日に、教育担当幕僚から誘われたのだ。

今年から陸自で女子幹部レンジャー課程が試行される。女性の将校レンジャーを育成しようとする初の試みだ。レンジャーは陸自の野戦エキスパートだが、空自の幹部でも応募してよい。誰かものの試しに行ってみないか、レンジャー・バッジがもらえるぞ。

要は、実験台になる訓練生の枠が空《あ》いていてもったいないから、陸自以外からでも誰か適当なやつを連れて来い——そういうことらしい。

誰かものの試しに——って、その時CSを修了したメンバーに、女子はあたししかいなかったじゃないか……。何がものの試し——

美砂生がその列に並んでいると、一人だけ顔が小さくて、白い。まるでサッカーの女子選抜チームにTV局の女子アナウンサーが混じり込んだ印象だ。

美砂生以外は、全員が防大卒の陸自の女子幹部だった。小銃を肩にかけ、三〇キロの装備を背負って微動だにしない。立ち姿からしてソルジャーだ。しかし年齢と階級が一番上、というだけで、美砂生がこの十二名の隊長なのである。

(よく眠れたか……?)

冗談か、と美砂生は思った。全然面白くない。何よ、たったの三時間でたたき起こしておいて——

不満そうにした表情を見られたか。

「レンジャー漆沢っ」

呼ばれた。

「は、はいっ」

「漆沢。貴様は、航空自衛隊からただ一人の参加で、十二週間よくめげずについて来た
——と言ってやりたいが」訓練幹部は睨みつけて言った。「貴様の本職はパイロットだろう。P適《ピーてき》があるなら、予測する能力もあるはずだ。なぜ皆より早く起きておかない。毎回、集合がビリではないかっ」

「——レ、レンジャー」

ちゃんと早く起きてるわよう、という言葉が喉元《のどもと》まで出かかるのをこらえ、美砂生は応えた。この訓練中は「了解」の代わりに何でも「レンジャー！」と元気よく応えることになっている。あたしはちゃんと早く起きてるけど、この連中の着替えと身仕度が異様に速いのよう……！

日頃のアラート待機で、瞬発力は鍛えているつもりだ。スクランブルがかかって緊急発進する時、美砂生は待機室のソファから跳び上がって飛行服装備のまま、格納庫のF15の機体へ文字通り突っ走る。しかし空自の小松基地のアラート・ハンガーは、あんなに真っ暗じゃない——

わざと真っ暗闇にされた中で、野戦ブーツを履き、迷彩戦闘服の腰に弾帯ベルトを巻き

つけ、水の入った水筒と地図ケース、小銃の二〇発入り弾倉マガジン六個をベルトに吊し、戦闘ベストを着こんで模擬手りゅう弾二個を胸に吊し、上着をはおり、防寒着や食料の入った背嚢を背負って六四式小銃（これだけで四キログラムある）を肩に掛ける。

陸自の女子幹部たちは、この身仕度作業をどうやってか十五秒で済ませてしまう。美砂生はその三倍かかる。装備は全部で三〇キロ。これで隊舎前のグラウンドの作戦テント前まで駆ける。ビリにならないわけがない。

かといって装備をつけたまま寝ようとしたら、世話役の助教から「お前危険だからそれだけは止めろ」と言われた。重過ぎて、ハンモックからおちた時に怪我をすると言うのだ。

「最終行動訓練を前に、訊いておくぞ漆沢。十二名の隊長として、やり抜く覚悟はあるのかっ」

「レ、レンジャー」

成り行きとは言え、ここまで来て「やめて帰ります」とも言えない。

皆に、迷惑もかかるし――

行動訓練では、山中を徒歩で進んで偵察をしたり破壊工作をしたりする。美砂生は隊長のくせにたびたび後れを取った。フル装備をつけての〈八〇メートル岩登り〉では五メートルと登れずおっこちてしまい、部下の若い陸自幹部に吊し上げを食ったのだ。「漆沢さん真面目《まじめ》にやって下さい」「わたしたちは真剣なんです」「ものは試しみたいな人が隊長では困ります」と罵《ののし》られた。真面目にやってるわよ。身体がついて行かないのよ、それに好きで隊長やってるんじゃないわよ、あなたたちより歳食ってるだけよ――と言い返したいが、言い訳してても始まらない。それからは足りない筋力を補うのに努めた。間に合うかどうか、分からないが――

美砂生は、装備の重さにふらつきながらも姿勢を正し、声を振り絞って応えた。

「た、隊長として、必ず遂行しますっ」

「よし。それでは、早速本日の〈緊急任務〉を説明する」

訓練幹部はうなずくと、助教に命じて、作戦テント前に野戦地図を張り出させた。縮尺は五万分の一。等高線が濃く寄り集まっている箇所に、赤いマグライトの光を当てた。

「〈目標〉はここである。当駐屯地より約二五キロメートル北北西、この双子山《ふたごやま》の山頂付近に〈敵〉特殊部隊のアジトが確認された」

「――」

「――」

美砂生を中心に、左右にずらりと並ぶ女子幹部たちは、指し示された箇所を注視した。

赤いマグライトは、光量が少ない。〈敵〉に見つからないようにするためだ。

しかし

二五キロ、離れてる……!?

美砂生は図を一瞥《いちべつ》して、ぞっとした。たとえトラックで途中まで行けたとしても、いったいどれくらい歩くだろう……? しかも〈目標〉は高山の山頂じゃないか……。

「いいか。〈敵〉は、山頂のアジトで本国からの指令を受信し、東京都内に仕掛けた核爆弾を遠隔操作で起爆する手はずだ。日本政府へは『七二時間以内に降伏しないと東京を火の海にする』と最後通牒を突きつけている。このままでは日本は敵国に占領されるか、首都圏三〇〇〇万人が皆殺しにされる。貴様たちの任務は、〈敵〉特殊部隊に気取《けど》られぬようアジトへ接近、襲撃して殲滅《せんめつ》、同時に原爆起爆装置を奪い取ることである。時間内に遂行出来なかったら日本は終わり、貴様たちが負けても日本は終わりである。貴様たちに日本の運命がかかっている。分かったかっ!?」

「――レ、レンジャー」

「レンジャー!」

「レンジャー!」

何で原爆を起爆する特殊部隊が、山のてっぺんにいるのよ――? という質問をしても無駄だし、する意味はない。要するに山のてっぺんへ這い上って戦って来い、とそれだけなのだ。

もちろん、ただで山頂の〈目標〉へは行けない。途中には要所で助教たちの妨害チームが〈敵〉の役で待ち受けている。

「作戦行動リミットは七二時間だ」

訓練幹部は、女子レンジャー候補生たちを睨み回し、告げた。

「只今より七二時間以内に、必ず任務遂行せよ。全員の時計を合わせる。間もなく、午前二時十一分。五、四、三、二――マーク」

「――――」

美砂生は、合図に従い、立ったまま手首の野戦用腕時計の秒針をリセットした。

こういう操作は、慣れているし問題なく出来る。

ついでに、チャートを見て〈目標〉の位置や方位を把握し、皆を引き連れて行く――という行動も、やってみると比較的出来ることが分かった。初級操縦課程で学んだ、飛行機の有視界ナビゲーションのノウハウが生かせるからだ。装具の取扱いやロープの結び方、自衛隊独自の〈徒手格闘術〉の基本も、十二週間毎日やっていれば身についた。問題は体力だった。

今から七二時間で、道無き山中を二五キロ――直線で測って二五キロということは、実際に歩く距離はおよそ三倍。

〈敵〉に見つからないように行くのだから、登山道のようなところは通れない。でも、どんなに慎重にルートを選んでも、助教たちの妨害チームはそれを読んで待ち伏せているだろう……。相手は、練達の陸曹たちだ。こちらが正しく応戦すると引き下がってくれるが、その度に体力は加速度的に奪われて行く。出来れば、彼らの裏をかき、一度も当たらずに〈目標〉へ辿り着きたい。十二週間しごかれ続け、そろそろこの身体も限界に近い——

「よし。ではそこで携行食料を受け取り、トラックに乗ってただちに出動せよ。分かったかっ」

「は——いや、レンジャー」

「レンジャー」

「レンジャーッ」

よかった——

美砂生は、作戦テントの横に携行食料の包みが人数分、いつの間にか積み上げられているのを見てホッとした。同時にカラカラとディーゼル・エンジンを鳴らし、一台の暗緑色の幌《ほろ》つきトラックがその向こうに横付けされた。

(よかった、食料はもらえるし、途中まではトラックで行ける——)七五キロ、不眠不休で山歩きせずに済む。背嚢に入れた非常食料はわずか一日分しかない、食料がもらえないと、また山中でカエルを捕まえなければならないし……。

食料とトラックを見てホッとしたのは、美砂生だけでなく、『部下』の女子幹部たちも同じのようだった。防大で鍛えて来たとはいえ、食料なしで三日間、七五キロの山中行軍はたまらないのだろう。

（よし、これが最後だ。この最終行動訓練にパスすれば、〈訓練課程〉はすべて修了、バッジをもらって晴れて小松基地へ帰れる――）

だが、そう思い掛けた時。

「大変だーっ」

助教の陸曹の一人が、左手の闇の中から駆け出して来ると報告した。

「大変です、〈敵〉の特殊部隊がこの駐屯地を襲って来ましたっ」

えっ、何だって……!?

美砂生が耳を疑う暇もなく。

カマボコ型隊舎の裏手から、模擬小銃を手にした真っ黒い戦闘服の一団が現われドドドドッ、と地面を震わせ襲いかかって来た。

〈敵〉……!?

いや、助教の妨害チーム……まさか。もう襲って来たのか!?

「――！」

美砂生は目を見開く。

銃で応戦――いや間に合わない。

「装備を捨てよ、と、徒手格闘で応戦っ」

とっさに美砂生は号令した。

それを合図に、女子幹部たち全員が背嚢をかなぐり捨て、小銃を棒のように横に構えて襲い来る〈敵〉の銃剣を弾《はじ》き、防いだ。

ガチッ

キンッ

自衛隊徒手格闘術は、空手や棒術や、さまざまな格闘技の攻撃的なところをミックスした戦い方だ。もちろん、本気でやれば助教たちが強いが、出発前に訓練生が全滅したのでは訓練にならないので、こちらが技を正しく繰り出せば負けてくれる。だが、背嚢は捨てても、装備はつけたままだ。身体に重しをつけたままの格闘は加速度的に体力を奪う。息が上がって行く。

「――はぁっ、はぁっ」

必死に防戦していると、黒い戦闘服の一団は「退《ひ》け」という合図と共に、さぁっと駆け去って行く。だがその際に、女子幹部たちがかなぐり捨てた背嚢を残らず拾って、持ち去ってしまった。

「あっ」

しまった……！

前方を見やると、作戦テントの横にあった人数分の携行食料の山も、いつの間にか消えている。

無い……食料が!?

（も、持って行かれた……!?）

さらに
カラカラッ、というディーゼル・エンジンの響きが高まると、テントの向こうに横づけしていた軍用トラックが動き出した。運転台には黒戦闘服の男。

「おお、これは大変だ」

訓練幹部が、大げさに驚いて見せた。

「駐屯地が〈敵〉に急襲され、食料にトラックも全部奪われてしまうとは——食料なし、トラックなしで七二時間以内に〈任務〉を遂行しないと、日本はおしまいだぞ」

や、やることが汚い——！　と美砂生は思った。

あたしたちの目の前に食料とトラックをぶら下げて、ちょっとホッとさせておいていきなり全部取り上げるなんて……！

冗談じゃない。

（……冗談じゃないわっ、あたしはトラックなしに食料なしで山中行軍七五キロなんて、絶対もつはずないわっ！）

どうする――

と

奪え。

美砂生の中で、何かが教えた。

奪われたものは、奪い返せ。

（――そ、そうだっ）

そうだ。

助教チームを、やっつけてはいけないとは言われていない……！

次の瞬間。

「トラックを追えっ」美砂生は叫んだ。「全員走れっ、ぶんどり返せっ！」

同時に、小銃をかなぐり捨てて駆け出した。グラウンドを走り出すトラックのテール・ゲートを目がけて美砂生は走った。

十一名の女子幹部たちは、一瞬、あっけに取られたが。

美砂生が何をしようとしているのか悟ると、全員一斉に後を追って駆け出した。

「はっ、はっ、は」

美砂生は全力疾走した。十二週間鍛えて来てよかった、と思った。特殊部隊に扮装した黒い戦闘服の助教は、訓練生たちに見せびらかしてから取り上げたトラックを車庫へ戻すつもりなのだろう、構内速度でゆっくり走っていた。美砂生は追いつくと、テール・ゲートに飛びついて足をかけ、這い上がり、暗色の幌が張られた荷台側面に張り付いた。そのまま横向きに前方へ進んだ。まさか訓練生が飛び乗って奪い返しに来るなんて、想像もしていないのだろう。運転台の黒戦闘服の陸曹はバックミラーを見もせず、ハンドルを握って口笛を吹いていた。美砂生が運転台の窓枠を掴み、勢いをつけて蹴り込んで来るのに気づいた時は遅い。

「いやぁっ」

野戦ブーツの両足をそろえて思いきり蹴ると、がつんと手応え。真横から顔面を直撃したらしい、運転席にいた男は「ぎゃっ」と叫んで反対側へ吹っ飛んだ。美砂生が飛び込んでハンドルを奪うと同時に、助手席側のドアが開いて、追いついて乗り込んで来た女子幹部たちがよってたかって助教の陸曹を引きずり降ろしてしまった。「ぎゃぁあっ」と悲鳴を上げて黒戦闘服はグラウンドの地面のどこかへ消えた。

「面倒だわっ。このまま行くよ！」

美砂生は叫んだ。ストロークの長い軍用トラックのアクセルを一杯に踏み込むと、ハンドルを回して富士学校のグラウンドの出口へ向けた。

「みんな、乗ってるかっ⁉」

カラカラカラッ、とディーゼル・エンジンの回転音が急増する。

止まったら、降りろとか言われるに決まっている。〈敵〉特殊部隊に奪われたものを奪い返したのだから、このまま使っていいはずだ――面倒だ、このまま行ってしまえ。

「みんな乗ったかっ⁉」

「はい隊長っ」

運転台に乗り込んで来た三名の女子幹部の一人が、美砂生をそう呼んだ。

「全員、荷台に乗っています」

「ありがとうございますっ」

えっ……？　と美砂生は思った。今あたしのこと『隊長』って呼んでくれたの……？

「隊長」

「隊長のお陰です」

聞き違いではないようだ。今までは「あのう」とか「漆沢さん」とか他人行儀に呼んで来たのに……。

「わたしたちも、一瞬どうしようって思ってたんです」

「助かります。これで最終訓練、何とかパス出来ます。バッジが取れます」

「レンジャー・バッジさえ取って帰れば、もう隊で部下の男の陸曹から馬鹿にされないで済みますっ」

「ありがとうございます隊長！」

若い陸自の三尉たちは、口々に美砂生に礼を言うのだった。

「あ、でも――」

美砂生は気づいて『しまった』と思った。

「食料が、ないわ」

背嚢に入れた一日分の非常食料さえ、助教たちの妨害チームに奪われてしまったのだ。

トラックで行けるところまで行けば、体力はセーブ出来るが……。

だが
「任せてください、隊長」女子幹部の一人が胸を叩いた。「わたしが、とびきり美味《おい》しい
カエルを捕まえます」

「わたしはヘビ捕まえます」

「料理なら任せてください隊長」

女子幹部たちは高揚したのか「きゃっきゃ」と笑った。

「――」

美砂生は絶句する。

やっぱり、カエル食べるのか……。

3

同時刻

日本海上空
高度三〇〇〇〇フィート・日本領空の外側一〇マイル

月は無かった。

ゴォオオオ――

ずんぐりした機影が、闇夜の中を行く。三〇〇〇〇フィートの高空をマッハ〇・八――音速の八〇パーセントで巡航している。

その機影は、下反角のある高翼式主翼に、四発の大口径ターボファン・エンジン。尾翼は巨大なT字尾翼だ。胴体の背に円盤のような物体を背負っている。

標識灯をすべて消し、成層圏の闇に溶け込む太いシルエットの胴体側面に描かれているのは赤い星。

ロシア空軍の大型早期警戒管制機・ベリエフA50（NATO名メインステイ）だ。

背中で回転している円盤のような物体は、ロート・ドームと呼ばれる大型監視レーダーである。

針路は二四〇度——南西。

尖った左の翼端の向こうには、頭上の星々よりも明るく日本の海岸線が光っている。さっきサドガシマの真横を通過したから、いま見えているのはイシカワ県の市街地の灯《あか》りだ
——雲が無いせいもあるが、翼端と重なるくらいに近い。

哨戒《しょうかい》任務に当たる同機が、これだけ日本の陸地へ近づくのは珍しいことだ。

ゴォオオ——

ベリエフA50の機首には窓が多い。操縦席の前面風防のほかに天測用天窓、下方観測用床下展望窓も備え、機体頭部は昆虫を想わせるフォルムだ。そのいくつもの窓から、赤い夜間照明が漏れている。

窓の内側——四名の乗員が着席するコクピットに、しかし緊張した空気は無い。ゆったりした水平飛行を自動操縦に任せ、左側操縦席に着く機長、右側操縦席の副操縦士、後席の機関士と航法士が、中央計器コンソールの上に毛布を広げ、皆でトランプのブラックジャックを開帳しているところだった。

「あっ、それ頂き」

「あーしまった、やられた」

四名の操縦室クルーのうち、誰も前方を見ていないが、気にする者はなかった。

革の飛行帽を被《かぶ》った機長が得意そうに「どうだ、親の総取りだ」と笑うと、耳につけたインターフォンに後部キャビンの監視席からレーダー・オペレーターの声が入った。

『機長、日本の自衛隊機が接近して来ます』

「あー、ほっておけ」

このA50の任務は、カムチャッカの基地を発進して日本列島の背中に沿って南下、領空へ接近して日本の電子情報を収集することであった。ロシア極東軍管区の偵察飛行隊にとっては日常的なミッションであったが、今回のように領空線（日本の沿岸から一二マイル）ギリギリまで近づくのは珍しい。今夜は、司令部からこのような飛行コースを取れ、と命じられて出て来たのである。

しかし
「スクランブルと言ったって、どうせヤポンスキーの航空自衛隊には何も出来ん」機長は面倒くさそうに言った。「我々に手出しは出来ん。脇に並んで来て下手くそなロシア語で『お願いですからあっちへ行って下さい』と懇願されても、無視すればいいのだ」

機長の少佐は四五歳、カムチャッカの偵察飛行隊に配属されて十五年になるが、旧式のＩＬ20電子偵察機に乗っていた頃から、日本領空へ近づく任務で身の危険を感じたことは一度もなかった。日本の戦闘機にスクランブルをかけられて緊張したのは、最初の頃の数回だけだった。

「ヤポンスキーには、どうせ何も出来ん。奴らはアメリカの作った平和憲法とかのせいで、絶対に自分たちからは手出し出来んのだ。戦闘機のくせに一発も撃てんのだ。たとえ我々が領空へ侵入しようと、撃ちおとすどころか、後方へ占位してミサイルや機関砲をロックオンすることも出来ん。後方へ食らいついて狙いをつけたら敵対行為になるからな。それすら許されておらんのだ。せいぜい横に並んで下手くそなロシア語でわめき散らすか、前方へ出て主翼を振って踊って見せるのが精一杯だ。あいつらは『軍隊』ですらない、高いおもちゃを買わされて遊んでいるだけの腐り切った腰ぬけの集まりだ、はっはっは──それ今度はダブルダウンだ」

「あちゃー」

「機長勘弁して下さいよ」

『それでは、何もしなくてよいのでしょうか。対ロックオン用のＥＣＭは──』

若いレーダー・オペレーターがインターフォン越しに訊くのを、少佐は「いい、いい」と遮った。

「何もするな。こっちから電波を出すことはない」

「今日の後ろの偵察員は、新人のようですな」

「そうですな。日本の戦闘機なんかを警戒するとは」

「初々《ういうい》しくて、いいじゃないですか」

ははは、と笑いながら操縦室クルーたちは手札をめくった。

「日本海の勤務は、暇でいいな」

「そうですな。バルト海や北海では、こうは行きませんからな」

「士官学校の同期に羨《うらや》ましがられますよ。NATOや米軍じゃなくて、踏んでも蹴っても絶対に逆らわない日本が相手なら、偵察中にトランプで遊べるだろう――?　って。まさか本当にやっているとは言いませんが」

はっはっは、と一同は爆笑した。


しかし――機長の少佐は、ふと思った。

機体を自動操縦で偵察コースに乗せてしまえば、後部胴体内でレーダーに向かう偵察員たちは忙しくなるが、操縦室は暇になり、こうしてトランプに興じていられる。

それというのも、日本の自衛隊が『弱い』からだ。スクランブル機が寄って来ようと、危害を加える素振りも見せない。怖くも何ともない。

奴らは、どうしてそんなに弱いのか。

軍隊の装備を整えているくせに、絶対に戦いません、と憲法に明記して諸外国からばかにされ続けている。

本当かどうか分からないが、日本では、学校で子供たちに『国を守るのは悪いことだ』と教えているらしい。

少佐は、自宅では日本製の中古車に乗っている。寒冷地でも故障することはなく、性能がいい。日本人は頭がいいと思っていたが、同僚からその話を聞いた時、わけがわからなくなった。日本では学校で『国を守るのは悪いことだ』と教えている――？　おまけに学校で国旗を掲揚したり、国歌を歌うことも『悪いことだ』と教えて、教師がさせないのだそうだ。さらに『日本は昔アジアでたくさん人を殺した悪い国だ』と教え、『中国や韓国や北朝鮮に謝らなければいけない』と子供たちの頭に刷り込んでいるという。

「冗談だろう？」と訊き返したら、「本当だ」と言う。「あいつらヤポンスキーたちは、本気で自分たちの国は悪い国だって、学校で教えているんだ。俺は以前工作員として、商社員になりすまして家族と一緒にオオサカという大都市に三年も住んだ。この目で見たのだから間違いじゃない」――

自分の国は悪い国だ、とか学校で教えているような国の軍隊（自衛隊は憲法上『軍隊』ですらないらしい）が、強いわけがない。新聞や、衛星ＴＶのニュースで見ていると、最近では中国や韓国に領土の島を取られたり、金を脅し取られたりしているらしい。

（――あの国は、長くないか……）

少佐は、横目で左側サイドウインドーに散らばる市街地の灯りを見やって、思った。

そこへ
『――飛行中のロシア機』

操縦室の天井スピーカーに、割れた声が入った。

常時モニターしている国際緊急周波数だ。

『飛行中のロシア機、こちらは航空自衛隊だ』

グォッ
同時に、操縦室の左サイドの窓に、海岸の夜景を隠すように濃い流線型のシルエットが割り込んで来た。後方から追いつき、すぐ真横に並ぶ。

「機長、日本のF15です」

副操縦士が窓を指した。

『飛行中のロシア機に告げる。こちらは航空自衛隊だ。貴機は日本領空へ接近している。ただちに針路を変えよ。繰り返す――』

「うむ」

少佐が見やると。左真横に並んだのは、標識灯を消した流線型のシルエットだ。涙滴型のキャノピーに二枚の垂直尾翼――高翼式の主翼の下には、細い熱線追尾式のミサイルを装着しているのが、真っ暗でも分かるほど近い。

窓枠の中でシルエットは微《かす》かに上下する。

『繰り返す、貴機は日本領空へ接近している。ただちに針路を変えよ。繰り返す』

Ｆ15イーグルだ。性能では、ロシアのスホーイ27に匹敵するという。携行している空対空ミサイルはＡＩＭ９サイドワインダーか、新式のＡＡＭ３だろう――

『繰り返すっ』

この、酸素マスクの中で割れるような声は――Ｆ15のコクピットでこちらを見ている、あのパイロットの声か？　ヘルメットにマスクをつけた濃い影がこちらに向いている。声の感じは若い男だ。

「ふん」

だが少佐は、すぐ手元のトランプに目を戻した。

「ほっとけ。あいつらには、何も出来ん――偵察員」

『は』

「監視任務続行」

少佐はヘッドセットのインターフォンで、後部監視席のオペレーターに仕事を続けるよう命じた。

『了解、情報収集を続行します』

『飛行中のロシア機に告げるっ』天井スピーカーの声は繰り返した。棒読みのロシア語で警告を発して来る。『こちらは航空自衛隊だ！　君たちは日本領空へ接近している。ただちに針路を変えよっ、繰り返す――ごほっ』

若いパイロットは緊張しているのか、あるいは酸素マスクのエアが乾燥しているのか、声が裏返り始めた。

『ごほっ、あーロシア機、ただちに針路を変えよっ、貴機は日本領空へ接近している』

未熟者め……。

少佐は思った。

『く、繰り返すっ、ただちに針路を――』

スクランブルの戦闘機は、どこの国でも必ず僚機を連れ、二機編隊で行動する。どこか視界に入らない後方の位置に、二番機が控えているだろう。しかしこのうわずった声の若い男が編隊長だとしたら、二番機はもっと大したことないに違いない。

自分の国を守るのは悪いことだ、か――

そうやって育った若い奴か。

(――よし、例の〈指令〉を決行してみるか)

少佐は心の中でうなずいた。手札を放ると、シートベルトは外したまま、操縦席のコンソールに向き直った。「うるさい奴だ、少しからかってやろう」と言いながら、自動操縦のモード・コントロールパネルに手を伸ばし、オート・パイロットを〈プログラム追従モード〉から〈機首方位維持モード〉に切り替えた。デジタル・カウンター付きの機首方位選択ノブを左へぐい、と回した。

ぐんっ

途端にオート・パイロットが反応し、前方窓の星空が傾いた。

巨大なT字尾翼の早期警戒管制機は、左へ一回漕ぐようにバンクを取ると、さらに針路を左へ五度変針して水平に戻った。

うわ、と驚くような声を上げ、左サイドウインドーに並んでいたイーグルが一瞬遅れてバンクを取り、ぶつからないよう間隔をあけた。

驚いてやがる――

ふん、と少佐はまた鼻を鳴らした。

「機長、まもなく変針点ですが。良いのですか」

航法士が、さすがにトランプから目を上げて言った。

「プログラム通りに変針しませんと、このままでは日本領空へ――トットリ県の海岸線へ上陸してしまいます」

「いいのだ」

少佐は、肩をすくめるようにした。

「実は、お前たちには黙っていたが。出発前に司令から内々に命じられている」

「――？」

「――？」

怪訝《けげん》そうに見返すクルーたちに、情報将校の資格も持つ少佐は「これは秘密指令だ」と告げた。

「日本領空へ接近し、スクランブルしてきた自衛隊機の対応がいつものごとく弱腰だったら、構わないから領空へ入ってみせろ、というのだ」

「りょ」

「領空へ、入るのですか？」

「日本領空へですか」

「その通りだ」少佐はうなずく。「最近、日本では政権が交代したらしい。そこで中国が東シナ海の尖閣諸島で、試しに漁船を日本の沿岸警備艇に体当たりさせてみた。そうしたら沿岸警備艇は反撃もせず、逆に中国政府が『ぶつけたのはお前らだ』と恫喝《どうかつ》すると日本政府はぺこぺこ謝ったという。だから、我々もやってみるのだ」

「なるほど」

「なるほど」

「しかし、領空へ入って、本当に大丈夫でしょうか？」

「心配するな」少佐は、機首の左サイドに並走しているイーグルを顎で指した。「我々が危害を加えられることはあり得ない。あいつら自衛隊には交戦規定がない。つまり、現場の指揮官が自分の判断で武器を使用することは出来ない。国会の承認がない限り、自分たちの判断では『撃てない』のだ。あいつらには何もできん」

『ロシア機に告ぐ。ロシア機に告ぐ！　このままでは貴機は領空へ侵入する、ただちに右へ針路を変えよっ』

「ええい、うるさい」

少佐はヘッドセットのマイクを外部無線に切り替えると、一二一・五メガヘルツの国際緊急周波数に合わせた一番ＵＨＦ無線機の送信ボタンを押した。

「こちらはロシア空軍観測機。自動操縦に不具合が発生した。針路を変えられない。針路は変えられない、以上終わり」

『――――』

そら、絶句したぞ。

少佐は思った。

あるいは、今のこちらのロシア語が理解できなかったか。何しろ、日本人というのは異常に語学がダメで、ロシア機への警告はボール紙のアンチョコを読みながらやっている、という話だ。念のため、英語でもう一回言い直してやるか。理解できていなかったら困るからな――

「ディス・イズ・オブザベーション・エアクラフト・オブ・ロシア。ウィ・ハブ・オートパイロット・マルファンクション。アネイブル・トゥ・チェンジ・コース！　アウト」

『――――』

やはり絶句した。

いや、若いF15のパイロットは、おそらく自分たちの周波数で地上の防空指揮所に伺いを立てているのだろう。

「機長、何もして来ませんね」

「いや、見ていろ。そのうちダンスを踊り始めるぞ」

少佐の言うとおりであった。

『ロシア機、ロシア機、貴機はまもなく領空へ入る。我が誘導に従い着陸せよ』

自衛隊機に、地上の指揮所が指示したのだろう。F15は増速して前方へ出ると、操縦席の前面視界の左手で、後ろ姿を晒《さら》しながら主翼を左右に振り始めた。

『ロシア機、我に続け』

「機長、日本領空へ入ります」

航法士が、自分のコンソールの航法図で機位を確認した。

「只今、沿岸一二マイルの領空線を通過――あと三分で本機は海岸線をクロスします」

「よし、このまま進んで、からかってやろう」

中国の工作漁船の船長は逮捕されたが、中国政府が恫喝するとすぐに釈放したという。もしこの機が領空侵犯したとしても、自動操縦の故障した観測機を自衛隊機がしつこくつきまとって脅かした――と逆にモスクワが恫喝すれば、きっとぺこぺこ謝るに違いない。

左前方のF15は、翼端の標識灯を点灯すると、主翼を振り続けた。

「機長、『我に続け』と言っていますが」

副操縦士が前方窓を指すが
「放っておけ。無視だ、無視」

日本の防空レーダーは、今盛んにこの機を電波で舐《な》め回しているに違いない。これだけ本土に近づけば、後部キャビンの偵察席ではいいデータが取れているだろう。

「ふはは」

視界のよいコクピットの左手前方で、スクランブルのF15は、ふらふらと主翼を振り続けた。

こっちに武装があったら、たちまち撃墜しているぞ――

少佐は、なんて情けない連中だろう、と思った。

『ロシア機、我に続け。我に続けっ。ごほ』

必死に呼びかけてくる若い男が、少し可哀想になった。

その時だった。

グォッ
(――!?)

不意に、もう一つの機影――ブレンデッド・デルタ翼のシルエットが、メインステイの操縦室の真上――天測用天窓の真上すれすれをかすめて追い抜き、前方へ出た。その主翼下面に一瞬見えた赤い太陽のマーク。

ブンッ
(――もう一機のF15……? うわ)

同時にぐんっ、と機首が下向きに押さえつけられ、身体が座席から浮いた。オート・パイロットが高度をキープするように操縦桿を引く。

「な」

「な、何だっ」

　ぐらっ、と揺れた操縦席で少佐は「くそ」と悪態をつく。二つのノズルを持つ機影は、前方視界の正面へ出ると、背面のスピード・ブレーキを一瞬だけパクッ、と開いて高度と速度を合わせた。正面直前方一〇〇メートルの位置で編隊を組むように止まった。

「も」

　もう一機のF15か……。いきなり後ろ上方から現われた。あまりにもすれすれに追い越したから、主翼の吹き下ろし気流で一瞬、こちらの機首が押し下げられたのだ。

　なんてやつだ。

「監視席、何をやってる、真後ろ上方から接近されたなら教えろ」

『も、申し訳ありません』

　インターフォン越しに、レーダー・オペレーターが焦った声を出す。新人め、日本の電子情報を収集するのに夢中になり、全周囲をカバーする監視レーダーの画面を見ていなかったのか……!?

『今のは後方から、いきなり現われました。尾翼後ろ上方の死角に隠れていたようです』

「な、何」

　そ、そうか――後方にいた、スクランブル編隊の二番機か。

　少佐は、コクピットの前方視界・真正面一〇〇メートルほどの位置にぴたりと静止した双尾翼の後ろ姿を睨んだ。双発のP&W－F一〇〇エンジン。その円い二つのノズルが、こちらの機首から突き出るピトー管に突き刺さるようだ。

「み、未熟者めっ、もう少しでぶつけるところだ」

少佐は、突然現われた二番機の動きに目を奪われていた。

いきなり頭上すれすれをかすめたと思えば――今度は前方の空中に、ピンで留めたかのように動かない。

切れのいい動き……何ものだ、こいつ。

メインステイは、確かにT字尾翼の斜め上方真後ろ、ごく狭い空間が、監視レーダーの死角になる。そこに隠れていた……？

あの『我に続け』と声をからす、若い男の部下なのか？

「機長……？」

副操縦士が、真正面に躍り出たF15と、少佐の顔を交互に見るが
「い、いや心配するな」少佐は頭を振った。「今度は二機そろってダンスを踊って見せてくれるというわけさ。そら見――う」

「う、うわっ」

少佐と副操縦士は同時に驚きの声を上げた。

クルッ

次の瞬間。

コクピットの四人ともが目を剝《む》いた。

「う」

「う」

「うわ!?」

直前方一〇〇メートル――その真正面の位置で、イーグルの後ろ姿がいきなり軸廻《まわ》りに三六〇度クルッ、と一回転したのだ。

軸廻り回転《エルロン・ロール》……!?

恐ろしく疾《はや》い。急激な一回転でイーグルは瞬時に速度を失い、二つのエンジン・ノズルがコクピットの前面風防にぐわっ、と迫って来た。

いかん追突する……！　少佐はとっさに操縦桿を握って自動操縦をオーバーライドし、機を急旋回させようとしたが――出来なかった。ずがが っ、と凄まじい上下の衝撃がコクピットを揺さぶったのだ。

「うわっ」

少佐は身体が浮き、操縦桿を摑みそこねた。回転したイーグルの起こす乱流が、メインステイの背負うロート・ドームを直撃したのだったが、クルーたちには何が起きたのか分からなかった。ただトランプをするためにシートベルトを外していたのはまずかった――

と分かっただけだ。

「うわぁあっ」

「ぶつか——」

だが

ドンッ

二つのノズルが、機首から突き出るピトー管に突き刺さる——そう見えた瞬間、真っ赤な火焔《かえん》を噴いた。

(アフターバーナー……!?)

ドゴンッ!

宙に浮いてから座席に叩きつけられた少佐の視界が、真っ赤になった。赤い閃光——機首の前方わずか一〇メートルで双発のP&W・F一〇〇エンジンが、アフターバーナーに点火したのだ。凄まじい衝撃波を叩きつけ、イーグルの機体が前方へ加速し離れる。

ズゴォッ

「き、機長、速度がっ……!」

正・副両操縦士の目の前にある飛行計器——CRT画面式のプライマリー・フライトディスプレーで、縦型の速度表示が瞬時に跳ね上がり、同時に真っ赤に染まった。

ピピピピピッ

そ、速度超過警報……!?

衝撃圧力を受けたピトー管のセンサーが『急激な速度増加』と勘違いしたのだ。

(マ、マッハ一・五——馬鹿なっ!)

同時に高度センサーも『気圧が上がったので機が下降している』と勘違いして、高度表示が下がり始めた。

ぐんっ

気づいたときには遅かった。オート・スロットルが『緊急に速度をおとさなければならない』と勘違いし、四本の推力レバーを急激にアイドルへ絞った。同時に『下がった高度を上げなければならない』と勘違いしたオート・パイロットが操縦桿を急激に引いた。

「——う、うわぁっ!」

ぐわばっ

高翼四発の大型早期警戒管制機は、三〇〇〇〇フィートの高空で推力をアイドルへ絞りながら急激な機首上げを行なったため、その場で大きく腹を見せて宙に立ち上がり、ついで右翼を下に傾けながら巨体を回転させ、止まらずにひっくり返った。

う、うわぁーっ！

ブォオッ

コクピットのすべての窓で星空が回転し、四人のクルーは何が起きているのかわからぬまま、シートから放り出され天井や壁に叩きつけられた。どしん、がんっ、と骨の折れるような響きも回転する機体の風切り音にかき消される。

ブォオオオオッ

（――ス、スピン……!?）

少佐は目を剝いた。機体が斜めに回転している。

「くっ」

マイナスGで宙に浮く身体を、計器パネルのグレアシールドを摑んで引き止め、何とか操縦席にねじ込んだ。しかし前方視界では闇と星空が回転し続け、世界がどうなっているのか何もわからない。くそっ、身体が浮く、落下しているのか――!?　どっちが海面なんだ!?　自動操縦を解除しなくては。操縦桿が引かれたままだ、いったいどうなっていやがるんだ、このくそオート・パイロットは……!?

少佐は浮こうとする身体で何とか操縦桿を摑み、右の親指で自動操縦解除ボタンを押そうとするが。

どがんっ

その瞬間、メインステイの機体は巨人の手にはたかれたように背中から衝撃を食らい、少佐は計器パネルに顔をぶつけた。

「ぐわっ」

機体背面のロート・ドームがGでもぎ取られ、吹っ飛んだのだ。同時に外板のどこかが裂けた。

ガキキッ

ボンッ

機内の気圧が瞬時に下がって耳を襲い、周囲が水蒸気で白くなった。

ビーッ

ビーッ

何だ、急減圧警報かっ……!?

「い、いかんっ、酸素マスクを――！」

機体は落下し続けている。しかし先にマスクを着けないと気を失ってしまう！　少佐はとっさに操縦席左脇に吊るされた緊急用酸素マスクをひっつかむと、留め具からもぎ取って顔に装着した。冷たいエアが自動的に流れてくるのを吸いながら操縦桿を摑み、ボタンで自動操縦を解除した。

だがどうすればいい――!?　視界は回転している。機体は斜めに回転しながら落下している。どうやったら姿勢を回復できるんだ、戦闘機パイロットならわかるだろうが――

少佐は試しに、操縦桿を機体の回転する向きと逆方向へ切ってみたが、何の反応もない。

くそっ、主翼が失速していて補助翼が利かないっ……。どうすればいい、このままだと海面に……！

ブォオオオッ

頭の上の天測窓で、星空が回転――いや違う、あれは海岸線の明かりだ、頭上の真っ黒いのは夜空ではなく海面だ、頭の上から海面が回転しながら迫ってくる。いやこっちが真っ逆さまに回転しながらおちて行くのだ――くそっ、どうすればいい!?

『レフト・ラダー』

不意に頭の上から声がした。

低いが、女の声……？

幻聴か。

少佐は必死に、操縦桿を左へいっぱいに切る。ダメだ、どうしても機体が反応しない。

回転が止まらない……！

そこへ

『キック・ユア・レフトラダー！　左ラダーを蹴れっ、もたもたするなこのバカっ』

女の声が、叱りつけた。

後半は日本語らしかった。前半の「レフト・ラダー」という言葉だけが、少佐の意識に入り込んだ。

そうかっ。

少佐はGに抗し、左足でラダー・ペダルを踏み込んだ。ぐん、と手応えがあり、機体の回転が抑えられるのがわかった。そうか、方向舵《かじ》で回転を止めるのか……！　さらにぐいと踏み込むと、頭上の星空——ではない星をばら撒《ま》いたような海岸線の明かりがぴたっ、と回転を止めた。

回転が止まった。まだ真っ逆さまに下降している、だがもうわかる、次は操縦桿を引くのだ。機首を上げる。海面が迫ってくる、くそっ、間に合うか——!?

4

日本海上空
鳥取県沿岸・高度二〇〇〇フィート

ズグォオオッ

背中のロート・ドームをもぎ取られ吹っ飛ばされたメインステイは、真っ逆様の回転をどうにか止めると、闇夜の宙にもがきながら機首を持ち上げ始めた。

ズゴォオッ

コクピットでは気圧高度計は役に立たず、気圧によらない電波高度計が迫り来る海面の存在を検知して『プルアップ、プルアップ』と警告音声を鳴らし始めた。

「――く、くそっ」

操縦席の少佐が操縦桿を思いきり手前へ引いた途端、今度は猛烈なプラスGがかかって身体を座席に押しつけた。腕が重い。引けない！

「――ふぐっ！」

必死に引く。引けばGがかかり、身体が激しく押しつけられる。電波高度計の地表衝突警報はうるさいくらい鳴り響く。海面が近い。Gに抗して死ぬ気で操縦桿を引くと、少しずつ機首が上がり始めた。

ぶぉおおっ

風切り音とともに、前方視界で黒と白のまだら模様が猛烈な勢いで上から下へ流れる。

海面の波濤《はとう》か……！

プライマリー・フライトディスプレーの電波高度表示が『五〇〇』『四〇〇』――

あ、上がってくれっ！

巨大な早期警戒管制機は、海面上二〇〇フィートで機首をぐううっ、と水平まで引き起こし、腹で海面の波頭をこするようにしながら上昇に転じた。

「――はぁっ、はぁっ」

た、助かった……。

A50の機体は、海面すれすれで激突を免れた。

しかしエンジンは四基のうち二基がフレーム・アウト（停止）していた。四本の推力レバーを前方へ一杯に出しても、中央ディスプレーに四つ並んだN1（エンジン回転数）表示が、二つしか上がって来ない。これでは高度は取れない。いやそれより推力レバーを摑む手の震えが止まらない。

「――はぁっ、はぁっ、み、みんな無事かっ」

少佐は声を震わせ、酸素マスクのエアを激しく吸いながら、初めてコクピットの内部を見回した。

だ、駄目か――

自分以外の三人は、操縦室の狭い床に折り重なって倒れていた。座席から放り出されたため、酸素マスクを着けることが出来なかったのか。

ピーッ
赤い警告灯が点灯した。ライトの表示は『ENG FUEL LOW PRESS』。エンジンの燃料圧力が低い。どこかから燃料が漏れている……？

ここはどこだ？ 少佐は見回す。左手の窓に、海岸線らしい灯《ひ》が流れる。トットリ県の沿岸すれすれを飛んでいるのか……？

「はぁっ、はぁっ」

少佐は、もう空気が濃いので要らないのだが、そこまで気が回らず酸素マスクのエアを激しく吸い続けた。

なんてやつだ。

（あの二番機……）

一つ間違えば空中衝突して二機とも粉みじんだった。

その時
『ロシア機に警告する』

すぐ頭上から声がした。

それは日本語で、低い女の声だった。

『ロシア機に警告する』

さっきの声だ……幻聴ではなかったのか。

どこだ。

反射的に左窓を見た。しかし日本の沿岸の灯が流れるだけだ。

いない……？

だが
『ロシア機に警告する、貴機は日本領空を侵犯している』

低い女の声は、天井スピーカーから降って来た。英語すら使わない、日本語だ。

「――!?」

気配に、思わず頭上を仰いだ少佐の目が見開かれた。

「な」

真上……!?

すぐ上にいた。天井の天測窓のすぐ真上、手で触れられるような位置に、赤い太陽のマークを主翼につけた戦闘機の下面が被《かぶ》さるように浮いている。

ズゴォオオ――

少佐は慌てて操縦桿を押さえ、緩い上昇を止めた。いかん、取り敢えず水平に――ぶつけられてはかなわない。

急激な気圧変化で、耳が詰まっていた。唾を呑み込んだ拍子に詰まっていたのが抜けると、爆音が急に大きく聞こえ始める。
ゴォオオッ
F15……？　いったいどこにいた。いつの間に──!?
少佐は、混乱した。それまで何の気配もしなかった。こ、こいつはどこにいた？　俺たちのそばについて一緒に降下して来たとでも言うのか。回復出来ないのを見て『左ラダーを蹴れ』と教えてくれた……!?
『警告する。ただちに領空を出よ。さもないと──』
「……う!?」
少佐は天井を見上げたまま息を呑む。
グルッ
天測窓のすぐ上で、あろうことかブレンデッド・デルタ翼の機体がひっくり返って、涙滴型キャノピーがこちらに向いた。
背面──!?
ぐらっ
途端にメインステイの機首は、上下に不規則に揺らいだ。
ぐらっ
（う、うわ──）

少佐は必死に操縦桿を支え、機首の上下動を抑えた。Ｆ15が、機体をひっくり返したので乱流が生じたのだ。

まずい、もしもこちらのＴ字型水平尾翼が乱流で失速でもすれば――昇降舵が利かず、制御不能の急降下に陥る。

く、くそっ……！

必死に操縦桿を握って支える少佐が、視線を感じて再び目を上げると。

何だ。

女……？

涙滴型キャノピーから、鋭い視線がこちらを見下ろしていた。標識灯の光に照らされ、それがちらっ、と見えた。切れ長の目と黒い瞳――グレーのヘルメットを被っているが、浅黒い肌の日本人の女だ。酸素マスクを横に外していて顔が一瞬はっきり見えた。猫のような印象の、若い女――

（…………）

少佐はなぜか背筋が寒くなった。鋭いまなざしに殺気を感じたのだ。

『――さもないと海面にぶち込むぞ、さっさと領空を出ていけっ』

ガンッ

同時に天井が、上から何かに激しく打撃された。

ガゴンッ

ぐらっ

「ば――」

馬鹿な……垂直尾翼の先端で、この機の背中を小突いたのかっ……!?

ぞっ

鳥肌が立った。

その少佐に

『出て行かんか、こらぁっ!』

国際緊急周波数で、低い女の声が叱りつけた。

「――は、はいっ」

反射的に、叫び返していた。

少佐は日本語を解さなかったが、何を言われたのかは凄《すご》くよく分かった。この位置でまたアフターバーナーでも炊かれたら、水平尾翼がフラッターを起こし制御不能になる。

「で、出て行きますっ」四十五歳の少佐は泣き声を上げた。「出て行きますから、許してくださいっ!」

日本海上空　低空

「鏡《かがみ》」

海面近くまで落下したロシアの大型AWACSが、悲鳴を上げてどこかへ飛び去った後。

風谷《かぜたに》修《おさむ》は、ようやく低空まで降下すると、自分の僚機——二番機のF15Jの姿を認めてその真横へ並んだ。

「鏡、いったい何をした⁉」


この夜のアラート待機は、風谷が編隊長だった。スクランブルの一番機だ。

F15Jイーグルを駆り、国籍不明機《アンノン》に対処した。

風谷は二十七歳。航空学生出身の戦闘機パイロットだ。三等空尉。所属は、石川県小松基地に本拠を置く第六航空団・第三〇七飛行隊。

今夜は、小松基地で待機していたところを、国籍不明機の接近によりスクランブルが命じられ、僚機の鏡黒羽《くろは》三尉を伴って緊急発進した。小松を離陸した後は、府中にあるCCP（総隊司令部中央指揮所）の指揮下に入り、地上の要撃管制官の誘導で不明機にインターセプトした。ロシアの早期警戒管制機であることは、風谷が目視で確認し、報告した。

あとはロシア機が日本領空へ侵入しないよう、自衛隊法に定められた対領空侵犯措置の規定に従って、警告と監視を行なった。言うことを聞かずにロシア機が領空へ入ると、規定通りに『強制着陸のための誘導』を行おうとしたのだが――

「鏡、お前あいつに何をしたんだ⁉」

『――別に』

二番機のキャノピーの中で、猫のような目の女性パイロットがあくび(風谷にはそう見えた)をした。

『要撃対象機が、一番機の誘導に従わなかったので。二番機のわたしも対象機の前方へ出て、主翼を振りました』

「主翼を振――って、お前……」

風谷は酸素マスクの中で絶句する。

すでに喉がカラカラだ。戦闘機パイロットが高々度では必ず装着する酸素マスクのエアは、配管を錆《さ》び付かせないため徹底的に水分を抜かれ、乾燥している。そのエアを吸いながら国籍不明機へ警告をしていると、二分で声がかれて来る。

『それだけ』

「そ、それだけって、おま――」

その時

『ブロッケン・ワン、こちらＣＣＰ』

風谷のヘルメット・イヤフォンに、別のざらついた声が入った。

中央指揮所の要撃管制官だ。

『ブロッケン・ワン、ロシア機が墜落に近い急降下をした。何があった』

東京　府中
航空自衛隊総隊司令部・中央指揮所

「三次元レーダーの、故障ではないのだな」

府中市・総隊司令部の地下四階に、岩盤をくりぬいて造った大空間がある。日本の防空の指揮を取る中枢だ。

正面のホリゾント・スクリーンには、ピンク色に巨大な日本列島の姿が浮かび、周囲には全国各地のレーダー・サイトから集められた情報が、記号と数字・図形などで表示される。国籍不明機が出現し、日本に接近して来れば、ただちに探知されてスクリーンに現われる仕組みだ。

劇場に似た薄暗い空間には、スクリーンを見上げるように管制卓が幾列も並び、通信用ヘッドセットをつけた要撃管制官たちが十数名、各担当セクターの監視に当たる。二十四時間・三交替だ。ひな壇のように並ぶ管制卓の列の後方に、先任指令官席がある。

「たった今の『急降下』は、測定データのエラーではないのか」

先任指令官席では、和響一馬《わきょうかずま》が立ち上がったまま、管制官たちの報告を受けていた。

「レーダーのエラーではありません、先任」

連絡担当の管制官が受話器を手に、振り向いて報告する。

「確認しました。日本海側の各レーダー・サイト、すべて高度測定機能に異常なし」

「ではあのアンノン――ロシアのメインステイは、本当に二分間で三〇〇〇フィートを降下、いや落下したというのかっ。いったい何が起きた」

「ブロッケン・ツーとの空中衝突では、なかったようです」

日本海第一セクターを担当する管制官が、振り向いて言う。

「ブロッケン編隊は二機とも健在。今、ブロッケン・リーダーに情況を報告させます」

「頼む」

和響は、この晩の当直先任指令官だった。

日本海セクターを担当する別の管制官が、ブロッケン・リーダー――小松から上がったスクランブル編隊の一番機を呼び出すところを見て、うなずいた。

「早急に、情況を報告させろ」

「分かりました」

「先任、ロシア機は飛び去りました。こちらのレーダー覆域を出ます」

もう一人の管制官が、振り向いて報告をした。

「低空で低速です。エンジンが何発か、いっちまったんじゃないですか」

「――――」

和響は絶句する。

いったい、何が起きたのだ――

こんなことは、今までに一度も無かったぞ……。


十五分ほど前のことだった。

深夜勤務についていた和響は、先任指令官席で眠気ざましに新聞をめくっていた。

先任指令官は、何か起きた時に全体の指揮を取るので、常時モニターしていなければならない画面はない。何事も起きないと、暇であった。

「――国会議員有志、再び鬱陵島《うつりょうとう》へ、か……。超党派で作る『竹島《たけしま》を取り戻す議員連盟』が、昨年に引き続き、韓国ソウル経由で鬱陵島を視察する。日本海の鬱陵島は、韓国が不法に占拠しているわが国固有の領土・竹島の北西に位置し、晴れた日には竹島を肉眼で見ることが出来る。昨年は入国を拒否されたが、今回は超党派二十六名で訪問する。団長の

石橋《いしばし》 護《まもる》議員は『今度こそ入国し視察する』と自信をみせる。この動きに対し韓国では——か。ううん、竹島なぁ……。でもあそこって、防空識別圏の外側なんだよな」

和響が記事を見ながらつぶやいた時。

「先任、アンノンです」

日本海第一セクター担当の管制官が、インターフォン越しに知らせて来た。

「出現しました。佐渡島の北東二〇〇マイル、接近中」

「よし。諸元を出せ」

和響は新聞を畳んだ。

暇だったのが急に忙しくなる。この部署の特徴だ。

ざわざわっ、と急に全員が動き始める。

「正面スクリーン、出ます」

「あれか」

見ると。日本海の北方から近づく一つの国籍不明機が、スクリーンの佐渡島の北に、オレンジ色の三角形シンボルとして表示された。

——ロシアかな。

国籍不明機の出現自体は、年間四〇〇回以上も起きている。言わば通常の事態だ。ロシアや中国の軍用機が、日常的に日本海を飛び回っている。そのうち日本の領空へ接近するものがあると、対処が必要になる。

三角形の尖端は斜め左下に向いた。およそ二四〇度の針路で、ＡＤＩＺ（防空識別圏）内へ入り込んで来た。このままでは本州沿岸一二マイルの日本領空内へ侵入する可能性がある。和響はそれを見て「ただちに小松のＦ《エフ》を上げろ」と指示した。

指示はホットラインで伝えられ、三分後には石川県の海岸線のやや上に、緑色の三角形が二つ、尖端を斜め右上へ――迫って来るオレンジの三角形に向き合うようにして出現した。

緑の三角形は、『ＢＲＫＮ01』および『ＢＲＫＮ02』――それぞれ識別記号と、高度・速度などのデータが寄り添うように表示される。戦闘機の敵味方識別装置（ＩＦＦ）が、こちらの防空レーダーの質問波に対して、自機のコールサイン、飛行データなどを自動的に送信して来るのだ。

一方、迫り来るオレンジ色の三角形は、レーダーからの質問波に応答などしないから、位置は分かるが高度や速度は分からない。だが航空自衛隊の防空レーダーには『三次元測定機能』があり、探知した目標の三次元空間上の運動を立体的に測定して、精密ではないが大体の飛行高度と速度を算出してくれる。

この測定データを元に、担当要撃管制官は緑の三角形二つを、オレンジの三角形の真横へうまく誘導するのだ。

数分もせず、佐渡島の沖から北陸の海岸線へ近づくオレンジの三角形に、緑の二つの三角形は横から廻り込んで並び、左側に並走して監視と警告の態勢に入った。

アンノンはロシア機であり、機種はA50メインステイ。これより音声通信による警告を行なう——と報告して来た。

よし、規定通りの、安心して見ていられる要撃行動だ——

和響はスクリーンを見上げて思った。あのスクランブルの編隊長は、慎重に行動する男なのだろう。

だが落ち着いて見ていられたのは、そこまでだった。

「先任。ロシア機が、ブロッケン・リーダーの警告に従いません。このままでは鳥取沖で領空へ入ります」

警告の様子をウォッチする担当管制官が、振り向いて報告した。

「自動操縦が故障して、針路を変えられないとか言っています」

「何」

和響は眉《まゆ》をひそめた。

「交信を、スピーカーに出せ」

「はっ」

途端に
『ディス・イズ・オブザベーション・エアクラフト・オブ・ロシア。ウィ・ハブ・オートパイロット・マルファンクション。アネイブル・トゥ・チェンジ・コース！　アウト』

天井スピーカーに、ロシア人操縦士のものだろう、ざらついた声が入った。

「な、何だと……？」

ひどい口実だ――

「先任、ブロッケン・リーダーが指示を求めています」


まさか、こいつは……。

先任席から思わず立ち上がり、スクリーンを仰ぐ和響に、後輩の若い管制官たちの視線が集中する。

和響は趣味で、防衛省オーケストラで指揮棒を振っている。事態が切迫すると立ち上がってしまう癖がある。

その和響の脳裏に、一瞬、数カ月前の尖閣諸島での事件がよぎった。

政権が代わってから、中国あるいはロシアのものと見られる国籍不明機の出現は、確かに増えている。そのうち、本土に対しても何か仕掛けて来るのではないか？　その考えは、総隊司令部の要撃管制官ならば誰でも頭の隅にある。

しかし航空自衛隊は平和憲法に縛られている。

自衛隊法第八四条〈対領空侵犯措置〉――それは『国籍不明機が接近したら領空へ入ら

ぬよう警告する、音声警告に従わなければ横に並んで警告射撃、それでも従わずに領空へ侵入したら、国内の飛行場へ誘導し強制着陸させる』という規定だ。『撃墜する』とは、どこにも書かれていない。スクランブルで上がった要撃戦闘機がアンノンに対して武器を使用していいのは、正当防衛だけだ。スクランブル機自身が撃たれて生命が危ない時と、アンノンが日本の国土に対して明確に攻撃態勢を取り『急迫した直接的脅威』が生じた時のみだ。それ以外には一発も撃てない。

「よし、警告射撃だ」

和響はうなずき、立ったまま担当管制官へ指示した。

「ブロッケン・リーダーに、ただちに対象機の左前方へ出て、前方へ向け警告射撃を行うよう指示せよ」

「了解」

だが

「――あ、いやちょっと待て」

和響は、指揮棒で指すような手ぶりで、慌てて指示を引っ込めた。

引っ込めざるを得なかった。

もう間もなく領空へ入り、鳥取県の海岸線と斜めに交差する。あんなところで要撃機をロシア機の前へ出し、前方へ向けて機関砲を撃たせたら……。

二〇ミリ砲弾の流れ弾《だま》が、鳥取の沿岸部の陸地へおちるぞ。まずい――

もしも人家の近くに、一発でも自衛隊の砲弾がおちたら。マスコミが大騒ぎするだろう。

だが対領空侵犯措置では、警告射撃は必ず『対象機の前に出て』かつ『前方へ向け』射撃せよ、と決められている。つまり、絶対に当たらないように撃て、というのだ。対象機の後方に廻って、後ろから狙いをつけることは『たとえ当てなくても敵対行為になるからしてはいけない』と禁じられている。戦闘機が相手よりも前へ出て、後ろ姿を晒《さら》すのは逆に相手に『撃ってください』と言うようなものだが――

く、くそ……。

「先任、ブロッケン・リーダーから『次の指示はまだか』と」

「わ、分かっている」

「ロシア機が、領空へ入りましたっ」

アンノンの位置をモニターしている別の管制官が、振り向いて報告した。

「領空侵犯です。続いて三分で、鳥取県の海岸線に『上陸』します」

「先任」

「先任!?」

「分かっている」和響はうなずいた。「警告射撃は、沿岸に砲弾が落下するから適当ではない。こうなれば次の段階として強制着陸のための誘導を行なう。ブロッケン・リーダーに指示せよ。強制着陸先は小松基地だ」

「はっ」

「はっ」

だが指示は出したものの、和響には、いや中央指揮所に詰める管制官全員がそうかも知れない、ロシア機が素直に〈誘導〉に応じるとは思えなかった。

それでも、俺たちにはこれしか出来ることがない——

和響は思った。

スクリーンの上で、『BRKN01』と表示された緑の三角形が、オレンジの三角形の真横からやや前へ出ると、天井スピーカーに交信の音声が流れた。決められたとおりの文言で『我に続け』とロシア語で呼びかける。酸素マスク越しに、荒くうわずる声だ。

(——ブロッケン・リーダー)

心の中で、和響はスクランブルの編隊長の男を呼んだ。孤立無援の上空で、ロシア機に対処するのは辛《つら》いだろう、しかし俺たちも辛いんだ……。

和響は、隣の席に控える連絡担当管制官に「強制着陸に備え、関係各部署に連絡しろ」と命じた。

「それから、〈規定〉に——いや総隊司令に通報だ」

「は、はっ」

そばに控える連絡担当管制官は『やっぱり、呼ぶんですか』という目で和響を見た。

和響は『仕方ないだろう、決まりなんだから』と目で言い返す。

（俺だって――）

和響は振り返り、背後のトップダイアス――自分の先任指令官席よりもさらに一段高くなったひな壇の最上段を見た。現在は空席だが……。

俺だって、あそこに〈規定〉――いや総隊司令官を真ん中に、監理部長や運用課長や、その他取り巻きがずらりと並んで見下ろして来たら、やりにくくてたまらない。

しかし、すでに現場責任者だけで処理を終わらせられる範囲を超えている。

「いいか不幸中の幸いで、今は深夜だ。通報したって、〈規定〉を先頭にお歴々があそこにずらっと並ぶまで、三十分はかかる。三十分あれば――」

「は、はい」

「一応、呼んでおくんだ。呼ばないと後でうるさい」

「分かりました」

和響は『指令官』であって『司令官』ではない。単なる現場のリーダーに過ぎない。組織を統括する司令官はもっと偉い。

先任指令官は通常、要撃管制官の中から先任の二佐または三佐が選ばれて担当する。和響一馬は防衛大学校出身の三十七歳、二佐である。企業で言えば若手の課長か、課長補佐クラスだ。防大出身でない叩き上げには、もっと年長の先任指令官もいる。

通常、飛来したアンノンが音声警告のみで針路を変え、領空へ入らずに出て行けば、それは日常的に起きる事象であり、後で勤務明けに報告書を書けば済む。しかし、警告射撃が必要となったり、領空侵犯などの重大事象となれば、上位の責任者に報告し指示を仰がねばならない。

もちろん、総隊司令部で一番偉い総隊司令官が、取り巻きの幹部たちをずらりと引き連れ、中央指揮所のトップダイアスに座ってみたところで、対領空侵犯措置を踏み越える対処が出来るわけではない。むしろ「説明しろ、報告しろ」「規定通りにやれ」「処置が遅い」など上から逐一言われ、それに応じるだけで仕事量が大幅に増えてしまう。

（何とか、三十分以内に事態を収拾出来ると助かるが――）

そう思った時。

「先任、ブロッケン・ツーもロシア機の前へ出ます」

担当管制官が報告してきた。

「何」

見上げると。

正面スクリーンでは、もう一つの緑の三角形が、オレンジの三角形を追い越すように前へ出て行く。

ブロッケン・リーダーが指示したのか……？

二番機にも誘導をやらせようというのだろうか。確かにこのくらいの指示は、現場の編隊長の判断に任せられているが……。

（やはり、言うことを聞かないのか）

もしもロシア機が――

和響は思った。

もしもあのメインステイが、このまま針路を変えずに飛び続けたら――？

メインステイは早期警戒管制機で、武装はない。

このまま堂々と本土の上空を斜めに横断されても。武装のないメインステイが相手では『正当防衛』も『直接的脅威』も発生しようがない。つまり俺たちは――ブロッケン・ワンとツーは、撃つことが出来ない。確信犯のメインステイの前へ出て主翼を振るしか、出来ることが何もない。領空侵犯されても、手も足も出ないのか……!?

「……く、くそ」

だがその時だった。

立ったままスクリーンを見上げる和響の目が、見開かれた。

（な、何だ……!?）

数秒後。

二番機を表わす緑の三角形が、オレンジの三角形のすぐ前方へ出た――そう見えてから
いきなりオレンジの三角形の表示高度が、下がり始めた。同時に三角形の尖端がその場
でくるくると回転を始めた。

「ど、どうしたっ」

「分かりません！」担当管制官が叫ぶ。「ロシア機の、測定高度が急に――急降下してい
ます、どんどん落下している、運動方向も目茶苦茶に変わってる。こいつはまるで」

それが、つい三分前のことだ。

「先任、ブロッケン・リーダーより報告」

スクランブルの編隊長を呼び出していた管制官が、振り向いて報告をした。

「先ほどの急降下ですが。ブロッケン・ツーがロシア機の前方へ出て主翼を振った直後、
急にロシア機はみずから錐揉《きりも》みに陥ったと――」

「何……？」

和響は立ったまま、訊き返した。

「みずから、錐揉みだと……!?」

「はい」

「…………」

信じられない。

あの『落下』は、ロシアの早期警戒管制機が突然スピンに入ったせいだと言うのか。

いったい三〇〇〇〇フィートの高空で、何が起きたと――

その時
「何の騒ぎだ」

ふいに背中で声がして、和響を振り向かせた。

5

府中
総隊司令部・中央指揮所

「何の騒ぎだ、和響二佐」

しわがれた声に、思わず和響が振り向くと。

(……!?)

和響は、また目を見開く。

〈規定〉が、来た……? もう下りて来たのか、少し早過ぎないか……!?

和響が〈規定〉と呼んだのは、そのように部下たちからあだ名される総隊司令官・敷石《しきいし》空将補のことだ。司令になる前の役職は総隊司令部監理部長。二言めには「規定、規定」と組織に規則を守らせることを厳格に徹底的にやり、それで出世したような人物だ。

「そ、総隊司令」

司令部のすぐ外にある官舎に電話を入れても、この深夜だ。起き出して着替えて、地下四階まで下りて来るのに三十分はかかると思っていた。

「驚くな」

だが敷石空将補は、咳《せき》払いすると和響をぎろり、と見た。

「例の尖閣の事件以来だ」

「は?」

「いつ本土に、何か仕掛けられるか分からん。あれ以来、夜は上の司令部に泊まり込んでおる」

敷石は手の中の携帯を、空将補の制服の上着ポケットへ収めた。

「事が起きたら、遠慮なく呼べ」

「ま、毎晩ですか？」

「何がだ」

上の司令部に、泊まり込んでいる……？　知らなかった。

道理で、いつもの取り巻きの幹部たちを連れていない。敷石は一人で、司令官執務室の応接間にでも毛布を持ち込んで、長椅子で寝ているのかも知れない。

「その、上に泊まられていると言うのは――」

「当たり前だ」

敷石は言いながら背を向けて段を上り、和響の背後頭上のトップダイアスの中央の席へ着いた。卓上のマイクを引き寄せた。

「よし報告せよ、詳しくだ。先任指令官」

石川県　小松基地
第六航空団司令部

三十分後。

「いったい何が起きた風谷三尉？」

風谷修は、帰投するなり、管制塔の真下にある第六航空団の司令部へ呼び出された。飛行服のままだった。

編隊長として、情況を報告しろと言う。

鏡黒羽は呼ばれず、風谷一人だった。

こんなことが、数カ月前にもあった……。

だが頭の隅で、昨年沖縄の尖閣諸島でひどい目に遭った〈事件〉を思い出す暇もなく、司令部の会議室では防衛部長の日比野《ひびの》二佐が待ち構えて、詰問した。

「領空侵犯したロシア機が、墜落寸前の急降下をして、逃げ去った。何が起きたのか情況を詳しく報告しろと、総隊司令部から強く催促されている。夜が明けるまでに報告書を出せと」

「……は、はい」

風谷を呼びつけた日比野は、三十代半ばだ。防衛部長という役職は、すなわち第六航空団の作戦部長を意味する。第三〇六、三〇七の二つの飛行隊の作戦行動を指揮・統括する立場だった。日比野の年齢で二佐で防衛部長というのは、すなわち防衛大学校出のエリートであることを意味する。

日比野は制服の胸に、翼をかたどった航空徽章《きしょう》（ウイングマーク）を付けている。風谷の飛行服の胸に縫いつけられたものと同じだ。

「だいたいの経過は、すでにこの基地の要撃管制室でも摑んでいる。私も自分でスクランブルに上がった経験があるから、ロシア機の横に並んで警告するところまではイメージ出来る。問題は、その後だ」

「……はい」

「風谷三尉」

「は、はい」

「君は、昨年に起きた尖閣諸島での中国機による領空侵犯事件でも、我慢強く対処をしてくれた。自衛隊法に基づく対領空侵犯措置の規定を守り、スタンド・プレーをせず、冷静に対処した。私は、君が飛び抜けて優秀ではないが安心してアラートを任せられる編隊長だと信頼している。スクランブルという、言わば『前線』に出るパイロットは、絶対にスタンド・プレーをしてはいけないのだ。頭に血が昇ってもいけない。『文句があるなら腕で来い』と言う、脳みそが筋肉で出来ているような航空学生出身の連中の中では君はまともでおとなしく、航空自衛隊として現場を任せられるパイロットだ」

「…………」

日比野克明《かつあき》二佐は、防大を出た二十代の頃に『現場を経験する』という意味でか、一度は戦闘機パイロットになってアラート任務にもついたという。パイロットとしての評価は、さほど高くなかったと聞いている。空自の戦闘機パイロットは、高校を出てすぐに採用され養成訓練に入る航空学生制度の出身者が、防大や一般大卒でパイロットになった者よりも数では多い。日比野は現場時代に、航空学生出身の教官にしごかれたことをひょっとしたらまだ根にもっているのではないか――？　と皆は陰で言っている。

（……どう説明しよう）

困った。

あった通りに言ったところで、信じはすまい――

第一、そのまま話したら面倒なことになる。

風谷は航空学生制度の出身だ。高校を出る時に、都内の私立大学にも受かっていたが、戦闘機パイロットになるという中学時代からの目標を選んだ。航空学生は大学へ行かない代わり、年少のうち訓練に入って早くパイロットになれる。

ところが、風谷はパイロットにあまり向いていなかった。訓練課程では、何度か脱落する寸前まで行った。努力して何とかF15Jに乗れるようになり、実戦部隊である第三〇七飛行隊へ配属されてからも、スクランブルで一番機になれる〈二機編隊長〉資格を取得するまで二年かかっている。

風谷は、鼻息の荒い若い防衛部長に、どう説明しようかと思った。

「風谷三尉」

「……は、はい？」

「総隊司令部が一番危惧《きぐ》しているのは、こうだ」

日比野はテーブルに乗り出して、言った。

深夜の会議室のテーブルには、日比野の両横に司令部の事務方幹部がつき、パソコンで記録を取っている。急に呼び出されたのだろう、二人とも赤い目で風谷を見た。

「君もしくは君の僚機パイロットがだ。頭に血を上らせ、領空侵入を防ぎたいあまりに、上空でロシア機に敵対行為を働いたのではないか？　メインステイの後ろに廻り込んで撃ったりとか、まさかそんなことは――」

「あ、いえ」

そんなこと、するわけがない。

いったい、どう言おう――

そう思って咳き込んだ時。

「敵対行為など、ありませんよ」

ふいに背後で声がした。誰かが、後ろの扉から入室する気配。

（――――）

風谷は少しほっとする。声ですぐ分かる。火浦《ひうら》隊長が、来てくれた――

「防衛部長。私は、地下の要撃管制室のレーダー航跡記録と風谷・鏡両名の機体の状態を調べさせました」

風谷の右横に並んだのは、長身の男。口ひげにサングラス。年齢は三十代の後半、火浦暁一郎《きょういちろう》二佐である。

火浦も、急な事態の知らせに官舎から跳んで来たのだろう。飛行服姿の頭には、見ると一か所、寝癖がある。

「第三〇七空の飛行隊長として、責任を持って言いますが。両名はロシア機に対し敵対行為など行なっていません。レーダー航跡記録によると編隊長の風谷三尉は終始、ロシア機の真横か前方の位置をキープしていた。二番機の鏡三尉は、初めロシア機の真後ろでバックアップしていましたが、データリンクを調べたところ一度も機体のマスター・アームスイッチを『ＯＮ』にしていない。兵装の照準は出来ません。念のため機体の方も調べましたが、砲弾は一発も発射されておらず、ロシア機に危害を加えた形跡はありません」

「では空中接触の可能性は」

日比野が訊き返す。

「鏡の二番機が、メインステイを追い越して前へ出る時だ。接近し過ぎて、機体のどこかをぶつけたのではないか？」

「それも考えられない」

火浦は頭を振る。

火浦は、日比野と同じ二佐だが、年齢は上だ。航空学生出身なので、かつては日比野の上司だったが階級で追いつかれ、役職で抜かれた。そのために、話が込み入って来ると敬語を使うのを時々忘れる。

「空中で機体そのものが接触したような痕跡はなかった。唯一、垂直尾翼の先端の衝突防止灯が割れていたが、鏡機はレーダーの記録によるとメインステイの頭上を追い越すようにして前へ出たのだから、垂直尾翼の上端が接触するはずはない。衝突防止灯は、おそらく進入着陸中に鳥にでも当たったのです」

「う、ううむ」

ではなぜメインステイは錐揉みに入ったのだ――と日比野が唸《うな》った。

「とにかく、風谷に話を聞いてみましょう」

「うむ。そうだな」

風谷は、火浦が自分に『考える時間』を与えるために長々と報告をしゃべったのだ、と感じた。

「風谷。見たままでいいのだ。簡潔に報告しろ」

火浦がサングラスの目で、横から見下ろすように言うので、風谷はうなずいた。

「は、はい――では横に並んだ後のことですが」風谷は説明した。「CCPから〈強制着陸のための誘導〉を命じられたので、まず一番機の私がロシア機の前方へ出て、合図に主翼を振りました。従わなかったので、二番機も前へ出て主翼を振ったところ、突然メインステイは自分から――その、ひっくり返り、スピンに入って落下して行きました」

「――――」

「――――」

会議室へ参集した幹部たちが、注目した。

風谷は唇を嘗め、続けた。

嘘ではない。少なくとも嘘は言っていない――エルロン・ロールは『主翼を振った』うちに入ると言えば、入る。

二番機が自分の指示でなく、勝手にロシア機の前へ出た点については、ぼかした。

「そばにいた二番機が、ただちに追従して急降下、スピンが回復出来ないロシア機操縦士に助言すると、メインステイは海面すれすれで姿勢を回復しました」

「――――」

「――――」

「その後、二番機の鏡三尉が、領空から出るよう音声で警告を続けたところ、ロシア機は飛び去りました。以上です」

　鏡黒羽は「海面にぶち込むぞ」と脅かしたのだが、『音声による警告』には違いない。


「では、メインステイの急降下の原因は、何だったのだ」

「自動操縦の不具合ではないのですか、防衛部長」

　火浦が腕組みをして言う。

「何らかの誤作動です。交信記録によると、ロシア機操縦士は自分から『オートパイロット・マルファンクション（自動操縦故障）』と無線で明確に言っている」

「そりゃ、領空へ侵入する口実だろう。見え見えだ」

　日比野が鼻を鳴らすが
「いや」火浦は腕組みをしたまま言う。「案外、本当だったかも知れません。そう言えば数年前、どこか外国で旅客機の似たような事例があったはずだ。航空安全係長」

　火浦は、日比野の横でパソコンを広げている若い事務方の二尉を呼んだ。

「安全情報のデータベースがあったな。外国の事例報告書を、検索出来るか？　高々度をオートパイロットで飛行中の旅客機が失速した事例だ」

「はい、出来ます」と応えて二尉はキーボードを操作した。

すぐに、該当報告書が呼び出された。火浦が指定したのは外国の民間機の事例だが、防衛省のデータベースに収録されていたようだ。

「読みます。これは三年前、大西洋上空での事例です。夜間、三〇〇〇〇フィート以上の高空を巡航中だったエアバスA330型機が、雲中でピトー管に氷結を起こしました。防氷装置の故障だったらしい。そのためコクピットでは速度の表示が目茶苦茶になり、自動操縦が不自然な動きをしました。パイロットは自動操縦を手動でオーバーライドして機体を安定させようとしましたがかえって状態は悪くなり、結果的にエアバス機は機首上げ四〇度、バンク角右九〇度以上の姿勢から失速に入り、三分後に海面へ激突しています」

「────」

「────」

「そういうことです」

火浦が言った。

「ピトー管が氷結して、検出される速度データが目茶苦茶になれば、オートパイロットの動きも目茶苦茶になる」

「──ううむ」

「おそらく、あのA50メインステイでも、同じようなことが起きたのではないですか？

メインステイはロシア製としてはハイテク機だ。フライトマネージメント・コンピュータに制御されている。ピトー管が氷結でもすれば、似たようなことになります」

　火浦は、横の風谷をちらと見た。

「メインステイの錐揉み急降下は、おそらく居合わせた我が編隊とは、無関係でしょう。むしろ鏡三尉はスピンして落下して行く機体を追い、適切な助言で助けてやっている。ロシアから感謝されてもいいはずだ」

「う、うむ」

　日比野はうなずいた。

「それで、つじつまが合うか」

小松基地
第六航空団司令部・廊下

「報告書なんてものは」

　会議室から解放され、暗い廊下を飛行隊オペレーション・ルームへ向けて歩きながら、火浦暁一郎は言った。

「あんなものは、つじつまさえ合っていればいいんだ」

「………」

夜明けが近づく時刻になっていた。

第三〇七飛行隊のオペレーション・ルームへ行っても、おそらく誰もいない。

だが火浦は隊長として、飛行隊の業務記録をつけなくてはならなかった。せっかく出勤したのだから、やってしまおうと思った。

「見たか風谷、あの兄ちゃんのほっとしたような顔」

火浦の口にする『あの兄ちゃん』とは、日比野防衛部長のことだ。

かつて自分の部下だった日比野が出世して防衛部長になり、その命令を聞くようになって二年になる。もとより火浦のような航空学生出身者と、日比野のような防大出身者は、行く道が違う。戦闘機を飛ばす能力と、組織を管理する能力も違う。人はそれぞれ、与えられた役目をすればいい――やせ我慢でなく、火浦の本音である。飛行隊長として、自分も小さいながら組織を任され、それなりに大変だ。航空団一つを実質上仕切るとなれば、ずっと大変だろう。

「……あの、隊長――」

「いい」

連れだって歩く風谷が、何か言おうとするのを、火浦は背を叩いて止めた。

会議室を出てから、この美少年が大人になったような二十代のパイロットは、何か言いたそうにした。顔を見れば分かる。

だが
「お前はもういい、戻って休め」

火浦は立ち止まると、飛行服がまだ汗で湿っている風谷に、宿舎へ引き揚げるよう命じた。

「え、ですが」

「いいんだ。いいか風谷、さっきのあの報告書で、どこからどう見てもつじつまは合う。たぶんロシアも文句は言って来ない、言って来たとしても、それに対応するのは上の仕事だ。俺たちはこれで一件落着だ」

「は、はい」

「鏡にも、ご苦労と言ってやれ」

第三〇七飛行隊
オペレーション・ルーム

「火浦さん」

火浦が、人けのない明け方のオペレーション・ルームで灯りをつけ、事務処理用のパソコンを起動していると、ぱたぱた足音をさせて誰かが入室してきた。

「火浦さん、すみません遅くなりました」

低い声は、日に灼けた野生味のある顔だ。火浦と同じくらいの長身。

「月刀《がとう》か。処理はほとんど終わったよ」

「すみません。住んでるところが遠くて」

飛行服の男は会釈《えしゃく》すると、火浦のデスクに寄ってパソコン画面を覗き込んだ。

その飛行服の肩に縫いつけたワッペンは、サイドワインダー熱線追尾ミサイルに乗ってサーフィンをする黒猫の絵。第三〇七飛行隊のエンブレムである。月刀慧《けい》は、三〇七空の第一飛行班長だ。

ウインド・サーフィンにスキューバ・ダイビングを趣味とする月刀は、せっかく海に近い小松にいるのだからと、日本海を望む崖の上に建てられた別荘用のログハウスを借りて住居にしている。非番の日は、天候さえよければ冬でも海へ出る。そんな気ままな暮らしが出来るのも独身だからだが、基地へ駆けつける時は、官舎に住む幹部たちよりもどうしても時間がかかってしまう。

「風谷たちの今夜のスクランブルの経過ですが、いま下の要撃管制室に寄って、だいたい聞いてきました」

「うん」

火浦はうなずいた。

「お前が日頃から鍛えてくれてるせいかな。風谷の奴も、少しは線が太くなって落ち着きが出てきたよ」

だが
「火浦さん」

月刀慧は、ほかに誰もいないオペレーション・ルームだったが、火浦に彫りの深い顔を近づけ、声を低めた。

「で、どう思います」

「ん」

火浦は画面に向かって、手早く業務記録をつけ始めた。

「どう思うって、何がだ」

「とぼけないで下さいよ」

月刀は、念の為《ため》のようにもう一度周囲を見回すと、言った。

「俺は、そう思うんです」

「うん」

「火浦さんも、そう思いますか」

「ああ」

火浦は画面を見たまま、うなずいた。

「まぁ、そうだな。あれは鏡だ」

「さっき、一部始終をモニターしていた管制官から、じかに聞いたんです。ロシア機がロシア語で『許してください』って泣きながら帰った——? そんなことが、通常あり得ますか」

「ないな」

火浦はうなずくと、サングラスをずらして月刀を見返した。

「だが、あのまま放っておけば『日本が領空侵犯に対して何も出来ない』という事実を、諸外国へ宣伝することになっただろう。鏡はそれを防いでくれた」

「はい」

「どんな手を使ったのか、分からんが」

「俺もそこには、文句はありません。俺も自分がスクランブルで上がる時は、たとえ弾丸なんか撃てなくたって、ぶつけてでも追い返してやるって気迫でアンノンに対している。そういう気迫は、相手に伝わるものなんです。アラートの編隊長は、おとなしい奴では駄目です」

「うん」

「俺はだから、鏡を早く編隊長にしてやりたい。ですが、スタンド・プレーをする奴だと上から見られれば、また任用が遅れてしまう」

「今夜の事態は、メインステイの自動操縦の誤作動ということで、報告書は片がついている。防衛部長も納得した、鏡はお咎めなしだ」

「いや、あの日比野の兄ちゃんは馬鹿じゃないです」

月刀は頭を振る。

「昔、現場でよく一緒に飛びました。操縦センスはまるでパーですが、頭は切れます」

「う〜ん……」

「事情聴取の場に、編隊長の風谷しか呼ばれなかったそうですね？　鏡は呼ばれなかった。なぜだと思います」

「それは、責任者である編隊長が報告をするものだから――」

「違います。鏡を前に立たせて、何をやったんだとか問い詰めて、万一『こんなことをやってロシア機を追っ払いました』って本当のことを口にしちゃったら、どうするんです。報告書、終わりませんよ。どうやって書いたらいいか分からなくなる」

「鏡はしゃべるか？」

「俺は、飛行班で日頃見ていますから。口数の少ないやつですが、時々こっちもドキリとするようなことを言う。そのせいで飛行隊の誰も、あいつと組みたがらないんです」

「うん」

飛行隊長火浦は、Ｆ15のパイロット二〇名で編成する飛行班を四つのほかに、整備隊の統括もしなければならない。パイロット一人一人の面倒までは見られない。

飛行隊長の下で、所属パイロットたちの指導や、技量管理に当たるのが飛行班長だ。月刀は一尉で、火浦の二年後輩、昔から組んで仕事をして来た。

「鏡なら、訊かれたらしれっと言いかねない」月刀は背を伸ばすと、顔をしかめて前髪をがしがしと掻いた。「あの日比野の兄ちゃんは、スタンド・プレーに見える『現場の工夫』を嫌うんです。これでまた、鏡が編隊長に任用されるのが遅れます」

「鏡は、〈二機編隊長〉資格を――」

「とうに取得しています。鏡は、風谷の一年後輩ですが、飛行隊へ来て〈二機編隊長〉を取るのは鏡の方が早かった。でも司令部が任用しない。女子だからか――といえばそうではない。漆沢は資格を取ってすぐに任用されました。やっぱり、何を仕出かすか分からないあの性格でしょう」

「最近は、おとなしくやっているようじゃないか？」

「実は、去年の尖閣の事件以来、風谷と組ませると不思議におとなしく飛ぶので、ずっとそうしていました。少し安心していたところだったのですが……」

6

小松基地
格納庫前エプロン

五分後。

「――――」

風谷は息をつき、前面扉を閉ざした格納庫を背にして立つと、紫のタクシーウェイ・ライトが点々と灯《とも》るフィールドを見た。

夜明け前だ。空気はしんとしている。すでに自分が乗って帰投したF15J――イーグルの機体は後ろの格納庫へしまわれ、固定されたらしい。

今夜も、大変な出動だった――

（――――）

思いついたように、風谷は目を開けると、飛行服の脚ポケットのジッパーを開いた。携帯を取り出し、電源を入れた。驚くほど明るく感じる画面が浮き出ると、メールのページを開こうとする。

その時

つん

ふいに、右横から脇腹をつつかれた。

「……!?」

すぐ横で、いつの間にか切れ長の目が風谷を見ていた。

何だ。気配がしなかった……?

横に立っていたのは、同じオリーブ・グリーンの飛行服。華奢な細身だ。猫を想わせる目が、ちょうど風谷の唇の高さにある。

「ご苦労様」

ぼそっ、とアルトの声が言った。

「え?」

「大変。責任のある人は」

「え」

「それだけ」

鏡黒羽は、きっと上目遣いに一瞬風谷を睨むようにすると、くるりと背を向けた。

「じゃ」

「お、おい」

風谷は、行ってしまおうとする背中を呼び止めた。

「待てよ鏡」

「何」

「何――って、お前」

風谷は唾を呑み込む。まだ喉の調子がよくない。

立ち止まった背中に、言った。

「鏡。お前、俺がどれだけ報告に苦労したと――」

「言えばいいじゃない」

「え？」

「見たまま、言えばいいじゃない。風谷三尉」

鏡黒羽は振り向いて、風谷を見た。その切れ長の瞳に、誘導路の青い灯が映り込む。

「――く」風谷は絶句しかけ、言い返した。「口が裂けても言えるかっ。俺はまだ、降ろされたくないんだ」

「そう」

「鏡。お前、どうして勝手な真似《まね》ばかりする。編隊長は俺──」

「だって、あなた困ってたでしょ」

「────」

「寝れば？」

鏡黒羽は、背を向けると行ってしまう。

その歩く姿には、野生動物のようなリズムがある。シルエットは細いが、筋肉が鍛えられている。

見送っていると
「風谷さん」

後ろから、高い声に呼ばれた。

幼い感じだ。

格納庫の通用口がいつの間にか開いていて、小柄な影が歩み出て来た。赤いキャップに『ARM』の文字。つなぎの袖《そで》と裾《すそ》を折り返し、髪は後ろで結んでいた。

「──君か」

名前は覚えていない。整備隊の女子隊員だ。

小柄な女子隊員はトトッ、と足音をさせ近寄って来ると、横に並んで鏡黒羽の後ろ姿を見送るようにした。

「夜勤なのか？」

「はい」

女子隊員はうなずく。

見ると、通用口から作業灯の黄色い光が漏れている。静かだったので、中は無人と思っていたが――微かに金属音がして来る。

「９２６号機の垂直尾翼の、割れた衝突防止灯の交換作業です。朝から訓練で使う予定の機体なので」

「そ、そうか」済まない――と言いかけ、風谷は口をつぐんだ。

「二度目ですね」

女子隊員は、小さくなる鏡黒羽の背を見やりながら言う。

「沖縄と、今度と」

「………」

そうか――

沖縄の尖閣で、同じように侵入機に対して無茶をやった鏡黒羽の機体を、修理してくれたのがこの子のチームだった……。

「すまない、またアンチ・コリジョンを割ってしまって」

風谷はわびを言った。僚機がしたことは、編隊長である自分の責任だ。急な徹夜仕事をさせてしまったなら申し訳がない。

「そうじゃなくて」

女子整備員はポニーテールの頭を振り、鏡黒羽が消えて行った方を見やった。

「鏡さんです」

「え」

鏡……？

「今夜も、風谷さんが中で報告をしてらっしゃる間、ずっとお待ちだったんですよ。ここで」

「え？」

「沖縄の時と同じ。格納庫の壁にもたれて、ときどき心配そうに」

女子整備員の子は振り返り、灯りのついたままの司令部棟を目で指す。

「あっちを見上げて。ずっと待ってらしたみたい」

「待って――って……何で？」

待ってた――？

ここで、俺をか。

この子の見間違いだろう。だいたい、あれが心配して待ってたような態度か……。

「風谷さん」

「え？」

女子整備員は、夜目にも整った白い顔を向け、くりっとした大きな目で風谷を見た。

「戦闘機パイロットって――」

「？」

「鈍――いえ、失礼しました」

それだけ言うと、つなぎの女子整備員は結んだ髪を翻し、格納庫の通用口へ駆け戻って行った。

「…………」

何なんだ。あの子――

小松基地
独身幹部宿舎・女子棟

カン

静まり返った空気に、鉄階段の音をさせ、ほっそりしたシルエットが古びた宿舎の二階へ上がって来た。

独身幹部用の宿舎は、基地の敷地内にある。司令部棟から、自転車なら数分。歩いても十分はかからない。

鏡黒羽は、外廊下を進むと、一つの居室のドアの前で立ち止まった。

「――――」

空室の多い女子棟だ。その部屋も無人のようだったが、本来は主がいるらしい。扉の上のプラスチックの名札は裏にしてあって、赤い字で『漆沢美砂生　一尉』とある。

ふん

一つ息をつき、黒羽は数歩進んで、隣の部屋のドアに鍵を差し込んだ。

ばさっ

女子棟は各部屋にユニットバスがあり、二十四時間態勢で働くパイロットには便利だった。

タオルを身に巻いて浴室を出て来た黒羽は、脱いだオリーブグリーンの飛行服を洗濯カゴへ放り込み、ベッドの上に仰向けになった。

「――――」

天井を睨むように見てから、横の壁を見た。クリーニングから戻ったばかりの飛行服が吊してある。その胸に縫いつけられた翼の徽章。

黒羽はむくりと起きると、うなじに両手の指を回し、胸に吊した小さな銀色のロケットを外した。脚をそろえてベッドから下り、外したロケットのチェーンを、壁の飛行服の胸にかけた。バスタオルがこぼれおちて、裸身になるが気にした風もない。

パチ
指で、ロケットを開いた。

小さな写真が覗いた。

黒羽は無言のまま数秒見つめたが、すぐにロケットを閉じた。目をつぶって、開き、横目でどこかを――格納庫や管制塔のある方向を見やると、唇を嚙《か》む。

「――省吾《しょうご》さん」

小さくつぶやいた。

「省吾さん、わたしは」

ピピッ
言いかけた時、どこかで短く着信音がした。

机の上に出したままの携帯が、明滅していた。黒羽は仕事に電話を持ち出さない。部屋に置きっぱなしで、滅多に使うことも無い。

メールが入っていた。発信者の表示は〈鏡露羽《つゆは》〉。

『――〈女刑事〉がお陰様で好評で、シリーズ化になりました。また二時間ドラマです。台詞《せりふ》が入らないよ、助けてお姉ちゃん』

ふん

黒羽は、鼻で息をついた。

「自分で何とかしろ」

気づくと、もう一通入っていた。

〈from：岩谷美鈴《いわたにみすず》〉

あいつか――

文面は飾り気《け》もなく、文字だけだ。

『玲於奈《れおな》さんやったー、新人賞です、助演女優賞！　来週、映画祭の授賞式でソウルへ行きます。玲於奈さんのお陰です　美鈴』

「……だから」

黒羽は息をつく。

「わたしはもう、〈秋月《あきづき》玲於奈〉じゃないって」

鏡黒羽は携帯を閉じると、ベッドの上に放った。

手早く、下着とスウェットだけを身につけた。

（――――）

疲労していたが、寝なかった。

フライトの後、やらないと気が済まないことがある。

小型の冷蔵庫を開き、中にぎっしり並んでいる緑色の小瓶の一本をつまみ出すと、栓抜きで開けた。ガス入りのミネラル・ウォーターを一口あおり、机に向かうと、棚のノートを手に取って開いた。

Ａ４の無地のノートに、黒羽は慣れた手つきでシャープペンシルを走らせ始めた。

（――Ａ50メインステイ、初めてインターセプト）

白い見開きが、たちまち曲線状の『航跡図』で埋められていく。その要所に、Ｆ15戦闘機の機体を表わす三角形の記号。それに絡まれるように、大きめの三角の記号が描かれる。各所に速度や距離、Ｇなどの数値が注釈のように書き添えられる。

思った通りだ、真後ろ上方が死角……。コメントも書き添えられる。

鏡黒羽は、自分の飛んだ三次元の航跡は必ず紙の上に再現していた。どんなに疲労していても欠かしたことはない。図を描きながら浮かんだアイディア、考察などを書き込んだノートは、訓練生時代からのものを入れると十冊を超す。

やはり、大型機への接敵の仕方は――

「――」

ふとペンを止め、猫のような目を上げる。

黒羽は、棚の端にある一冊の分厚いノートを引き出すと、手に取った。

それは古いノートだ。頑丈な糸綴《と》じで、『帳面』と呼んだ方がしっくりくる。くすんだ灰色の表紙に、背表紙は黒い。

表紙の下側に、かすれて名前がある。

『帝国海軍　鏡龍之介《りゅうのすけ》』

ぱさっ
開かれたページには、やはり見開きで、緻密《ちみつ》な『航跡図』があった。

かすれた鉛筆の文字。

『――今日は二番機で出撃した。ニューギニア方面へ進出、味方の一式陸攻の編隊を援護する。帰路、初めて敵のB17に遭遇する。単機の強行偵察か――？　機体は大きい。反航し、すれ違いざまに外形を見る。事前の写真資料どおりだ。銃座の配置、多い。我々に気づいて盛んに撃ち始める。真後ろからの接敵は駄目だ、斜め上も、後ろ下方も駄目。だが唯一の死角に気づく。確かめるため、もう一度下に潜って反航、敵の真下をくぐり、すれ違う瞬間にスティックを思い切り引く。インメルマンに入れる。下方銃座も後部銃座も、一瞬のすれ違いでこちらを照準できない。そのまま宙返りの頂点で背面のまま、敵の垂直尾翼の真後ろやや上方の位置に食らいつく』

黒羽は、描かれた航跡図を目でたどる。半世紀以上も昔の空戦の様子。だが目には浮かぶ。四発のプロペラ重爆撃機の垂直尾翼の真後ろ上方に、小さな零戦が背面のまま食らいついている。

図は次の展開へ。

『背面のまま撃つ前に一瞬、観察する。後部銃座はこちらが上過ぎて仰角を取れない、側方銃座にはこちらが見えない、上部銃座は垂直尾翼が邪魔になりやはり見えない、見えたところで尾翼が邪魔になり撃てない——この防弾板の塊のようなでかぶつを屠《ほふ》るには、普通にやったのでは無数の弾丸がいるだろう、このやり方がベストだ。そう確信しつつ垂直尾翼へ二〇ミリをお見舞いする。吸い込まれるように命中、衝突する一瞬前に右へ蹴って離脱、錐揉みに入れて下方へ逃れると、目の端に垂直尾翼を吹っ飛ばされてやはり錐揉みに入ろうとする巨人機が見えた。撃墜。帰投してから「単機で勝手な真似をするな」と漆沢中尉に叱られる』

黒羽は、読み終えるとノートを閉じ、心の中で一礼した。

(——ありがとう、参考になりました)

黒羽は東京の生まれだった。

二十六歳。

ミッション系の女子校高等部を出る頃まで、頭の中には自衛隊も飛行機も無かった。父は、四十を半ば過ぎてから後妻との間に黒羽と、双子の妹・露羽をもうけた。会社の経営は忙しく、滅多に帰宅をせず顔も合わせない。ミッション系の女子校へ入れられ、黒羽は初等部からいつも妹と一緒に通った。

十八の時、黒羽は『自分は戦闘機パイロットになろう』と決心した。すると「そう言えばこんな物がある」と、普段口もきかなくなった父がどこかから古びたノートを出して来て、渡してくれた。「お前のお祖父《じい》ちゃんの遺品だ。上官だったと言う人が、終戦後に届けてくれたらしい」

自分の祖父が戦闘機乗りだった――という事実は黒羽を驚かせた。

わたしの血は、そういう血なのか……？

渡されたノートを眺めてみると、かつての持ち主の名は『鏡龍之介』。父の父――父が祖母の腹の中にいた時に、若くして南方で戦死したという。祖父の話など初めて聞いた。どんな人なのか？　写真は残っていない。顔も分からない。ページを開いてみると、一九四二年、ニューギニアに近いラエという小島の基地をベースに、毎日のように空戦をしていた様子が緻密に記録されていた。

父の言葉。

「これは昔の零戦の戦闘記録らしい。私には見ても分からない。古い時代のものだから、お前の役に立つかは分からないが——何かの参考になるだろう。持って行きなさい」

航空自衛隊のパイロットになる、と突然言い出した娘に驚きもせず、父はそれだけを渡してくれたのだった。


（————）


黒羽は古いノートを棚へ戻すと、椅子に深くかけ、目を閉じた。

息を吸う。

瞼《まぶた》の裏で、Ｆ15Ｊのコクピットの内部が立体的に現われた。目を閉じたまま、黒羽は手を動かし『イメージ・フライト』を始める。エンジン・スタート前の手順——すべてのスイッチ、計器類、レバーをセットアップ。整備員に手信号で合図。続いて右手を下へ伸ばし、ジェットフユーエル・スターターのハンドルを引く。クィイイイッ、と耳に鋭くタービン・シャフトの回転音。左手の中指でスロットルのフィンガー・リフトレバーを引き上げる。点火——

イメージの中で、右エンジンが廻り始める。背中に振動が伝わって来る。

「ナンバー・ツー、スタート。ノーマル。続いてナンバー・ワン、スタート——」

つぶやきながら、Ｆ15Ｊイーグルのエンジンをスタートさせた。整備員の『ＯＫ』サインを確認してパーキング・ブレーキをリリースする。アイドリング・パワーが機体を押すのに任せ、格納庫を出て行く――

その日のフライトを、黒羽はこうして反復する。このトレーニングを終えるまで、寝ようとはしなかった。

目をきつく閉じ、機体の姿勢をイメージしながら黒羽は右手と左手の指、両足のつま先も細かく動かして、イーグルの操縦を再現し続けた。

「――駄目だ」

ふいに目を開くと、黒羽は操縦の姿勢を解いた。机上に自分のノートを開き、何か速い筆跡で書き始めた。

「ここは、もっとこうした方がいい――右ラダーを、あと五ミリ深く」

机の前の窓が、藍《あい》色に明るくなり始めた。

第Ⅱ章　タイタン浮揚す

1

市ケ谷
防衛省病院・内科病棟

三日後。

「——う」

暗闇の底から浮き上がるように、意識が戻った。

すると

「あら、気がついたのね」

頭の上で低い声が笑った。

「凄いわね」

「……?」

美砂生は、顔をしかめた。何だ——誰の声だ……?　何を言われたのか分からない、開いたばかりの目をしばたかせ、周囲を見る。

眩しい。昼間なのか……。

ここは、どこだ……？

（……どうしてあたしは――うっ）

思わず身構えようとして、左腕がチクッ、と痛んだ。草の匂いの代わりに、消毒されたシーツの匂い。自分は仰向けに寝かされているのか……？　ここは――山の急斜面の雑木林ではない、川原の石の上でもない。マシュマロのように柔らかいベッドの中だ。

どうして、こんなところに――

思わず寝返りを打とうとして、また左腕がチクッとした。

「駄目よ」頭の上の声が言う。「点滴をしているんだから」

「漆沢一尉。あなた、伊豆からヘリで運ばれたそうよ。覚えてる？」

ベッドの脇で、自分を見下ろしている三十代の女性。この顔は知っている、流れるような黒髪――山澄《やまずみ》玲《れい》子《こ》だ。

（……山澄、先生……？）

でも、白衣は着ていない。

変だ。

眩暈がした。

山澄玲子は、第六航空団の嘱託医だ。小松基地の医務室にときどき来ている。この人がいるということは……。

「小松じゃないわ。ここは東京」

「え」

「市ケ谷の本省の病院」

「？」

「あのね」

混乱する美砂生を察するように、スーツ姿の山澄玲子は窓の外を指した。

「ちょうど学会があって、上京していたの。あなたがここへ収容されたから、見に行ってくれ。気がつくまでつき添って、出来れば連れて帰ってくれ――って。そう頼まれたの。火浦のバカに」

「…………」

美砂生はどう応えていいのか分からない。

ベッドの中。いったいどうなっている。自分は真っ暗闇の伊豆の山中で、戦闘中のはずだ……。

〈敵〉の裏をかいた。七〇メートルの垂直の崖をロープで登った。死ぬような思いで、尾根の上まで出ると、目指す山小屋の裏手だった。一〇〇メートル向こうに助教チームの歩哨が一名。あさってを見ている。やるなら、今だ――

「レンジャー・バッジ、取ったんだって？」

「えっ」

眉をひそめ、思い出す。自分は伊豆半島の北にある山麓の尾根にいたはずだった。必死に呼吸を整えながら、草の中に伏せていた。前方の視界、星空を背景に山小屋のシルエット。〈目標〉はあれだ……。カラカラの口を開けて、後に続く陸自幹部の子たちに『突撃』を命じた。すでに体力は限界を超えていて、身体なんかどこにあるのか分からない状態だった――

（――あたしは、気を失ったのか）

どこで倒れたのだ。

攻撃の最中、気を失って倒れたのか――？　では最終行動訓練の〈任務〉は？　不達成で終わったのか。十三週間の〈訓練〉の労苦は、無駄になってしまったのか……。

美砂生は、身動きの取れない仰向けの姿勢で、かさかさの唇を嘗めた。

だが
「ほら」

山澄玲子は『見なさい』と言うように、ベッドサイドの茶卓を目で指した。

「……!?」

美砂生は横目を見開いた。

小さなテーブルの上に、花瓶が置かれ、一束の花がさしてある。花瓶の下には、小さな金色のバッジ。

これは……。

「今朝、陸自の制服を着た若い子たちがぞろぞろ見舞いに来て、それを置いて行ったわ。『いい隊長でした、また一緒に戦いたい』だって」

「…………」

美砂生はまた目をしばたいた。

バッジは、ダイヤモンドの周りを月桂樹が囲んでいる。

レンジャー・バッジ⁉

「聞いたわ。あなた、〈敵〉を殲滅して、あの子たちを引き連れて隊舎の衛門まで帰還して、訓練幹部に報告した直後に倒れたそうね」

「…………」

「覚えてない？」

「……正直、覚えてないです」

美砂生はバッジを手に取らせてもらい、つぶやいた。

ついさっきまで、闇の中で闘っていた。

「――と、突撃っ、ぶち殺せっ」

「おうっ」

静寂を打ち破る、女子幹部たちの威勢のいい声。揺れながら目の前に迫る山小屋。

「あの。あたし、どれくらい寝ていたんですか先生？」

「まる二日、ていうところね」

「二日……」

「ここの病棟の先生によれば、ヘリで運ばれて来てびっくりしたけれど、過労と栄養不足だけ。かすり傷以外に外傷も無し。目が覚めて元気になったら、帰っていいそうよ」

「…………」

「良かったわね。バッジが取れて」

元は防衛医大出身の嘱託医は、笑った。

「男の部下に嘗められないで済むわ」

「え」

「漆沢一尉、あなた三〇七空へ帰ったら、飛行班長でしょ」

「えっ？」

市ケ谷　防衛省病院前

一時間後。


「さっきの話、本当なんですか」

両手に衣類の入ったボストンバッグとクローズバッグを下げて、車寄せのタクシーに乗り込みながら美砂生は訊いた。

「あたしをレンジャー課程へ放り込んだのが、火浦隊長だって」

美砂生は、小松へ帰ることにした。

まる二日間寝ていたら体力はすっかり回復していた。

それよりも、玲子の口から聞かされた『帰ったら飛行班長』という言葉に驚いた。すぐに基地へ戻って確かめたい、と思った。

飛行班長にさせられる……？

あたしが……!?

全然、聞いてない。

「あなた聞いてないの？」

「聞いてません」

さっきの病室での会話を思い出す。

けげんな顔をする玲子に、ベッドの中で美砂生はプルプル頭を振ったものだ。

冗談ではない——と思った。

飛行班長という役職は、隊長の補佐だ。二十人からの所属パイロットを受け持たされ、彼らの技量管理や指導監督をしなければいけない。そのポストは——そうだ。証券会社をやめさせられ路頭に迷っていた時、航空自衛隊に入るきっかけを作ってくれた月刀慧が、現在している。

「全然、あたしには荷が重過ぎます。無理です」

「でもあなた、実戦の経験があるでしょ」

玲子は言った。

「公にはされていないけれど。基地の主だった人はみんな知っている。二年前、原発へ突っ込もうとしたミグを撃墜したのはあなたと鏡三尉のペア——風谷三尉も現場へ駆けつけて、協力した」

「…………」

「あなたには、部下を率いて敵を倒す行動力がある——上はそう見ているわ。だからあなたを昇進させて、CSへ放り込んで」

「あの」

美砂生は言った。

「あたしの、私物——」

美砂生の私物を入れたボストンバッグは、その朝、陸自幹部の子たちが富士学校の隊舎から持ち帰ってくれたらしい。病室の隅に置かれていた。

「ここで携帯は駄目よ」

三か月間、ほとんど使わなかった携帯電話を取り出して、電源を入れようとすると玲子が止めた。

「ここで電波は駄目」

「えっ」

「待合室へ行きましょう」

玲子に点滴を外してもらい、スリッパを履いて美砂生は防衛省病院の待合室へ下りた。

市ケ谷の本省内にある施設だ。制服姿の者が多いのと、老人の姿が見えないということを除けば、一般の大病院の待合室と変わらない。

とにかく、火浦隊長に連絡して確かめないと――

ベンチで、美砂生は携帯を耳に当てた。

だが
「通じないわ」

火浦暁一郎の携帯は、電源が入っていないようだ。

飛行隊のオペレーション・ルームへかけてみると、『隊長は今朝からフライトで不在』だと言う。

携帯の画面の時刻は、午前十一時ちょうど。

「先生、あたし帰ります」

「帰るって、小松へ？」

「はい」

「今から？」

「はい」

美砂生は、強くうなずいた。

「どうしても、すぐ帰ります」

二年前、〈特別飛行班〉に無理やり入れられた時だって大変だった。

今度は飛行班長——!?

冗談ではない。

「う〜ん」玲子は唸った。「あなたの分の航空券は、eチケットで預かっているから。帰るなら午後の便を予約するけれど」

「お願いします」

「早く帰ったって、こき使われるだけよ?」

「いいんです」

「じゃ、すぐ部屋へ戻って支度をして」

玲子は自分の携帯を操作して言う。

「羽田からの小松行き、一三時三〇分というのがあるわ。その後は夕方になるわね」

「ぜひ、それに乗ります」

美砂生は立ち上がった。身体が軽い——そうか、もう三〇キロの野戦装備はない。

一刻も早く、小松基地へ帰らなければ。

「早く基地へ戻って、隊長にかけ合わないと。辞令が出ちゃってからじゃ、遅いじゃないですか」

「いいけど、火浦にかけ合ってもたぶん無駄よ」玲子は言う。「人事を決めているのは、もっと上——あいつに出来るのは、せいぜい手を回してあなたをレンジャー訓練へ放り込むことくらいよ」

「え？」

「支度して。車寄せで待っているわ」

首都高速

「信じられない」

後部座席で美砂生は唸った。

羽田までタクシーを使おう、と言い出したのは玲子だった。時間もないし、どうせ火浦に領収証を回すから、と言う。

車は市ケ谷の防衛省正門を出ると、すぐに首都高速へ乗った。

「あたしを〈女子幹部レンジャー課程〉へ行くように仕向けたの、火浦隊長だったんですか⁉」

「そうよ」

玲子はうなずく。

嘱託医である山澄玲子は、予備自衛官の二尉だという。自衛隊を退官した身で、なぜ航空団の人事のことまでよく知っているのか。週に数回、基地の医務室へ来ているだけのはずだ。

ずっと前に、火浦暁一郎と何かあったらしい、という噂は整備隊の女子隊員たちから聞いていた。

「あなたのいる〈特別飛行班〉は、解散になるらしい。代わりに三〇七空に第四飛行班が出来る。その班長を、あなたにやらせようって。上が決めたらしいわ」

「上――って？」

「少なくとも、火浦なんかよりずっと上」

「――――」

「〈特別飛行班〉は、〈亜細亜のあけぼの〉のような日本の安全を脅かす航空テロの脅威に備えるのが目的だったはずだけど。特定の国を敵視するような組織作りは駄目だとか、ずっと上より遥かに上から言ってきたらしいわ。それで代わりに、あなたをチーフに第四飛行班を組む。空幕の苦肉の策ね」

「ずっと上より遥かに上？」

美砂生は眉をひそめる。

話がややこしい。

「火浦、あいつなりに考えたのよ。あなたが飛行班長になった時、男の部下に睨みがきくようにするにはどうすればいいか？　そこへちょうど、陸自が女子幹部レンジャー課程を始めるっていう知らせがあって」

「――――」

「初めは断られたそうだけど、あいつが陸幕へ何度も頭を下げて、あなたを混ぜてもらえるようにしたんだって。聞いてない？」

「――全然」

そうか。

美砂生は息をつく。

〈特別飛行班〉、解散させられるのか。

ずっと上より、遥かに上――

（――――）

窓の外に、東京タワーが見えた。

ふいに

『咲山《さきやま》総理が会見します』

ナレーションの声が、耳に入って来た。

「……？」

声の方を見やると。運転士がカーナビの画面をＴＶの受信にしていた。ワンセグの放送だろう、昼のニュース番組がちらつきながら映っている。

『――咲山友一郎《ゆういちろう》総理が、主権在民党の打ち出した新しい〈移民受け入れ政策〉について、先ほどから官邸で会見に応じています。中継でお伝えします』

2

永田町　総理官邸
会見ルーム

「――内閣総理大臣、咲山です」

記者会見が始まろうとしている。

整然と並べられたパイプ椅子の列を前に、演壇に立つ長身の人物が会釈する。

ぎょろり。詰めかけた報道陣を、見開いた両目で見る。その風貌は魚類を連想させる。

ある一点を無表情に凝視していたかと思うと、次の瞬間にはどこかあさってをパパッ、と見て、またぎょろりと元に戻る。その目の動き方が魚――水槽で泳ぐ金魚に似ている。

（気持ちわりい）

ダークスーツを着た、黒い半魚人――それが、沢渡有里香《さわたりゆりか》がこの首相を初めてじかに見た時の『印象』だ。

官房長官の定例会見などでは空席も散見できるが、今日の会見ルームはマスコミ各社の記者とカメラマンで満杯だった。

（――くそっ）

有里香は、脚立の立ち並ぶ後方の列で唇を噛んだ。

せっかく真っ先に駆けつけて、会見ルーム前に並んでいたのに……。

有里香は首から『ＰＲＥＳＳ』と印字された写真付き記者証を下げている。

もちろん、政府発行の正規の身分証だ。ところが腕章に染めぬいた大八洲《おおやしま》ＴＶの『目玉ロゴマーク』を目にするなり、入口の官邸職員らは有里香とカメラマンの道振《みちふり》を押し止《とど》め、代わりに中央新聞とＴＶ中央の取材クルーを先に会見ルームへ通したのだった。

その他の各社取材チームも、ＴＶ中央が陣取った後で入場を許可されたが、なぜか有里香と道振だけは「あんたたちちょっと待って」「ちょっと待って」と、記者証をじろじろあらためられ、各社が席をあらかた埋め終わった後に、ようやく「どうしても入りたいんならどうぞ」と言われた。有里香が怒って「取材妨害じゃない!?」と指摘すると、背広の男は「入場記者証を確実に確認しただけです」と言う。「大声を出す人は、警備の警察官を呼びますよ」――

「あいつら、本当に官邸の職員なの」

「沢渡さん、始まりますよ」

隣でカメラをセットした道振が、小声で言う。

「静かにしないと、つまみ出されますよ。北京の時みたいに」

「だって頭に来るじゃない」

沢渡有里香は肩を上下させる。

有里香は二十七歳。都内のミッション系の女子校を出て、父親のコネで大手商社へ入って受付嬢をしていたところを、一念発起して胸に秘めていた報道記者の道へと転進した。スタートは北陸地方の地元UHF局の契約社員。しかし運に恵まれ、石川県警の官官接待の現場を『突撃中継』するという戦功を立てて、東京のキー局である大八洲TV報道部にヘッドハントされた。小柄で、外見は可愛らしいのに、嚙み付いたら離さないところからスピッツ沢渡と局内では呼ばれる。

「あんな、露骨な妨害なんかして」

「うちの系列の大八洲新聞のスクープが、効いているんです」

バンダナを頭に巻いた道振は、左右に目をやりながら小声で続ける。

「今朝の朝刊で、政府の〈計画〉をすっぱ抜いたから。こうして記者会見を開かざるを得なくなった。本当は国民に隠して、こっそり〈計画〉を進めるつもり――」

「しっ」

有里香は、あんたこそ黙って——と言うように人差し指を唇に当てた。
その目は、咲山友一郎首相を見据えたまま。

「みなさんに本日お集まり頂いたのは、政府として重大な政策決定をお知らせするためであります」

長身の半魚人——咲山友一郎は円く見開いた両目をぎょろっ、と一回転させ、会見場を見回した。目は大きいが、そのほかに表情はあまり感じさせない。

満場の記者たちの視線が集中する。

「政府はこの度、少子高齢化への抜本的対応として、〈移民受け入れ一〇〇〇万人計画〉を策定、関連法規を早期に整備した上で予算化することを閣議決定いたしました」

ぱぱぱっ、ぱぱっとフラッシュが焚《た》かれる。

「〈計画〉の骨子につきましては」

総理は続けた。

「関連法規の整備が整い次第、政府としてリーフレットの形で、国民のみなさんに周知させて頂く所存です」

『政府として策定した』というのは、内閣が考えて決めた政策という意味だ。

途端に

「はい」

「はい」

記者席から、無数の質問の手が上がった。

咲山友一郎が壇上から指すと、最前列の記者が立ち上がって質問した。

「中央新聞の木下《きのした》です。総理、〈移民受け入れ一〇〇〇万人計画〉というのは、大胆な施策であり、今朝初めて聞いて驚いております」

吊り上がった目の四十代の男が言った。

「この思い切った施策は、どのような効果を狙って考えられたのか、お聞かせ下さい」

うむ、と壇上の総理がうなずく。

またフラッシュが盛んに焚かれる。

「この計画は、何よりも、外国から勤労世代の人たちを大量に受け入れることで日本で働く人を増やす、産業を活性化する、ものを買ってサービスを受ける人を増やす、税金を払う人を増やす、国民年金保険料を払う人を増やす。それによって増え行く老齢人口の暮らしを支える。これに尽きます」

「茶番だな」

道振がつぶやいた。

「中央新聞、とっくに知っていたのに、わざと報道しなかったんじゃないですか？」

「――」

有里香は、唇を結んで壇上の総理大臣を睨みつけた。

政府――内閣の策定した〈計画〉の存在をすっぱ抜いたのは、与党・主権在民党と密接な関係にあると噂される中央新聞でなく、むしろ最も主民党には批判的な立場を取る大八洲新聞だった。

しかし会見ルームに、大八洲新聞の腕章をつけた記者の姿はない。入口がごった返していて気づかなかったが、さっきの『職員』たちに入場を拒否されたのかも知れない。

「関連法規を整備した上で、というのは、どのような法律を成立させようとしているのですか」

続いて帝国新聞の女性記者が質問した。

「まぁそれは、いろいろです。はい次」

「総理。具体的にどういう法律ですか」

中央新聞と並んで発行部数の多い帝国新聞も、独自に調査はしていたらしい。女性記者は食い下がった。

「はっきりお答え下さい。関係筋によると、〈移民受け入れ一〇〇〇万人〉に先だって、政府は〈外国人参政権〉法案を成立させようとされている、というのは本当ですか？」

府中
航空自衛隊　総隊司令部

「あれ？」

地下の中央指揮所での勤務につく前に、喫茶室でTVを見ていた和響一馬は、コーヒーの紙コップを手にしたまま瞬きをした。

「何だ。急に画面が変わってしまったぞ――？」

大型TVは、NHKに合わせてある。先ほどから始まった『総理記者会見』が中継されていたが、新聞社の女性記者が「外国人参政権――」と言いかけたところでなぜか突然中継は途切れ、画面は報道スタジオに切り替わった。

『――では、ここで政治部記者の金田《かねだ》さんに、今回の政府発表の内容について解説して頂きましょう』

男性のアナウンサーが、隠しイヤフォンで何か指示を受けながらだろう、斜め上をちらちら見るようにしながら、急いだ口調で言った。

『ええ、それでは今回の〈移民一〇〇〇万人計画〉ですが』

『はい、これは大変に有効な施策です』

「何だ、会見の様子が見たかったのに。誰か、替えてくれよ」

和響がテーブルで言うと、そばで見ていた若い管制官の三尉も見たかったのだろう、リモコンを取ってチャンネルを替えた。

しかし
「あれ。駄目ですね。TV中央も、スタジオ解説になっちゃってます」

帝国TVはCMになっていた。大八洲TVだけが会見場の様子を中継し続けていた。

「あ、映った映った」

ざわめく空気。

『いいですかみなさん』

画面では、長身の総理が魚のような口をぱくぱくさせ、記者席に訴えている。

『ここは友愛の心で、小さいことを気にするのはよしましょう。考えてもご覧なさい。一〇〇〇万人もの勤労人口が外国からやって来て、その人たちがこの国で元気に働き、収入を得て、ものを買ってサービスを受けて、所得税・住民税・消費税を払い、国民年金保険料を払い、老齢人口を支えてくれるのです。移民が実現すれば国民年金は破綻せずに済むという試算があります』

『では移民の人たちに、国民年金保険料を払わせるのですか？　それでは一〇〇〇万人を日本国民に帰化させるということですか？』

『一〇〇〇万人の帰化となると、総理。審査にも手続きにも膨大な――』

『いや、いや』

ぎょろりとした両目を見開き、咲山友一郎は質問を仕掛ける記者席を制した。

『その必要はない。外国籍のまま、居住してもらえばよろしい』

『しかしそれでは』

『国民年金保険料を払わせるんでしょう?』

記者席から質問が沸き上がる。


「おい」

和響は、紙コップを持つ手を止め、そばの三尉に訊いた。

「国民年金って、日本人じゃなくても入れるのか?」

「え」若い三尉は、首をかしげる。「でも、『国民』年金ですから――」

『みなさんご存じないのですか』

画面では、総理が続ける。

『いいですか一九八二年より、日本に居住する二〇歳から六五歳までの人は、みな国民年金保険料を国へ支払うことになっているのです。国籍にかかわらず、日本国民でなくても、日本に住んでいたら国民年金保険料を国に納めるのです。もちろん受給年齢に達すれば受給権を得ますが』

『──』

『──』

記者たちが互いに顔を見合わせる様子。

『みなさん、ご存じない。勉強して頂きたい』

「──」

「──」

画面を見る和響と若い三尉も、顔を見合わせる。

「そうだったのか」

「初めて知りました。年金なんて、天引きされているし──」

『よろしいですかみなさん』

画面の中では咲山友一郎が続ける。

『現在の、「外国人の日本人への帰化」の条件や手続きは、あまりに厳しく、煩雑過ぎます。私は、移民の方々はどこの国籍のままでも、永久居住権を認め、この国でまっとうに暮らせるようにしたい──そう考えております。つまり、今の在日外国人の方々の取扱いと同じです。しかしながら』

「──」

「――――」

『私は在日外国人の方々への待遇を、大幅に見直したい。改善したい。在日外国人の方々の多くは、この日本で生まれ育ち働き、日本人と同じように税金を払って、国民年金保険料を払って、これからの時代の国の発展と老齢人口の生活基盤を支えて下さる。だというのに、そういう有り難い人たちに国籍が日本ではないからという理由で、政治に参加する権利がないのは、これは差別ではないでしょうか？　また、ゆえなき差別で人権が蹂躙《じゅうりん》されても、その被害を救済し、差別を強制的に止めさせる権限を持った政府機関がないというのも、どうでしょうか？　私は政府として、総理大臣として、〈一〇〇〇万人移民計画の準備の一環としてしかるべき法整備は、必要と考えています』

するとと

『ちょっと待って下さい！』

記者席の後方から、声がした。

（……？）

和響は注意を引かれた。可愛らしい女性の声だが、気迫がこもっていて鋭い――

『ちょっと待って下さい総理。それでは総理は、もしも中国が自国民を一〇〇〇万人、日本へ移住させて来て、その一〇〇〇万人が中国籍のまま選挙権を得て、本国の〈命令〉で特定の政党や候補者に一斉に投票をしたら、どうなると思っているんですかっ⁉』

しん。

画面の中の空気が、一瞬、凍りついた。

「……すげえなぁ」

和響はつぶやく。

あんなに鋭く総理大臣に斬り込む、女性記者がいるのか。美人かな……？

もっと中継を見ていたかったが、中央指揮所の交替時刻が迫っていた。

和響は紙コップを手にしたまま、立ち上がった。

都内　お台場
大八洲ＴＶ　報道センター

「やったぞ、沢渡」

東京湾を見渡す、八階の報道センター。そのチーフ・ディレクター席で、ずらり並んだモニターの一つを見上げ八巻貴史《やまきたかし》は拳《こぶし》を握った。

「いいぞ、もっと嚙み付け」

最近、沢渡有里香を嚙ませ犬としてあちこちへ差し向ける張本人が、この三十四歳の男である。有里香の腕を買って、大八洲ＴＶにヘッドハントしたのもこの男だ。

『総理、答えて下さい！』

沢渡有里香は、一番後ろの列から叫んでいるらしく、モニター画面にその姿は入っていない。

代わりに、道振カメラマンの腕はタイムリーに、壇上の『半魚人』の顔をズーム・アップする。ぎょろっ、と見開かれた円い両目を大写しにする。

「いいぞっ」

報道センターは、官邸の会見場と同じくらい白熱した空気だ。

八巻のディレクター席の前には、壁一面にモニターが並び、各ＴＶ局の放送中の画面が映し出されている。だが他の局はなぜか、みなスタジオ解説やＣＭに切り替わってしまった。今や会見場の様子を生で伝えているのは、大八洲ＴＶ一局だ。

しかし
『あー』

円い両目を一瞬、ぱちぱちとさせたが、画面の咲山友一郎は平然と言った。

『あぁ、君は誰かね』

『大八洲ＴＶの沢渡ですっ、総理、日本が移民を受け入れるとなると、一番人数が多くなる可能性が高いのは――』

『あー、質問は許可してない』

『えっ、ちょっと総理!?』

『質問者として指名されていないのに、勝手に叫ぶのは会見場のルール違反であります。はい次の人？』

「無視しやがった、くそっ」

八巻は舌打ちする。

「八巻さん、主権在民党を創立して、政権交替を実現して総理になった男です。一筋縄では行きませんよ」

横で見ていたサブ・チーフが悔しそうに言う。

『次の質問の人？　いませんね。それでは会見はこれで終わりです』

『ちょっと総理、総理っ』


画面では、長身の半魚人が口を結び、フレームから出て行ってしまう。口の端を引きつらせたのか、あるいは笑ったのか分からない。演壇の左手には一応、日の丸が斜めに立ててあったが、そちらの方は見もしない。

『総理っ、逃げるんですか！』

沢渡有里香の可愛らしい声が叫んでいる。カメラは逃げるように出て行く咲山友一郎の背中を追うが、そこへ背広の『職員』らしき数人が左右から割り込んで、カメラに襲いかかって来た。

どたどたっ
『会見場のルール違反だ』

『違反者は出て行けっ』

がたがたっ、と画面が揺さぶられる。『何するんだっ』『きゃあっ』道振と沢渡有里香の悲鳴。

「いいぞ」

八巻は拳を握って言った。

「中継車、絶対に画面を切るな。こいつらの行状を全部——」全部中継しろ、と言いかけた時。ふいにがたがたっと揺れた中継画面が切れ、サラダオイルのCMが流れ始めた。

『お腹《なか》に脂肪がつきにくい、これが中鎖脂肪酸の』

「おいっ⁉」

八巻は振り向いて睨んだが、中継を電波に乗せる制御卓に向かうスイッチャーは、慌てて頭を振る。

「ぼ、僕じゃないです。何もさわっていません」

当然だ、チーフ・ディレクターの指示なしで、スイッチャーが勝手にCMに変えることは出来ない。

「チーフ、中央制御室です」

サブ・チーフが早口でささやく。

「強制的にＣＭに変えられるのは、あそこしかない」

「くそっ、来い」

八巻は回転椅子を蹴って立ち上がった。

誰の仕業《しわざ》だ、ふざけやがって……！

大八洲ＴＶ　十二階
中央制御室

「おいっ、誰の仕業――」
ＩＣカードでロックを解除し、分厚い防音ドアを蹴るようにして、八巻がその一室へ駆け込むと。
ブーン
ずらり並んだサーバーが低く唸る。その奥に、管制卓がある。大八洲ＴＶの放送を、東京タワーへ送っているここは中枢だ。

「――!?」

駆け寄って、立ち止まった。

管制卓は無人だった。もとより中央制御室は完全に自動化されており、常駐する職員はない。

八巻は肩を怒らせて見回す。

「チーフ、誰もいませんね」

サブ・チーフが追いついて来て、横で周囲を見回す。黒いサーバーが壁のように何列も並んで、見通しは悪い。

「いったい、どうなってやがるんだ」

八巻が唇を噛んだ時。

「あのう」

ふいに背中で声がした。

「……!?」

振り向くと。

サーバーの壁の谷間のような通路に、入口の扉を背にして、ほっそりした影が立っている。

女の子か。見ない顔だ、アルバイトか――?

ジーンズに白シャツにカーディガン。化粧気はない。首からストップウォッチをひもで下げている。

「君は」

八巻に気圧《けお》されたのか、女性スタッフは瞬きをして、のけぞるような仕草をした。

「や、八巻チーフでいらっしゃいますか」

「そうだが」

「捜しました。局長が、お呼びです」

大八洲ＴＶ　最上階
報道局長室

「八巻」

遠く羽田空港から東京湾までを見渡す、大八洲ＴＶ本社の最上階。

東京は快晴だった。ガラス張りの役員室からは、羽田を離陸した旅客機が音もなく旋回して上昇していく様子が見える。

八巻が入室するなり、執務デスクの向こうで外の景色を見ている銀髪の男が言った。

「八巻、今回の件はこれ以上報道するな」

「――えっ⁉」

シャツの上にＩＤカードをぶら下げた八巻は、仕立てのいいダブルのスーツを着込んだ上司の背中を、あっけに取られたように見た。

いつもは、もっと突っ込め、数字を取れと発破をかけられるのに……。

「局長どういうことです。今回に限って――」

「理由は訊くな」

ダブルのスーツの銀髪は、背中を向けたままだ。

「訊くな」

「しかし」

窓では、羽田を飛び立った飛行機が、快晴の中へ小さくなる。

「いいか」銀髪の後ろ姿は言った。「今回の政府発表と、〈計画〉の進捗《しんちょく》についての報道は、今後一切差し控える」

「そんな。局長、どういうことですっ」

八巻は食い下がった。

理由は訊くな……？

「報道するなとは――さっきは官邸の中継を、突然ＣＭに変えられた。いったい誰がやったのか」

「そんなことは、どうでもいい」

「どうでもいい……!?」

「そうだ」

報道局長は、頭を振った。

湾岸の景色の明るさと対照的に、沈んだ声だ。

「八巻。早刷りの夕刊がそこにある。見てみろ」

「?」

報道局長は役員待遇だ。巨大な執務デスクの上に、大八洲新聞の夕刊が載っている。今日の日付けだ。早刷りの見本だろう。

「三面だ」

手に取る八巻に、後ろ姿の局長は言った。

「……?」

「見てみろ。今朝、ＪＲ中央線で跳び込みがあった。跳び込んだのは、大八洲新聞の記者だ」

3

総理官邸 通用口

「きゃあっ」

どかっ、と胸に衝撃を受け、天地がひっくり返った。

胸を蹴られた……!? そう分かるのと、仰向けに頭から砂利の中へ叩きつけられるのは同時だった。

沢渡有里香は顔をしかめた。

「うっ」わ、わたしを——女の子の胸を、まともに蹴った——!?

「出ていけっ」

頭上で背広の男が、唾をとばした。

どさどさっ
有里香の横に、デニムの上下を着た長身が投げ出された。「うぐっ」とうめく。カメラマンの道振だ。VTRカメラも放り出された。

ガシャンッ

「な、何をするっ」

「うるさい黙れ」

背広たちは、六人だった。寄ってたかって有里香と道振を会見場から押し出すと、官邸一階横の通用口からあろうことか庭へ蹴り出したのだ。みな一様に見開いた両目で一点を見据え、興奮して唾をとばすところが似通っている。

「間違った悪い報道をするTV局めっ」

「間違った悪いやつらめ」

「間違った悪いやつらは、こうだっ」

道振が「や、やめろっ」と叫ぶが、六人は寄ってたかって玉砂利の上のVTRカメラを足で蹴って壊し始めた。

「やめろっ」

「うるさい。世界で一番正しい咲山先生に悪い質問するやつ、許さないっ」

こいつら――

有里香は目を見開いた。

唾をとばして叫ぶイントネーションが、微妙に変だ。

(――こいつら、日本人か……?)

総理官邸　前庭

「何だろう。止めてくれ」

霞が関の外務省から到着したシーマは、正面ゲートを通過し、官邸の玄関へと近づいていたが。

夏威《なつい》総一郎《そういちろう》は反射的に、運転士の背に声をかけた。

見ると、玉砂利を敷きつめた庭に面した通用口の辺りで、背広の群れが寄ってたかって何かを足蹴《あしげ》にしている。

変だ。

「どうした、夏威」

隣席で半沢《はんざわ》喜一郎《きいちろう》アジア大洋州局長が、驚いた声を出す。

局長に随行する課長補佐が、公用車を急に止めさせた。普通は無いことだ。

だが
「あそこで騒ぎが――変です」

夏威は通用口を指した。

半沢は、急な『総理ブリーフィング』で外務省から来館した。無駄にする時間はない。

それは分かっているが――

車の窓を閉めていても「きゃぁっ」と微かに女性らしき悲鳴。

何だ。

警備の者は……？　夏威は車中から周囲を見るが。警衛士の白い制服は見当たらない。

監視カメラにこんな騒ぎが映れば、跳んで来るはずだが……。たった今通過したばかりの正面ゲートの機動隊員も、警棒を手にしたまま門の外を向き、背中を見せている。敷地内の騒ぎに気づかないのか……？

女性の悲鳴が「やめてっ」と叫んだ。赤い腕章をつけた小柄な若い女――その姿が、男たちの足の下に見えた。

報道記者……か？

「局長、すみません。警備の者を呼びます」

夏威は黒塗りのシーマから降り立つと、正面ゲートに向かって「おい」と呼んだ。

しかし機動隊員はこちらを見ようとしない。

（――変だ）

聞こえないのか。

そんなはずはない。

剣道五段の夏威と同様、官邸の警備につく機動隊員なら武道の有段者のはず。この気配を背中で察することが、出来ないわけはない――

きゃあっ、とまた悲鳴。

「おいっ」

夏威は思わず、通用口へ駆け出していた。女性記者と、カメラマンも倒れている。砂利に叩きつけたカメラを蹴っている背広の群れへ駆け寄った。

「君たちは何だっ。官邸の職員か!?」

すると

「うるさい」

「部外者は出ていけっ」

目の吊り上がった一人が、夏威を睨んだ。

夏威にも襲いかかろうとする気配だ。

（――！）

こいつらは……。

直感した。

見覚えが、あるぞ――

「おい。私は、外務省アジア大洋州局課長補佐、夏威総一郎だ。君たちは何者だ!?　官職姓名を名乗れ」

怒鳴りつけるように言うと、六人は一瞬ひるむ様子を見せる。こいつらは――そうだ、この態度や言動に覚えがある。

「君たちは職員でもないのに、官邸に入り込んで何をしている。内閣府に通報して、誰が君たちをここに入れたのか調べさせるぞっ」

「――――」

「――――」

「――く、くそ」

一対六だったが、気迫では夏威が勝った（向こうに後ろめたいところがあったのか）。背広たちはきびすを返すと、官邸の通路をどこかへ駆け去って行った。

「君、大丈夫か」

倒れたデニムの上下の男に声をかけると、カメラマンなのだろう、うめきながら「だ、大丈夫です」と答える。

続いて夏威は片膝《かたひざ》をつくと、砂利の上に俯《うつぶ》せになった若い女を助け起こした。

「大丈夫ですか」

「……は、はい」

女の腕章のロゴマークは、大八洲TVのようだ。口の中を切ったのか、赤く染まった唇を噛み締めるようにして、夏威の長身と、周囲を見回す。

「あ、あいつらは……どこですか」

「建物の中へ逃げて行ったが」

夏威が目で指すと。

「うぅっ」

女性記者は悔しそうに、うめきながら立ち上がった。

「畜生、一発蹴り返してやらなくちゃ、気が済まないわっ」

「…………」

夏威は目を円くする。気の強い子だ。記者証に『沢渡』という名がちらと見えた。

「いったい何があったのです」

官邸の敷地内で、マスコミの人間が暴行を受けるなどということがあり得るのか？

だが
「会見場から蹴り出されたんです」女性記者は言って、通用口を睨んだ。「都合の悪い質問をしたら、寄ってたかって蹴り出すなんて。何なのよ、ここは北京じゃ――」

言いかけて女性記者はハッ、と何か気づいたように瞬きをした。

夏威は、話し込んではいられない。局長を車に待たせている。総理に面会してブリーフィングをする時刻も迫っている。

「無事ならいい、気をつけて帰りなさい」

総理官邸　二階　中央廊下

「さっきの連中は何だね？」

官邸の正面玄関を入り、組閣時の記念撮影で有名な中央階段を二階へ上がると、前方へ長い廊下が伸びている。半沢喜一郎は、赤い絨緞《じゅうたん》の上を奥へ急ぎながら訊いた。

「普通でない感じだったが」

「あれは内閣府の職員じゃありません、あの六人は主民党の党員です」

アタッシェ・ケースを手に、夏威は報告する。

「見覚えがあります」

「主民党の？」

「そうです局長」

防衛省からの人事交流で外務省へ出向している夏威は、数カ月前の出来事を思い出してうなずいた。

「あの態度に、見覚えがあります。前に尖閣諸島で中国戦闘機が領空侵犯事件を起こした日、外務省へ入り込んで来て我々を妨害しました」

数カ月前、空自の第三〇七飛行隊――夏威の高校時代の同級生である月刀慧の飛行隊所属のF15戦闘機が、対処に当たった事件だ。外務省では中国政府への厳重抗議を検討したが、そこへ与党・主民党の執行部が大挙してやって来て女性の外務大臣を指導し、抗議をやめさせたのだった。

「――あの時の連中か」

半沢は、ハンカチでてかてか光る頭を拭きながら言う。

「聞くところによれば。主権在民党の党員というのは、日本国籍じゃない者でもなれるそうだな」

「そうです。立候補したり、投票したりは出来ませんが――」

話している暇もなく、廊下のつき当たりに到着した。

官邸　総理執務室

「どうぞ」

半沢と夏威――外務省幹部二名の来訪は、すでに受付から告げられており、総理執務室前室の扉を警護警察官《SP》が開けてくれた。

若い秘書官が立ち上がって迎えた。総理秘書官には、中央省庁から出向した官僚の公設秘書官と、総理大臣のブレーンである私設秘書官がいる。この若い秘書官は公設だった。政策立案にも関わったりする私設秘書官はたいてい高齢で、すぐ区別がつく。

「すみませんアジア局長、総理は午後から委員会出席を予定されており、ブリーフィングの時間は五分です」

「分かった」

半沢が、ガニ股でどかどかと奥の執務室へ入っていく。

夏威は続きながら、秘書官に小声で「官邸内に主民党の党員が入り込んでいるようだが――？」と訊いた。

「は、はい」秘書官は、唇を結びながらうなずいた。「総理ご自身が特別に許可され、館内の実務を手伝ってもらっています」

「そうか。分かった」

それ以外に、言いようがない――という感じの秘書官にうなずき、夏威は半沢に続いて総理執務室へ足を踏み入れた。

「総理、失礼します」

半沢が太い声を出すと。

窓際で、遠く緑の上に顔を出す国会議事堂を眺めている長身の背中が、ゆっくりと振り向いた。

「総理」

半沢喜一郎は、単刀直入に話を始めた。

夏威は執務室の応接ソファで半沢の横に着席し、資料を用意した。

「本日は、総理が来週に予定されている訪韓の際の演説草稿について、お訊《たず》ねしたいことがあって伺いました」

「――――」

うむ、と差し向かいのソファで総理大臣がうなずく。

各省庁の官僚から総理大臣へのブリーフィングは、こうして時々行われる。総理から説明を求めることもあれば、官僚側から押しかけて説明することもある。いや、今日の訪問は半ば外務省からの『抗議』に近い。

この政治家――

夏威は、内閣総理大臣・咲山友一郎を間近で見るのは初めてだ。

噂のとおり、まるで半魚人のようだな……。夏威は思った。昔のB級SF映画に登場する怪物に似ている――

年齢は五十代後半。風貌とは別に、一面では『理想主義者』とも呼ばれる。

（この〈半魚人〉……いったい日本をどうするつもりなんだ？）

半沢局長と夏威は、半ばねじ込むようにアポを取って、今日官邸へ押しかけたのだ。

咲山友一郎は、来週にソウルを訪問し、韓国大統領との首脳会談を予定している。ところがその場で行う演説の草稿に、とんでもないことが書かれているのだ。

「総理。アジア大洋州局として申し上げたいことがございます。まず草稿の冒頭の挨拶『私ははるばる東海《とうかい》を越えてやって参りました』という文言ですが。これは『日本海』と直すべきではないでしょうか」

「なぜだね」

咲山友一郎は、ぎょろっと円い目を一回転させると、訊き返した。なぜそんなことを言われたのか分からない――という口調だ。

通常、首脳会談に先立つ演説の草稿は、両国が事前にやり取りして内容を確認し合う。しかしこんな内容では、アジア大洋州局として韓国政府へ送付するわけには行かない。

草稿の内容について大洋州局から官邸へ問い合わせると、中身の文言はすべて『咲山総理自身が決めて書いている』と言う。政策を担当する私設秘書官は、内容について変えさせたければ総理に直接談判しろ、という。

ところが
「中国大陸の東にある海が東シナ海と呼ばれるように、ユーラシア大陸の東にあるのだから、東海というのが正しい名称だろう」

咲山は言った。

「あの海は、日本人だけの所有物ではない。韓国の人たちの前であの海を『日本海』と呼ぶのは、まるで我々が海を自分たちで独り占めしようとしているようで、不適切だ」

「いえ総理」半沢は身を乗り出し、説明した。「日本海が日本海と呼ばれるのは、歴史的な経緯があることで、決してわが国が海を自分たちのものにしようとして勝手に名づけているのではありません。歴史から説明いたしますと――」

「歴史は関係ない」

〈半魚人〉は大きな頭を振る。

「局長、重要なのは未来だ。韓国の人々と、手を携えて協力していこうとする時に、海の名前などで軋轢《あつれき》があってはいけない。ここは、あの海を友愛の海とするため、韓国の人たちが主張する『東海』と呼ぶことにする。誰が何と言おうと、私の方が正しい」

「し、しかし」

「すでに党の方針として、日本の地図もすべて『東海』で統一することに決めた。世界にも働きかけ、世界中の地図を日本海から東海に直してもらう。すべては〈アジア共同体〉建設のためだ。そのための第一歩をしるす。今回の訪韓の目的もそれだ」

「で、では総理。次の内容の『日韓基本条約は見直します』という文言ですが」

「そこはその通りだ」

何を訊く必要がある？　というような感じで咲山は言う。

「いいかね。一九六五年の日韓基本条約は、当時の韓国の独裁政権との間に結ばれた条約であり、新たに協議するのが当然だ」

「し」

しかし――と夏威は思わず声を出しかけ、唇を噛んだ。いかん、驚いて口をはさむところだった。総理に直言するのは局長、俺はそのサポートが役目だ。

「ですが総理」半沢がさらに身を乗り出した。「さきの戦争での韓国への賠償事案などは六五年の日韓基本条約で『最終的にすべて決着済み』とされております。これをもし再協議と言うことになりますと、いわゆる〈元従軍慰安婦〉と称する人たちへの個人賠償などにも、すべて新しく対応しなくてはならなくなります。そのほかにも『賠償しろ』と無数に要求して来る可能性が――」

「それは、誠意をもっておわびし、すべて賠償するのだ。そのために消費税を上げることも検討している。我々は歴史を忘れてはならないのだ」

「あ」

あんたたった今『歴史は関係ない』って――と言い出しかけ、夏威はまた唇を噛んだ。いかん。しかしこの男、いったい韓国へ行って何を言って来るつもりなんだ……!?

「で、では総理。最後の『独島《トクト》の領有権を主張するような愚かなことは、もうやめます。独島は韓国の領土です。日本を代表して、愚かな間違った行為を反省し、正しい韓国国民の皆さんに心からおわびします。まことに申し訳ありませんどうかお許し下さい』という結びの文言ですが」

「それがどうしたね」

「こ、これはちょっと――」

「いいか局長」

咲山友一郎は円い両目をさらに見開き、一点を睨むようにした。

「君たちは視野が狭い。重要なのは、私の構想する〈アジア共同体〉だ。EU・ヨーロッパ共同体のように、アジア全域に広大な統一政治・経済圏を築く。日本はその中で真のコスモポリタン国家となるのだ。それによって、明日の日本が受けるさまざまな利益を考えてみたまえ。私は最終的に三〇〇〇万の移民の人たちにこの国へ入ってもらい、アジアの様々な国の人たちに政治にも参加してもらうつもりだ。そうすれば少子高齢化問題は解消され、この日本地域は大いに発展し栄えるだろう。その利益に引き替えれば、韓国の協力を得る重要さに比べれば、たかが小さな海の名前、その中に浮かぶ岩礁一つの領有権、戦時中の売春婦への見舞金程度が何だと言うのだ」

「――しかし」

夏威は思わず口を開いた。

しまった――と思ったが、言葉が口をついて出てしまう。

「しかし総理。この演説は、これまでの日本政府の立場や方針を全部ひっくり返すことになります」

「政府方針を決めるのは私だ、君たちではないっ」

ぎょろりとした両目で、咲山は夏威を睨みつけた。

永田町　路上

「すみません局長」

十分後。

公用車のシーマが官邸のゲートを出て走り出すと、後部座席で夏威は頭を下げた。

「先ほどは余計な発言をしました」

「いや、いい」

半沢は隣席で懐から扇子《せんす》を取り出すと、ぱたぱたやり始めた。扇《あお》ぎながら、夏威の膝に載せたアタッシェ・ケースをちらと見た。

「しかし参ったな。このままの演説草稿で、韓国政府へ送りつけろと言うのか」

指定された面会時間は、あっと言う間に過ぎてしまった。

執務室の咲山友一郎は、来週の訪韓での演説の文言を「一言一句変えるつもりはない」と言う。このまま韓国政府へ送付せよ、と一方的に命じられて二人は追い出されてしまった。

「咲山友一郎、か――」扇子を動かしながら半沢はつぶやく。「戦前から続く財閥の家の御曹司らしいな。実家は相当な資産家だそうだ。現在も企業グループをいくつか所有している。特定の支持団体など一切持たず、特定の業界からの寄付も献金も一切もらわず選挙に通って来たのは立派とは言えるが」

「それで、あのような理想主義者みたいに?」

「そのようだな」

半沢はうなずく。

「特定の業界に利益誘導したり、そこからキックバックをもらったりしていないから、政治家として〈理想〉を追求出来るのだろう。主権在民党を創立したのもあの男だ。実家が資金を融通したらしい」

「しかし〈理想〉と言っても……」

「〈アジア共同体〉か」

ふん、と半沢は息をつく。

「局長」

夏威は、膝のアタッシェ・ケースの縁を握り締め、言った。その中には演説草稿と、使われずに終わった説明用資料が入っている。

「主権在民党は、国民に約束したマニフェストは何一つ実現出来ず、さきの尖閣諸島の一連の〈事件〉ではまるで中国の」

「うむ」

半沢はうなずく。

「あれはひどい」

「国民は見ています。主民党は、あと一年か、一年半だけの政権です。その間に、これまで日本国政府が築き上げて来たものを全部ひっくり返されたのでは、たまったものではありません」

「うむ」

「このまま総理に、ソウルでこの演説をされたら大変なことになります」

「うぅむ」

二人の官僚は、数秒間黙った。

車はお堀端に出た。窓の外は白昼の四車線道路だ。まだ昼休みなのだろう、歩道をジョギングしている人影もある。

「局長、これを外へ『出す』べきではないでしょうか」

夏威は声を低め、言った。

両手は、黒いアタッシェ・ケースの上に置いている。草稿は国家機密扱いだ。夏威には守秘義務がある。それを承知の上で、マスコミへリークしましょう、と口にしたのだ。

わずか数年、何かのまぐれで政権の座についた理想主義者の男一人のために、この国の築き上げて来たものすべてが失われ、行く末が危うくなっては――

俺は、たとえ自分の身がどうなろうと、これをリークして国民に知らせるべきではないのか。あの一点を凝視したまま話す、理想主義者の総理大臣がソウルへ行って無茶苦茶な〈約束〉をする前に……。

だが
「いや待て。夏威」

半沢は頭を振った。

「マスコミは、あてになるか分からんぞ。大部分の新聞もＴＶも、自由資本党から主民党へ政権交替するのを『世論形成』で応援した節がある。俺たちがその草稿をリークしても――」

「中には気骨のある社や、報道記者はいるでしょう」

「うぅむ」

半沢は腕組みをした。

国会議事堂の尖った屋根が見えて来た。四車線道路にはタクシーや車が行き交う。皇居が近いので、歩道には警察官が一〇〇メートルおきに立っている。

「――中身を『出す』のなら、夏威」

半沢は、顔を上げて言った。

「相手はマスコミではなく、別のところにしよう。わしに当てがある」

「当て、ですか？」

「そうだ。主民党政権が出来て二年、今まで外国人参政権法案や人権擁護法案が、かろうじて国会を通らずに来たのはなぜだと思う」

「党内の保守派グループの抵抗、ですか？」

「そうだ」半沢はうなずく。「主権在民党は『寄り合い所帯』だ。理想主義者の咲山総理の派閥には蛇川《じゃがわ》政調会長、うちの折伏《おりふし》さなえ大臣など力を持った議員は多いが。一方では自由資本党から鞍《くら》替えした保守系議員がいる。また、若手官僚や会社員から政経塾などを経由して立候補し議員になった者もいる。二年前の政権交代のかかった選挙で、主民党は勝つために有望な新人立候補者をどんどん採用し公認した。その結果、まともな考え方をする保守派勢力が党内に少なからずいる」

「――――」

車が、赤信号で停止した。

横断歩道をまばらに人の群れが渡っていく。

「夏威」

「は」

「主民党の保守派グループのリーダー格は、石橋《いしばし》護《まもる》だ。君より歳上だが、経済産業省の官僚出身議員で、わしの後輩だ。よく知っている。つい先月も志を同じくする議員数名と、鬱陵島を視察しようとしてソウルの空港で入国を拒否された」

「あぁ、あの……」

「そうだ。騒動になったから、覚えているだろう。正当な理由もなく入国を拒否した疑いがあるので、わしが韓国当局へ説明を求めようとしたら、例によって折伏大臣によって止められてしまった」

「…………」

「省に戻ったら、しかるべきルートを通して、その草稿のコピーを石橋へ渡そう。石橋は衆院の法務・外務両委員会に所属しているから、国家機密に触れる資格もある。グレーゾーンではあるが、脱法にはならん」

「は。では――」

うなずきかけて顔を上げた時。

夏威は、耳に異様な震動を感じた。

（……!?）

はっ、として後部窓を振り向くのと、運転席でミラーを見上げた運転士が「わぁっ」と悲鳴を上げるのが同時だった。

な、何だ……!?

グドドドッ

巨大な黒い影が、リアウインドーに覆いかぶさるように迫ると、次の瞬間凄まじい衝撃が襲った。

4

お堀端　路上

グワシャッ
夏威は身体が浮き、前席のシートの背に激しく叩きつけられた。

「うぐっ」

一瞬、周囲が真っ白になり何も見えない。

な、何が……!?

何が起きた!?　肩に激痛――しかし剣道の心得が、とっさに夏威に衝撃に対する防護の構えを取らせた。左肩をプロテクターのように前へ出し、前席のシートの背に自らめり込むことでショックを吸収した。

「う」

痛みに顔をしかめつつ視線を上げると。リヤウインドーに黒い壁のようなものがそそり立ち、車体を後ろから押しつぶすようにして止まっている。

(……ダンプ!?)

一時的に麻痺《まひ》していた聴覚が戻ると、カラカラというエンジン音。

「はっ」

首をねじ曲げるようにして横を見る。半沢は動かない。

「き――」局長、と声を出しかけた時。

夏威の目は凍ったように止まった。

右側のサイドミラーが偶然視野に入った。後方からぶつけて来たダンプカーの高い運転台。ドアが開き、人影が路上へ飛び降りる。きちんとしたスーツ姿。そのまま悠々と去っていく。驚いて駆け寄って来るジョギング中の人々や警察官などに紛れ、たちまち見えなくなる。


「大丈夫ですかっ」

スポーツウェアを着た男が、割れた運転席の窓からミラーのサングラスで覗き込んで来た。運転士は、白いエアバッグに半ば埋まりこんで動かない。

「後ろの人はっ？」

「だ――」

夏威は「大丈夫だ」と言おうとしたが。

その瞬間。

ジョギング姿の男はミラーのサングラスを夏威へ向け、その指で口に何かを含んだ。

（――!?）

頭で考えるより、殺気を感じた夏威の腕が反応した。とっさに手に触れたアタッシェ・ケースを掴み上げ、盾のように顔をかばった。同時にケースの裏面にトトッ、と何か当たる感じ。

針……!?

「き」

貴様っ、と叫ぶより早く、ジョギング姿の男は車窓から見えなくなった。

「局長っ。く、くそっ」

半沢はぐったり昏倒《こんとう》したままだ。

息を吸い込むと、揮発臭でむせた。何だ、割れた窓から強い刺激臭の熱気。燃料が漏れている……!?

「おい大丈夫かっ」

頭のすぐ後ろで別の声。

思わず身構えるが、警察官だ。車道側の割れた窓から手を差し入れてドアのロックを外し、開けてくれようとする。

「トラックから煙が上がっている、燃え出すぞっ。早く出るんだ」

「私はいい、局長と運転士を引きずり出してくれ！」

夏威は叫ぶと、手探りでドアの開閉レバーを摑んで引いた。レバーは引けた。だがドアは動かない――

(くそっ)

車体が歪《ゆが》み、開かないのか……!?

歩道側の窓に廻り込んだ警察官が、同じようにドアを開けようとするが、開かない。

「くっ」

夏威は腰を浮かし、ぐったりした半沢の胸越しに歩道側のドアを内側から蹴った。さらに肩で自分の側のドアに体当たりした。二度、三度。がんっ、という手応えと共に、ふいにドアが開き、アタッシェ・ケースを左腕に抱えたまま路上へ転がり出た。

「うっ」

起き上がる。局長が、まだ中だ……！　半沢を引きずり出そうと、車内へ戻ろうとしたところをしかし誰かの手に後ろから引き止められた。羽交い締めにされた。

「危ない、燃え出すぞ、離れるんだ」

別の若い警察官だ。お堀端には警備のため、一〇〇メートルおきに警官が立っている。事態を目にして次々駆けつけて来たのか。

「放してくれっ、まだ中に二人いる」

「我々に任せろ。あなたはここにいるんだ」
若い警察官は、駆けつけて来たもう一人の警官に「中の人員を救助する」と告げると、追突され変形したシーマの後部座席へ跳び込んで行った。
その瞬間
ドンッ

「――うわ」

閃光と衝撃波が襲い、夏威を後ろ向きに吹き飛ばした。天地が逆さになり、背中から路面に叩きつけられた。

ずざざざっ
「う、く……」

激痛に耐えながら身を起こすと、顔に熱線を受けた。何だ……!? 見ると一〇メートルあまり向こう、黒色のダンプカーの運転台の下から真っ赤な火の手が上がり、たちまち車体を包み込んでいく。

「……き、局長っ！」

「危ない下がれっ」

「伏せろっ」

さらに駆けつけた数人の警察官に、夏威は寄ってたかって引き倒され、アスファルトの路面に伏せさせられた。ほとんど同時に

ドカンッ

さらに大きな爆発がダンプカーの巨体を数メートル宙に浮かせ、同時に黒塗りのシーマを逆立ちさせるようにして、ひっくり返した。

グワシャッ

爆風が押し寄せた。

「――!」

夏威は、路上を滑っていく黒いアタッシェ・ケースを認め、とっさに伏せたまま飛びついて摑み取った。

「――はぁっ、はぁっ」

俯せのまま目を上げると。

こ、これは……。

息を吞んだ。

ひっくり返り、残骸と化したシーマがオレンジ色に燃え上がっていた。

府中　航空自衛隊　総隊司令部
中央指揮所

「交替の時間だ」

和響一馬がエレベーターを降り、紙コップを手にCCPへ入って行くと。

劇場のような薄暗い地下空間は、幸いに暇な空気だった。ひな壇のような管制卓を後方から見渡す先任指令官席では、同僚の葵一彦《あおいかずひこ》二佐が書類をめくっていた。

「ご苦労——何だ葵、珍しいな」

「俺だって、たまには勉強するさ」

葵一彦は、和響とは防大の同期だ。趣味は将棋で、先任席で暇な時には詰め将棋の本を見ているのが常だった。

「この間のロシアのメインステイの、〈急降下〉事案の報告書だよ」

「あぁ、あの時の」

和響は、ロシア機の領空侵犯事件では指揮を取っていた当事者だから、幹部だけに閲覧が許される報告書が出たと知っても、わざわざ借り出して読んだりはしなかった。たいてい、当事者から見ると当たり障《さわ》りのない内容にされている。

「あれは、オート・パイロットが誤作動を起こしたものらしいな」

葵は書面をパン、と叩いて言う。

「針路を変えられなかったのも、急に錐揉みに陥ったのもそのせいらしいと――」

「それなんだが」

和響は腕組みをする。

「あの時は、現場のスクランブル機が領空侵犯を防ごうとして空中接触したんじゃないか――そう感じて、ヒヤッとしたんだ」

「空中接触？」

「真相は、よく分からん。取り敢えずその〈報告〉が出たから、丸肌《まるはだ》防衛大臣はロシア政府へ抗議するのをやめにしたらしいな」

「いつもの対応さ」

葵は肩をすくめ、束ねられたペーパーの最後の一枚を示した。

「これも見たか和響？　民間で、同じようなハイテク機の事例があったらしいぜ」

報告書の最後のページ――和響はそれを初めて見た。報告元の第六航空団司令部が『参考情報』として添付した資料だった。三年前に北大西洋上空で、エアバスＡ３３０型機が高空で失速し墜落した事例を紹介している。

「こんなこと、あったのか」

意外に感じた。

エアバス社製の旅客機が、失速……。

「何かの本で読んだんだが――」和響は思い出して言う。「エアバス機というのは、設計思想として『機械を人間よりも上位』に置いていて、『パイロットが何か間違いをしても自動操縦がそれをオーバーライドするので絶対に失速しない』とか言っているそうじゃないか」

「それは、センサー類やコンピュータがまともに作動している、という前提だろ」

葵は立ち上がりながら言う。

「自動操縦を、人間のパイロットよりも上位に置いているとしたら。それが万一誤作動して勝手なことを始めたら、どうすればいいんだろうな」


（――――）


早番勤務を終えた葵が上着を引っかけ「じゃあな」と行ってしまうと、和響は先任席に着いた。

先任席の前方に、幾列も並ぶ管制卓。前方の壁面を占める巨大スクリーンの日本列島の周囲には、今のところ国籍不明機を示すオレンジ色の三角形は現われていない。

「あれ」

和響は、先任席のコンソールの下に、畳んだ新聞が置かれたままなのに気づいた。

今朝の朝刊だ。葵のやつが、早番で持ち込んだのか——

ぱさっ
何気なく広げると。

（……!?）

和響は、眩暈に似たものを覚えた。朝刊は、中ほどが見開きの全面広告となっていた。

白い巨大な鯨《くじら》を想わせる流線型が、両翼を広げ舞い上がろうとしている。

エアバス……？

たった今、話題にしたばかりだ。広告の見出しは『スターボウ航空・最新鋭世界最大旅客機CA380本日就航』とある。『羽田＝ソウル線　一日二往復』

新聞の見開き一杯に、白い巨人機がこちらへ覆いかぶさるように離陸しようとする。

（こいつか。総二階建て客室の、世界一大きいエアバス機——ヨーロッパやシンガポールのエアラインで使われていると聞いたが、日本の航空会社も導入するのか）

知らなかった。

日本の航空会社では、米国製の機体が主流だ。エアバス機も使われてはいるが、小型の

Ａ３２０ばかりで、長距離国際線用の大型機は皆無だった。

しかもスターボウ航空というのは、低価格を売り物にした新参の航空会社だ。経営者はＩＴ関係のベンチャー・ビジネスで成功した人物だという。一時期ＴＶで話題になったので、和響も覚えていた。

（小さい機体で、国内路線を運航していたはずだが――羽田＝ソウル線に加え羽田＝ロンドン線――超大型機で、いきなり国際線へ進出か……凄いな）

5

首都高速　湾岸線・空港中央出口

『――次のニュースです』

空港へ向かう首都高速湾岸線は、途中臨海副都心付近で少し渋滞したが、後はスムーズに流れた。

タクシーが海底トンネルに入り、Ｃ滑走路の下をくぐり抜けて地上へ出ると。羽田空港の二つの巨大なターミナルが左右に展開した。

「何とか、間に合いそうね。国内線の第二ターミナルへお願い」

山澄玲子が運転手に告げた。車はそそり立つ管制塔の根元を左へ曲がり、急カーブの上り坂に入った。視点が高くなって行く。東京湾の海面に向いた駐機場《エプロン》に、青や黄緑色の垂直尾翼が並んでいる。

（――――）

飛行機、見るのは何か月ぶりかな……。

漆沢美砂生は、左の窓に展開する光景に目を細めた。

この一年半というもの。街中にある幹部学校で来る日も来る日も講義を受けて論文など書かされ、ようやく指揮幕僚課程を修了したかと思えば、すぐに続いて伊豆の山中で体力の限界を極めるような歩兵戦闘訓練だった。

（自分の本業を、忘れちゃいそうだったわ）

小松基地へ戻れば、また飛行服を着て、Ｆ15戦闘機に乗れる――

あの機体に乗れる。

本来の自分の仕事だ。

飛行班長にさせられるのは勘弁して欲しいが、『戦闘機パイロットの生活に戻れる』と思うと、美砂生は頬が緩む感じだった。

同時に、いくつかの顔が脳裏に浮かぶ。

（――――）

元気に、してるかな……。

『最新鋭の巨人旅客機が、ソウルへ向け出発です』

タクシーの小さな液晶画面で、ワンセグ放送のニュースが続いている。

『昨年開業した新規航空会社・スターボウ航空が、異例の早さで国際線へ進出する日を迎えました。今日、羽田空港から国際線第一便のソウル行きが出発します。間もなく出発の模様です。中継でお伝えします。羽田の桜庭《さくらば》さん』

『はい、こちらは羽田空港の海に近い、沖止めのスポットです』

羽田　東京国際空港

海側駐機場・八〇一番スポット

「ご覧ください。いま私はB滑走路の近くにある、広々としたオープン・スポットに来ています。向こうには遠くターミナルと、格納庫が見えています。とても広い場所です。港で桟橋が一杯のときに沖に止まって待つ船がいるのになぞらえて、このようなターミナルから離れたスポットを『沖止め』スポットと呼ぶそうです」

中継のマイクを手にした女性リポーターが、髪を風に吹かれながらカメラに向かって説明している。

「さて、後ろをご覧下さい。ずっと上の方へカメラさんお願いします。どうでしょう、この真っ白いクジラのような巨大な機体。見えますでしょうか。つい三日前にテストを終えて飛来したばかりのスターボウ航空・ＣＡ３８０型機です」

八〇一番スポット――海岸沿いの、広大なオープン・スポットの一角に、白く塗られた巨大な機体が駐機している。主翼下に四発の大口径ターボファン・エンジン。総二階建ての機首の左側には、乗降タラップが二基付けられ、その下にはＴＶカメラからよく見える角度に横断幕が張られ、出発前セレモニーが始められるところだ。

横断幕は白地に大きな字で『スターボウ航空　ＣＡ３８０　国際線第一便出発』。

東京国際空港
国内線・第二ターミナル

『桜庭さん、それはヨーロッパ製のエアバスの最新鋭機なのですね？』

出発ロビーには人の群れが行き交っている。

待ち合いベンチの前の大型ＴＶが、ニュースを流している。

その横を、美砂生は荷物を手に、玲子に続いて早足で通った。

（……へえ）

総二階建てのエアバスか――

立ち止まって画面に見入る時間はない。小松行きのチェックインの締め切り時刻が迫っている。

「チケットは太平洋航空のだけど、スターボウ航空へ替えてもらえるわ」

「早い便は、そっちしかないんですね」

「そうよ。座席、ちょっと狭いけれど」

「いいです、早く帰りましょう」

玲子と共に、美砂生は自動チェックイン機が並ぶ一角へ急ぐ。

画面ではニュースが続く。

『その超巨大なエアバスは、ヨーロッパやドバイや、シンガポールの航空会社で使われているものと同じ機体ですね』

『いいえ』

キャスターの質問の声に、白い巨人機を背にしたリポーターが頭を振る。

『正確に言うと違います。ご覧ください、いま私の後ろに駐機しているのは、中国資本とエアバス社の合弁企業であるチャイナエアバス・インダストリー社が造ったＣＡ３８０型機です。ヨーロッパのエアバス社製のＡ３８０とは基本的に同じものだそうですが、造られた場所は中国の西海岸経済特区・厦門《アモイ》にある合弁企業の巨大工場です』

海側駐機場・八〇一番スポット

「出発に先だちまして、これから機体のそばでスターボウ航空の社長・求名進士《ぐみょうしんし》氏による会見が開かれます」

白い球体のような機首の真下、横断幕の前で一斉にフラッシュが焚かれた。

ぱちぱちぱちぱち

動員された社員だろうか、揃《そろ》いの白いウインドブレーカーを羽織った若者たちがずらり並んで盛んに拍手した。胸には〈星と虹〉のロゴマーク。

セレモニーの進行役の女子社員が「社長の求名進士でございます」と告げる。

ぱちぱちぱち

TV中継のカメラも、紅白のリボンに飾られたマイクの前へ寄っていく。

報道陣の人数は多い。

屋根付きのタラップを駆け降りて、人影が一つ現われた。

「やぁ、やぁ、みなさんどうも」

スタンド・マイクの前に立ったのは、目の細い男だ。中肉中背でよく日に灼け、黒いポロシャツの上に社員たちと同じウインドブレーカー。社長と紹介されたが、服装はラフにする主義であるらしかった。

「機内の準備の陣頭指揮を、間際まで取っていたのでね。失礼しました。さてどうです、ご覧ください」

指さした機首の側面には〈華欧旅客機製造公司　ＣＡ３８０〉という型式名に続いて、〈ＴＩＴＡＮ〉という文字が見える。

「最新鋭、エアバスＣＡ３８０です。世界最大ってやつです。一応、うちで保有している機体には全て星の名前をつけています。ＣＡ３８０の一号機であるこいつは『タイタン』と名づけました。土星の衛星の名です。何せ大きいのでね」

「社長」

「社長」

質問の手が上がる。

「社長、何人の乗客が乗れるのですか」

女性リポーターが訊いた。

「八〇〇人です」

スターボウ航空社長──求名進士は、早口で答える。

「八〇〇の座席のうち、ファーストクラスが三〇席、ビジネスクラス三〇〇席です。エコノミーも普通のエアラインの機体より広いですよ。スターボウ航空の座席は狭い、という評判がありますが、国際線では見事にひっくり返して見せます」

「社長。この世界最大の旅客機を、国内の航空会社が初めて就航させる、それも低価格の新規航空会社として一年前にスタートしたばかりのスターボウ航空がそれをやるというのは、我々には驚きです」

別の局のリポーターが訊いた。

「また産業界の〈常識〉を破られましたね」

「そうですね」

求名進士は、髪もセットせずネクタイも締めず、口も動作も速い。学生起業家がそのまま四十代まで年齢を重ねたような印象を、見る人に与える。

その中肉中背の求名進士の背後左右には、長身の男が二人、周囲に目を配りながら立っている。社員たちと同じウインドブレーカー姿だが、視線は鋭い。

「ま、私の得意技と言うか——確かに『第三の事業』として航空会社を始めたのは一年前です。しかし、国民のニーズに応えたことで成長の波にうまく乗れた。安い航空運賃はみんなが待っていた。そういうことです」

東京国際空港
国際線ターミナル

キキッ
真新しいガラス張りの城のような、羽田空港国際線ターミナル。その出発階の降車場に一台のタクシーが着いた。

「すいません、領収書ください、領収書」

後席には黒髪の少女。

慣れない手つきで料金を差し出す。

しかし買ったばかりのヴィトンの財布から五千円札を出した後、事務所から『領収書をもらっておけ』と言われていたのに気づき、岩谷《いわたに》美鈴《みすず》（16）は運転士に頼んだ。

まったくうちの事務所と来たら、人使い――女優使いが荒い。

一人で飛行機に乗って、ソウルまで行けだなんて……！

「はい、すいません。えっ、あて名？　あ、いいです自分で書きます」

座席には、小さなボストンバッグが一つ。明日の映画祭の授賞式で着る衣装は、マネージャーがすでにタイアップ先のアパレルメーカーの社員（スタイリストを兼ねている）とソウルへ持って行っていて、向こうで合流する。〈東アジア映画祭〉は今日から始まっているが、今朝、小さな雑誌インタビューの仕事が急に入ったため、美鈴は独りで後から韓国へ向かうことになってしまった。

「んもう」

岩谷美鈴はタクシーを降りると、ボストンバッグを足下に置いて、国際線ターミナルの軒下にずらりと並ぶエアラインのロゴマークを見渡した。

ええと、どの航空会社だったっけ……？

「しらねーぞ、迷子になったって」

右手で黒髪を撫《な》でつけて、息をついた。

岩谷美鈴は、デビューしたばかりだ。

デビューさせてくれた――世話になっている芸能事務所が、弱小零細であることは先刻承知している。昨年、ある国際的なテロ事件に巻き込まれたことでTVに顔が出る機会があり、それをきっかけに現在の事務所が『俳優研究生』としてスカウトしてくれた。大手のプロダクションは、アイドル・グループに参加して歌って踊れる子が欲しいのだろう、声をかけてはくれなかった。君は女優になれるかもしれない、いい条件は出せないが、うちでやってみないかと言ってくれたのは現在の所属事務所だけだ。

中学生だった自分は、女優になることが望みだった。芸能界デビューはしたかった。でも大勢メンバーがいるグループの一員なんて嫌——尊敬する女優の秋月玲於奈さんみたいになりたい。だから願ってもないことだった。

でも——

いくら人手がないからって。

岩谷美鈴は見回しながら、唇を嚙む。

今朝の雑誌インタビューも独りで行かされ。

そして韓国なんて、初めて行くのに……わたしはまだ高校一年だよ？

でも十六歳ならもう子供じゃないんだから、羽田の国際線ターミナルへ行って、自分で乗る飛行機を捜して乗れ、ソウルの空港まで行けばマネージャーの小宮《こみや》が出迎えるから。事務所の社長にそう言われて送り出された。授賞式の打合わせがあるから、どうしてもマネージャーは先に行っていないといけない。そのかわり、一応新人助演女優賞だから、映画祭の主催者側からビジネスクラスのチケット代が出ている。事務所が午後一番の便を押さえてくれた。マイナーな邦画でのデビューだったが、TVにも出始めている。顔が売れ始めているから、電車やモノレールに独りで乗るのは駄目、タクシーで羽田まで行って領収書は必ずもらっておけ。

「ええと、航空会社は——」

美鈴は、eチケットの控えをブレザーの内ポケットから引っ張り出す。

A4の紙には、星と虹のロゴマーク。

スターボウ〇〇一便——

チェックのスカートの両脚で、地面のバッグを挟むように立って、頭上を見渡す。

（チェックイン・カウンターって、どっちだ？）

国際線ターミナル　出発階

うわー、なんか混《こ》んでいるな。

eチケットの控えと同じロゴマークを見つけて、美鈴がチェックイン・カウンターへ近づいて行くと、人だかりがしている。

TVの取材クルーも来ているようだ。眩しいライトが一角を照らしている。

（まさか）

どきりとした。

東アジア映画祭で〈新人助演女優賞〉を獲得した岩谷美鈴さんが、今日これから授賞式のためソウルへ出発です——

ワイドショーが、わたしのことを撮りに来たのか……!?

一瞬だけ、そう勘違いした。

すぐに違うと分かった。

赤い絨緞が敷かれ、〈FIRST　CLASS〉と表示の出たカウンターの前に撮影ライトが当たり、人の群れが浮き上がって見える。遠くからでも、一見して高齢のスーツ姿の一群と分かる。

「凄いな」

「財界のお歴々だ」

「あれは日団連の折屛風《おれびょうぶ》会頭じゃないか」

周囲のビジネスマンたちが、立ち止まって注目している。

「日団連の韓国訪問団だ。今朝の新聞に出てた」

へえ、と美鈴は思った。

ビジネスクラスの青い絨緞のチェックイン・カウンターに、パスポートを手にして並ぶと、前後は出張のビジネスマンばかりだ。会話が聞こえて来る。

「凄いぞ、主要企業の経営者がみんないる」

「よく格安のスターボウ航空に乗るなぁ」

「国際線進出の記念すべき第一便だから、あの求名進士がただでファーストクラスに招待したんだろう」

国際線の第一便——？

（……？）

美鈴は、チェックインカウンターの頭上に『スターボウ航空　本日国際線就航』という横断幕が張られているのに気づいた。

これ、そういうフライトなのか……。

手元の控えを確かめたが、確かにスターボウ〇〇一便・ソウル仁川《インチョン》空港行きだ。

ははぁ。

うちの社長、主催者から渡されたチケット代、浮かせたな……？

「しかし折屛風会頭は、求名進士を病原菌のように嫌っていなかったか？　価格破壊で産業界の秩序をことごとく壊すとか」

「求名だって会頭を嫌ってるはずだよ」

前後のビジネスマンたちが話している。

スターボウ航空の経営者は、経済界では有名な人物らしい。さかんに「求名」「求名」という名が出る。

「新聞によると、このフライトには求名社長も一緒に乗って、訪問団をケアしながらソウルまで行くらしいじゃないか」

「どういう風の吹き回しだ？」

国際線ターミナル　VIPルーム

「先生、チェックインが済みました」

国会議員が飛行機に搭乗するとき、議員本人がチェックイン・カウンターに並ぶことはほとんどない。警備上の都合もあり、一般旅客と隔離されたVIPルームで待機している間に、秘書が航空会社に頼んでチェックインをしてもらう。

若い政策秘書が、搭乗券を手に戻って来ると、ソファにいた白髪の眉の濃い男がうなずいた。

「すまないね」

「先生。今日のこのソウル行きの便は、ファーストクラスが日団連の韓国訪問団で一杯とのことです。スターボウ航空の担当者が、アップグレード出来なくて申し訳ありませんと言っていました」

「いいよ」

白髪の男はうなずいた。髪は真っ白だが、顔は若い。まだ四十六歳だ。主権在民党の衆議院議員・石橋護である。

「もともと韓国政府の用意してくれたチケットは、ビジネスクラスだ。国会議員や官僚には、ときどき航空会社が気をきかせてアップグレードしてくれたりするが、無用な接待に当たるし、議員がファーストに乗っていたのでは国民に顔向けが出来ない。我々〈鬱陵島視察団〉はビジネスで行こう」

「はい」

そこへ
「石橋先生」

同行するほかの議員の秘書が、歩み寄って来て相談した。

「部屋の外に新聞記者が詰めかけていて、代表取材でいいから一社、入れてくれないかと言っています」

「新聞か」

白髪の石橋護は、広いラウンジになっているＶＩＰルームを見回した。そこここで、スーツ姿の議員たちが秘書と打ち合わせしたり、携帯電話に出たりしている。若手ばかりで総勢二十六名。超党派の国会議員で作る『竹島を取り戻す議員連盟』――今回の〈鬱陵島視察団〉のメンバーたちである。

「いずれ帰国したら、今回の成果について記者会見するつもりだったが――いいだろう、私が対応しよう。大騒ぎにならぬよう、代表で一社だけ入れてくれ」

「はい」

「ああ、そうだな。日韓問題に中立的な、帝国新聞がいいだろう」

「分かりました」

ところが、困った表情の秘書に先導されて、二人の新聞記者が入室して来た。

「君は、何だね」

石橋護は、〈帝国新聞〉という腕章をした記者の横にくっついて入って来た、もう一人の男を見やった。腕章は〈中央新聞〉。

「一社だけと、言ったはずだ」

「そんなこと関係ない」

目の吊り上がった三十代の記者は、石橋の前で腕組みをした。

「ふん、それはそっちの都合でしょう。我々中央新聞は世界一正しいので、どこへでも入る権利がある」

「――――」

石橋護は、ちらとねめつけたが、咎めることはせずにうなずいた。

「よかろう。ならそこにいなさい」

「石橋議員、早速質問ですが」帝国新聞の腕章をした記者が訊いた。「前回、議員は竹島の姿を間近に見ることが出来る鬱陵島を視察されようとしましたが――」

「竹島じゃない」

中央新聞の記者が口をはさんだ。

「独島カッコ日本名・竹島だ。新聞記者なら正確に言え」

「な、何を」

「喧嘩はよしたまえ」

石橋が止めた。

「いいかね」

石橋護は、冷静な口調で告げた。

「我々二十六名は『竹島を取り戻す議員連盟』だ」

「ふん、偏屈な愛国心とやらに凝り固まり、東海を日本海とか呼んだり、在日外国人の人たちに選挙権を渡そうとしない議員集団ですな」

「おい」

「よせ」

石橋護は、言い争おうとする記者二人を止めた。

「いいか、誤解するな。我々『竹島を取り戻す議員連盟』は、今回は韓国と喧嘩をしに行くわけではない。確かに私は前回、鬱陵島を視察しようとしてソウルの空港で足留めを食い、正当な理由もなく入国を拒否された。だがこのことは全世界で報道され、かえって韓国が恥をかく形となった。竹島を自分たちのものだと主張しているが、きっと自信がないからそんなことをするのだろう、と論評された。そのこともあってか、先日韓国政府から私のところへ言って来た。『竹島を取り戻す議員連盟』を、韓国へ招待したいと」

「招待？」

「ふん、招待？」

二人の記者は、同時に声を上げた。

「そうだ」

石橋はうなずいた。

「この間のことは大人気なかった。どうか許して欲しい、おわびに『竹島を取り戻す議員連盟』のメンバーを全員韓国へ招待し、正面から話し合いたい。韓国でも歴史的な資料・証拠をそろえている。話し合いの行方によっては、この問題につき、ハーグの国際司法裁判所への提訴に応じてもいい。そう言って来た」

「………」

「……………」

「もちろん、鬱陵島の視察にも今回は協力しよう――そのように言われ、今日のこの便に乗るように指定して、全員分の航空券を送って来てくれた。我々は、招待には快く応じることとし、チケット代金はお支払いした上で、〈鬱陵島視察団〉としてこの便に乗ることに決めたのだ」

海側駐機場・八〇一番スポット

「求名社長」

オープン・スポットのＣＡ３８０の巨大な機首の下では、会見が続いていた。

ＴＶクルーはワイドショーも来ていたが、巨大な機体に関する興味本意の質問が一段落すると、各局の経済部記者が次々に質問をぶつけた。

「ご経歴を見ますと、求名社長は二十代のときに通信事業を起業され、携帯電話業界に価格破壊をもたらし、続いて製薬会社に医療法人を買収と次々に手を広げられ、今度は航空会社です。ずいぶんと急展開に見えますが」

「それは、日本を何とかしたいからです」

ポロシャツにウインドブレーカーの求名進士は、細い眼でうなずいた。

「一日も、一刻も早く何とかしたい。休む暇などありませんよ。医者は心臓に悪いから休め、と言うが――」

「しかし。どんどん異業種へ進出され、このような急成長で、スターボウ航空という会社の運航の安全性は大丈夫ですか？」

「それは問題ない」求名はまた頭上のコクピットの窓の辺りを指した。「私は、スターボウ設立に際し、最も安全な機材を選んだ。エアバス機というのは、ご存じの方もいると思うが『たとえパイロットが何か間違いをしても絶対に失速しない飛行機』として知られています。パイロットの訓練に、『失速回復』の課目が初めからありません。必要がないからです」

「でも、中国製なんでしょう？　コンピュータがもし故障したら――」

「中身はすべて本家のエアバスと同じです。いやそれどころか、このＣＡ３８０は最新の改良がされている。ここからは見えませんが、機体の背中に細長いコブのような突起があるのです。衛星リンク用のアンテナです。それによって、通常は機上のフライトマネージメント・コンピュータに最新の気象データ等を送ることが出来る。フライトマネージメント・コンピュータは三重装備ですが、それらがもし全部ダウンしても、その代わりに衛星リンク経由で自動操縦をコントロールすることが可能です」

「衛星とリンク、ですか」

「そうです。この衛星リンク機能のお陰で、客室内ではブロードバンドの無線ＬＡＮが無料で使い放題です。携帯電話も、地上と同じように普通に使えます。機内では電子機器は使わないでください、なんてもう言いません。この機体はプロテクションが完璧なので、いくらでも使って構わないのです」

「でも、中国製というところがちょっと——最近では高速鉄道の事例もありますし」

「スターボウ航空のＣＡ３８０に乗って海外へ出張や旅行に行かれるかどうか、それは消費者のみなさんが決めることです。いいですか、この機体は中国・厦門の巨大な一か所の工場で製造から組立まですべてを行なっている。スタッフは優秀な中国人。そのお陰で、本家のヨーロッパ製Ａ３８０に比べ、仕様は同じ、性能は同等以上で機体価格は実に四割も安い」

「——四割？」

「四割、ですか……!?」

「そうです」

求名はうなずく。

「わが社では、この機体を使って来月から羽田＝ロンドン線を開業します。そのビジネスクラスの往復運賃は八万円です。いいですか、マスコミで話題になることを狙ったバーゲンではない。他のフルサービス・エアラインでは三十万円はする羽田＝ロンドンのビジネスクラスが正規運賃で通年いつでも往復八万円なのです」

「――――」

記者たちが一瞬、絶句した。

6

羽田空港　国内線・第二ターミナル一階
バス出発ラウンジ

〈スターボウ航空　小松行き〉と表示の出た搭乗口の中で、女性係員が忙しく手を動かしながら『お待たせしています。一三時三〇分発・小松行きのお客様は、まもなくバスにて機内へご案内します』とアナウンスした。

「間に合ったわね」

山澄玲子と一緒にチェックインを済ませ、手荷物検査場を通過して搭乗券に示された搭乗口へ向かうと、ゲートではなく階段があった。

窓のすぐ外に機体が止まって見えるボーディング・ブリッジ付きのゲートではなく、そこは階段を下りて地上階にあるバス出発ラウンジだった。機体は沖止めスポットにいて、バスで向かうらしい。

すでに大勢の乗客が集まっていたが、小松行きの搭乗はまだ始まっていなかった。

「後発の会社だから、スポットは沖止めなのね」

「この会社、乗るのは初めてです」

美砂生は、星と虹のロゴマークの入った搭乗券を見やる。

さっき自動チェックイン機で座席を選ぶとき、画面に機内の座席配置図が出た。機種はエアバスA320だという。客室中央に通路が一本。一五〇席クラスの中型旅客機だ。

空幕の用事で東京へ出る時、航空券は太平洋航空で用意されることが多い。機種はボーイング767だ。二本通路で二五〇席。A320は、767よりも一回り小さい。

エアバスか……。

「そのうち、空幕の出張も全部この会社にされてしまうかもね」

「え？」

「安いから。航空券を替えてもらったら、差額が出ちゃったわ」

玲子は笑う。

「お弁当でも、買いましょうか」

ベンチに座って、待つことにした。

そういえば昼時だが、不思議に空腹は感じない。午前中まで点滴をしていたせいか……あるいは十三週間のレンジャー訓練の野戦暮らしで、胃がすっかり小さくなったのかも知れない。余計な脂肪もすっきりなくなって、身体は軽い。

座ると、搭乗口の横に、星と虹のロゴをつけた白い双発旅客機の立て看板がある。

写真は、A320。

(――――)

エアバスはつぶしがきく――という話を美砂生は思い出す。

航空自衛隊の戦闘機は、歳を取って乗れるものではない。四十を過ぎると、身体がGについていけなくなる。有事に備えてパイロット資格は維持させてもらえるが、だんだんに仕事は地上組織に配転させられる。フライトは週に一度か、下手をすれば月に一度。それなら退官して民間へ行った方がいい――

防衛省から民間エアラインへの正規の転職ルートは、『天下り』の批判を受けるので枠は非常に小さい。年間に数名だ。転職候補者に指名されることを『宝くじに当たる』と言うくらいだ。だから民間へ出たい戦闘機パイロットは、自己都合で退官して就職活動するのが普通だ。だがそれでは、大手の航空会社はなかなか採ってくれない。転職先は小さい旅客機で運航する新規航空会社が多い。

民間へ行くなら、ボーイング７３７を運航する会社よりも、エアバスＡ３２０を運航する会社を選んだ方がいい——誰かがそう話していた。エアバス機は操縦桿がサイド・スティックで独特だが、Ａ３２０で一度慣れてしまえば、それより大型のＡ３３０もＡ３４０も、超大型のＡ３８０もコクピットの仕様は同一なので、簡単な移行訓練で上位機種へステップ・アップ出来る。さらに大きな会社へ移れる可能性が出て来る、と言う。

（——民間へ出る気は、全然ないけれど。無理やり飛行班長にするとか言って来たら、ぼそっとつぶやいちゃおうかな）

火浦は午前中はフライトに出ていて、電話では談判が出来なかった。

今朝は繋がらなかったスマートフォンを取り出し、そういえば搭乗前に電源を切らなくちゃ——と指を当てようとした時。

『——八万円ですか!?』

ふいにラウンジのＴＶの声が、耳に入った。

『社長。羽田からロンドン往復のビジネスクラスが、たったの八万円なのですか？』

『その通りです』

「この人、求名進士ね」

山澄玲子が大型ＴＶの画面を指して言う。

「雑誌で何度か見たわ」

「知っているんですか？」

画面の、目の細い男。

この男がスターボウ航空の社長なのか……。

「医療業界では有名な人よ。若い頃に通信事業で成功して、その資金で製薬会社を買収して、安いジェネリック医薬品を市場へ大量に供給したの。それだけでなく、自分でも病院をいくつも買って、安い料金で診療を始めて。厚生労働省からも既成の製薬会社からも病院経営者なんかからも、ゴキブリのように嫌われている」

「……そうなんですか」

通信事業に病院に、航空会社……？

どんな人物なのだろう。

「先生。診療報酬って、安く出来るんですか？」

「無理やり、しているのよ」

「……………」

無理やり……？

「でもやっていることは、間違っていない」

玲子は言う。

「現場の医者から見たって、日本の医療費を減らすにはそうするしかないもの。既得権益と闘って、この人、偉いと思うわ」

「はぁ」

でも、そういう起業家が航空会社……？

もう一度画面の顔を見ようとした時。『小松行きのお客様』とアナウンスが告げた。

『小松行きのお客様、お待たせいたしました。前方のバスにお乗りください』

国際線ターミナル　一階
バス出発ラウンジ

「なんだ、ブリッジで乗り込むんじゃないんだ……」

岩谷美鈴は、ラウンジを見渡してつぶやいた。

バスで飛行機まで行くのは初めてだった。

国際線でも、こういう乗り方をするんだ……。

「ま、いっか」

きっと機体の前で、写真が撮れるだろう。

そうだ、玲於奈さんに見せてあげよ。

思いついて、美鈴は国際線バス出発ラウンジのベンチで、ボストンバッグを開いた。スマートフォンを入れたポーチを取り出す。手製のポーチには、円型のワッペンが縫いつけてある。細長いミサイルに乗って空中サーフィンをする黒猫のイラスト。〈The 307th SQ F15J〉という文字。

美鈴は、憧れの女優・秋月玲於奈との出会いは『運命的』だったと思う。去年の〈ピースバード事件〉では一晩、生死を共にしたのだ――

現在は鏡黒羽という本名に戻った秋月玲於奈は、「わたしが元女優だということは秘密にしろ」と言った。美鈴は、じゃあ秘密は守りますから、玲於奈さんの飛行服のそのかわいいワッペンください、とねだった。

玲於奈さん、今日はフライトなのかな……。

ソウル行きは、日本海を渡る。秋月玲於奈――いや鏡黒羽がF15イーグルで飛んでいる辺りを、通るかもしれない。

『スターボウ航空〇〇一便ソウル行きのお客様、大変お待たせいたしました』

ゲート係員がアナウンスをした。

『間もなく、ビジネスクラスのお客様よりバスにて機内へご案内いたします』

海側駐機場・八〇一番スポット

「――いつも同じように申し上げているが」

スタンド・マイクに向かって、細い目の求名進士は続けた。

「なぜ私が、急に航空会社など始めたのか――？　そういうお訊ねだが、それは私がこの日本を何とかしたいと、真剣に考えているからだ。二十代の若い頃からそう考えてやって来た。最初に新規通信事業を立ち上げ、携帯電話の通話料やネット接続利用料を安くしたのは、ビジネスを起業しようとする人たちの助けになるからだ。だからさまざまな規制や、既得権益を持つ勢力にはさんざん行く手を阻まれたが、あらゆる妨害を乗り越えて低料金を実現した」

中継のカメラと、各ＴＶ局の経済担当記者たちが注目している。

隣同士、小声で「おい」と話す記者がいる。

「始まったな、求名氏のいつもの自説」

「自慢話とも言うな」

「次に私は」

出発前セレモニーは、間もなく乗客を迎えて最高潮となるのだろう。求名進士は語気を強めた。

求名の話は続いたが、各TV局の中継班は黙って聞いていた。

既得権益に邪魔をされた、という辺りで、それに関して質問をして話をさらに膨らませようとする民放記者は一人もいなかった。

それでもTV各局が帰らず中継を続けているのは、この後にやって来る『乗客』たちにニュースバリューがあるからだった。

「――という経緯で、私は航空会社を設立しました。このスターボウ航空です。日本の産業が発展――特に小規模の起業家が成長していくためには、飛行機で出張する時の運賃が安くなければいけない。特に国際線ビジネスクラスを安くしたかった。国際貨物運賃も安くしたかった。外国へ製品を売り込みに行き、サンプルやパーツを発送し、エンジニアを派遣するコストを最小限にしたかった。私の後に続く人たち、日本の新しい産業を興そうとする若い人たちが、既得権益に潰《つぶ》されず、高いコストに潰されることなく、才能の芽を成長させられるようにしたかった。私と同じような苦労は――うぅ」

求名進士は、右手で胸の辺りを苦しげに押さえたが、みずからの興奮を鎮めるように息をして、続けた。

「このとおり、私と同じ苦労はさせたくない」

その様子を見ながら
「始まったよ」

「やれやれ」

記者たちは、こそこそと言い合った。

「ところでスターボウ航空、この超大型のエアバスをあと十一機も買うんだろう。あの社長の信用で、そんな資金が調達出来たのか……？」

「お前、訊いてみろよ」

「あの人の最大の秘密だ。答えっこない」

「しかし信じられんな。求名進士は産業界からは『既得権益を破壊するガンかゴキブリ』みたいに言われてさんざん嫌われている。通信会社は何とか順調のようだが、製薬会社と医療法人の買収で一杯いっぱいのはずだ。そこに去年から航空会社――これの開業資金の出所が分かっていない。いったいどこがそんな資金を出したんだろう」

「他にオーナーがいるんじゃないのか？　この航空会社には、別に力を持った隠れオーナーがさ。こんなに早く国際線進出の路線認可が下りるなんて、よほどの『政治力』が働いているとしか思えないよ」

そこへ

「おい」

もう一人の記者が、小声で注意をひいた。その記者は双眼鏡を手にしていた。

「来るぞ来るぞ。ファーストクラスの乗客を乗せた専用バスだ——窓に折屏風会頭が見える、間違いない。日団連のお歴々の韓国訪問団だ」

羽田空港内　エプロン

旅客機が地上走行する誘導路に沿って、地上車両の専用道路が通っていた。

小松行きの便の乗客を満杯に乗せたバスは、国内線ターミナルを出ると、エプロンの専用道路を海側滑走路の方向へ走った。すぐ横を、中国の航空会社か、朱色と金に塗られたボーイング777が追い越して行く。

「羽田も国際線が拡充されて、いろんな国の飛行機が来るようになったわね」

山澄玲子が満員の通路に立ったまま、窓の景色を見て言う。

横に立っている美砂生が黙っているので、玲子はけげんな顔をする。

「漆沢一尉、どうした？」

「………」

「気分でも悪い？」

「……あ、いえ」

美砂生は、一年前に中野へ赴任した時と同じパンツスーツ姿で、立ったまま頭を振る。

気分が悪いわけではない。

「すみません。人で満員、というのが久しぶりで」

「あぁ」

玲子は理解したようにうなずく。

「あなた十三週間も、野戦訓練だったものね」


美砂生は、満員の通路に立ったとき、軽く眩暈がした。人の気配が周りから押し寄せてきたのだ。思わず身体が、自動的に身構えようとした。

手で触れる近さに迫って来た人間たちに、胸がどきっ、とした。

（……やだ、どうしたんだ）

暗闇の山林では、近づくものは『敵』だった。自然と、身構えようとしてしまう。神経が〈徒手格闘術〉の受けの構えをしろ——と主張する。

（おちつけ、おちつけ——ここはもう伊豆の山奥じゃないわ）

深呼吸して、周囲を見回すと。車室に詰め込まれたたくさんの人体だ。

『こうすれば倒せる』と、ついイメージしてしまう。当たり前だが、満員の乗客たちは隙《すき》だらけだ。みんな周囲を警戒していない。そうか、プロの戦闘員の目からは、一般人がこんな無防備に見えるのか……。

ひとつ、勉強になっちゃったわ――

呼吸を整えると、バスは格納庫の横を通過する。窓の視界に、東京湾の海面に突き出すような滑走路と、その手前の大規模な駐機場が広がった。

その途端

(――何だ、あれは)

美砂生は目を見張った。

白いものが見えた。

満員の乗客たちも、一斉に窓の外の一点に注意を向ける。「大きい」「大きいね」と声が上がる。

TVの画面でも見た。CA380だ。

その隣のスポットに、同じ塗装の小さな双発のエアバスがいる。A320だ。

CA380の前では、まるで鯨と並んで泳ぐ小魚のようだ。

「TVに映っていた機体のようね」

隣で玲子が言う。

「タラップの下で、セレモニーをやっているわ」

「そうですね」美砂生はうなずく。「機首に〈ＴＩＴＡＮ〉って書いてあります」

「見えるの」

「もともと目はいいんですけど」

美砂生は目をすがめる。

バスが進むに連れ、Ａ３２０と、その向こうのＣＡ３８０はぐんぐん大きくなる。

「野戦訓練で、さらに遠目が利《き》くようになっちゃって――向こうの機体も、搭乗が始まっているみたいですね」

海側駐機場・八〇一番スポット

白い車体のＶＩＰ専用バスがタラップの前に横づけされると、ウインドブレーカーの係員に案内され、高齢の一団が降りて来た。

バスの車体からタラップまでは赤い絨毯が敷かれ、左右に並んだ若い社員たちが一斉にお辞儀して「いらっしゃいませ」と迎えた。

「これはこれは。会頭」

スタンド・マイクの前でふるっていた熱弁を切りあげ、求名進士は走って一団の先頭の人物の前へ出ると、深々と一礼した。

「折屛風会頭。本日は皆様でのご搭乗、ありがとうございます」

「――ふん」

仕立てのいいグレーのスーツに瘦身を包んだ、七十歳を越える人物は、求名のポロシャツとウインドブレーカーを一瞥すると、視線をそらした。

「わざわざ君が、工場用地視察ツアーと、韓国財界との懇親会を設けてくれたのでな」

しわがれた声。

カメラのフラッシュが盛んに瞬く。

「はい、それはもう――」求名進士は、セットしていない髪の毛を海風になびかせながらまたお辞儀した。「日本企業全体の発展のため、渾身《こんしん》の思いを込めて、私が用意させて頂きました」

「日本の法人税が高過ぎる、何とかせねばならん、というのは唯一君と我々の意見が一致するところだ。我々日団連の主要企業が、工場や事業所を国外へ移転させる動きを見せれば、少しは政府も考えるだろう。そのために韓国へ行くのだ」

「は、はは」

求名進士は、また深々と礼をした。

「会頭。今日は私もソウルまでこの飛行機でご一緒し、懇親会の世話役を務めさせて頂きます。この機会に、スターボウ航空のファーストクラスも是非ご堪能ください」

「ふん」

七十代の経済団体の会頭は、鼻を鳴らすと赤絨緞からタラップの階段へ進んだ。高齢の経営者たち、その後から秘書たちだろう、アタッシェ・ケースを持ったビジネスーツの一団が続く。求名進士はその一人一人に「ご搭乗ありがとうございます」と最敬礼した。

その様子を、TV各局のカメラが中継する。

「信じられない」

見ている経済記者の一人がつぶやいた。

「あの、一時期は『既得権益にしがみつく老人どもはこの世から一掃してしまえ』とか息巻いていた求名進士が、日団連の年寄りたちに平伏するなんて――」

「それも団体旅行の旗振り役みたいに、一緒にソウルまで行くんだろう。いくら国際線就航のお披露目と言っても」

記者たちが言い合った。

「いったい、どういう心境の変化だろうな」

「ここへ来て、大人になったんじゃないの」

「まさか」

「おい、次は国会議員のバスだぞ」

双眼鏡を手にした一人が、また指さした。

「今度は、主民党の石橋護を団長にした〈鬱陵島視察団〉だ」

海側駐機場・八〇二番　小松行きスポット

「隣のスポットは賑《にぎ》やかね」

乗客移送バスから降り立つと、トランシーバーを手にした女性係員が右手を上げるようにして「小松行きはこちらです」と案内する。

目の前に白いA320の機体が止まっている。

そしてその向こうに、盛り上がる白い鯨のような巨体。

「はー」

思わず立ち止まり、美砂生は玲子と並んで隣のスポットを見上げる。

でかい。F15のいったい何倍あるんだろ。

沖止めのスポット同士は、一〇〇メートルと離れていない。双発A320の機首に取りつけられたタラップの下からも、隣の巨大エアバスは見上げるようだ。その下に、また一台のバスが着く。カメラのフラッシュが盛んに焚かれる。

「ＶＩＰでも、乗っているのかしら」

「さぁ」

女性係員が「立ち止まらないでください」と促す。

その時だった。

（――?）

美砂生は、ふと何かを感じた。

何だ。

足を止めた。

八〇一番スポット

もう一台のＶＩＰ専用バスが到着し、ドアを開くと。

赤絨緞の上に次々降りて来たのはスーツ姿の男たちだった。全員が、襟に金色のバッジをつけている。

ウインドブレーカーの社員たちがまた「いらっしゃいませ」と笑顔で迎える。

報道陣のカメラが一斉に向く。その横から記者たちが「おう」と息を呑み、我先に動き出す。

「石橋護だ」

「凄いぞ、与党の保守派議員の勢ぞろいだ」

マイクを持った女性リポーターたちが真っ先に赤絨緞の左右から「石橋さん」「石橋さん」と声をかける。

「石橋さん、今度は上陸出来そうですかっ」

白髪の議員は右手を上げ「喧嘩しに行くのではない、帰ったら会見を開きます」とおちついた口調で応えると、カメラの前を通過して行く。

タラップの前では求名進士が出迎え、最敬礼した。

「ご搭乗ありがとうございます先生」

「あぁ、改革に頑張っておられる人だね」

石橋護は立ち止まると、右手を差し出した。

「お互い日本のために頑張りましょう」

「――は、は」

求名進士は頭を下げて目を合わせぬまま、当惑したように差し出された国会議員の手を両手で握り返そうとした。

だがそのまま、石橋護の手を掴むことなく、ふらりと前のめりに倒れた。

どささっ

「あ、どうした君⁉」

7

東京国際空港　海側駐機場

「あっ」

美砂生は声を上げていた。

「誰か――倒れた」

一〇〇メートルも離れているが、美砂生の目はその動きを捉《とら》えた。白い巨人機の機首の下で倒れた人影を「わっ」という感じで人垣が囲う。撮影用フラッシュが瞬く。滑走路の離着陸の騒音で人々の声までは聞こえないが――

「誰か倒れたっ」

「えっ」

山澄玲子が訊き返そうとすると
『――救急車、救急車をっ』

小松行きの乗客を誘導している女子職員のトランシーバーから、雑音混じりの怒鳴り声が出た。

『社長倒れた、社長倒れた、心臓……ザザッ、救急車を八〇一番へ早くっ。繰り返す、社長がセレモニー中に倒れた！』

「――！」

「――！」

思わず、美砂生は玲子と顔を見合わせる。

スターボウ航空の社長が倒れた――トランシーバーの声は『心臓』と言ったか……⁉

「ちょっと」

山澄玲子が、女子職員のウインドブレーカーの右腕を摑んだ。

「人が倒れたのね⁉　隣のスポットで」

「……え、あ」

髪を後ろで縛った、二十代前半に見えるグランドホステスは、瞬きをして口ごもる。

その顔に
「私はドクターです」山澄玲子は畳みかけた。「処置が出来るかも知れない、すぐに連れて行って」

「え……」

女子職員は、目を瞬《またた》くだけだ。

「あなた言われたこと、分からない？　人が倒れたんでしょう、心臓なら、すぐに処置をしないと。隣のスポットへ私を連れて行きなさい」

「……いえ、あの、お早くお乗りくださーい」

女子職員はおびえたような顔になり、ただ後方のA320の機体を指さした。

この子、話にならない――

（ほかに誰か……!?）

美砂生は見回す。

こんなとき頼りになりそうな、ベテランの職員は……!?

だが、搭乗の誘導は職員一名で行うらしい。辺りに、ロゴマーク入りのウインドブレーカー姿は見当たらない。

駄目か。

「漆沢一尉」

「は、はい？」

「助けに行く」

「は――はいっ」

美砂生と玲子は、同時に駆け出した。

走った。駐機場のコンクリート舗装の上を、ヒールの低い靴で駆けた。美砂生が自然にリードを取る。飛行場を走るのは慣れている。スポットの境目に、邪魔な地上作業車も見当たらない。横断しても危険はない——無許可での通行は禁じられたエプロンを、全力で走った。

前方に、白い小山のような機体。その頭部の下に、人垣が出来ている。ウインドブレーカーの職員の一人が手にしたトランシーバーに叫んでいる。「救急車、救急車」と言っている。

間違いない。求名進士が倒れたのだ。

「先生、後で空港当局から怒られるかも知れませんよっ」

「日本の医療界のために、あの人を死なせては駄目」

玲子は息を切らせて言う。

三十秒とかからず、人垣に辿り着き、割り込んだ。

「どいてくださいっ」

美砂生が大声を出して、通り道を作った。

「ドクターを連れて来ました。どいてくださいっ」

だが

「何だお前たちは」

長身のウインドブレーカー姿が、両腕を広げて立ちふさがった。目が鋭い。

「近寄るな、あっちへ行け」

「ドクターを連れて来た、と言っているの」

でかい男に威圧されたくらいで、今さら怖くも何ともない。美砂生は背中の玲子を顎で指した。

「この先生を通して。急病人の処置をさせて」

「だ、駄目だっ」

「お前たち何者かっ」もう一人の男がさらに、美砂生の前に立ちふさがった。同じような長身に鋭い目。「部外者は近寄るな」

求名進士のボディーガードなのか？　この長身の二名だけが、他の航空会社職員たちと雰囲気が違う。この匂いは……兵士――いやまさか。

「言っているでしょう」美砂生は繰り返した。「ここの様子を見て、助けに来たの。隣のスポットから助けに来たのよ。怪しい者じゃないわ」

「医者？」

「そうよ」

だが

「いらんっ」

ボディーガードらしき長身は、胸で弾き返すように言った。

「今、救急車を呼んでいる。お前たちなどいらん、帰れ帰れ」

「私は医師です」

美砂生の背中から、玲子が言う。

「救急車の救急救命士では出来ない処置もあります。診《み》させてください」

人垣の隙間から、地面に転がった人物が見える。

スターボウ航空の女性社員がかがみ込んで、しきりに呼びかけている。「社長、社長」

という悲鳴に近い声。

「早く、診させなさいっ」

美砂生は怒鳴るが
「駄目だ、わけの分からぬ奴に触らせるわけには行かん！　離れろ離れろ」

ボディーガードらしき男は、胸板で突き返すように美砂生を押し戻そうとした。さらに
右手が前へ突き出されて来た。

（こいつ……！）

何をする。突き飛ばすつもりか……!?　美砂生は男の右腕が自分を突き飛ばすモーショ
ンに入ったのを見切ると、その手首をかわしざま摑んで引きずり倒す準備に入った。美砂

生の身体の方が勝手に身構えた。

その時。

「よしたまえ」

左手から声がした。

男の腕が、反射的に止まる。美砂生も動作を止めた。

騒然とした中でよく通る、落ち着いた声だ。

「――!?」

「……!?」

見ると。白髪の人物が横に立っていて、ウインドブレーカーの警備係に命令するように言った。

「ドクターが、わざわざ隣のスポットから駆けつけてくれたようだ。こんな有り難いことはないぞ。診てもらいなさい」

「――あ、う」

「そこをどいて、診てもらいなさい」

TVクルーのカメラが寄り集まって来た。

長身の警備係二名は「くっ」と怒鳴り声を呑み込むと、両腕を広げたままの姿勢で左右にどいた。

「先生、早く」

美砂生は玲子を前へ通すと、白髪の人物に目をやった。この人——誰だろう？　見覚えがある。TVでよく見かける……スーツの襟に円い金色のバッジ。

国会議員か——

そうか、ニュース番組に出ていた。

このソウル行きのCA380に、VIPとして乗って行くのか……。

「よく来てくれた」

白髪の議員は、美砂生に会釈した。

「君は、足が速いようだな。非番の警察官かね？」

「い、いいえ」美砂生も一礼する。「あたしは自衛官です」

「そうか」

白髪の人物は大きくうなずくと、言った。

「私は主民党の石橋護という者だ。君たちの行動は立派だ。もし、咎める者がいたら、私の事務所に電話しなさい」

おい、と白髪の国会議員が呼ぶと、後方から眼鏡の三十代らしい男性がさっと近寄り、美砂生に紙片を握らせた。角ばった小さな紙。

「石橋先生、あとは私どもがやります」

スターボウ航空の職員が割り込んで、促した。

「一般乗客のバスも参ります、お早くご搭乗を」

石橋護の一行が、屋根付きタラップへ消えてしまうと。渡された名刺のような紙片に目をくれる暇もない、美砂生はそれをポケットに突っ込むと、倒れた人物にかがみ込む玲子の横に膝をついた。

「――――」

山澄玲子は、携帯用の細い管の聴診器を耳に入れ、白い横顔で目を閉じている。『患者』のはだけた胸に、その受感部を当てている。

「しゃ、社長は心臓に持病があって」

そばで秘書らしい女性職員が、うわずった声を出す。

「今回の初フライトに随行するのも、本当は止められていたのです」

その言葉を、ＴＶクルーのカメラが拾っている。

「――ちょっと静かに」

山澄玲子は目を開き、眉をひそめると舌打ちした。

「雑音がうるさ過ぎて、ここでは心音が聞けない。取り敢えず、ＡＥＤはどこ」

「はい？」

「ＡＥＤ。除細動器。電気ショックで心臓を動かす救急用具よ。公共の場所なら、たいてい赤字で大きく『ＡＥＤ』って表示して備えてある」

「それなら、ＶＩＰ用バスに装備してあります」

別の男性職員が、後方を指す。

玲子も振り返る。白いバスは、ドアを開いたままだ。

「分かった。あなたたち、この人をバスへ運んで。バスの中で処置をします、ゆっくり運ぶのよ」

バスに、運ぶのか……。

確かに、ここは騒音が大きい。それにもし電気ショックを使えば、その火花が気化した燃料に引火する危険がある――

「どいてくれ」

二名の警備係が、どこからか一巻きのブルーシートを抱えて来て割り込んだ。

「我々が社長を運ぶ」

ＶＩＰバス　車内

「ここへ寝かせて」

ＶＩＰ専用バスの車内は、空調が効いていた。玲子を先頭に、二人の警備係が求名進士をくるんだブルーシートを前後で持ち、両横に男性職員と女性秘書がつき、最後に美砂生が続いてステップから乗り込んだ。ＴＶカメラが追いかけてこようとするのを警備係が「遠慮してくれ」と追い返した。

玲子の指示で、意識のない経営者の身体は、車内の通路に仰向けに寝かされた。

「おい、すぐにバスを出すんだ。ターミナルへ向かえ」

警備係の一人が、運転士に命じた。

「それからあんたは、あそこの連絡係に、救急車をバス到着ラウンジの方へつけるように言ってくれ。その方が早い」

「わ、分かった」

男性職員は、外でトランシーバーを手にしている職員の姿を認めると、うなずいて急ぎ下りて行った。

バスのドアが閉まった。

「ＡＥＤって、これですか」

走り出したバスの後方から、女性秘書が四角い金属ケースを抱えてきた。白いペイントの上に赤く〈ＡＥＤ〉の文字。

「すぐに開けて」

玲子は通路に膝をつき、聴診器を仰向けにした経営者の胸に当てた。目を閉じる。だがその時、大型の乗客移送バスが次々にすれ違って車体が揺さぶられた。

「ちょっと。うるさくて心音が聞けない。バスを止めて」

玲子は目を開けて、運転席へ怒鳴った。

「それから漆沢一尉、あなたＡＥＤキットのスイッチ入れて。充電して」

「は、はい」

美砂生は、機器の操作がよく分からない様子の秘書に「ちょっと代わって」と言い、床に置いた金属ケースに向き合った。跳ね上げた蓋《ふた》の裏面に、英文のインストラクションが載っている。初めて見るが、何とか出来そうだ。説明書きの手順に従い、ゴム製のパッド二つを引き出し、本体のバッテリー・スイッチを入れた。

キュイイイ――

赤ランプが明滅し始める。

「先生、電撃の強さは？」

「『最大』にセットしておいて」

「了解」

美砂生はダイヤルを回す。玲子の指示でバスは停止したが、車体の右側を大型の乗客移送バスが次々すれ違う。その度に通路の床は揺れた。

小松行き――乗りそびれたか……。

ちらと目を上げ、美砂生は海側駐機場の方を見た。巨大エアバスの隣に小さな双発のA320。その機体の背で赤い衝突防止灯が点滅し始めている。間もなく出発するのか。

（ま、いいか。この航空会社の社長を助けるために駆け出して来たんだ。事情を話せば、後の小松行きの便に乗せてくれる……）

その時だった。

「――変ね」

玲子がつぶやいた。

「変ね」

玲子は、求名進士の閉じられたまぶたを指で開いた。白目を剝いている。意識を失っていることは、それで見て取れるが……。

「どうしたんです、先生?」

「心臓じゃないわ」

「えっ」

心臓のトラブルではない……? だが航空会社のスタッフたちは、彼らの社長が突然倒れた原因を『心臓』としきりに口にしたが――

「心臓じゃない。心臓は、まともに動いているわ」

「?」

どういうことだ。

美砂生は、求名の顔にかがみ込む玲子に注目した。

玲子は聴診器を耳から外し、経営者の男の顎を両手で掴むと、口を開けさせた。口腔の様子に目を細め、顔を近づけて何か嗅ぐようにした。突然細めた目を、見開いた。

「……何これ。薬物のカプセルかしら」

「えっ」

美砂生も、思わず口腔を覗き込む。

何か、見つけたのか。

「心臓発作ではない」玲子は頭を振る。「舌の上に、残滓《ざんし》がある。何か薬物のカプセルを口の中で――」

だが玲子が言い終える前に

（……!?）

美砂生は頭のすぐ後ろに気配を感じた。振り向こうとしたが一瞬遅かった。

影が覆い被さった。反射的に「うっ」と息を吸い、身構えようとした瞬間、後頭部に衝撃。まともに食らった。

「――ぐ」

何……!?

ふわっ、とバスの床が眼の前に迫った。

次の瞬間何もわからなくなった。

八〇一番スポット

「大きいなぁ、これ」

岩谷美鈴はバスを降りると、巨大な機体を見上げた。

白い球体のように、機首が頭上にのしかかって見える。その側面に文字。

〈CA380　TITAN〉

タイタン、か……。そうだ写真を撮って、玲於奈さんに送ろう。

ウインドブレーカーの係員たちが盛んに「そのままご搭乗ください」と声をかけるが、タラップへ進まずに記念写真をまず撮る乗客も目立つ。美鈴もバッグから自分のスマートフォンを取り出した。

（飛行機か）

自分と、憧れの秋月玲於奈を結びつけたのも、考えてみれば一機のジェット旅客機だった。あれはボーイング767だったか……。〈ピースバード事件〉のことは、あれからなぜかほとんど報道もされなくて、世間からたちまち忘れられた感じだ。

でも自分は、目標にしている秋月玲於奈の『本物』に出会うことが出来て幸せだった。事件をきっかけに、友達になることが出来た。

前に、デビューが決まって小松基地へ挨拶に行ったとき。

秋月玲於奈――いや鏡黒羽（TVにいま出ている〈女刑事〉は実は彼女の双子の妹で、デビュー当時『天才女優』と言われた本物の秋月玲於奈はいつの間にか本名に戻り、航空自衛隊のパイロットになっている。なぜそんなことをしているのか、美鈴にはよく分からない）は美鈴にF15戦闘機を見学させてくれた。梯子《はしご》でコクピットへ上って、操縦席に座らせてもらうと凄く高く感じた。

でもこの旅客機――エアバスと言うのか。これは鏡黒羽の乗機であるF15イーグルの、いったい何十倍あるのだろう……。

「――ええと、これで顔と機体、入るかな」

スマートフォンの面を自分に向けて低く構え、アングルを工夫して美鈴はシャッターを押した。

永田町　国会議事堂
主権在民党・総裁控室

三十分後。

「総理」

窓から独り、外を眺めている長身の背中に、入室してきた初老の秘書官が告げた。

「総理、〈タイタン〉は離陸した模様です」

「――――」

長身の男は振り向くと、ぎょろりとした目で見返した。

無表情だった。

「たったいま、無事羽田を離陸したとの報告です」

「――――」

総裁控室に、ほかに人の姿はない。白いクロスのかかったテーブルには、ノートパソコンが広げられている。

この男が、見ていたのか。

液晶画面で動画が動いている。TVチューナーがついているのか、音は消されているが受信しているのは民放の午後の情報番組のようだ。

盛んにフラッシュが焚かれ、タラップを登って行く議員たちを映している。その映像を背景に、女子アナウンサーが口を動かしている。テロップは『国会議員〈鬱陵島視察団〉羽田を出発』

「総理」

初老の秘書官は、声を低めた。

「あの男は、うまくやった模様です」

「――――」

半魚人を想わせる長身の男は、ぎょろりとした目を一度も瞬かせず、政策秘書を凝視した。やがて無表情の顔面が、少しだけ動いた。結ばれた口の端からピンク色の長い舌が突き出ると、ペロッと上唇を嘗めた。

第Ⅲ章　激闘！　竹島上空

1

小松市内　海岸道路
レストラン〈ウサギ翔《と》ぶ海〉

「ピアニストの方ですか?」

ウエイトレスが、コップに水を注《さ》しながら訊いた。

崖から海に突き出すようなテラス席。

薄曇りだ。風が吹いて、波の音がする。

日本海を見下ろす崖に沿って、国道が走っている。道路沿いにあるこのイタリアン・レストランは、水平線に夕日が望める夕刻や休日にはカップルの客で満杯になるが、平日の昼は空《す》いている。

「……?」

食べかけのラザニアを前に、目を閉じて、テーブルの上で左右の手の指を動かしていた鏡黒羽はイメージ練習を止めた。

ジーンズに黒のTシャツ姿。切れ長の目を開け、見返した。

「あ、いえ」

水のポットを手に、ウエイトレスの子（二十歳くらいだろう）は恐縮して見せた。

「すみません。実はあっちで、スタッフ同士で『あの人、秋月玲於奈じゃないかしら』って噂してて。でもそんな人がこんな場所に、独りでランチしに来るわけがないし、でもテレビでお見かけしたような気がするし――目をつぶってピアノの練習みたいなことされているから、そうだきっと、県の文化会館にコンサートに来たピアニストの人に違いないって」

「………………」

黒羽は、息をついた。

独りで来て、悪いか……。

午前中は『用事』があって、久しぶりに車を運転して外出した。市内の花屋へ寄り、海岸道路を数キロ走って、毎年この日になると必ず訪れる場所へ――水平線の見える人けのない崖の上へ行く。黒羽はそれを『お参り』と密《ひそ》かに呼んだ。

そうか――

食べかけの皿を見て、食事をしにここへ寄ったんだ――と思い出す。

だが、食べているうちに午後からのフライトで行う訓練課目が気になって、いつの間にかテーブルでイメージ練習を始めてしまった。

ピアノの練習じゃない、AAM4の発射手順をちゃんと覚えているか、気になって復習していたのよ――。

「……ああ、ごめん」

黒羽は、微かに苦笑して言った。

「すぐ食べちゃうから」

「い、いいえ、いいんです。失礼しました」

白ブラウスに黒エプロンのウエイトレスは、ぺこりとお辞儀して、行ってしまう。

その背中に

「ああ、ちょっと」

黒羽は声をかけた。

「はい？」

「コーヒーと一緒に、ティラミスも頂戴《ちょうだい》」

小松基地　構内駐車場

「鏡三尉」

基地へ戻り、雪よけの屋根がついた共用のガレージに古い3シリーズのBMWを停めると、黒羽は幌つきの車体を降りた。ドアを閉めるなり背中から呼ばれた。

「墓参りかね」

「……？」

振り向くと。

ひょろりとしたつなぎ姿が、こちらを見ている。ごま塩頭。年齢は五十代の後半だろう
――。

「中島《なかじま》班長」

「いや、うちの若いやつがな」ベテランの整備士は、苦笑して頭を掻いた。「出勤途中に見たそうだ。あんたの――いやその永射《ながいり》の車とあんたの後ろ姿」

整備士は保温ジャーの弁当箱を下げている。これから遅番の勤務なのだろう。わたしと同じか――。

「海岸道路の崖に車を停めて、花を持って立っていた――花を持っていなけりゃ自殺する人かと思った、ってね。叱っておいたよ。余計なことを言いふらすもんじゃねえ」

「………」

「でもな、あんた目立つんだよ。鏡三尉」

初老の整備士は、黒羽がたまに運転するその車の本来の所有者を知っている――黒羽が

なぜこの場所で戦闘機に乗っているのか、理由《わけ》も知っている。

「そうか、今日が命日か」

整備士はしわだらけの顔で、目を細めた。

「はい」

黒羽はうなずく。

整備士は「そうか」と、遠くを見る表情になる。

「七年になるか。永射が──あいつが逝っちまってから」

「八年です」

「もう、そんなになるか」

「お墓は、東京らしいんですけど」

「うん」

「あの場所は、よく見えますから」

「結局、機体は深く沈んじまって、引き揚げられずじまいだ──あんたが正しい、あそこがあいつの墓だ」

「…………」

「いい奴だったな」

「……はい」

駐車場の砂利の上で、黒羽と老整備士は少し沈黙した。

「いい奴がな」

「わたしが二番機でついていれば、死なせはしなかった」

「そうだな」

「一緒に飛べていたらどんなだったろう——って、ちょっと思います」

「今でもかね」

「はい」

「でもな鏡三尉——いや、わしが言うでもない。やめとこう」

「……？」


「ところで」

気をとり直すように、中島整備班長は言った。

「そういえば、少し似ているじゃないか。永射省吾に」

「誰がですか」

「あんたの今の『編隊長』だよ。線が細くて、優男《やさおとこ》で少し頼りないところなんかよく似ている」

「そうですか？」

黒羽は苦笑する。

「似てませんよ、全然」

「腕はピカ一でも、ごまかすのは下手だな」

整備班長もしわくちゃの顔で笑った。

「まぁいい。あんたたち、午後は新型中距離ミサイルの慣熟訓練だったな。G空域か」

「はい」

「間違って発射してしまわないように、ちゃんと整備しておくよ」

独身幹部宿舎　女子棟

「――――」

黒羽は自室へ戻ると、Tシャツとジーンズを脱ぎ捨て、壁に吊してあった飛行服を身につけた。

午後の勤務に、これから出勤だ。オリーブグリーンの飛行服の胸には、縫いつけたウイングマーク。その下に『K・KAGAMI』のネーム。

ピンを口にくわえ、肩までの髪を後ろで縛る。今日は夜まで仕事だ。

ライティング・デスクに掛けて、今日の訓練飛行のブリーフィングに使うマニュアルを棚から選び出し、布製のバッグに放りこむ。

（――――）

ふと、棚の古いノートが目に留まり、手に取った。

黒羽は、フライトの出勤前に、祖父のそのノートを眺めるのがいつしか習慣になっていた。七十年以上も前に書かれた古いノート。

ぱらっ

猫のようなきつい目で、開いたページを見やる。

精緻に描き込まれた空中の航跡がある。見開き二ページが、一日の空戦の記録だ。

鏡龍之介は当時二十六歳――今の黒羽と同じ歳だ。このノートを手渡してくれた父の言葉によれば、彼は予科練から帝国海軍の戦闘機乗りになった。今で言う航空学生出身パイロットだ。若くして中国戦線で96式艦上戦闘機、南方へ進出して零戦に乗るようになったという。どのくらいの敵機を撃墜したのか――ノートを順を追って数えてみると五十六機

――凄い。

節制と鍛錬、そして飛行後の克明な『再現記録』つけ――彼のしていたことを、黒羽は訓練生時代に真似てやってみた。確かに、『再現記録』をつけることは、特にフライトの研究に良いようだった。書きながら気づくことがいくらでも出てくる。次はこうしよう、

と思って実際に上空で試すと、必ず前回よりもうまくいった。それを毎日、何年も続けているうちに、フライトを終えてから三十分のデブリ（デブリーフィング）だけで飲みに行ってしまう他のパイロットたちの機体が隙だらけに見えて来た。

だが祖父・龍之介のノートは、三分の二ほどを埋めたところで唐突に終わっている。

その後のページは白紙だ。

「途中で終わっているだろう？」

ノートを黒羽に渡したとき、父は言った。

「お祖父ちゃんは、戦死してしまったからな」

「――――」

死ぬときのことは、当然だが書いてない。どうやって死んだのか、どこで、どのような情況だったのか――わからない。

「そのノートを届けてくれた上官の人が言っていた。鏡少尉は、私の機を護《まも》るために死んだのです。申し訳ない――そう言っていた」

「――――」

七十数年前、ニューギニアの上空で何があったのだろう……。

祖父はどんな危難も、劣勢も切り抜けた。味方の編隊とはぐれ、たった一機で十五機のグラマンF4Fに取り囲まれ襲われた時も、敵を逆に六機撃墜して生き延びた。その時の帰還してからつけられた『記録』は凄まじい。

ノートには役に立つことも、現代の事情には合わないこともあったが、戦闘機を駆って敵と対峙《たいじ》するその心構えは同じ――。

例えば、龍之介は目を鍛えろと言う。今のレーダーの時代に、視力を鍛えたって意味がないと言う人もいる。しかし黒羽は『違う』と思う。意味はある。大いにある――なぜなら戦闘機のレーダーは機首についていて、前方の限られた扇状空間しか索敵できない。真上も真横も真下も、まして後ろなど映らない。レーダーFCSでロックオンしてAAMを射てば相手を墜とせるか、と言えばそうとは限らない。ロックオンを外して敵の視野の外へ脱する方法など、考えればいくらでもある――

（――――）

時間だ。

祖父のノートを閉じ、棚へ戻すと立ち上がった。

携帯電話を取り出し、スイッチを切ろうとすると

ピッ

「？」

メールが着信した。

〈発信者：岩谷美鈴〉

あいつか……。

親指で、開いてみた。

本文。『玲於奈さーん美鈴です。これからこの飛行機でソウルへ行きます。スターボウ航空っていう会社の、国際線一番機なんだって。大きいでしょ』

写真が添付されている。

A380か……。

黒羽にも、その巨人機は見覚えがある。

続きの文。『普通の旅客機は、乗り込んだら携帯は禁止なんだけど、この飛行機はいいんだって。だからこのメールも、今ビジネスクラスの座席で打っています。広くて快適だよ。向こうに着いたら授賞式の写真送りますね　PS　フライトがんばってね　美鈴』

東京は快晴か――

黒羽は、画面の黒髪の少女の笑顔を見て、息をついた。

白い巨大な旅客機の機体の上は、抜けるような青空だ。

こちらの日本海側は、そうはいかない。今朝パソコンで気象図を見てみたら、前線付きの低気圧が接近して来ている。まだ小松に雨は降り出していないが、海上の訓練空域は雲が多いだろう――

黒羽はスイッチを切った携帯を机上に残すと、部屋を出た。

小松基地
第三〇七飛行隊・オペレーションルーム

「天候が悪化して来ています」

風谷修が飛行隊に出勤して、気象予報官のカウンターに寄ると、天気図の配信画面には〈衛星雲画像図〉が映し出されていた。

予報官の一曹が説明してくれた。

「これをご覧ください。日本海に前線を伴う低気圧があって、発達しながら東進中です。この雲の帯がそうです。小松は現在は曇りですが、一時間後には温暖前線が被って、降り始めます」

「うん、あまり良くないな」風谷はうなずく。「でも凄く悪くもない」

一番困るパターンだ……。

風谷は、唇を結んだ。

今日も編隊長をアサイン（割り振り）されている。訓練の『実施／中止』は、風谷の判断に任される。

気象条件が最悪なら、簡単だ。訓練飛行はキャンセルしてしまえばいい。台風が来るとか、そういう場合だ。しかし、中途半端に悪いときは判断に迷う。訓練飛行が出来そうで出来なさそうで、でも出来そうだ。

「G空域の雲の状態は、どうなんだ」

「はい三尉。午前中のフライトから帰投したパイロットの報告では、高積雲のトップ（雲頂）が最高で二〇〇〇〇フィート、低いところで一〇〇〇〇フィート。雲は層を成していて隙間もあります。まだ積乱雲の存在は確認されていません」

「今日の課目は、AAM4の模擬発射訓練および〈三段階迎撃訓練〉なんだ。俺たちは三〇〇〇〇で行く。二〇〇〇〇よりも上は、空いているんだな？」

「高高度は大丈夫そうです。むしろ訓練を終えて帰投される時、小松基地の天候が着陸に適さなくなっている可能性があります。その方が問題です」

「確かに、そうだな……」

今日は、新しく飛行隊に配備されることになった新型の国産中距離ミサイルAAM4の〈運用慣熟訓練〉をすることになっている。

新型の電波誘導ミサイルは、遠方から近づく敵機にロックオンしてやると、自分の内蔵レーダーで標的を追いかけて勝手に命中してくれる。もちろんそれには、条件を整えて発射してやる必要があり、取り扱うパイロットには地上での教育を受けた上で、実際に上空で標的を捉えて発射操作をする〈慣熟訓練〉が必要になる。空幕からは『教育・訓練を受けて運用資格を取得したパイロットでなければＡＡＭ４を装備して出動してはならない』と通達されたらしい。第六航空団では、なるべく早く全員が資格取得出来るよう、次々に訓練スケジュールが組まれていた。

今日が風谷の番だった。僚機は鏡黒羽（また組まされてしまった）。

「よう」

どうしようか——と考えている風谷の肩を、後ろから誰かが叩いた。

「新婚が出発準備か風谷」

声と叩き方（遠慮がない）ですぐ分かる。

「か、菅野《かんの》」

風谷は、振り向いて睨み返した。

「何だ、どういう意味だよ」

「だって、妙におとなしいじゃないか」

「何が」

「これがだよ」

風谷と同期生の菅野一朗《いちろう》（大男だ）は、両手で自分の目を『吊り目』にして見せた。

「お前と飛ぶ時だけ、鏡のやつ妙にしおらしく言うことを聞く。あれは、お前の女房役をやりたいんだな。実生活でも女房にしてやったら？」

菅野はいかつい顔で笑った。

「ば──」

風谷は、声が詰まった。

馬鹿を言うな。

あれが、しおらしい？　言うことを聞いている？

「馬鹿を言うな、どこが──」

「だって、あの鏡が、ちゃんと二番機をやっているだろ。お前の」

「──？」

「俺も含めて、ほかのパイロットと組むと全然言うこと聞かないぜ。こう、『フン』とか『隙だらけ』とか」菅野は鼻で馬鹿にするようなジェスチャーをして見せた。「『何それその程度？』とか──う!?」

だが大げさな姿勢のまま、大男は一瞬、固まった。

いかつい顔の目を見開く。

（……？）

風谷が見やると。

大柄な菅野の背後に、ほっそりした影が立ち、手にしたモップの柄《え》の先端を大男の首筋に突きつけている、いや、突く寸前で止めている。

「――――」

猫のようなきつい目が、菅野の後頭部を睨んでいる。

いつ現われた……？

風谷も目を見開く。気配を、感じなかった……。

「い、いや、分かった分かった。すまん鏡」

菅野がホールド・アップするように両腕を上げると
「――――」

黒髪の女性パイロットは、手にしたモップを横の壁の〈清掃用具掛け〉に戻す。

カラン
切れ長の目で、ちらと菅野を睨むと、行ってしまう。

「あの、鏡」

「――？」

風谷が呼び止めると、鏡黒羽は立ち止まった。

「いや、日本海の天候が——その、あまり良くないんで検討しているんだ」

「空域の雲は、今日の課目に影響なし。帰投時の天候に心配があるなら、編隊長の判断に任せます」

「え」

「天気図なら、もう見ました」

黒羽は、ついと身体を回して風谷を見た。その目は「今頃、天気図を見ているの？」と言っているかのようだ。

確かに、自分のパソコンで検索をすれば、気象庁の発行しているだいたいの気象データは宿舎で見ることも出来る。

「…………」

言葉に詰まっていると
「ブリーフィングの準備をします」

黒羽は言って、きびすを返し、オペレーション・ルームにたくさん置かれている打合わせ用のテーブルの方へ行く。猫のように足音もなく歩く。

「…………」

「風谷三尉」

後ろで、誰かが呼んだ。

振り向くと、小柄な飛行服姿があった。

「防衛部長？」

「今日は、月に一度のフライトの日でな」

日比野二佐だった。フライトの直後のようだ。装具室へヘルメットを置いてきたばかりなのだろう、汗をかいて、顔にまだ酸素マスクの跡がついている。

ウイングマークを維持するため、日比野は防衛部長という航空団の要職にあっても、時々はフライトするらしい。今日がその日なのか——

「本当はイーグルに乗りたいんだが、標的機の役目しかさせてもらえん。T4でG空域へ行ってきた」

「は、はい」

「G空域の天候なら、AAM4の模擬発射訓練にはさしつかえない。気をつけて行ってきてくれ」

「は、はい」

「実は今月中に、AAM4の有資格者の頭数をそろえなくてはいけないんだ」

日比野は管理者の顔で言った。

「帰投時の天候が心配なら、予備に増槽を積んでいけ。もしも小松のウェザーが悪化して降りられなかったら、小牧でも百里でも、ダイバートしていい」

「はい」

「今日、君と鏡と」日比野は、ブリーフィング・テーブルの並ぶ方をちらと見た。「二名ぶんカウント出来ると、私としては助かる」

風谷が「はい」とうなずくと、日比野は「ご苦労だ」と肩を叩き、行ってしまう。

「ご苦労だ、だとさ」

菅野が寄ってきて、一緒に防衛部長の背中を見送る。

「ま、防衛部長が『燃料を目一杯積んで行っていい』って言うんだ。訓練の実施は決まりだな」

「あ、あぁ」

「午後は俺が、標的機のT4改だ。こっちも燃料を目一杯積んで、用意しておくよ」

「あぁ、頼む」

「それより風谷」菅野は小声になって言った。「夕方、小松がウェザー悪くて戻れなかったら、松島へ行こうぜ。松島に泊まって、うまいもの食おう」

「…………」

2

小松基地
第三〇七飛行隊オペレーション・ルーム

（……？）

風谷は飛行隊のオペレーション・オフィサーに、自分と僚機の機体にフルタンクの燃料と六〇〇ガロン増槽を一本ずつ搭載するようオーダーすると、ブリーフィングのテーブルについた。

すっ、と音もなく鏡黒羽が立ち上がった。「言うことを聞かない」という評判だったので、編隊長の自分を迎えるように立ち上がったのを意外に感じた。

いや、挨拶くらいはするだろう。

黒髪の女性パイロットが立ち上がると、午後の訓練のためにブリーフィングをしている周囲のテーブルから、何となく視線が集まる。中には一瞬嫌悪の視線を向け、自分たちの打合わせに戻る者もいる。

「あぁ、よろしく」

風谷は会釈を返してから、着席するよう促した。

さしむかいの小さなテーブルで、二人で打合わせを始めた。

「訓練は実施する。増槽をつけて、予定通りにＡＡＭ４の〈模擬発射訓練〉のためＧ空域へ向かうことにした。訓練の要領は、この間の地上教育で説明を受けた通りだ」

「──────」

鏡黒羽は黙っていた。

いいか？　と風谷が訊くと、ただ見返してきた。「はい」とは言わないが、納得した表情だと風谷は受け取った。

「では、要領について確認する」

風谷は訓練飛行の内容を、最初から順を追って確認した。

「機体にはＡＡＭ４を二発、ＡＡＭ３を二発、二〇ミリ機関砲弾九三〇発を搭載。燃料は今言った通り満載だ。標的機のＴ４は先に空域へ進出し、待機している。俺たちは後から出る。出発滑走路は現在ランウェイ24、ミリタリー・パワーで順次、通常離陸を行う」

「──────」

ちら、という感じで鏡黒羽が見返した。

「何か」

「編隊離陸、しないんですか」

　ぼそっと黒羽は言った。

「いや、今日は――」風谷は、爆発物と燃料を満載して機体が重いので、いつもの訓練と勝手が違うから編隊離陸はせず、大事を取るんだ――そう答えようとしたのだが。

　何となく、鏡黒羽の目が『自信ないの？』と言っているように見えた。

　挑みかかられている――そんな気がした。

　何だ、こいつ……。

　だが
「アフターバーナー使って編隊離陸で行けば、節約出来ます。時間」

　鏡黒羽は壁の時計をちらと見て、独り言のように言った。

「天気、悪いんでしょ」

　それもそうか……。

　風谷は息をつく。

　今日は、時間が経つほど天候は悪くなる。数分の違いで、小松へ帰投出来なくなるかも知れない。菅野は『松島へ行こうぜ』とか気楽に言うが、実際にダイバートするとなると編隊長の自分は特に大変になる……。

「分かった、君の提案通りにしよう」風谷はうなずいた。「バイゲイトでフォーメーション・テイクオフだ。ブロック・アウトは一四三〇」

飛行隊　装具室

訓練の打合わせを済ませると、風谷は装具室へ立ち寄り、飛行服の下半身を締めつけるGスーツを着けた。保管ラックから自分のヘルメットを取った。

Gスーツの具合を確かめ、使い込んだ自分専用のヘルメットをひっくり返すようにして点検した。

（――――）

ふと気づいて、ヘルメットを置き、飛行服の脚のポケットを開いた。ジッパーの内側に入れていた携帯電話を取り出す。スイッチを切る前に、メールの画面を開いた。

数日前に来ていた一通のメール。

〈発信者：月夜野《つきよの》瞳《ひとみ》〉

『――あなたに空で死んでしまう危険がある限り、私は安心して眠れる夜がありません。

たぶん、あなたに助けて頂いたこの子も』

「………」

風谷は唇を噛み、スイッチを切ると、携帯を脚ポケットへ戻した。ジッパーを上げた。

視線を上げると、装具室の窓から外のエプロンの様子が見えた。淡い青灰色の流線型が、並んで見えている。

「……俺は」つぶやいた。「俺は、もう十三年、これだけのためにやって来たんだ」

外では、いま二機のＦ15Ｊが給油を受けている。トラクターで運ばれてきたミサイルの弾体が胴体下のハード・ポイントへ取りつけられていく。

ここを離れたら。

風谷は思った。

（ここを離れたら、俺には何も残らないよ。月夜野――）

唇を噛んだまま、脳裏に浮かぶ面影を振り切った。

小松基地　司令部前エプロン

「搭載したＡＡＭ４二発は、アーミング・ピンを抜いていない。つまり発射は出来ない。ＡＡＭ３二発も同様だ。射出回路も都合二か所でサーキットをオープンさせてある。万が一にも間違って『発射』してしまったら、標的機を撃墜してしまうからな」

司令部前の駐機場は薄曇りで、風が吹き始めていた。

出勤したときよりも、悪くなっているな――そう感じながら風谷が自分の機体（今日は

926号機をアサインされていた）へ近づくと、整備班長が待ち構えていて説明した。

「そのほか、機体各システムにキャリーオーバー・スクォーク（修理持ち越しの故障）は無い。調子のいい機体だよ、三尉」

「ありがとう」

初老の整備士は、訓練のために搭載した二種類のミサイル合計四発が、実弾ではあるが発射出来ない状態にされていること。そして機体の各システムが整備済みで異常が無いことを、整備ログを見せながら説明してくれた。

一礼し、風谷はログに受領サインをした。


ヘルメットと装具類を搭乗梯子の下に置き、風谷は自分のイーグルの機体の周囲を一回りして外部点検した。

今日はスクランブルではない。ただちにコクピットへ駆け上がる必要は無かった。すでに整備士が見てくれてはいるが、自分の目でも確認した。

F15イーグルは、戦闘機としては大きい。全長一九・五メートル、高翼式の主翼はさし渡し一三メートル。縦と横の寸法で、ほぼ学校の二五メートルプールひとつに匹敵する。垂直尾翼の高さは五・六メートル。そう言えばこの926号機は、前回のスクランブルで鏡黒羽が無茶をやった機体か――見上げると、垂直尾翼の先端についた赤い衝突防止灯は何事もなかったかのように直っている。

風谷は、機体をぐるりと見て廻った。

機体の外形にへこみや異常はないか。フラップや各操縦舵面を動かすヒンジ、着陸脚の油圧ストラットに油漏れや異物の挟まりは無いか——異物が挟まると空中で大変なことになる。そのほかピトー管などのセンサー検出孔が異物で塞《ふさ》がっていないか、電子機器用のアンテナなどに変形がないか——

主翼の下をくぐった時、胴体下側面の左右ハード・ポイントに二本の電波誘導ミサイルが取りつけられているのを見た。大きい……。マニュアルでは確か全長三・五メートル、重量は五〇〇ポンドとあった。風谷は手で触って、取り付けの状態を確かめた。

（——これがＡＡＭ４か）

中距離ミサイルか——

新型の国産ＡＡＭ４だ。射程は、条件が良ければ三〇マイル以上——つまり肉眼で確認するずっと前に、レーダー上で発見した〈敵〉に向かって発射するミサイルだ。弾頭部分は半球状で鏡のように磨かれ、内部にレーダーを格納しているのだろう。ロックオンして発射してやれば自分で〈標的〉を追いかけて命中する仕組みだ。

通常のスクランブルでは、このような中距離ミサイルは携行していかない。国籍不明機に至近距離まで近づき、目視で確認しながら警告をする〈対領空侵犯措置〉の任務では、使いようがないからだ。

胴体をくぐって反対側の主翼の下へ行き、かがんで見上げる姿勢で主翼下のパイロンに取りつけられたＡＡＭ３の具合も見た。こちらは熱線追尾式の短距離ミサイルだ。弾体は細長く、射程は三マイル。相手を目視してからロックオンして発射する。スクランブルにも携行していく、なじみのある兵器だ。

「――――」

ふと横を見やると。

隣に駐機したもう一機のＦ15Ｊ――９２８というナンバーの機体の主翼下から、ほっそりしたシルエットが駆け出た。流線型の機首に掛けられた搭乗梯子に取りつき、スルスルと上っていく。体重が無いかのような身の軽さ。

あいつ……。

もう外部点検を済ませたのか。やることは速い――

「風谷さん」

背中で声がした。

振り向くと、小柄な緑のつなぎ姿がいた。〈ＡＲＭ〉という文字の赤いキャップ。

「――君か」

栗鼠《りす》のような印象のある、あの女子整備員だった。風谷よりも歳下だろう。

「フラッグは外しましたけど、ミサイルのアーミング・ピンは差したままです。ＡＡＭ３も、４も」

「あ、あぁ」

「それからＭ61も、発射出来ないようにしてあります」

「バルカン砲もか？」

「はい」女子整備員は、大きな目でうなずいた。「万一の事故防止です。ＦＣＳは働くし照準も出来ますが、砲身はロックされています。実弾は出ません」

「分かった」

今日は訓練だし、いいだろう。

風谷はうなずくと、機首左側へ歩いて搭乗梯子を上った。

コクピットの射出座席に身を収めると、女子整備員は後から続いて上って来て、操縦席の横から装具の仕度を手伝ってくれた。ハーネスを締め、Ｇスーツのホースを機体の高圧空気系統のコネクターに接続してくれる。その間に、風谷は計器パネルのセットアップを確かめる。

「風谷さん」

「ん」

「はい、ヘルメット」

「あぁ」

風谷は、風防に掛けておいたヘルメットを女子整備員に手渡され、被った。ストラップを締める。酸素マスクをヘルメットの片側のフックに引っかける。エアを吸ってみる。

と
クィイイッ——鋭いエア・コンプレッサーの立ち上がる音がした。隣のスポットからだ。鏡黒羽がもうエンジン・スタートを始めたのだ。

「風谷さん、こっち見てください」

右隣の二番機に目をやった風谷に、女子整備員の子は言った。

「？」

「ヘルメットの具合、見ます」

「あ、いいよ、自分で——」

「あのですね」

女子整備員は、くりっとした大きな目で、風谷を睨むようにした。

「わかりますか」

「え？」

「ひねくれて飛ぶミサイルは、飛び方は派手ですけど、当たらないんです」

「？」

何だ。

だが訊き返そうとすると、女子整備員は「じゃ、ご無事で」とだけ言って、さっと身を翻して梯子を下りて行ってしまう。

何なんだ、あの子……？

キィイイイン――――！

隣のスポットで、Ｐ＆Ｗ－Ｆ一〇〇エンジンが着火して廻り出した。凄まじい燃焼音で、もう何も聞こえない。

風谷の操縦席の横から搭乗梯子が外され、別の整備員が右前方へ駆け出て来ると、周囲がクリアであることを手信号で示した。

（ま、いいか）

行こう――

風谷は軽く頭を振り、コクピット内のセットアップが完了したことを目で確かめると、右手の人差し指を上げて整備員に合図し、計器パネル右下のジェットフューエル・スターターのハンドルを引いた。

小松基地　滑走路《ランウェイ》24

『ブルーディフェンサー・ワン、ウインド、ワンエイトゼロ・ディグリーズ・アット・ツーゼロノッツ。ランウェイ24、クリア・フォー・テイクオフ（ブルーディフェンサー編隊一番機へ、滑走路24からの離陸を許可。風は一八〇度から二〇ノット）』

日本海に面した海岸線に沿って、南西方向へ伸びる小松基地の滑走路24。

誘導路を地上滑走していくと、すでに海岸には南からの強い風が吹いていた。温暖前線接近の兆候か――

管制塔の管制官の声がヘルメット・イヤフォンに入った。離陸許可だ。

「ブルーディフェンサー・ワン、クリア・フォー・テイクオフ」

風谷は、左の親指でスロットル・レバー内側のマイク・スイッチを押し、酸素マスクの内蔵マイクに応答した。同時に進入側の空を見て、着陸コースに他機がいないことを確認しながらラダー・ペダルで前輪を操り、滑走路へ進入した。

（――うっ）

途端に、機体が右へ傾いて左主車輪が浮こうとする。滑走路に対して左方向から、強い横風が吹いている。後退角を持った左主翼が勝手に揚力を発生し、あおられそうになるのを、操縦桿を左へ取って抑える。

そのまま滑走路の左半分にライン・ナップする。フット・ブレーキで機体をいったん停止させ、キャノピーの枠に取りつけたバックミラーに目を上げると、右後方の位置――滑走路の右半分の路面に、二番機のF15Jが進入して来てぴたりと停止した。鏡黒羽の二番機だ。

よし、行こう。

すでに離陸前チェックリストは済ませてある。風谷はまたちらとバックミラーに視線を上げ、二番機の鏡が自分の挙動に注目しているのを確かめると（実際に顔と目の動きまでは見えないが）、左に倒した操縦桿を右の膝で固定して、右手をキャノピーの中程まで上げて拳を握り、前方へ突き出す仕草をした。『パワー・アップ』の合図だ。

右手を操縦桿へ戻し、両足でしっかりとブレーキを踏み込むと、機体を停止させたまま左手でアイドリング位置にあったスロットル・レバーを慎重に前方へ出した。

キィイイインッ

背中で獰猛に、エンジン燃焼の響きが立ち上がる。計器パネル左側で、縦二列に並んだエンジン計器のうち〈N1〉と表示された円型の回転計二つが跳ね上がって『八〇』を指した。出力八〇パーセント。排気温度、バイブレーションをチェック。大丈夫、正常だ。

行ける――

「――――」

ちらとバックミラーを見ると、二番機も停止したまま高出力チェックをしている。もしもエンジンに不具合が見つかれば、無線で報告して来るはずだ。何も言ってこない。

風谷はブレーキは強く踏んで機体は止めたまま、左手でスロットル、右手で機体が傾かないよう左へ取った操縦桿を握り、ヘルメットの頭をいったん後ろへのけぞらせた。

スロットルをさらに進め、カチンとノッチに当たることを確かめてから、ノッチを乗り越えてレバーを一杯に押し込むと同時にヘルメットの頭を前方へ振った（『ブレーキ・リリース』の合図）。つま先をブレーキから離した。

ズドンッ

背中でアフターバーナーが点火。一瞬おいて凄まじい加速Gが、風谷の背中をシートバックに叩きつけた。

「――ぐっ」

顎がのけぞり視線もセンターラインから外れそうになる。前方を睨みながら風谷はラダーペダルで方向を維持した。一瞬、目をバックミラーに上げると二番機がやや遅れてバーナーに点火、一〇〇メートルほど後ろを追いかけて走って来る。

何だ、あいつ、自分から『編隊離陸やりたい』とか言っておいて……！

編隊離陸は、編隊長の一番機と二番機が近接した隊形を保ったまま、同時にブレーキをリリースしてアフターバーナーに点火、離陸滑走を開始するのが本当だ。一〇〇メートルも前後に間隔が開いてしまったら形にならない――

だがそう考えた瞬間、風谷はふいに機体が右へあおられ傾くのを感じた。

（――！）

とっさに操縦桿を左へさらに取り、傾きを抑えながらラダーで方向を維持しようとするが、間に合わず機体は大きくセンターラインを右側へはみ出す。

しまった、ガストかっ……！　瞬間的な突風だ。風谷の機は滑走路上を一度大きく蛇行し、かろうじて体勢を立て直す。同時にヘッドアップ・ディスプレーの速度スケールが一二〇ノットを超えた。

「くっ」

風谷は左へ倒していた操縦桿を、機が水平を保つよう気をつけながら手前へ引いた。フワッ、と身体が浮く感覚がして目の前から滑走路末端と地平線が下向きに吹っ飛び、視野が灰色の空だけになる。アフターバーナーの推力は容赦なく風谷を加速する。さらに操縦桿を引く。機首を上げる。ハッと気づいて着陸脚を上げる。危ない、二五〇ノットの強度制限速度をオーバーするところだった――！　そのままさらに機首を上げ、ピッチ角四〇度へ。天に向かって上がる。体感では『垂直上昇』に近い。

(――?)

バックミラーに何か見えた気がして視線を上げると、すぐ右後方、一〇メートルと離れていない位置に、もう一機のF15――二番機の機影がくっついて一緒に上昇していた。

そうか、俺が一度滑走路上で蛇行したせいで、ちょうど追いついたのか……。

まさか。

風谷は思った。

あの二番機――ミラーの中に見えている機体を操る鏡黒羽は、あらかじめ俺が滑走路上でのたうって加速が遅れるのを予測して、ぶつけられないようにわざと一〇〇メートルの間隔を開けたのか……?

『ブルーディフェンサー・ワン、コンタクト・オフサイド(ブルーディフェンサー一番機は演習統制管制官にコンタクトせよ)』

「ラ、ラジャー」

小松基地　管制塔

「行ったか……」

月刀慧は、双眼鏡を下ろすと息をついた。

「この横風で編隊離陸とは、無茶をやりやがる」

今日の午後は、天候の悪化を心配して訓練飛行をキャンセルする編隊が多い。その中でＡＡＭ４の〈運用慣熟訓練〉へ出るペアがあると聞いて、心配になって管制塔へ上がって来たのだった。

訓練を実施するかキャンセルするかは、各編隊長の判断に任せている。離陸のやり方についてもそうだ。月刀は、飛行班長だからといって口出しはしない。一人前のパイロットである編隊長が、自分の責任で決めたことだ。ただ、心配はする。

「鏡はさすがだな」

いつの間にか、火浦も上がって来ていて、当直管制官たちに交じって滑走路の様子を見ていた。

「一番機の風谷がガストであおられる可能性を見越して、一呼吸リリースを遅らせたか。結果ちょうどいい間隔になった」

「あれは鏡が焚きつけたんです」

月刀は、野性味のある彫りの深い顔を曇らせ、上空へたちまち消える編隊を追う。

「風谷が、ミサイルに燃料満載で編隊離陸なんかやるわけがない。ったく――」

「ま、その代わり鏡は二番機として、無事に上がれるよう良くバックアップしているじゃないか」

「それは、そうですが」

「今、下で聞いて来たが」

飛行服姿の火浦は、階下のオペレーション・ルームの方を指して言った。

「今日の午後は、結局ほかの訓練編隊はすべてフライトをキャンセルしたそうだ。小松へ帰って来られる可能性が低いし、洋上のG空域も雲が増えている」

「そうですか」

「俺は、午前中に飛んでおいて良かったよ。これを逃すと、来週まで飛べないんだ。団の会議が多くてな」

「あ」

火浦の顔を見て、月刀は思いついたように言った。

「日比野の兄ちゃんですよ」

「?」

「風谷に『訓練実施』を焚き付けたのは、あの兄ちゃんに違いありません」

月刀も、階下を目で指して不満そうにした。

「さっき飛行服で、オペレーション・ルームの辺りをうろうろしてた。きっとAAM4の運用資格者の頭数が欲しいから、帰りはダイバートしてもいいから行って来いって――自分の実績作りのためですよ」

「ま、いいじゃないか。ＡＡＭ４はレーダーでロックオンして発射操作をするだけだ。雲中でも模擬発射訓練は出来るさ」

「ですが、中距離ミサイルで撃ち漏らした敵機をインターセプトして、ＡＡＭ３と機関砲で撃破する〈三段階迎撃訓練〉は出来るかどうか――」

「雲が多いからと言って、敵は遠慮してはくれん。これもいい経験だろ」

「それもそうですが」

「風谷と鏡と、標的機は菅野か。やつらが帰りにダイバートするとしたら、小牧かな。今のうちに可能性を伝えて、根回ししておくか」

火浦は言うと、飛行服の脚ポケットのジッパーを開けて携帯を取り出した。スイッチを入れて「ええと、小牧基地の運用総務課の番号は――」と指で捜す。

「――ん？」

「どうしました」

「留守電だ。誰かな」

火浦は、午前中のフライトの間に入っていたのか、伝言が記録されている旨のアイコンを認めると、指でタッチして携帯を耳に当てた。

たちまち、サングラスの顔を苦笑させる。

「……漆沢か」

「?」

「あいつが、今日帰って来るぞ」

「漆沢二尉——いや一尉がですか?」

「そうだ。玲子と一緒だ。まずいな、怒ってるぞあいつ」

3

日本海上空　某所

(——う)

美砂生は目を開いた。

途端に後頭部を鈍痛に襲われ、うめいた。

何だ、この痛み……!?

暗闇。

「……!」

そ、そうか——

急速に意識は蘇り、脳よりも先に身体が反応する。後ろから殴られた——反撃しろ！

「うっ」

だが振り向けない。何だここは——狭い暗闇だ。なぜだか押し込まれている。手足は折り畳まれ、身動きが取れない。

どこだ、ここは……!?

おちつけ。

十三週間のレンジャー訓練の賜物《たまもの》か。

漆沢美砂生は呼吸を整えることが出来た。

そうだ、おちつけ。ここは——角ばった狭い空間だ。暗くて何も見えない。自分は押し込められている。まるでトランクか、狭いコンテナのようだ。微かな動揺を感じる。空間の底が揺れている。何だろう、このゴォオオ——という風切り音のようなノイズ。

（いったい、あたしはどうなったんだ。確かバスの中で……）

ハッ、と思い出した。

そうだ。

空港の乗客移送バスの中だった。あの経営者——求名進士の介抱をしようとして……

山澄先生が『変だ』と言い出して——その途端。

背後から襲われ、殴打された。不覚だった、山澄玲子の言葉に一瞬注意力を取られた。

そして――

(気を、失ったのか)

あたしを襲ったのは、あの警護役の二人の男のどちらかか……。山澄先生が確か『薬物を呑んでいる』とか指摘して、それで――

(――!)

山澄玲子はどこだ……?

もう一度、闇の中で手足を動かしてみる――動かない。箱のような角ばった狭い中に、自分は膝を抱えるような姿勢で押し込められ、閉じ込められている。

自分独りだ。

「う」

レンジャー訓練で、極限まで神経を追い詰められる体験をしていなければ、パニックに陥っただろう。

誰かが、あたしを一発殴って、失神させこの中へ押し込んで、どこかへ運ぼうとしているのか……。この動揺はおそらく乗り物の中だ。トラックにでも載せられ、移動しているのだろうか?

いったい、何のために。

「くそ」

膝を抱えた姿勢が、辛くなって来る。呼吸だけは出来る。自分は、箱のような空間――アルミ合金のような金属の壁に囲われている。スーツケースのような小さな梱包物ではない、でも人間を押し込む場所とは思えない。自分を殴った警護役――あの大男二人が、気を失っている隙にあたしをここへ押し込んだのか。山澄玲子はどうなったのだろう。

（くそっ）

美砂生は、ローヒールの足の裏で目の前の金属の壁を探り、その感触を確かめた。足の当たる面は、押すと少し動く。ガタがある。開閉式の扉になっているのか……？　蹴ったら開くだろうか――

脚に力を入れかけた時。

ふいに

「――あそこよ、あそこ」

どこか、外で声がした。女性の声――急《せ》いた感じだ。

「追加搭載の予備のミール・カートの中に、あるはずよ。見てきて」

「はい、見てきます」

もう一つの声が応える。

何だ……？

両足で蹴る直前の姿勢で、固まって聞き耳を立てた。

パンプスらしい足音が、カンカンと近づく。金属の床を、こちらへ来る。

（……こっちへ来る!?）

と
ガチャ
美砂生が蹴ろうとした金属の〈壁〉で、ロックの外れるような響きがした。

思わず、息を止めた。

外側から、開かれるのか――

だが
「――あぁ、あったあった」

離れたところで、最初の声が呼んだ。

「こっちにあったわ。ビジネスクラス用の追加デザート。すぐ戻ってちょうだい」

「は、はい。戻ります」

美砂生が蹴ろうとした〈壁〉のすぐ外で、若い女の子の声が応える。少しうんざりした調子。

小声で「ったく、人のこと床下まで走らせて……！」と舌打ちすると、カンカンという足音がまたして、遠ざかっていく。

（…………）

用心しろ。

美砂生の中で、〈勘〉が教えた。

情況が分からない。

美砂生は、足音の気配が遠ざかるのを確かめてから、両足で〈壁〉を蹴った。

ガンッ

開かない。背中を後ろの壁につけ、全身に力をためてもう一度。

ガンッ

途端に

ガチャッ

中折れ式の金属扉が開き、美砂生は勢い余って箱の外へ転がり出た。そのまま前転し、目の前に現われた別の湾曲した壁にぶつかった。

「ぐっ——」

くそっ……。

だが、出られた。この程度の痛さには慣れている、どうということはない——顔をしかめつつ周囲を見回す。ここはどこだ……？

ゴォオオオ
身体を回すと、暗がり。

ゴォオオ——

天井がある。湾曲した壁と、美砂生が閉じ込められていた金属の箱のような物に挟まれた、隙間のような空間。見ると同じような金属の箱——スーツケースよりも一回り大きい直方体が、ずらりと十数個、床に固定されて並んでいる。

（……？）

自分の入っていた箱の蓋——たった今蹴って開けた扉の外側に、シールが貼ってある。

『BUSINESS　CLASS　MEAL』なんだこれは……。

左右に並ぶのも、同じ仕様のコンテナだ。目が慣れて来ると底面に車輪のついた移動式のカートのようなものと分かる。

（山澄先生は……？）

試しに一つ隣のカートの扉に手をかけ、回転式のハンドルを回してロックを外し（内側からは開けられなかったかも知れない）、手前に引いて開けてみた。

ガチャ

開いたが、中にはトレイのようなものが十数段、重ねられてぎっしり収納されている。食物らしい匂い。

（――機内食？）

はっ、と気づいて周囲を見回す。上も、下も。

美砂生がもたれるように背にしている壁は、金属のフレームで等間隔に区切られ、下向きに絞りこまれるように湾曲している。そしてこの風切り音――

まさか。

美砂生は、足音の去った方向――右手の方を見やった。

灯りが見える。並ぶカートで死角になり、何があるのか分からない。誰かがいるだろうか……？

身を起こし、姿勢を低くしたまま移動した。暗がりで音を立てずに進むのは、十三週間さんざんやって来た。そのまま数メートル。少し広い場所へ出た。一メートル四方の空間が、小さな照明灯で明るくなっていた。人影はない。

さっきの女の子は――どこへ……？

見ると、目の前に扉。『ＬＩＦＴ』という表示と、矢印のついたスイッチがある。矢印は上を向いている。その横に〈華欧旅客機製造公司〉のプレート。

(ここは)

美砂生は見回した。ゴォオオ、というノイズ。身体に感じる微かな動揺。

まさか、旅客機の床下……？

はっ、として時計を見ようとする。だが美砂生の航空用GMTマスターは、手首から消えている。電話は――？　ジャケットのポケットを探るが、無い。財布も消えている。

「くそ」

とにかく、山澄玲子を捜そう。

美砂生は金属フレームに区切られた隙間のような通路を、元来た方向へ戻った。十数台も並んでいる食品カートの扉を、片端から開けて行った。三台目で、いきなり中から黒髪の女性が転がり出た。

どさっ

「――や、山澄先生！」

とっさに抱きとめた。

「山澄先生？」

呼びかける。

だが

「――――」

暗がりで、白い横顔は目を閉じたままだ。

やはり、カートの中に閉じ込められていたか……。

「大丈夫、息はしてる」

美砂生はつぶやくと、抱き止めた三十代の女性医師を狭い床に横たえた。

気を失っているのか。

自分たちは――山澄先生とあたしは、バスの中で昏倒させられ、どうやってかこの食品カートに押し込められ、飛行機の床下に載せられてしまったらしい。

あたしが先に目を覚ましたのは、レンジャー訓練で極限まで鍛えられていたせいか。

（――――）

いったい、何が起きたのか。

あたしたちは、急病人を助けようとしただけだぞ……!?

美砂生は考えた。

不意を突かれた――山澄玲子が『薬物』と指摘をしたのに気を取られ、その隙を突かれた格好だ。

三か月も『歩兵暮らし』をしたから分かる。あの警護役の二人は、戦闘員の匂いをさせていた。それものんびり歩哨に立つタイプではない、隙あらば襲いかかるような――レンジャーと同じ匂いだ。

急病人の社長を助けようとして駆けつけた自分たちを、殴ってコンテナに押し込んで飛行機に乗せてしまうのだから、何かあの社長をめぐって〈陰謀〉でも動いていたのか。

自分たちは、横からいらぬ手を出してしまったのか……。

(……いったい)

気をつけろ。

美砂生の中で、〈勘〉がまた告げた。

何かに、巻き込まれている。

気をつけろ。

「そうね」美砂生はうなずいた。「まず様子を見よう」

CA380・機内

行動を起こすには。

玲子に、起きてもらわなければ――

だが

「先生、大丈夫ですか」

美砂生が小声で呼び掛けても、玲子は目を覚まさなかった。

慎重に、髪を分けるようにして頭の外傷の有無を調べた。少なくとも出血はない。ゆすったりしてもいいかどうかは、分からない——

どうしよう。

玲子は、ここに寝かせて置くしかないか。

「ちょっと、待っててくださいね」

美砂生は、気を失ったままの女医を通路の床に慎重に寝かせると、自分独りで偵察に出ることにした。

ここからの出口は……？

見回した。

（あっちしか、ないか……）

さっきの灯りの点いたスペースに戻ると、目の前に閉じた細長い扉。『ＬＩＦＴ』というのは、おそらくこの空間から物品を上に——床上の機内へ運び上げる昇降機だろう。

他に、ここから出る手段は……？　カートを外側から搭載する貨物扉のようなものは、あるのだろう。しかし上の機内へ出る通路はなさそうだ。

しかたない。

美砂生は矢印のボタンを押した。矢印が点灯する。モーターの動き出す気配に、物陰に隠れて様子をうかがった。十も数えぬうちにボタンの矢印は消灯し、扉が自動的に開いた。中は、カート一つが乗るくらいの小さなエレベーターだ。

(――誰も、乗ってない)

よし。

美砂生はエレベーターに駆け込むと、内側の操作パネルの矢印ボタンを押した。

十秒もかからず、上昇した小さなエレベーターはカクンと止まり、扉が開く。

(――う)

明るい。

美砂生は横の壁に背中をつけ、取り敢えず身を隠そうとしたが小さなエレベーターだ。完全に隠れることは出来ない。

しかし、いきなり人とかち合うことはなかった。

ここは……。

(――ここは……何だ?)

扉の外は、数メートル四方の、床から天井までを金属キャビネットのようなものに囲われた空間だ。熱気が顔に当たる。食物の匂いが充満している。

厨房か、調理室のようなものか。

人は居なかった。カーテンで仕切られた向こうには、大勢の気配がする。あの外が、この機の客室なのだろうか。賑やかな空気だ――

仕切りのカーテンに歩み寄ろうとすると、いきなり外側からそれがめくられ、髪を後ろでまとめたエプロン姿の女の子とかち合った。

うわ。

「お、お客様!?」

美砂生は驚いたが、髪をまとめた女の子はもっと驚いたのか、目を円くした。

「お客様、困ります。ここは乗務員専用のギャレーです」

「あ、あぁ、ごめん」

「何か、お捜しですか？」

「いや、あの――」そうか。やはり旅客機の中なのか。「水でも、もらおうと思って」

とっさにごまかして言うと、客室乗務員らしい若い女の子は、美砂生を乗客だと思ったのだろう。「それでしたら」とキャビネットの一つを開いた。中から五〇〇ミリリットル入りのペットボトルを取り出すと、手渡して寄越した。

「これをどうぞ。ミネラル・ウォーターなら予備がありますから」

「あぁ、ありがとう」

ボトルを受け取って、追い出される格好で美砂生はギャレーのカーテンを出た。

(―――――)

通路に出た。

ずいぶん、大きい……。

確かに、旅客機の機内だ。前後に、見渡すかぎり客席が広がっている(美砂生には『広大』と感じられた)。

二本の通路。

濃いグレーのシートが、三列―四列―三列の配置で、前から後ろまで(そうか、こっちの方が後ろになるんだな――と思いながら見渡した)ずらり並んでいる。ビジネスクラスなのだろう、テーブルと脚置きのついた大型のシートだ。

見渡すかぎり、乗客で埋まっている。

客室では食事のサービスが行われているのか、通路にはカートが出て、ブラウスの制服の上にエプロンをした客室乗務員が客のテーブルにトレイを配っている。

ギャレーの内部が無人だったのは、乗務員たちがサービスのために通路へ出払っていたためだろう。

(あたしたちが詰め込まれたのは、予備の機内食を入れるカートだったのか……)

ようやく、分かってきた。

この食事サービスの様子は、国際線の機内か——そう気づいて、ハッとした。

国際線……!?


いったい、どこ行きの飛行機なんだ……？

自分は、どこの国へ向かう飛行機に乗せられてしまったのだ。いったいあのスターボウ航空の社長警護の連中は、何のつもりだ——!?

美砂生はとりあえず、通路を前方へ歩いた。〈化粧室〉というプレートの扉が目について、跳び込んだ。扉をロックして灯りが点くと、鏡に向かった。

（——やばい）

頬の汚れを、備えつけのティッシュでふき取った。髪を手櫛《てぐし》で直した。化粧はもとからしていない。戦闘機パイロットが顔に何か塗るのは御法度だ。ファンデーションが酸素マスクについてしまう。

鏡を見ながら、呼吸を整えた。

（さぁ、おちつけ。どうする……？）

この便の乗客でもないし、パスポートも持っていない。

飛行機は普通の旅客便らしい。

なら乗務員に申し出るか？　食品カートに詰め込まれて無理やり乗せられました――

床下に寝かせてある山澄玲子も、早く介抱してやらなければ。

でも。

美砂生は唇を噛んだ。

（出来れば、その前に一番頼りになりそうなところへ『根回し』しておきたいわ……）

財布を取られて、身分証もないのだ。

もしも外国で不審者として拘束されてしまったら。日本の航空自衛隊へ電話させてください、とか頼んでも、聞いてもらえないかも知れない。

客席を通り抜ける時、携帯電話を使っている客を見かけた。この旅客機は、機内で電話が使えるのか……。座席にも備えつけの電話機があるかも知れない。ビジネスクラスだ。うまく空席に潜り込んで、小松基地へ連絡が出来れば――

だが

（空席は――無いか？）

扉に隙間を開け、客席の様子を見た。びっしりと乗客で埋まっている。

どこか、空席を捜そう。

通路を出て、客席を後方へ戻った。

何気なく左右を見て、空いた席を捜す。やはり電話を使っている客が目立つ。髪の長い少女が、スマートフォンをテーブルに出して何か操作している。メールでも打っているのか。

歩いたが、空席が見つからぬうちに、カーテンで仕切られたコンパートメントの終わりまで来てしまった。

まずいな、この後ろの区画へ行くか。

だが、通路を遮るカーテンをめくろうとすると

「その後ろは、エコノミークラスですよ」

背中から声をかけられた。

埼玉県所沢市

国土交通省・東京航空交通管制部

「スターボウ〇〇一、レーダーサービス・ターミネイテッド。コンタクト、インチョン・コントロール。グッデイ（スターボウ航空〇〇一便、管制業務を仁川管制部へ引き継ぐ。先方へコンタクトせよ）」

『スターボウ〇〇一、コンタクト、インチョン・コントロール。グッデイ』

薄暗い管制ルームの一角で、レーダー画面に向かう一人の管制官がヘッドセットのマイクに指示すると、画面上に白い三角形で表示された航空機の操縦士が返答してきた。遥かに離れているが、音声は明瞭だ。

東京航空交通管制部の管制センター。

別名『東京コントロール』と呼ばれるここは、日本の上空を飛行するすべての民間機の航行をコントロールする司令塔だ。

管制ルームには、日本周辺のすべての空域を分割して管轄するレーダー画面がずらりと並び、常時数十名の管制官がコントロール業務に当たっている。計器飛行方式で航空路を飛行する旅客機はすべて、ここ東京コントロールの管制指示を受ける。

今、日本海を拡大した画面の中で、三角形シンボルはちょうど洋上に南北に引かれた点線――東京管制部の管轄ラインから離れるところだ。

管轄ラインにはほぼ直交して、能登半島の付け根辺りから日本海を斜め上に横切る形で〈L512〉と表示された航空路が伸びている。〈SB001〉と文字表示のついた白い三角形シンボルは、レーダーのスイープする四秒の間隔で少しずつ位置を変えながら、洋上航空路を朝鮮半島へ向かって行く。

「スターボウ航空の国際線第一便、どうやら無事に行ったよ」

管制官が息をついて言うと。

「例の、製薬会社の社長が作ったっていう、新興会社か」

管制席の後ろで、立ったまま眺めているスーパーバイザーが言った。管制センターでは何か間違いが起きないよう、管制席二席に対して一名のスーパーバイザー管制官がバックアップにつき、すぐ手助けに入れるようにしている（何も起きなければ暇である）。

「さっきまで、ＴＶで華々しく宣伝していたようだが。安全性は大丈夫なんだろうな？　いきなり世界最大のエアバス機なんか導入して」

「何か起きたとしても、もう俺たちの管轄空域じゃないさ」

管制官は、卓上のコーヒーをすすった。

〈ＳＢ００１〉の表示のついた三角形は、日本海の中ほどをジリッ、ジリッと朝鮮半島側へ渡って行く。高度の表示はＦＬ三六〇。速度表示はＭ〇八二とある。

「でもな」

スーパーバイザー管制官が、腕組みをして言った。

「あの竹島が、本当に日本の領土だったら。俺たちの管轄空域はもっとずっと西の方まであるはずなんだぜ」

「その問題か」

席についた管制官も、コーヒーをおいて息をつく。

「確かに、竹島は韓国側の管轄空域に入っていて、その上空も完全に実効支配されてる。ここが本当に日本の領土なら、東京コントロールの管轄空域は、ここまであるはずだ」

管制官は、ボールペンでレーダー画面の左の方を叩いた。

そこは、ちょうど航空路〈L512〉が朝鮮半島へ近づく途中――半島東岸から二〇〇マイルほど手前の位置だ。航空路は、竹島のすぐ北側を通っている。

「日本政府には、取り戻すつもりはあるのかな」

「全然ないさ」管制官は頭を振る。「一部の国会議員が頑張っているようだが、政府には全然やる気がないじゃないか。話に聞けば、あの島の周辺の海底は『メタンハイドレートの宝庫』って言われてるらしいんだが――このままじゃ、いったいどうなるだろうな」

4

日本海上空
CA380・機内

「そちらはエコノミークラスですよ。席がお分かりになりませんか?」

「えっ」

美砂生は、客室乗務員の子から咎められるように訊かれたので、驚いて振り向いた。

「あ、いや――」

「広い機内ですから。ご自分の席がお分かりにならなくなっても、無理ありませんが」

後方のコンパートメントへ行こうとした美砂生を呼び止めたのは。

さっきギャレーで水のペットボトルをくれた客室乗務員――キャビン・アテンダントの一人だ。

ピンク色のブラウスの上に白いエプロンを掛け、髪は円いシニヨンに結っている。歳はたぶん二十代前半――美砂生より五つくらいは若いだろう。くりっとした目が大きい。

乗客が、コンパートメントをまたいで移動するのを、乗務員は嫌がるのかも知れない。

アテンダントは大きな目で『勝手に後ろへ行かないでください』と言っている。

「あぁ、ごめん。腰が痛くて、ちょっと散歩したくなっちゃったのよ」

美砂生は、コンパートメントの境にある非常口ドアの前で、腰を伸ばして見せた。

実際、狭い食品カートに押し込められていたせいか、身体のあちこちが痛い。

身体をひねると、非常口ドアの窓から外の様子が見えた。

どこを飛んでいるんだろう――雲しか見えない。

「そうですか」

アテンダントはうなずいた。

「でも間もなく、低気圧の前線の上を通過するそうです。揺れますから、お早めにお戻りくださいね」

「あ、あの」

美砂生は、行ってしまおうとするアテンダントの背中を呼び止めた。

「はい？」

「あの、この飛行機はど——あ、いやいつ着くのかしら。向こうに」

まさか『どこへ向かっているんですか？』とは訊けない。

アテンダントは「ああ」とうなずいて
「ソウルには、定刻の一六時ちょうど着です」

「あ、あぁそう、安心したわ。ありがとう」

ソウル……!?

この飛行機、ソウル行きだったのか。

（……全然、安心じゃないよ——！）

美砂生は、アテンダントの子を行かせると、非常口ドアの窓に取りついた。

外の様子を見た。頭の上は青空だが、眼下は一面の雲海。雲上飛行をしている。高度はたぶん、高いんだろう。三五〇〇〇フィートくらいか――

腕時計がない。頭上の太陽の高さで目測すると、午後三時くらいか――今のアテンダントの話では、ソウルに到着する約一時間前ということになる。ならば今この機体は、日本海の上を飛んでいる。コースは――どの航空路だろう？　朝鮮半島へ最短で行ける航空路の〈L512〉を使っているとすれば、小松のG訓練空域からそう遠く離れていない。

（――――）

美砂生は、頭の中で飛行機の位置をマッピングした。

さぁ、これからどうする――

見回した。

と

〈STARBOW　AIRLINES　AIRBUS　CA380〉

ロゴが目に入った。

非常口ドアの脇に、非常用の装備品を収納するコーナーがあって、消火器や救急箱などがベルトで固定されている。その中に、消火活動用の折畳み式防煙フードがあって、収納ボックスの外側に社名と機種名が記されているのだ。

（――防煙フードか。C1輸送機に載っているのと同じだな）

だがもっと目を引いたのは、社名と機種名だった。

STARBOW AIRLINES——スターボウ航空。

CA380——あの世界最大のエアバス機？

「…………」

まさか。

軽い眩暈を感じた。

それでは、あたしが押し込められたのは、あの——

日本海上空
航空自衛隊・G訓練空域　F15編隊

ズゴォオオッ——

凄まじい水蒸気の奔流が、ピッチ角四〇度でほとんど天を向いた操縦席の前面風防に押し寄せ、機体を強く揺さぶった。

（——く）

風谷修は操縦桿で上向き姿勢を保持したまま、上昇を続けていた。

洋上訓練空域へ向かうF15J戦闘機・926号機のコクピット。

ヘッドアップ・ディスプレーに浮かぶ緑の速度スケールはマッハ〇・九。

ゆさゆさっ

すでに小松の滑走路を蹴って五分——いや五分半か。離陸してすぐに機体は雨雲へ突っ込み、それからずっと雲の中だ。上昇するにつれ、揺れは強くなる。

我慢して姿勢を維持するが、機体は上下左右にガブられ続ける。

F15イーグルは主翼面積が大きい。つまり単位翼面積当たりの機体重量（翼面荷重）が小さい。これは機体の運動性が良いことを示すが、同時に気流の影響も受けやすい。乱流を内包する雲に突っ込むと、半端でなく揺れる。

ゆさっ

「く、くそ」

二機編隊で上がっているんだ、ぶつけられたらまずい……。

風谷は酸素マスクの中で唇を噛む。ちらとバックミラーに目を上げる。後方は白くなって見えないが、雲に入ると編隊は間隔を詰める。俺の右翼端のすぐ後方に、あいつ——鏡黒羽の二番機が続いているはずだ……。

雲中では、編隊の二番機は、一番機の右の翼端を自分の目の前に置くようにしてピタリとくっついて飛ぶ。ぶつかる恐れがあるからと間隔を離したら、一番機が見えなくなってしまう。

だが乱流が強いと、もちろん衝突する危険は増す。その場合は編隊長が判断して、いったん二番機をブレークさせ編隊を解く。後でジョイン・ナップ（空中集合）するのに時間は食うのだが、やむを得ない――

どうする。

（――鏡に、アフターバーナーを切って下がるよう指示するか）

そう考えた瞬間

ズゴォッ

ふいに前方に眩しい青色が広がり、風谷の目を射た。

「――うっ」

雲をつき抜けた……⁉

同時に、機体を揺さぶっていた乱気流が嘘のように消えた。静かな空間――比較対象物の無い蒼空《そうくう》を、Ｆ15は天を指して昇っている。

風谷は息をつき、ヘルメットの遮光バイザーを下ろし、バックミラーを見上げた。だが右後ろにＦ15のシルエットは無い。二番機がいない。

あいつ、どこへ行った……？

目で捜すが、いない。ぶつかるのを嫌って、とうに俺から離れて編隊をブレークしていたのか？　しかしそのような行動をとる時は、編隊長の許可を得るものだ。

（──う、高度二六〇〇〇……いかん）

ヘッドアップ・ディスプレーに目を戻すと、高度スケールは猛烈な勢いで増している。急角度で上昇を続ける風谷のＦ15は高度二六〇〇〇──いや二七〇〇〇フィートを急速に超える。今日の訓練の目標高度は三〇〇〇〇だ。

「鏡、バーナー・オフ」

どこにいるのか分からないが、二番機の鏡黒羽に無線で告げると、風谷は左手に握ったスロットル・レバーをゆっくり手前へ引いて絞った。

『ツー、バーナー・オフ』

意外に近い声が、すぐ応答した。

風谷は慎重にスロットルを絞る。背後で双発のＰ＆Ｗ－Ｆ一〇〇エンジンがアフターバーナーの燃焼を止めた。推力をミリタリー・パワーに。機体の振動がフッ、とおさまって背中を押す強い力が消え、身体が浮くような感覚。

あいつ、いったいどこにいるんだ……。

（────）

風谷は後方を気にしつつ、操縦桿で機首を下げ、マッハ〇・九の上昇速度を維持する。アフターバーナーを切って推力が半分近くに減ったので、同じ速度を維持しようとすると機体の上昇角——ピッチ角を減らさなくてはならない。

目の前にあった太陽が、頭上へ動く。白い雲海の水平線が、機首の下から上がってきて視界に入るところで機首を止めると、ピッチ角一五度——それでもイーグルはまだ毎分四〇〇〇フィートのレートで上昇し続けている。まずい、バーナーを切るのが少し遅れたか……三〇〇〇〇フィートで水平飛行へ入れるには、無理な機首下げでマイナスGをかけるより、背面にして引っ張った方がいい……。

「鏡、背面にしてレベルオフするぞ」

『ツー』

どこかで鏡黒羽が応える。

こっちのことは見えているのか。声は近い。

ええい、どこにいるのか分からないが、ぶつけられはしないだろう——

風谷は、機を上昇させつつ操縦桿をなめらかに左へ倒し、機体を左へロールさせた。

前方視界で世界が右回りに回転し、太陽が動く。頭の上に白い水平線が来たところで、ロールを止め、背面のまま操縦桿を引く。ぐっ、とプラスGがかかり、頭の上の逆さまの雲海が目の高さに下がってきてぴたりと止まる。ヘッドアップ・ディスプレー左側の高度スケールが『三一〇〇〇』の辺りで止まる。

イーグルの機体は、背面で水平飛行に入った。

上昇から急に水平飛行へ移る時は、このように背面にすると主翼の揚力の上昇を止めるために使えるから、無理な機首下げをしなくて済む。マイナスGを機体にかけないで済むのだ。戦闘機の機体はプラスGならいくらでも耐える——イーグルは９Gまで難なく耐えるが、マイナスGは２Gが限度だ。

フワッと浮き上がるようなマイナスGを強くかけると、燃料系統がストップしてしまいエンジンが止まってしまう。それだけでなく、パイロットのGスーツもマイナスGに耐えるようには造られていない。強いマイナスGがかかると頭に血が昇り過ぎ、防ぐ術《すべ》もなく鼻血を出して失神してしまう。

（——く、くそ。一〇〇〇フィートもオーバーしたか！）

目標高度をオーバーしてしまった。二番機が気になって、アフターバーナーを切るのが一呼吸、遅れたせいだ。

しかし
順面にして、高度を直さないと——

（う!?）

目をバックミラーに上げた瞬間、風谷は酸素マスクの中で息を呑んだ。

な、何だ……!?

一〇メートルと離れていない、手で触れるような近さ――背面で飛ぶ風谷の後頭部のすぐ右後ろに、もう一機のF15Jが同じ姿勢で浮いていたのだ。機首の小さな日の丸。

どこにいたんだ、こいつ。

鏡黒羽は――噂によると、スクランブルや訓練で洋上空域へ進出する時、あるいはその帰り道、編隊の僚機の死角に隠れる〈練習〉をして遊んでいる。

咎めると、『飛んでいる時間がもったいない』とか言って、へそを曲げる。

だから先輩たちは、黒羽を嫌って誰も一緒に編隊を組もうとしない――

(――あの噂、本当だったのか)

風谷はバックミラーの機影を睨んだ。

そういえば。

沖縄でも、この間のアラートでもいつの間にか姿が見えなくなって、気づくとすぐ横にパッと現われる、ということを繰り返した。

「鏡、お前いったい何のつもりだ」

『別に』

ミラーの中の機影のパイロットは、低いアルトでぼそりと応えた。

「べ、別に――って、お前」

『いつまで背面でいるんですか？』

「――く」

すでに洋上のG訓練空域に入っていた。

今日は、早く課目をこなさなくてはならない。小松基地の風雨は、刻一刻、強くなっている。言い合いをしている暇は無い。

仕方がない。

「順面に戻す。鏡、コンバット・スプレッドだ、一マイル離せ」

すると

カリッ

無線のマイクをクリックする音がして、ミラーの中の機影が軸廻りにクルッ、と回転した。鮮やかに廻って空気抵抗で減速し、後方へ下がって行く。

（――――）

凄い。

風谷はGをかけぬよう、ゆっくり滑らかに機体をハーフ・ロールさせながらその早わざを目撃し、目を見開いた。

あれは――ただのエルロン・ロールじゃない、まさかフルラテラル・スティック・ロール!?

（この高度でか？）

クルクルッ、と回転したF15の機影は、右後方およそ一マイルへ後退するとぴたり、と宙に静止した。高度をやや上げ、位置を合わせる。

「…………」

あいつ――

鏡黒羽は、三〇〇〇〇フィートの高空で操縦桿をおそらくいきなりフルに切って、最大舵角のエルロン・ロールを行なったのだ。

フルラテラル・スティック・ロール。

風谷が機体を水平に戻しながらヘッドアップ・ディスプレーを見やると、現在の速度はマッハ〇・九五、指示対気速度五四〇ノット。

（この機体は、五五〇ノット以上でフル・スティックをやると、ディパーチャーするはずだ。よくこんなぎりぎりのコントロールを……）

風谷は半ばあきれた。

鏡黒羽は、操縦不能の発散運動《ディパーチャー》に陥る寸前の機動を、編隊の間隔を開けるというだけのために、何気なくやって見せたのか。

腕がいいのは分かるが――

後方へ下がったF15の淡いグレーのシルエットは、右後方一マイル、五〇〇フィートほど上方の位置にぴたりと占位した。風谷が指示した通りの位置だ。ロール機動の空気抵抗で位置を下げたから、エンジン推力は全く絞っていないなかったのか。恐ろしく速いポジショニングだ。

「…………」

そこへ

『ブルーディフェンサー・ワン、こちらレッドアグレッサー・ワン』

風谷のヘルメット・イヤフォンに別の声が入った。

弾んだ男の声。

『おう、ずいぶん素早い布陣じゃねえか編隊長。なかなかやるな』

府中　航空総隊司令部

中央指揮所

「ここもなぁ、もうすぐ横田へ引っ越しだな――」

和響一馬は、葵一彦が置いて行った新聞を見終わると、中央指揮所の薄暗い空間を見回した。

管制卓では十数名の要撃管制官たちが、整然と監視業務に当たっている。

航空自衛隊では、今組織の再編が行われている。ここ府中市の総隊司令部は横田基地への移転を予定している。中央指揮所の施設も、それに伴って引っ越しすることが決まっていた。所属要員もすべて官舎ごと横田へ引っ越しとなる。

「先任は、準備されましたか。引っ越し」

連絡担当管制官が、振り向いて笑った。

「早くしないと、子供の転校とか大変ですよ」

「俺はいいんだ、独り者だからな」

和響は飲み終わったコーヒーの紙コップを、屑籠《くずかご》へ放った。

「官舎の引っ越しなんて、一日あれば出来るよ」

「はぁ」

「それより」

和響は、薄暗い空間の正面にそびえるスクリーンを見やった。

「今日はずいぶん、どこもおとなしいじゃないか」

日本の周辺の防空識別圏内に、所属不明の航空機——オレンジ色の三角形はひとつも表示されていない。

「先任、報告します」

気象担当の管制官が、情報卓から振り向いて告げた。

「日本海を西から接近中の低気圧の影響により、日本海沿岸に温暖前線が被ります。これから小松・美保の両基地は、一時間以内に最低着陸気象条件を下回る見込み」

「そうか」

和響はうなずく。

正面スクリーンには、防空レーダーで探知されデジタル処理されたターゲットしか映らないので、雨雲がどんなに渦巻いていようと分からないのだ。

「天気が悪いせいで、ロシアも中国もおとなしいのか――ん、あれは何だ？」

見ると、能登半島の北側の洋上に、緑色の三角形が三つ浮かんでいる。二つと一つだ。二つは海岸線を背にして右上――北東を向き、一つはやや沖へ出ていて左下――尖端を南西へ向けて対峙する格好だ。緑は友軍を意味しているが……。

「あれは第六航空団の訓練機です。G空域で、AAM4の模擬発射訓練だそうです」

連絡担当管制官が、情報画面を呼び出して応えた。

「F15二機に、T4改一機です。T4改が標的機ですね。今日本海へ出ている空自の訓練機は、あの三機だけです」

「T4改っていうと、あのT4練習機にレーダーFCSをつけたやつか」

「そのようです。松島のＦ２Ｂの代替用に造って、小松で運用試験を兼ねて訓練に使っているらしいです」

「そうか。ご苦労だな」

和響はスクリーンを見上げながら、席で肩を回した。

「中距離ミサイルの模擬発射なら、雲はあっても関係ないだろうが――でも早く済ませて帰らないと、小松が大雨で降りられなくなるぞ」

日本海上空　Ｇ訓練空域

『いつでもいいぞ、風谷』

ヘルメット・イヤフォンに入る声は、舌なめずりするような感じだ。

声は菅野一朗だ。

菅野一朗のＴ４は一足先に小松を離陸して、洋上のＧ訓練空域へ入ると、一番遠くまで進出してＵターンし、仮装敵として待ち構えていた。

菅野の機は、レーダー火器管制装置《FCS》を追加装備した最新鋭のＴ４改だ。嬉しそうな声の調子は、ただの〈標的〉としてやられるつもりは毛頭ない、という感じだ。

（―――）

だが風谷は、まず燃料計が気になった。

今、どれくらいある……？　機体内タンクは、一三〇〇〇ポンド。手つかずで残っている。増槽には残燃料五五〇〇ポンド。小松からアフターバーナー使用でここまで上昇して来るのに一五〇〇ポンド使ったことになる。

（まだ大丈夫だ。ここでの訓練を終えてから、松島どころか北海道の千歳《ちとせ》まで飛べる燃料がある。でも菅野のT４は、そんなに持っていないだろう……）

どちらにせよ、早くやってしまわなくては。

風谷はちらとバックミラーを見上げる。蒼空の中、鏡黒羽の二番機がぽつんと浮かんで見える。頭上は晴れているが、眼下は一面もくもくと白く湧き上がるような雲海だ。積雲の雲頂は二五〇〇〇フィートくらいか。

「……よし、いいぞ菅野」

風谷は視線を計器パネルへ戻し、左側の兵装管制パネルで〈ＭＡＳＴＥＲ　ＡＲＭ〉と表示された赤いスイッチを押し上げる。

カチ

兵装管制パネルには、マスター・アームスイッチの横に四角いレーダーのディスプレーがある。Ｆ15ＪのＡＰＧ63レーダー火器管制装置が、ここへ探知結果を表示する。他にも右のパネルにはＴＥＷＳ（脅威表示装置）の円型ディスプレーがある。

左手の親指で、風谷はスロットル側面の兵装選択スイッチを〈ＭＲＭ（中距離ミサイル）〉にセット。レーダー・ディスプレーに『ＬＲＳ（広域索敵）』という表示が現われ、機首のレーダーが前方空間をスイープし始める。途端に白い菱形が一つ、ディスプレーの頂上近くに出現する。

これだ、菅野のＴ４改――七五マイル前方。

同時にＴＥＷＳの円型ディスプレーの頂点付近に、赤い光点が現われる。正面方向からレーダー電波を照射されている。

（くっ。向こうはもう、こちらをコンタクトしているのか……）

風谷は菱形を睨みながら、左の親指で送信ボタンを押すと、酸素マスクの内蔵マイクに宣言した。

「演習開始。ファイツ・オン」

日本海上空
ＣＡ３８０・機内

「――しめた」

美砂生は、コンパートメントの前方、通路側の席から一人のビジネスマンが立ち上がるのを見た。しめた、トイレに行ってくれるのか……？

目で追うと、スーツの後ろ姿はついさっき美砂生が駆けこんだ化粧室の扉を開き、その中へ消えた。

席が一つ空いた。

(今だ)

出来るだけ、長い時間帰って来るなよ——

念じながら、美砂生は何気ない振りで非常口ドアの前から通路へ戻り、ビジネスマンの立った後のシートへ向かった。

隣の席が、今立った客の連れだったらまずいな——そう思ったが、一つ内側の席の客は寝ていた。よし……。

美砂生は空いた席に滑り込むと、シートの周囲を見回した。肘掛けから折畳み式の液晶TVが引き出されたままになっている。備えつけの電話は……。

(あった)

肘掛けの内側から、ゲームやオーディオのコントローラーを兼ねた有線ハンドセットを引き出すと、その裏面が電話機になっていた。

小松基地の火浦隊長は——美砂生は考えた。午前中のフライトからは、もう戻っているはずだ……。事情を告げて力になってもらえるとすれば、火浦が一番頼りになる。

火浦にかけて、助力を求めよう。

かけ方は。試しに電話機の絵のついたボタンを押すと、液晶TVに『お客様のクレジットカードに課金されます。よろしいですか』と注意の文字が出た。『はい』と『いいえ』の選択ボタンが現われる。この席のビジネスマンには悪いが、使わせてもらおう。美砂生は指で『はい』を押す。『番号を入力ください。日本の国番号は81です』

よし――

美砂生は有線ハンドセットの電話機の数字ボタンを押そうとするが。

(――やだ)

唇を噛む。

番号が、分からない。

火浦暁一郎の携帯の番号は、自分のスマートフォンに記憶させていたのだ。番号そのものは覚えていない。滅多にかけないのだから暗記しているわけもない。

しまった……。

固まっていると、美砂生の視野で前方の化粧室の扉が動いた。

まずい。

美砂生はハンドセットを肘掛けへ戻し、何気ない振りで立ち上がった。同時に化粧室のドアが開き、ビジネスマンが出て来た。通路を歩き始めた美砂生とすれ違う。自分の席へ戻って行く。

（――くそ）

どうしよう。仕方なく、そのまま歩いていると何かが目に入った。見覚えのあるもの。

美砂生は足を止めた。

「……？」

何だ。

見えたのは――黒猫のマーク。サイドワインダーに乗って勇ましく『空中サーフィン』をする、それはイラストだ。

通路側の席に座る一人の少女――長い黒髪の、高校生くらいの女の子がテーブルに布製のポーチを置いて、両手でスマートフォンを操作していた。そのポーチに『黒猫マーク』のワッペンが縫いつけてあるのだ。

美砂生は瞬きした。〈F15J　The　307th　SQ　KOMATSU〉――見間違いではない、別名『黒猫サーフィン』と呼ばれる、第三〇七飛行隊のエンブレムだ。

（誰だ、この子）

どうして、この子がこんなものを……？　だが考えている暇はない。通路の前方から、またあの若いアテンダントがカーテンをめくって出てきた。機内販売のパンフレットを手にして、配り始めている。通路でうろうろしていると、また何か言われる……。

「──あの」

美砂生は、女子高生らしい女の子の席にかがみこむと、話しかけた。

「あなた、それ三〇七空のワッペンね?」

「?」

黒髪の少女は、卓上のポーチを指さされ、耳に入れていたイヤフォンを外すと美砂生を見上げた。

一瞬、いぶかしげな表情をする。

きれいな子だ。芸能人みたいだな──美砂生はそう感じながら、続けて話し掛けた。

「それ、いいわね。三〇七飛行隊のワッペンでしょう。どこでもらったの?」

黒猫サーフィンを、見学者向けの土産として基地のPX（売店）で売っているなんて、聞いたことはない。それに近づいて見ると、少女がポーチに縫いつけているのは美砂生たちが飛行服につける本物だ。

「……ああ」

少女は、表情を和らげて応えた。

「分かるんですか。これ」

「あたし、関係者なの」美砂生は自分の胸に手を当てた。「黒猫サーフィンのエンブレムを、こんなところで見るなんて驚いたわ」

「もらったんです。基地のパイロットの人が、知り合いで」

「――――」

5

日本海上空
スターボウ航空〇〇一便　CA380・機内

「うちのパイロットを、知っているの――？」

やれやれ困ったもんだ、と美砂生は一瞬思った。

飛行隊の若いパイロットの誰かが、この美少女の気を引こうとして隊のエンブレムを贈ったのか……？　確かに各飛行隊のエンブレムとワッペンは、隊員が士気向上のために自分たちで作ってつけているものだから、公的な自衛隊の制服の一部ではない。民間の人に譲っても、規定違反にはならないが……。

いや、今はそんなことを考えている時ではない。

「はい」

黒髪の少女は、楽しげにうなずいた。

黒猫のワッペンを指して『三〇七空』と言ったことで、気を許してくれたのか。

「わたしがお願いして、その人が飛行服につけていたのを、もらったんです」

「え、誰？」

「秋月――じゃなくて鏡黒羽さん」

「え!?」


鏡黒羽……!?

あいつ、女の子が好きなのか……？

（いや、そんなこと考えてる場合じゃないわ）

美砂生は何とかして、美少女に電話を貸してもらわなければ、と思った。

「あら、そう。鏡三尉は、三〇七空の女性パイロットね。お友達？」

この子は、誰なのだろう。

あの鏡黒羽に、こんな知り合いがいたのか。

「はい」

少女はうなずく。

「わたしの憧れの人――っていうか、そんな感じです。小松の飛行隊には、女性のイーグル・ドライバーが二人いるんだって。でももう一人の人は堅物でうるさくて大変だって、黒羽さん言ってました」

「――――」

鏡……。

怒っている場合ではない。

「あの、ね。ちょっと頼みがあるんだけど」

美砂生は、美少女にかがみこんで頼んだ。

ちょうど背中を、あの髪をシニヨンにしたキャビン・アテンダントの子が通る。こちらをちらりと見ていく。

いずれ、床下のコンテナに無理やり押し込められて乗り込まされた――と申し出なければならない。その前に、小松基地の火浦隊長に直接連絡をして、事態を説明してバックアップを頼むのだ。でなければ韓国に着いた途端、不審者として向こうの警察当局に捕まってしまう。

「あなたの電話――」

だが、そう言いかけた時。

美砂生は不意に、背に何かを感じた。

「――!?」

ぞっ、として振り返った。客室の空間。何だ!?

その瞬間。

ドンッ

突風が美砂生を襲った。

所沢　東京航空交通管制部

管制ルーム

「ん、何だ?」

レーダーに向かっていた管制官が眉をひそめ、コーヒーのカップを置いた。

日本海を管轄するレーダー画面。

その左サイド――日本海西方に、オレンジ色が浮き上がる。

つい数分前、日本海のほぼ真ん中を南北に区切る点線――韓国の仁川コントロールとの管轄境界線を越え、韓国側へハンドオフ(移管)した便がある。〈SB001〉と表示された画面上のターゲット――スターボウ航空〇〇一便・羽田発ソウル行きだ。

今、航空路〈L512〉に沿って朝鮮半島へ向かっていた〈SB001〉のターゲットが、突然オレンジ色に変色し『EMERGENCY』という文字を明滅させ始めた。

「スターボウ〇〇一が、エマージェンシー・スクォーク（緊急信号）を出したぞ!?」

「何」

スーパーバイザー管制官が、すぐ後ろから画面を覗きこむ。

「いったい、何が起きたんだ」

日本海上空
CA380・機内

ぶわっ
（——!?）
美砂生には最初、何が起きたのか分からなかった。
鈍い爆発のような響き——その一瞬後、空気が濁流のように動いた。
ぶぉわっ
「き、きゃあっ」
身体が浮く。後ろ向きに持っていかれる……！　立っていた美砂生は見えない腕になぎ払われるように後方へ吹っ飛ばされた。なす術もない、とっさに左手で少女の座席の背もたれを摑もうとするが、摑み損ねた。駄目だ運ばれる――

ぶぉおおっ――――!

「うわぁっ」

客室内の宙を後ろ向きに吹っ飛ばされる……! 同時に機内の固定されていないあらゆる物――食事のトレーや書類なども舞い上がり、一緒に飛んでいくのがちらと見えた。

空気が、抜けていく……!?

耳が聞こえない。

(まさか、急減圧……!? うわ)

美砂生はビジネスクラスのコンパートメントの後方仕切り壁に背中から叩きつけられ、もんどりうって通路に落下した。同時に通路自体が急坂のように、今度は前方へ――機首の方向へ傾斜する。

ずざざっ

非常口ドアの前に放り出された。転がる。息が出来ない。空気が――!

機体後部のどこか穴でも開いたのか。

客室内の空気が奔流となって後方へ吸い出された。急減圧か……!? 気圧が下がって水蒸気が発生し周囲が真っ白になる。

「……息が！」

息が出来ない。

通路の床に投げ出された美砂生は、倒れたまま口をぱくぱくさせた。

日本海上空　高度三六〇〇〇フィート

グォオオオオッ

雲海の真上を飛行していた白い機体――総二階建ての巨大エアバス機ＣＡ３８０。その後尾で小さな貨物室扉が一つ、吹っ飛んでなくなっていた。開口部から空気が噴出して、小さな物体がパラパラと空中へ撒かれる。巨体は急速に左バンクを取ると、球体のような円い機首を下げた。主翼の上面にスピード・ブレーキの抵抗板が一斉に立ち上がり、四基のエンジンがアイドルまで絞られ、翼端から水蒸気を曳《ひ》きつつ急降下に入った。

グォオオッ

たちまち、その姿はもくもくした雲海の上面に突っ込み、見えなくなる。

CA380・機内

『――ただいま急減圧のため緊急降下中です。ベルトを締めてください。マスクを着けてください。ただいま急減圧のため緊急降下中です。ベルトを――』

天井スピーカーから合成音声。

やはり急減圧――！

美砂生の仰向けの視界で、客室の天井からパラパラパラッ、と何か黄色いものが一斉に落下するのが見えた。乗客用の酸素マスクか――

（……くっ）

立ち上がらなければ――そう思った瞬間、機体全体が大きく傾いて通路の床が機首方向へ急坂になった。滑った。転がる。立てない……！

グォオオオッ

東京航空交通管制部

「スターボウ〇〇一、こちらトーキョー・コントロール。何があった。聞こえるか」

レーダー画面に向かう管制官は、ヘッドセットのマイクに問いかけたが、すぐに頭を振る。

「駄目だ、すでにインチョン・コントロールの周波数に変えている」

スターボウ航空〇〇一便から応答がない。

すでに仁川コントロールへ管制業務を移管したので、向こうと連絡してくれればいいのだが——しかし飛んでいる場所は、まだ日本海だ。

ピッ

レーダー画面の左端で、オレンジ色に変わった〈SB001〉のターゲットは表示高度を減らし始めた。『FL三六〇』からたちまち『FL三五六』『FL三四九』——

「高度が急激に下がっている……？」

「国際緊急周波数を試してみろ」

スーパーバイザー管制官が後ろから言った。

「一二一・五なら聞いているかも知れん」

「分かった」

管制官は、卓上の周波数切り替えスイッチで一二一・五メガヘルツの国際緊急周波数を選択すると、また呼び掛けた。

「スターボウ〇〇一、こちらはトーキョー・コントロール。高度が下がっている。緊急降下しているのか。どうぞ」

東京　永田町
国会議事堂・主権在民党控室

「――時間だ」

主民党・議員控室の奥の間。

緞帳《どんちょう》のようなカーテンが下がっている。

窓辺で外を見ていた長身の男が、ぎょろりとした目を腕時計におとした。

「始まるな」

ぼそりと言った。

その表情のない顔で、魚類のような唇の端がクク、と引き攣《つ》れた。

CA380・機内

ずがががっ
（……うわっ！）

美砂生は急坂になった通路の床を、前回りに転がった。駄目だ、立てない……！　つかまれない、なす術もなく転がった。もう息がもたない、どこかにつかまって立ち上がって、天井から落下した酸素マスクを口に着けて吸わないと――

いくらレンジャー訓練に耐え抜いた身体でも、酸素なしで意識を保つことは出来ない。機体は緊急降下に入ったらしい、この急坂は旅客機と思えない機首下げ姿勢だ。コクピットでパイロットが酸素マスクを着け、機首を一杯に下げているのだ。低高度まで緊急にこの巨体を降ろす。だがあたしが窒息する前に、空気の濃い高度まで降下してくれるのか

……!?

ずがが っ

機体は雨雲に入ったか、激しく揺れながら頭を下へ突っ込んで降下し続けた。

美砂生は身体に力が入らない。がんっ、と何かに当たって身体が止まった。だが立てない。意識が薄れてきた。周囲の乗客や乗務員たちは、非常用の酸素マスクを着けられたのか。呼吸さえ出来れば助かるはずだ。

（…………）

目の前に、何か見えた。

何だ。あたしは、どこへ転がって来たんだ……ずっと機首側のコンパートメントか。どこか前方の、非常口ドアの前らしい。転がるだけ転がって、壁に当たって止まったの

か……。

だがもう立てない。

——『バカ』

誰かの声がした。

幻聴か。

——『死ぬぞ、バカ』

鏡黒羽の声……。

やめてくれ。

こんな、死ぬかも知れない瞬間に、どうしてあんたの声なのよ……

「……う」

顔のすぐ前に、何かある。

〈STARBOW AIRLINES AIRBUS CA380〉

白い文字が見えた。

箱状の物体が、床のカーペットに頬をつけて意識を失いつつある美砂生の目に映った。

これは……。

東京航空交通管制部

「インチョン・コントロールに問い合わせた」

隣席の管制官が、連絡受話器を握ったまま告げた。

「向こうもスターボウ〇〇一とは通信が途絶している。呼び出しても、応えないそうだ。緊急周波数を使って呼び続けると言っている」

「分かった」

スーパーバイザー管制官はうなずいた。

「高度が下がり続けている。間もなく我々のレーダーからは消えてしまうぞ。航空自衛隊に通報しろ。防空レーダー網で機影を追跡してもらうんだ」

「しかし、もうだいぶ韓国に近いぞ?」

「だからといって、向こうの領空に入るほどじゃない」スーパーバイザーは頭を振った。

「美保の救難隊が一番近い。ただちに、捜索救難態勢に入ってもらうんだ」

6

日本海上空　G訓練空域
F15編隊

「ワン、ロックオン。鏡、サーチ続けろ」

風谷はレーダーのディスプレーを見ながら、酸素マスクの内蔵マイクに指示した。

洋上G訓練空域の真っ只中。

演習は始まった。

『ツー』

右一マイル後方、やや上方の位置で追従する二番機から、鏡黒羽が短く応える。

中距離ミサイル戦。セオリー通りのやり方だ。編隊長機がまず敵をロックオンし、続く二番機は周辺を索敵し続ける。

高度三〇〇〇〇。風谷のヘッドアップ・ディスプレーの前方視界は、一面の雲海の上に蒼空が広がる。太陽はやや傾いている。速度マッハ〇・九五。

レーダー・ディスプレーに捉えた〈敵機〉――演習開始と同時にこちらへ迫り来る標的機のT4改は、まだ六〇マイル前方にいる。肉眼ではとても見えない。

しかし白い菱形は、こちらへ――風谷と鏡黒羽の二機編隊をめがけ、まっしぐらに接近して来る。さっきディスプレーの頂上付近にいたのが、たちまち近づく。五八マイル。

「――――」

菅野め。

風谷は、スロットル・レバー前面にある目標指示コントロール・スイッチを左の人差し指で操作し、レーダー・ディスプレー上のカーソルを動かして接近する白い菱形に重ねると、クリックした。ロックオン。

風谷のF15の機首から発せられるパルス・ドップラーレーダーのビームが細く絞られ、五六マイル前方からこちらへ迫る標的機を、ロックオンした。ぱっ、とディスプレー上に〈標的〉の速度、加速G、推定高度が計測され表示され、ヘッドアップ・ディスプレーには四角い目標指示コンテナが現われる。〈標的〉の動きを連続的に追う。

標的速度五〇〇ノット、相対接近速度一〇四〇ノット、標的の加速度一・〇G、高度は三〇〇〇〇――まったく同高度じゃないか。ぶつけるつもりか、こいつ……。

菅野のT4改は練習機だが、レーダー火器管制装置を訓練用に装備している。武装はないが、こちらの位置と動きは摑んでいる。

航空学生の同期だが、昔から一筋縄で行かないやつだ。何か企《たくら》んでいるのか。

（――――）

風谷は、バックミラーをちらと見上げた。

鏡黒羽の二番機は、指示通りの位置にいる。標的機をロックオンせず、周辺を索敵しながらついて来ている。Ｆ15は、一度に一つの標的しかロックオン出来ない。ロックオンをすると、レーダーのビームを標的に当て続けるため細く絞ってしまうから、思いもしない方角から別の敵機に襲われたら危ない。

よし、セオリー通りだ。さっさとやってしまおう。

菅野がまっしぐらにこちらへ来るのは、きっと演習の時間節約に協力してくれているんだろう。考え過ぎることはない、射程に入ったらさっさと発射操作をすればいい――

「ワン、バーナー・オン」

風谷は無線にコールしながら、左手でスロットルを前方へ進め、ノッチを越えて再びアフターバーナーに点火した。

背中を叩くような衝撃と共に、二基のエンジンがぐんっ、とイーグルの機体を押す。

『ツー、バーナー・オン』

イヤフォンに鏡黒羽の声。

軽いショックと共に、速度スケールが音速を超す。マッハ一・一、一・二――空戦に備え、加速して運動エネルギーを蓄えておくのだ。もしもレーダー誘導の中距離ミサイルＡＡＭ４で撃ち漏らしたら、ただちに機動して〈敵機〉の後方を取り、短距離ミサイルＡＡＭ３か機関砲を使用して格闘戦に入らねばならない。

マッハ一・四。外装にミサイルと増槽をつけた状態の最大速度で、風谷はスロットルを少し戻す。速度をキープ。レーダー・ディスプレー上で〈標的〉は近づく。四四マイル。まだまっすぐ来る。四〇マイル。凄まじい相対接近速度――しかしＡＡＭ４は、まっすぐ対向で近づく目標へも発射可能だ。ディスプレーに『ＲＭＡＸ１』の表示。

（まだだ。１Ｇで直進する目標へは発射出来るが、やつが急に機動したら追い切れない。十分、引きつけるんだ）

三六マイル――三二マイル。ディスプレーに『ＲＭＡＸ２』の表示。同時にヘッドアップ・ディスプレーに『ＩＮ　ＲＮＧ』の文字が出て明滅した。よし――

ヘッドアップ・ディスプレーでは四角い目標指示コンテナがまっすぐ前方、白い雲海のやや上にポツン、と浮いている。その中に〈標的〉がいる、と教えているのだが三〇マイルも離れていては肉眼では何も見えない。

『ＩＮ　ＲＮＧ』が明滅し続ける。完全にＡＡＭ４の射程内。風谷は右手の人差し指で操縦桿のトリガーを引き絞ろうとした。

「フォックス――」

だがその瞬間。

風谷の指の動きを、まるで読んでいるかのようだった。ふいに目標指示コンテナが、逃げるように右へ動いた――と思うと次の瞬間フッ、と消えた。

(――!?)

消えた……!?

ハッ、としてレーダー・ディスプレーを見やると、白い菱形も消え失《う》せている。いったいどういうことだ、レーダーが〈標的〉を見失った!?

『上!』

ヘルメット・イヤフォンに黒羽の声。

『左へひねって、真上へ逃げた!』

「――!」

しまった。

ロックオンが外れた。

だが二番機が後方で、広域索敵モードで〈標的〉の動きを監視していた。T4改の機動を教えてくれる。風谷は兵装選択スイッチをいったんOFFにして、〈MRM〉に入れ直す。慌てるな、まだ二五マイルも先だ。菅野のやつが直前方から接近してきたのは、これをやるためだったのか。ロックオンすればビームは細くなる。直前方からいきなり九〇度向きを変えたら、相対接近速度がなくなってパルス・ドップラーレーダーは〈標的〉を見失う。三〇〇〇〇フィートの高空では高G旋回は出来ない、四・五Gがいいところだが、真上へ引き起こせば重力を利用して、急激に軌道を曲げられる――

広域索敵モードに戻ったレーダーが、再び〈標的〉を捕捉する。いた！　二二マイル前方。もう一度左手の人差し指。〈標的〉をカーソルで挟んでロックオン――

しかし

(――何!?)

風谷はマスクの中で絶句。

ロックオンさせたはずが……。

(……〈標的〉が、また消えた!?)

同時に

『ツー、ロスト』

後方の鏡黒羽も『レーダーで見失った』とコールして来た。

「ふははははっ」

菅野一朗は、蒼い天を指して垂直上昇するT４改の射出座席に座り、酸素マスクの中で哄笑《こうしょう》していた。

〈標的〉役の練習機・T4改のコクピット。

亜音速練習機であるT4には、もともと垂直に上昇する能力はない。まして高空だ。機首を天へ向けたままにすれば、速度エネルギーを食い殺しながら宙に止まっていく。ヘッドアップ・ディスプレーの速度スケールがたちまち五〇ノットを切る。すぐに垂直姿勢のまま宙に停止し、今度はずりおちるだろう――だがそれでいい。

雀蜂のようなずんぐりしたシルエットの中等練習機は、間もなく三次元空間での速度が『ゼロ』になる。

こうなると、戦闘機のパルス・ドップラーレーダーには発見することが出来ない。パルス・ドップラーレーダーは空中を動くものしか探知しない。今、自分の機は接近するF15二機のレーダー・ディスプレーから消え失せたはずだ。

「ははは っ」

菅野一朗のT4改は、はじめ最大推力で、接近するブルー・ディフェンサー編隊のF15二機に対向して突っ込んだ。ヘッドオン、相対接近速度一三〇〇ノットの形にしてから、やおら間合い三〇マイルで左へ九〇度向きを変え、急激に機首上げをして天に向けて垂直上昇をした。

Ｔ４の推力では、垂直姿勢にすればエンジン全開でも速度はたちまち減り、四〇〇〇〇フィートまで上昇したところで宙に止まろうとする。放っておけばそのまま錐揉みに入って、落下する。

「あらよ」

菅野は舵の利く対気速度がなくなる寸前、操縦桿をさらに引いてＴ４改を背面にした。視界のよいコクピットで、蒼空が頭の後ろから前方へ流れ、逆さまの白い雲海が『頭上』に被さるように現われた。マイナスＧ。身体が浮く。この姿勢を保てるのは数秒だが――俺には十分だ。

「いた……！」

遥か下方。見えた。獲物を見失ったＦ15――あれは風谷の一番機だろう、真っ白い雲海の上をまっすぐに来る。超音速でみるみる俺の真下へ、くぐるようにやって来る……。こちらは向こうのレーダーから消え失せ、蒼空の只中に溶け込んでいる。向こうから発見するのは困難だ――

菅野は、まだ点のように小さいＦ15のシルエットから目を離さず、操縦桿をさらに引きつけてＴ４改を背面から急降下に入れた。

グォッ

真っ逆様。重力で機体が落下、再び対気速度がつき始め、舵の反応がよくなる。視界一杯が二〇〇〇〇フィート下の白い雲海。

「いいぞ、いい子ちゃん、そのままこっちへ来い」

俺を見失ったからと言って、急に旋回してどこかへ離脱しちまわないのは褒めてやる、風谷――

菅野は舌なめずりし、F15戦闘機の上面形がちょうど自分の視界の真ん前へ跳びこんで来るように機首を操りながら、思った。下手に旋回して腹を見せてくれたら、お前をロックオンして『撃墜』するのがえらい簡単になってしまうからな……。

菅野は、スロットルについた兵装選択スイッチを〈SRM（短距離ミサイル）〉に入れようとして、やめる。

まだだ。

レーダー電波を出してロックオンすれば、風谷はTEWSの警報で、俺が頭上から来るのに気づくだろう。離脱の猶予を与えることになる。まだロックオンは我慢だ、このまま三マイルの有効射程まで肉薄して一撃で『撃墜』だ――

T4改には兵装は積まれていないが、レーダー火器管制装置を〈SRM〉にセットして発射トリガーを絞れば、演習の判定上『AAM3を発射』したことになる。三マイル以内で確実にロックオンしていれば『命中判定』だ。

T4でF15を撃墜か。こいつは今夜の酒がうまいぞ……

逆落としに急降下するＴ４改の前面視界で、雲海の上にＦ15の姿が大きくなる。

「よし、今だ」

カチ
菅野は左の親指で、兵装選択を〈ＳＲＭ〉にした。レーダーが働く。ロックオン。

「わははは っ、死ねぇ風谷。フォックス――」

だが菅野が無線に「フォックス・ツー」と叫ぼうとした瞬間。

ぶわっ
一瞬、日が陰った――と思うとＴ４改の機体の背中に、覆いかぶさるように何かが出現した。殺気。

「――う、うっ⁉」

な、なんだ。背中の殺気に、思わず振り向かされた菅野の両目が見開かれる。

な――

『フォックス・スリー』

一〇メートルと離れていない。すぐ背中に、一機のライトグレーの機体が覆いかぶさり、左主翼付け根のバルカン砲の砲口をぴたりと菅野の後頭部に突きつけていた。

『スプラッシュ。貴機は撃墜された』

アルトの冷静な声が、菅野のヘルメット・イヤフォンに響いた。日の丸をつけたイーグルのコクピットから、こちらを睨んでいる鏡黒羽の顔まで見える近さだ。

G訓練空域

『――ったく、どうなってやがるんだ』

〈標的〉が撃墜され、勝負がついてしまったので、いったん戦闘をやめて三機で空中に集合した。

三〇〇〇〇フィートの雲海の上で、左横に並んだT4改から菅野がぼやいて来た。

『わけが、分からねえよ』

「――――」

風谷は、肩をすくめるしかない。

わずか十数秒の出来事だった。

反対の右横を見やると、鏡黒羽の二番機が定位置にぴたりと浮いている。

あいつ――

数分前のことだ。

二二マイルの間合いで、垂直に引き起こし上昇したT４改がレーダー・ディスプレーから消え失せた時。

風谷は一瞬迷った。〈標的〉機を見失った——どうする!?　このまま直進し、T４改が再びレーダー上に現われるのを待つか？　あるいは急旋回でいったん戦場を離脱し仕切り直すか……？

その時だった。後方で一度は『ロスト』とコールした二番機が、バックミラーの中で増槽を投棄した。バーナー全開で急速に加速し、風谷に追いついて来ると、数秒かからずに右の真横にぴたりとつけた。

（——手信号？）

右横数メートルに並んだ二番機のコクピットから、ほっそりした飛行服にヘルメットの影が、腕を伸ばして『前方へ行け』と告げていた。鏡黒羽は無線を使わない。同じ周波数で、〈標的〉機も聞いているからだ。

どういうことだ？

風谷が見返すと、黒羽はヘルメットのバイザーを上げ、鋭い切れ長の目で前方の上方を指した。そして『わたしが攻撃する』と意思表示すると、次の瞬間には二番機の機体ごと吹っ飛ぶように上方へ消えた。

ブワッ

鏡のやつ——

風谷は息を呑んだ。

(——まさかあいつ、俺に囮《おとり》になれって言うのか……!?)

だが、あいつには菅野の機が見えるのか。二〇マイル離れているんだぞ……!?

レーダーには何も映らない。マッハ一・四で突き進むイーグルは、間もなく菅野機が垂直に上昇して消えた辺りの真下へさしかかる。

「ええい、くそ」

呼び止める暇もなかった。仕方ない、風谷は頭上の蒼空を肉眼で捜しながら、機体を直進させた。見えない。蒼空のどこかへ溶け込んだ小さなT4を見つけるのは至難だ。でも向こうからは、白い雲海をバックにこちらの姿が見えているだろう。不利だ。上方へ角度がつき過ぎて、もう菅野機が運動を始めてもレーダーでは捉えられないかも知れない。

我慢して直進した。菅野のT4改には、赤外線誘導の短距離ミサイルAAM3が装備されている——という設定だ。真上のどこからか俺を狙い撃ちするなら、その前に必ず向こうはレーダーでロックオンして来る。TEWSの表示に注意して、ロックオン警報が出たらただちにフレアを射出、エンジン推力をアイドルに絞って排気熱を最小にしながら後ろの太陽の方向へ機動する……それしかない。

そう考えるうち、頭上で菅野のわめき声と『フォックス・スリー』という機関砲発射のコールが聞こえたのだった。

それが、二分ほど前のこと。


『おい』

並んで水平飛行するT4改のコクピットから、菅野が訊いた。

まだ、やられたのは信じられない──という調子だ。

『風谷。お前、囮になったのか？』

「そんなところだ」

風谷は息をつく。

結果的にそうなった。一番機の自分が囮となり、二番機に〈標的〉を撃墜させた。これを編隊連係と言えなくもないが……。

『しかし、いったいどうやって俺を見つけた。鏡？』

菅野が問うと。

反対側の、風谷の右横で鏡黒羽はフン、と笑うような息をした。何か応えた。

『えっ、何て言った？』

『──見えた』

『何？』

『見えた』

アルトの声は素《そ》っ気《け》なく言った。

『バーチカル・リバースで宙に止まっていた』

『おい肉眼でか？　馬鹿を言うな、二〇マイルはあった』

菅野は驚きの声を上げる。

『宙に止まっている俺を、二〇マイル先から見つけて、レーダーも使わずに目視で背中に食らいついたって言うのか!?』

するとまた鏡黒羽は、笑うような息をする。

『わたしならそこへ行く、と思ったところにいた』

『何』

『単純。それだけ』

この程度の読み、当然だ――そう言っているような印象。

（やれやれ……）

風谷は、そのやり取りを聞きながら『参ったな』と思う。

鏡は腕はいい。凄くいい……でもあいつ、いつもこんな調子で訓練してるのか？

（この態度では、先輩たちに嫌われても仕方がない……）

さらに風谷には困ったことがあった。

「おい菅野」

風谷は無線に言った。

「菅野、俺はまだＡＡＭ４を『発射』してない。トリガーを引いていなかったんだ。訓練が成立してない」

さっきは、風谷が発射のトリガーを絞る寸前に菅野がブレークしたので、ＡＡＭ４の模擬発射が出来なかったのだ。これでは訓練をしたことにならない。

おとなしくカモのようにやられてくれ、とは言えないが……。

小松基地の演習評価システムに、データリンクで発射記録が残らないと、日比野二佐の言う運用資格の取得にはならないだろう。

『いいじゃねえか風谷』菅野は笑った。『仕切り直しだ、空域の端と端に分かれて、もう一回やろうぜ』

「しかし、本当に小松へ帰れなくなるぞ」

『だから松島へ行こうって――』

その時だった。

『ブルーディフェンサー・ワン、こちらオフサイド。演習統制管制官だ』

別の声が、風谷のヘルメット・イヤフォンに入った。

小松基地　管制塔

「それは、本当なのか？」

火浦は訊き返した。

管制塔のパノラミック・ウインドーの内側で、火浦は豪雨に備えて撤収作業をするエプロンの様子を眺めていた。小松は落雷が多く発生する。機体はなるべく格納庫へ戻し、必要でない機材は片づけておかないと、整備員など地上要員が危ない。

「はい隊長」

報告に上がって来た防衛部の連絡幹部がうなずいた。

「日本海の西方で、羽田発ソウル行きの旅客機が緊急信号を発し、管制機関のレーダーから消えたそうです。府中のＣＣＰから、訓練中のＦを取り敢えず現場空域へ向かわせろと──救難隊にはすでに出動命令が出ました」

「分かった」

火浦もうなずいた。

「Ｇ空域には三機出ている。残燃料を確認させ、可能な範囲で捜索──っていうか、やばいのかその旅客機……？」

「分かりません。緊急信号を発してレーダーから消えた、としか」

「よし、地下へ下りよう。ここの要撃管制室で、捜索オペレーションをモニターする」

「はい」

「月刀」

火浦は、双眼鏡を降ろして心配そうに見ている自分の片腕に告げた。

ウインドーの外では、雨が白く激しくなって来ている。

「お前はここを頼む。撤収作業を監督してくれ。落雷防備態勢が整ったら報告してくれ、地下の要撃管制室にいる」

「分かりました」


「おっと」

火浦は連絡幹部に続いて螺旋《らせん》階段を下りようとして、気づいて飛行服の脚ポケットから自分のスマートフォンを取り出した。

「管制室へ入るなら、携帯を切っておかないとな」

7

日本海上空
スターボウ航空〇〇一便　ＣＡ３８０・機内

「――はぁっ、はぁっ」

美砂生は倒れたまま、激しく呼吸していた。

硬い布製のフードの中だ。息が透明プラスチックのフェース・プレートに当たり、白く曇る。シューッ、と酸素発生装置の作動音がしている。

た、助かったのか……。

目をしばたいた。

数分前。機内の与圧が、何らかのショックと共に抜け、急減圧が起きた時。

自分は宙を吹っ飛ばされて隔壁に叩きつけられ、落下して、急坂になった通路をなすべなく転がった。

ここは――機首方向へ転がり切った、どこかの非常口ドアの前だろうか？　客室乗務員が使えるよう非常口脇にベルトで固定された緊急用装備品のラックに、自分は転がって来て頭から突っ込んだのだ。そして――

（――う、くそ）

低酸素状態で意識を失う寸前、自分はこれ――消火作業用の防煙フードに気づき、とっさにパッケージを開いて頭に被ったのだ。

乗員が、機内火災の消火の時に使うものだ。空自のＣ１輸送機にも同じものが積まれていて、便乗する際に説明を受けたから使用法は分かる。ボックス状のパッケージを開くと消防士が被るような耐熱フードが現われる。頭に被ると酸素発生装置が自動的に働き、数分間だがフード内に酸素を供給してくれる。これを被れば煙の中でも消火器を使うことが出来る。

天井から落下した乗客用の酸素マスクは取り損ねたが、これのお陰で、意識を失わずに済んだ……。

「くっ」

肩で息をしながら、美砂生は両手をついて上半身を起こした。

通路が――床が水平になっていた。

ゴォオオ――

（終わったのか、急降下……？）

防煙フードのフェース・プレートが曇って、周囲がよく見えない。

ピッ
酸素発生装置の効力が切れたらしい。フードの喉元でアラームが鳴った。

(妙に静かだ)

ざわつく人の声がしない。耳が気圧のせいで詰まっているのか……? だが機体が水平になっているなら、もう大丈夫なのだろう。与圧がなくても呼吸の出来る高度まで、機は降下してくれたのだ。

これはもう、要らないな――

がさがさ、とこわばる布製のフードを頭から外し、顔をしかめて立ち上がった。

「う」

身体のあちこちが痛む。でも骨折はしていない。訓練のお陰か――

頭がくらっ、とするが大丈夫だ。立てた。

だが
(う!?)

ゴォオオオ
周囲を見回し、美砂生はまたくらっ、と眩暈がした。

な、何だ……。

倒れている!?

人のざわめきがしなかったのは、耳の詰まったせいではなかった。美砂生は戦闘機パイロットだ、気圧変動による耳の詰まりはとうに抜けていた。

そうではなかった。

(――これは)

これは、どうなっているんだ……!?

美砂生は見回して、息を呑んだ。

満席の客室だ。

しかし、動くものが無い――

黄色いプラスチックの酸素マスクをゴムで顔につけた乗客たちが、全てのシートを埋め尽くしている。だが目を開けて、動いている者がいない。ある者は座席でのけぞり、ある者はつっ伏し、ずりおちそうに斜めになり、そのまま動かない。

(全員……)

意識を失っている……全員が!?

酸素マスクをしているのに？

まさか――

すべての乗客が、座席についたまま意識なく倒れていた。天井から落下した酸素マスクを顔につけているのに、一人残らず目をつぶったまま、動かない。

（まさか）

美砂生は、最前列の通路側のシートの男性客に歩み寄った。折り畳みのテーブルにつっ伏した姿勢だ。

そうっ、と両肩を摑んで揺り起こした。

「大丈夫ですかっ」

四十代のビジネスマンだ。目をつぶって、反応が無い。

死んでいるのか――？　野戦訓練で習った通り、素早く首筋の頸動脈を指で探ると、血流を感じる。死んではいない。

死んでない、生きてる……。

黄色い酸素マスクを、引っ張って口から外させた。

「――うっ」

何だ、この刺激臭。

美砂生は反射的にマスクを顔から遠ざけた。微かだが刺激臭を感じた。黄色いマスクに薬品のような臭いが残留している。

（いったい）

顔を上げた時。

がさっ

背後で何かが動く気配。

「……!?」

はっ、として振り向くと。

（何だ）

角ばった布製のフードを被った人影が、座席の列の向こうで立ち上がるところだ。

ピンクのブラウス。

がさっ、と音をさせて防煙フードを頭から外す。キャビン・アテンダントの女の子だ。

ふうっ、と息をついたところで美砂生に気づいた。

「——お、お客様。大丈夫だったんですか」

驚いたように瞬きをした。

「どうにか、助かったわ」

美砂生も息をつく。

「あなたも、とっさにそれを被って助かったのね」

「え」

「防煙フード。酸素の出るやつ」

「え、あぁ。そうです」アテンダントはうなずいた。「わたしはギャレーにいたので――アテンダント・シートに戻るのが遅れて、それでとっさに」

「いったい何が起きたの」

美砂生は訊いた。

「いきなり、空気が抜けたわ」

「わたしにも――」

アテンダントは、座席の列の向こうでシニヨンに結った頭を『わけが分かりません』というふうに振る。

若い子だ。大きな目。さっき水をくれた子かな――？　分からない。美砂生にはキャビン・アテンダントはみな同じに見える。ギャレーも機内に何か所かあるようだ。

「これ、どういうこと」

周囲を見回す。

いったい何が起きている？

「何かの原因で、与圧が抜けたらしいです。空気が抜けて」

「それもだけど、非常用の酸素系統に、何か混じっていたわ。薬物か何か――」

言いかけて、ハッとした。

山澄玲子は。

いや、それよりも……！

「コクピット、どこ」

「えっ」

「パイロットも非常用酸素、吸うはずよね？　こういう時」

「――あっ」


機首だ。

美砂生は立ち上がり、きびすを返すと駆け出した。

通路を前方へ。カーテンを払いのけるようにくぐると、まだ前方にコンパートメントがある。さっき倒れた場所が最前方ではなかったのか、なんて大きいんだこの旅客機――

走った。ここはファーストクラスの客室か……。一席ずつ独立した広いシートが並び、やはり乗客は全員倒れ、動かない。いちいち見ている暇はないが動く者はない。後ろ向きのアテンダント・シートでぐったり動かない客室乗務員もいる。いったい何人が乗っているのだろう？

「──お、お客様」

後ろから、若いCAの声が追いかけて来る。

「どこへ行かれるんですか」

「決まってるわ、コクピットよっ」

「えっ」

機は、水平飛行を維持しているようだ。エンジン音も一定している。自分の心配が当たらなければいいが──

しかし、緊急降下が無事に済んだのなら。コクピットから乗客へ向けアナウンスとか、客室乗務員へインターフォンの一斉呼び出しなど何か連絡がされるはずではないのか。

「パイロットが二人とも、気を失ってるかも知れない」

「え」

後ろの声が驚くのと、化粧室の間を駆け抜けた美砂生の前に、半開きの強化ドアが現われるのは同時だった。

「お、お客様困ります」

ドアを引いて入ろうとする美砂生を、CAが呼び止める。

「コクピットへ、入られるのは」

「困るのはみんな困るでしょっ。パイロットが倒れていたら──う!?」

府中　航空総隊司令部

「スターボウ航空〇〇一便らしきものを、コンタクトしました」

日本海西部セクター担当の要撃管制官が、報告した。

地下の中央指揮所。

同時に、正面スクリーンの日本海西方に黄色い三角形が一つ、ぽつんと現われる。その尖端がまっすぐ左へ向いている。

「いました、これです。トランスポンダーは働いています。識別コード〈SB001〉確認。航空路〈L512〉から外れ、高度五〇〇〇フィートで西へ向かっています」

「五〇〇〇か」

高度が低い――

和響一馬は先任席から、スクリーンの日本海を見上げた。現われた三角形の位置は、日本よりも朝鮮半島に近い。

「水平飛行か？」

「今のところ、高度を維持して飛んでいます」

「そうか、良く見つけられたな」

所沢の東京コントロールから『協力要請』があったのは数分前だ。

レーダーから機影が一つ、消えたという。

〈スターボウ〇〇一〉というコールサインの旅客機が、緊急信号を発しながら急降下して間もなく消えた。呼び掛けても応答しない。国土交通省の航空路監視レーダーは、見通しの水平線より下へ潜った物体は探知出来ない。捜して欲しいと言う。

「日本海中部に、ちょうど我々のAWACS――E767が出ていました。高高度で空域監視中。今日は朝鮮半島の東海岸までサーチ出来ます」

「助かる」

和響はうなずいた。

「五〇〇〇フィートか。だいぶ低空へ下りたな、何があったんだ」

突然緊急信号を発し、管制機関からの呼び掛けに応答もなくレーダーから消えたという旅客機――

〈スターボウ〇〇一〉は羽田発ソウル行きだという。スクリーンに浮かぶ黄色い三角形は、脇に『FL〇五〇』という高度を表わす数字。

この遠方で五〇〇〇フィートという低空は、陸岸のレーダーからは水平線の下となり、見えない。しかし航空自衛隊の早期警戒管制機Ｅ７６７が、日本海中部でたまたま高高度監視任務についていたので、発見出来たのだ。

『〇五〇』という数字は、その三角形――〈スターボウ〇〇一〉の航空交通管制用自動応答装置が発信する高度情報を、Ｅ７６７が読み取っているのか。あるいはＥ７６７のパルス・ドップラーレーダーが三次元計測機能で算出したのか。ここでは分からない。

「日本海第一セクター。Ｅ７６７に中継させ、当該機を呼び出せるか」

「やってみます」

「先任。取り敢えずこのような場合のマニュアル通り、小松と美保の救難隊には出動要請を出しましたが――」

そばの席から、連絡担当管制官が言った。

「しかし天候が悪く、ヘリは出られますが、Ｕ１２７捜索機が離陸出来ません。あのまま水平に飛んでいてくれるといいのですが」

「うむ。我々のＦはどこにいる？」

「訓練で洋上Ｇ空域に出ている三機と連絡がつきました」

別の管制官が、振り向いて報告した。

「小松の所属機です。燃料はあるそうです。スターボウ機を追尾させますか」

「追尾させろ」

和響はうなずいた。

「何が起きたのか、まだ分かっていない。このまま飛び続けてくれる保証もないんだからな。取り敢えず追いついて情況を確認させろ」

日本海上空　G空域

『ブルーディフェンサー・ワン、こちら小松オフサイドだ』

F15・一番機のコクピット。

仕切り直しの演習をしようか、どうしようか――そう考えていた風谷を呼んで来たのは小松基地地下の要撃管制室だった。訓練空域を監視している演習統制管制官だ。

『ディフェンサー・ワン、演習中に済まない。洋上で緊急信号を発信して、レーダーからロストした民間機がいる。小松と美保は悪天候で救難隊のU127が出られない』

「…………」

民間機が、遭難……？

風谷は眉をひそめる。

何が起きたんだ？

『情況は詳しく分かっていない。小松救難隊へ出動要請があった。しかし捜索機が出られない』

「オフサイド、この近くか？」

『それも分からない。日本海のどこかだ。消息を絶ったのは国際線の旅客機だ』

日本海のどこか――？

思わず、左横を飛ぶＴ４改と、バックミラーに浮かぶ右後方の二番機を見た。

管制官の言う『Ｕ１２７が出られない』とは。

洋上で遭難が起きた時、いち早く現場海域へ駆けつけて遭難地点を特定し、救難活動を指揮するビジネスジェット改造のＵ１２７捜索機が出動出来ない、と言う意味だ。

小松の天候は、悪化しているんだな……。

左の親指で、風谷はマイクスイッチを押して応答した。

「オフサイド、分かった。我々に出来ることはあるか？」

『捜索に協力してほしい。手持ちの燃料と、巡航可能時間を知らせてくれ』

「分かった」

『風谷、俺は残り六〇〇〇ポンドだ。あと二時間飛べるぜ』

問う前に、左横から菅野一朗が申告してきた。

「分かった。鏡、君はどうだ」

バックミラーに目を上げる。鏡黒羽のF15二番機は、右後ろの定位置にいる。

『ツー、一二〇〇〇。三時間』

アルトの声が簡潔に応える。

鏡は一二〇〇〇ポンドか——

（——？）

風谷は、自分の計器パネルの燃料計の数値と見比べて『少ないな』と感じる。こちらは増槽に四〇〇〇、機体内タンクに一三〇〇〇、計一七〇〇〇ポンド残っているが……。

（そうか）

あいつ、増槽捨てたんだ。さっき——

菅野機を『撃墜』に向かう時、鏡黒羽は増槽を惜し気なく投棄していた（増槽を捨て一時的にマッハ二を出さなければ、菅野機に食らいつくことが出来なかったのか）。

黒羽の言う『三時間』という数字も、経済巡航速度で高空を飛行した場合の巡航可能時間だ。もしも低空へ降りて捜索などすれば、そんなにはもたない。菅野も同様だ。T4はF15より燃費はいいのだろうが……。

「オフサイド、ブルーディフェンサー・ワンだ」風谷は考えて、管制官に応えた。「一時間程度の捜索活動なら、協力出来る。その後は代替飛行場へダイバートしたい」

Ｕ１２７が小松を離陸出来ないなら、三機で小松へ戻ってもたぶん着陸は無理だ。代替飛行場へ向かうことになるだろう。ダイバート先は、捜索を行なう洋上の方角にもよる。それは後で気象情報をもらって、考えればいい――

『了解した、ブルーディフェンサー・ワン。右旋回し、機首方位二七〇へ向けろ。後はＣＰにコンタクトしてくれ。中央指揮所の指揮下に入れ』

「ラジャー」

「菅野」

三機の編隊のリードを取る形で、右へ旋回を始めながら風谷は無線に言った。

菅野一朗のＴ４改は左真横の位置につき、一緒に旋回に入る。

「すまない、相談もしないで捜索に行くことに決めてしまったが」

『俺たちは自衛隊だ。当然だろ』

「すまん――鏡」

風谷はバックミラーにも目を上げる。

鏡黒羽の二番機も、右後ろの定位置をキープして追従して来る。

「君も来てくれるか」

『ツー』

あいかわらず、素っ気ない。

しかしその『ツー』には、訊かれるまでもない、という感じがこもっている。

(――――)

捜索か――

旅客機が、消息を絶った……。

風谷は、ふと脳裏に浮かんだある映像を、頭を振って打ち消す。

自分の飛行服の、脚のポケットを見た。

月夜野。

三年前、俺は君を護り切れなかった。

あの〈事件〉のことを、思い出したって仕方ないが――

だが

(まさか)

風谷の目の奥に、今度は何か疾いものの影がかすめた。蒼白い双尾翼の影――

それは想像もしない角度から、風谷の背中へ襲いかかって来る。二度、自分はそれに殺されかけた……。

唇を嚙む。

この日本海のどこかで、旅客機が緊急信号を発してレーダーから消えたという。

まさか。

〈奴〉ではないだろうな。

〈奴〉がまた、現われたのではないだろうな……

兵装パネルをちらと見やる。マスター・アームスイッチは入ったままだが——念のため

このままで行こう。

しかし今日は、万一『実戦』となっても……。傾く雲海の水平線を風谷は睨んだ。携行している四発のミサイルはおろか、機関砲さえ撃てないようにしてある。演習中の誤射を防ぐためだ。

六〇度バンク、二Gで旋回し、ヘッドアップ・ディスプレーの方位表示に『270』という数字が廻って来ると。

『ブルーディフェンサー・ワン、こちらCCPだ。聞こえるか』

ヘルメットのイヤフォンに、別の声が入った。

日本海上空　CA380

「う!?」

半開きの強化ドア（普段は厳重にロックされているのが、急減圧で開いたのか）を手前

へ引っ張るなり、美砂生は息を呑んだ。

ゴォオオ
CA380のコクピット。

たとえ巨人機でも、機首先端にある操縦室の空間は普通の広さだった。C1輸送機のコクピットより少し広いくらいか――

白い水蒸気の奔流。

横長に広がった前面風防の視界に、前方から切れ切れに白い水蒸気が押し寄せ、機体はその度にわずかに動揺した。雲中を飛んでいるのか――

(!?)

美砂生は目を剝いた。

操縦席は左右に二つ。赤い非常用の酸素マスクを着装した二名のパイロットの背中が、前のめりに倒れるのをショルダー・ハーネスに引き止められる形で、固まっていた。

「だ、大丈夫ですかっ」

真っ先に心配したのは、前のめりになったパイロットの上半身が、下手に操縦桿を押したりしていないか!? ということだ。機が自動操縦で飛行を続けていることは、さっきから安定して水平状態を保っているので明らかだ。緊急降下も、目標高度をセットして自動操縦で行われたのかも知れない。民間機はオート・パイロットが進んでいると聞いている。しかし操縦桿を無意識のまま押してしまっていたら――

美砂生は左側操縦席の背に跳びつくと、大男のパイロット（機長か）のワイシャツの肩を、摑んで引き起こした。

「あなた手伝って！」

引き起こしながら、背中へ叫んだ。

「右側の副操縦士、引っ張り起こして！　操縦桿に触られていたら、ことだわ」

「え、は、はい」

一緒に通路を駆けてきたキャビン・アテンダントが、美砂生の言葉で弾かれたように右側操縦席の背に取りついた。「しっかりしてください」と呼びかけながら引き起こす。

五十代に見える大男の機長と、若い右席の副操縦士。二人とも意識はない。酸素マスクをつけたまま昏倒している。乗客たちと全く同じだ。

いったい、何が起きたのだ。

（操縦桿が無い？）

二名のパイロットを座席に引き起こすと、計器パネルの様子がよく見える。

Ｆ15Ｊと全然違う、液晶ディスプレーがずらりと並ぶグラス・コクピットだ。美砂生は操縦桿が見当たらないことに目を見開く。

（サイド・スティック？）

これは何だ？　通常の大型機なら、パイロットの身体の前に、両手で握る舵輪式の操縦桿があるものだ。

しかしＣＡ３８０の操縦席にそれは無い。見ると左右の操縦席の外側から、片手で握る棒状のサイド・スティックが一本ずつ生えている。

エアバスって、こうなっているのか……？

Ｆ２戦闘機に似ているか――

とにかく、飛行機であることに変わりはない。

「手伝って。この人たちを、引きずり出すわ」

「――えっ⁉」

キャビン・アテンダントは大きな目をさらに円くした。

「ど、どういうつもりです」

8

日本海上空
スターボウ航空〇〇一便　ＣＡ３８０・機内

「どういうつもりです……!?」

ＣＡ３８０のコクピットで、キャビン・アテンダントは大きな目を見開いた。

美砂生は『乗客』だ。だがさっきから、次々に仕切っている。何者か、と思われたかも知れない。

だが
「この二人を操縦席から引っ張り出さないと」

美砂生は説明した。

筋力はある。でも左席の機長は大男だから、操縦席から引き出して床へ寝かせるには、二人でかかった方がいい。

「介抱して起きてもらうか、あるいは駄目なら、あたしたちで何とかしないと」

「…………」

キャビン・アテンダントは目を点のようにしたが、こくりとうなずいた。ようやく情況を分かってきたのか。

「この二人に起きてもらうのが、一番だけどね」

美砂生は言いながら、素早く計器パネルに高度の表示を捜す。あった——操縦席正面の液晶画面は、イーグルのヘッドアップ・ディスプレーに似た計器だ。プライマリー・フライトディスプレーというやつだろう。

五〇〇〇フィート——水平に飛んでいる。大丈夫だ、おちついてやればいい。

「押さえてて。マスクを外させる」

シートの背に引き起こした機長の肩を、ＣＡの子に押さえているよう促すと、美砂生は脱着式酸素マスクを機長の顔から引きはがした。

「うっ——エアを吸わないで」

美砂生は外したマスクを放り捨てた。

「な、何ですか？」

「何か、薬物のようなものが混じってる。吸ったら気を失うよ。この人たちみたいに」

「……？」

ＣＡは、大きな目で、ぐったりと動かない機長と美砂生を交互に見た。

「いったい」

「分からない」美砂生は頭を振る。「この機に、今何が起きているのか——工場での製造過程で、酸素系統に何らかの異物が混入していたのか。あるいは」

「ギョーザに毒が入っていたようなものですか？」

「分からないよ。だいたい、どうして急減圧が起きたのか？」

美砂生は計器パネルを見渡す。中央の画面に何か文字が明滅している。赤い文字だ。

〈TAIL　CARGO　DOOR〉

何だろう？　とにかく、右席の副操縦士もマスクを外させ、パイロットを二人とも床に寝かせなくては——


ＣＡに手伝ってもらい、制服のシャツの二人の男をコクピットの床へ寝かせると、美砂生は右側の操縦席についた。大型機では左側が正操縦士席らしいが、美砂生は右手で操縦桿、左手でスロットルを持つようにしないとおちつかない。右側の席にした。

「あの、操縦、できるんですか？」

「少しね」

美砂生はうなずく。

「あぁ、言う暇がなかったわね。あたしは漆沢美砂生。航空自衛隊のパイロット。こんなに大きいのはやったことないけど、この人たちが起きないなら、何とかしてみる。あなたは？」

言いながら、美砂生は目の前の液晶ディスプレーを見回す。左右の操縦席の前に二面、中央パネルに上下配置で二面。合計六面のディスプレー。目の前に操縦桿がないので広く感じる。中央ペデスタルにスロットル・レバー。四本が一体となった形だ。座席の右横から突き出すサイド・スティックには触れないでおいた。下手に今、自動操縦が外れたら面倒だ。

現在位置は、どこだ――

前面風防は押し寄せる白い水蒸気――雲の中。

航法計器は？　プライマリー・フライトディスプレーの左横にある、この地図みたいな画面がマップ・ディスプレーというやつだろうか。中央の三角形が、自分の位置か……。でも周囲に何も表示されていないぞ。無線標識も、地形も――。レンジの切り替えはどうやるんだ？

「……こ、航空自衛隊？」

後ろで、ＣＡが驚いた声を出す。

「そうよ。戦闘機パイロット。イーグル・ドライバーってやつ。あなたは？」

「え、あ、結城《ゆうき》まどかです。スターボウ航空のキャビン・アテンダント」

それは分かる。

「あの、漆沢さん」

「ん」

結城まどかと名乗ったＣＡは、ピンクのブラウスの胸に手を当てた。

「あの、私、後ろへ行って救急箱を取ってきます」

「──あ、そうじゃなくて」

美砂生は呼び止めた。

救急箱の中身が、パイロット二名を正気づかせる役に立つとは思えない。

「機内に、救急医療用のポータブル酸素ボンベはない？　吸入器のついているやつ」

「あ、あります。後ろの方に」

「持ってきて。機長に吸入させてみて」

「は、はい」


そこまで指図して、美砂生はハッとした。

（そうだ）

山澄玲子は……!?

玲子は床下の空間で、気を失って倒れたままのはずだ──やばい。

「ちょっと待って」

美砂生は言うと、操縦席を立ち上がった。

高度五〇〇〇フィートで水平飛行中――航法ディスプレーに何も映らないから、ここは日本海の只中だ。五分やそこら席を外しても、何かに衝突する恐れはない。

「待って。あたしも一緒に行く」

動くもののない客室を、CAの結城まどかを先に立たせて後方へ向かった。本当は乗客全員の黄色いマスクを外させてやりたいが、時間はない。

救急用ポータブル酸素ボンベを見つけ出し、事情を話して床下へ行かなくては――

カーテンをめくって、ファーストクラスからビジネスクラスのコンパートメントへ。

見覚えある黒髪の少女が、席でテーブルにつっ伏していた。

（――――）

思わず、立ち止まる。

少女は右手に『黒猫サーフィン』の布製ポーチ、左手に携帯を握り締めて、目を閉じている。

美砂生はかがんで黄色い酸素マスクを手早く外してやり、またCAに続いて急ごうとして、立ち止まった。

（――そうだ）

これ、借りるね。

白い横顔に呼びかけると、美砂生は少女の左手からスマートフォンを外し取った。自分のパンツスーツのヒップポケットに突っ込むと、再び通路を急いだ。

永田町　国会議事堂

主権在民党控室・奥の間

ブルルッ――

緞帳のようなカーテンの間から外を見ていた長身の男――咲山友一郎の胸ポケットで、携帯が振動した。

「――私だ」

外を見たまま、携帯を耳に当てる。

電話の相手が早口で報告するのを、〈半魚人〉と呼ばれる風貌の男は黙って聞いた。

「分かった。君はこれより内閣危機管理センターに詰め、私に代わって情報収集に当たってくれ。私には委員会がある。そうだ頼む」

「総理」

携帯を胸にしまう咲山に、初老の政策秘書が言った。

「公設秘書からですか？」

「そうだ」咲山はうなずく。「たった今、国土交通省から第一報が入ったそうだ。日本海上空で〈タイタン〉が緊急信号を発し、管制機関のレーダーから消えた」

「そうですか」

政策秘書は、奥の間の古い掛け時計を見やる。

「時間通り、ですな」

「長沼《ながぬま》」

咲山友一郎は、外を見たまま横顔で命じた。

「これから〈計画〉は最終局面を迎える。お前が指示して、他の公設秘書たちも各所との連絡係などに張りつけ、私の身辺から離せ」

「かしこまりましてございます」

先代から咲山家に仕えていると言われる政策秘書は『すでに心得ている』というふうに一礼した。

「あの者たちは集まっているか」

「は。もちろん」

政策秘書がうなずき、振り向いて指を鳴らすと、奥の間の入口が開いた。

議事堂内でも、政権与党の使う控室は広い。会議の出来る主室の奥に、党の執行部や幹部だけが入れるこの一室がある。古い調度で、天井の扇風機は戦前から使われている。

「総理」

「総理っ」

入室してきた影は三つ。いずれも議員バッジをつけている。先頭は先島《さきしま》終太郎《しゅうたろう》経済産業大臣、大柄な丸肌岩男《いわお》防衛大臣、それに女性閣僚の諸手《もろて》ゆずる法務大臣。三名とも息をはずませている。

「総理、いよいよですな」

「いよいよですね総理」

わはははは、と丸肌岩男が赤ら顔で笑うのを
「静かにしたまえ」

咲山は抑揚のない声で制し、振り向いた。ぎょろりとした目で、自分の側近中の側近とマスコミで評される三名の閣僚たちを見た。

「私の政策グループの中でも、〈タイタン計画〉を知る者はお前たち三人だけだ。財務と外務を任せている二人も入れたかったが、国民の人気で選任した大臣だから、重要業務を全部官僚がやっている。外部に気取られる恐れがあった」

「…………」

「…………」

「要は、例の法案さえ通せればよい。それが〈タイタン計画〉の目的だ。よいか——諸手法務大臣」

最後に視線を向けられた白スーツの女性閣僚は「は、はい」と姿勢を正す。

「諸手くんは教職員組合の出身だから、何よりもアジアの人たちの人権や、平和の大切さは分かっていることだろう」

「はい、その通りです総理」

四十歳になったばかりという女性閣僚は、選挙ポスターの写真にそのまま使えるようないきいきとした笑顔でうなずいた。

「何よりも大切なのは、民族による差別のない、戦争の心配のない明るい社会です」

「うむ。われわれの夢は、差別や戦争の心配のない、地球上のすべての人たちが安心して仲良く暮らせる平和な社会を築くことだ」

咲山もうなずいた。

「だが、それを邪魔する悪い悪魔がいる。悪い悪魔は消さなければいけない」

すると
「総理」

諸手ゆずるは、まっすぐに咲山を見返した。

「総理、悪魔は悪いものです」

「？」

「悪い悪魔というのは、意味が重なってしまいます。正しい日本語を使いましょう」

国語教師出身だという諸手ゆずるは、咲山の発言をきまじめに訂正した。


「そ、そうか。済まぬ」

半魚人のような風貌の咲山はうなずくと、命じた。

「では諸手法務大臣。ただちに法務委員会を招集せよ。間もなくわれわれの〈タイタン計画〉により悪魔はこの世から消える。もう邪魔な党内保守派は――石橋の一派は悪魔だ、あいつらはもう邪魔をしない。〈外国人国政参政権〉法案を審議せよ。三十分で委員会を通すのだ」

「はいっ」

諸手ゆずるは元気よくうなずくと、踵《かかと》をカン、とつけて右手を上げた。

「地球市民のために！」

「地球市民のために」

白いスーツの女性閣僚がカツカツと早足で出て行くと、銀髪の先島終太郎が「総理」と目くばせをする。

「総理。あの諸手なんかをメンバーに入れてしまって、本当に良かったのですか？　あの女は真面目なだけで、どこかずれてます」

だが

「心配はいらん」

咲山は声を低くし、頭を振った。

「あの女は、『民族による差別のない平和な社会』のためと言えば、喜んで働く。事実、われわれがこれから実現させるのはそういう社会だ。われわれの支配する人民は、もはや人種などに関係なくすべてわれわれの奴隷だ。長沼」

「は」

「あの男を呼べ。〈計画〉の進捗を、逐一報告させるのだ」

「はは」

初老の政策秘書は一礼して「では第二政策秘書を呼びます」と懐から携帯を取り出そうとするが

「その必要はありません」

突然、室内の一方から声がした。

「もう来ています」

一同が振り向くと。

コッ

足音がして、奥の間のさらに奥——天井から下がる緞帳の陰から、長身のシルエットが歩み出た。

「咲山総理。すでにここへ来ております」ククク、と無機質な声が笑う。

「……!?」

「!?」

一同が目を見開く。

カーテンの陰から出ると、声の主の風貌はあらわになった。長身を包むダークスーツ。短い髪に切れ長の目、縁無しの眼鏡。

「——エックス!?」

長沼秘書が目を剝いた。

「どうやってここへ入った。入口にはＳＰが——」

「ククク」

縁無しの眼鏡の男は、ただ笑った。

その男は、咲山友一郎の『私設第二政策秘書』ということになっていた。年齢は三十代半ば。表向きに日本語の通名も持っていたが、この部屋に立つメンバーで、その名を呼ぶ者はない。男が初めに名乗った時の「私のことは〈ミスターX〉としておきましょう」という言葉の通り〈ミスターX〉、あるいは単に〈エックス〉と呼んだ。

「総理。あなたが資金を出された〈タイタン計画〉が、いよいよ発動です。まずはおめでとうございます、クク」

「う、うむ」

咲山友一郎は、ぎょろりとした両目で男を見返した。

「して首尾は」

「今のところ、おおむね順調です」

「おおむねとは⁉」

長沼秘書が、咲山に代わるように問うた。

「細大漏らさず、報告してもらおう。君のところの工作能力を信用して、実行を任せたのだぞ」

「これは大きな計画です。若干の『揺らぎ』はつきものです」

クク、と男は薄い唇の端を歪めた。

「揺らぎ、とは!?」

「大したことではない、〈タイタン〉が羽田を出発前、心臓発作を偽装して倒れた求名社長を飛び入りの医者が介抱しようとしました」

「医者？」

「飛び入りとはどういうことだ」

「偽装がばれたのか!?」

「たまたま隣の沖止めスポットにいた、女医とその連れです。日本人は、他人を助けるのが大好きなお人好《ひとよ》しぞろいだ。求名社長が倒れるのを見て、駆けつけて来た。われわれの派遣した監視員二名の制止を振り切り、除細動器を引っ張り出して蘇生させようとしたので始末しました」

「殺したのかね」

咲山が訊く。

クク、と男は笑う。

「処分方法につきましては、その監視役の下請け工作員に任せました。人目につかぬ方法で処分せよと――ま、今頃二人とも羽田の沖で穴子の餌《えさ》でしょう」

笑いながら男は、スーツの内側から薄型のタブレット端末を取り出し、絨緞の上に長い足で立つ茶卓の上に置いた。

「ご覧ください。わが工作班の移動指揮車から、リアルタイムで送って来るデータです。〈タイタン〉の位置は、コクピットのフライトマネージメント・コンピュータから衛星経由で送られてきます」

ピッ

「…………」

「…………」

全員が、茶卓の上のタブレット端末に注目した。

「これが〈タイタン〉の位置」

画面を指しながら、男――〈エックス〉は説明した。流暢《りゅうちょう》な日本語。

タブレットの画面には、拡大されたグーグル・マップの上に赤い輝点が一つ。

何もない海の上だ。

「十分ほど前。この〈タイタン〉の後部、貨物室扉の一つが時限発火装置の作動で吹っ飛びました。機内では急減圧が発生、空気が外部へ抜けてしまいます。こういう場合、乗員と乗客は一人残らず非常用酸素マスクをつけてエアを吸います。そして緊急降下――ところが酸素系統に入っていたのは酸素ではなく、求名社長の製薬会社で開発させた手術用の麻酔ガスだった。効力は六時間。その後は麻酔成分が体内から完全に蒸散し、痕跡がまったく残らない画期的新製品。凄いものです。今頃機内にいる乗員と乗客は一人残らず気を失っています。大勢に騒がれると困る、機内は衛星経由で携帯電話も通じる環境です」

「――――」

「――――」

「そして世界一優秀なＣＡ３８０のオート・パイロットが操縦を引き継ぎ、隠しプログラムに従って現在ここへ」

男の細長い指が、タブレットの画面をつつっ、と滑って洋上のある一点を叩いた。

「ここへまっすぐに向かっています」

日本海上空　F15編隊

『ブルーディフェンサー・ワン、ＣＣＰだ』

風谷のヘルメット・イヤフォンに入った声は、はるか府中の地下にあるＣＣＰ――総隊司令部中央指揮所の要撃管制官だ。

「――――」

いったい、何が起きているのか……

機首方位二七〇度。雲海の真上をマッハ〇・九で飛行しながら風谷は思った。

民間機が消息を絶った。

まさか〈奴〉が、また現われたのか――？

だが

『東京コントロールのレーダーからロストしたのは〈スターボウ〇〇一〉、羽田発ソウル行きのエアバスCA380だ。何らかのトラブルで緊急降下したらしい、現在高度五〇〇〇フィート、速度二四〇ノットで水平飛行中だ』

CCPの管制官の説明は、謎のスホーイ27が出現した、という事態ではなかった。

緊急降下……？

（何が起きたんだ）

風谷は眉をひそめる。

旅客機が緊急降下をするのは、機内で急減圧が発生したケースが考えられるが……

『こちらから交信を試みているが、呼び掛けに応答しない。針路二七〇度で航空路を外れて西進中。間もなく防空識別圏を出てしまう。その前に情況を確認したい。〈スターボウ〇〇一〉はそちらの二〇〇マイル前方だ。超音速で追尾せよ』

「了解」

風谷は酸素マスクのマイクに応えた。

前方二〇〇マイル――

レーダーのレンジを最大にしても、まだ探知出来ないな……。

「菅野」

『分かってる、先に行け』

左横に浮かんでいるT４改の風防の中で、ヘルメットの同期生が「仕方ない」という身ぶりをする。T４には超音速は出ない。

『後から追いつく』

「お前、無理しないで築城《ついき》か福岡空港へでもダイバートしろよ」

風谷は、頭の中で必要燃料を暗算しながら言った。

二〇〇マイル前方を二四〇ノットで遠ざかろうとする旅客機——

マッハ一・四に加速すれば、二〇分弱で追いつけるか。しかしアフターバーナーをそれだけ使用したら、燃料を三〇〇〇ポンドは食う。情況確認のために低空へ下りれば、もっと食う。

「鏡」

風谷はミラーに目を上げる。

ぴたりと追従している二番機。

「バーナー・オンで行く、続け」

『ツー』

府中　航空総隊司令部

「ブルーディフェンサー編隊、超音速です」

中央指揮所。

正面スクリーンで緑の三角形二つの速度表示が増すと、日本海第一セクターの担当管制官が報告した。

「マッハ一・四。十八分で追いつきます」

「よし」

和響がうなずくと
「先任」

情報担当官が、振り向いて報告した。

「隠岐ノ島の〈象の檻〉から報告。韓国軍のGCI通信が、急増しています」

「……韓国?」

「はい。傍受する通信量が、数分前から急激に増えているそうです」

「そうか――」和響は腕組みをする。「すでに〈スターボウ〇〇一〉の管制は、仁川コントロールへ移管されているからな。いざという時に備え、あっちで救難隊を出してくれるのかも知れん」

スクリーンを見上げた。

黄色い三角形――〈ＳＢ００１〉は、尖端を左へ――真西へ向けたまま、航空路を外れて進んでいる。五〇〇〇フィートの低空、速度は二四〇ノットまで下がっている。

「先任」別の管制官が報告した。「Ｅ７６７に中継させ、国際緊急周波数で呼び続けていますが、依然応答しません」

「呼び続けろ」

「はい」


間もなく、防空識別圏を出るか――

防空識別圏（ＡＤＩＺ）は、民間の管制管轄空域とは違い、日本海のうち日本に近い側三分の二ほどを占める。この領域の中に探知される未確認の機は『日本領空へ侵入して来る可能性有り』として、監視の対象とする。言わば航空自衛隊の〈守備範囲〉だ。

黄色い三角形は、そのＡＤＩＺの外側境界線も出ようとしている。

（――この針路は）

和響は、スクリーンを見渡して眉をひそめた。

「まさかな」

日本海上空　CA380・機内

「変ね。ないわ」

ビジネスクラスのコンパートメント。

美砂生が追いついた時、髪をシニヨンに結ったCAは、非常口脇にある装備品ラックにかがみこんで首を傾《かし》げていた。

「ここにあるはずなのに」

「酸素ボンベがないの？」

「はい」


美砂生は、見回す。一面に黄色いマスクをして昏倒する乗客たち――目を背けたくなるが、現実だ。

ここは自分が床下から上がって来たギャレーの近くか……？　機内が広過ぎて、よく分からないが――

「おそらく急減圧が起きた時、外れてどこかへ転がったのかも知れません」

CAは空《から》になった固定バンドを指す。

「何もかも浮き上がりましたから。あの時」

「ほかの場所には？」

「機内に何か所かあります」


　結城まどかにまた先に立ってもらい、一つ後方の非常口前で、ようやく黄色い酸素ボンベと脱着式簡易吸入器のセットを発見した。

「これを、コクピットの機長に吸入させるんですね」

「ちょっと待って、その前に頼みがある」

「？」

「急ぎの頼み」美砂生は、ＣＡの大きな目を見て、頼んだ。「聞いてくれる？　お願いがある」

「何でしょう」

「ビジネスクラスのギャレーの床下に、予備の食品カートをしまっておくスペースがあるわね」

「ローワー・ストレージですか。はい」

「そこへ案内して」

　美砂生は、通路の前後を見渡す。広過ぎて、そのギャレーがどこだったか、正確に思い出せない。

「えっ」

結城まどかは、乗客の美砂生がどうしてそんなことを言い出すのか、理解出来ない様子だ。

「どういうことです」

「そこに一人、倒れているのよ。お願い、わけは後で話す」

9

日本海上空　CA380・機内

「分かりました」

結城まどかは、美砂生を見返すとうなずいた。

「ローワー・ストレージならこっちです」

結城まどかはまた先に立つと、通路を機首方向へ少し戻り、ギャレーのカーテンをめくった。

あそこか。

美砂生は黄色いボンベをベルトで肩にかけ、続く。

ギャレーはカーテンがあったせいだろうか、調理用器具などが突風に持って行かれず、ただ床に散乱していた。グラスが大量に割れて飛び散り、塊のままの氷にアイスピックも転がっている。結城まどかは尖ったものを踏まぬように奥へ進み、昇降機の矢印ボタンを押した。細長い扉はすぐに開いた。

ゴォオオオ――

床下へ下りた。

風切り音が反響する、ついさっきまで美砂生が閉じ込められていた空間だ。薄暗い。

（――）

目をすがめ、見回した。

床下も、嵐が通り抜けた直後のようだ。ここにも予備の機内食トレーやプラスチック食器などが散乱している。

「ちょっとごめん」

思わず結城まどかを追い越して、並べて固定された食品カートの場所へ急ぐ。カートはみな蓋が開いている。美砂生が片端から開けて調べたからだ。この辺りの床に――

だが
（……いない？）

暗がりを見回す。

いない。

足下を、三六〇度見回すが――倒れたスーツ姿は見えない。

消えている……!?

まずい。あの急減圧の時――

自分自身も宙に浮いて、吸い出されかけた。

美砂生は膝をつき、暗がりの前後を見通そうとした。暗くて分からないが、床下空間はずっと機体後尾まで続いているようだ。

ゴォオオオ
息を呑んだ。

山澄玲子はどこへ!?

「いったい、どういうことですか」

背中で結城まどかが訊く。

「何を捜しているんですか、漆沢さん」

「ここに倒れてたの、もう一人」

「え」

「捜して」

「えっ？」結城まどかはけげんな声になる。「もう一人——って？」

「後ろの方へ。暗いから気をつけて」

美砂生は早足で、床下空間を機体後尾の方へ向かう。数メートルおきにフレームが突き出ていて、気をつけないと転びそうだ。

昇降機の区画を過ぎると、貨物室だった。並ぶコンテナと、湾曲した内壁に挟まれた隙間を行く。どこかに山澄玲子が、引っかかって倒れていないか——？　よく見えない。照明がなくなり真っ暗に近い。

「どういうことなんです!?」

背中に結城まどかが続いてきて、訊く。

「乗客じゃないの」

足下の暗がりを捜しながら美砂生は応える。

どこへ吹っ飛ばされた？

ゴォオオ、という風切り音は次第に強くなる。

「えっ」

「あたしたち、この便の乗客じゃないのよ」

「乗客じゃない——って」

「え？」

「あなたのとこの社長」

「あなたのとこの社長、どうなった？」

「？」

「羽田で、倒れたでしょ」

「知っているんですか」

「その場にいたから」

「社長は、持病の心臓の発作で。本当はファーストの日団連のご一行のアテンドでこの便に搭乗するはずだったんですが——」

「乗ってないのね」

「——」

「心臓の発作じゃないわ」美砂生は暗がりの隙間を捜しながら、頭を振る。「何か、薬物のカプセルを噛んでた。何なのか分からない。あたしと、今捜している連れはその社長を介抱しようと駆けつけて、それを見てしまった。気づいた瞬間に後ろから」

あれは不覚だった。レンジャー・バッジを持っているあたしが……。

「――――」

「気がついたら、食品カートに押し込められて、二人ともこの床下にいたのよ」

「ではあなたは、乗客名簿に載っている乗客ではないのですね」

「違うわ」美砂生は頭を振る。「何が起きているのか分からないけど、あたしたちは偶然巻き込まれたのよ」

「――そう」

背中の結城まどかの声が、ふいに低くなった。

声の調子が変わった。

「そういうことだったの」

「……？」

次の瞬間。

美砂生が何かを感じ、振り向こうとするのと、背中に殺気が襲ったのは同時だった。冷たい突くような――

ヒュッ

振り向きざまの酸素ボンベに何か当たった。

キンッ

（!?）

当たった、何だ。

だが
かわせ。

何かが美砂生に教える。

第二撃が来る、かわせ……！

「くっ」

〈勘〉が警告するのと、美砂生の運動神経が反応してのけぞりながら床を蹴るのは同時だった。反射的に、のけぞって倒れる美砂生の顎のすぐ上を、鋭い金属の刃が突くように通過した。

シュッ
「わっ!?」

ナイフ……!?

「――ちぃっ！」

舌打ちを聞きながら美砂生は背中から貨物室の床面に叩きつけられた。衝撃。

止まっているな、逃げろ……！

〈勘〉に言われるまでもない、止まらずに腹筋を最大限使って両脚を蹴り上げ、体操の後転のようにその位置から脱した（十三週間毎日〈徒手格闘術〉を演練していなかったら最初の一撃で突かれ、殺されていた）。一挙動で立った。その鼻先をまたシュッ、と唸りを上げ刃が擦過した。

「うっ」

「★▽※×！」

早口でCAが何か叫んだ。日本語ではない。

間髪を入れず反対から刃。ビュッ、と左から襲うのを酸素ボンベのベルトを縦に持って受け止めるが、一撃でちぎれて吹っ飛ぶ。

「くっ！」

いったい――

考えている暇はない。足下が悪い、両脇は貨物コンテナと湾曲した機体の内壁で、左右には動けない。今度は真正面から刃。右膝が反応した。とっさに蹴り上げ、ナイフを手首ごと弾くと、そのまま足で体当たりして来るブラウスの制服の胸を蹴った。

がつっ

手応えがあり、結城まどか（そう名乗ってはいたが）は「うぇあっ」と悲鳴を上げ後ろ向きに吹っ飛ぶ。キン、とナイフのおちる響き。どこへおちたのか見えない。結城まどかも蹴られたまま転がり、コンテナの陰に見えなくなった。

視界から消えた。

「……はぁ、はぁ」

いったい、どうなっているんだ……!?

あたしを、刺そうとした……!?

分からない。考えている余裕はない。

ここは危険だ。

何かが教える。

床上の、客室へ――!

(そうだ)

美砂生はベルトのなくなったボンベを放り、コンテナと内壁の隙間を前方へ――元来た方向へ戻った。コンテナの陰から襲いかかられるのを警戒したが、CAの気配はない。どこかに隠れてしまったか……?

あれはCAじゃない。何者なんだ――!?

あたしをいきなり殺そうとした。

わけは分からない。山澄玲子の捜索は、いったん中断するしかない……床下の暗がりでは、どこから結城まどか――CAに化けたあの何者かに襲われるか分からない。

昇降機のスペースに戻った。ボタンを押すと扉が開く。背後に注意しながら素早く乗り込んだ。扉が閉まる。

「はぁ、はぁ」

まだ息が戻らない。

この飛行機――

美砂生は、ゆっくり上昇する狭い箱の中を見回す。

わけが分からない、何が起きている⁉　本能的に、身体のあちこちを両手のひらで叩くようにして確認する。大丈夫、どこも切られていない――

「――そうだ」

ヒップポケットに突っ込んだままの携帯に、手が触れた。

この機内は、携帯が使える……。

チン

だがすぐに、昇降機が上がり切って停止する。自動的に細い扉が開く。

（――――）

物が散乱するギャレーに出た。カーテンの内側は無人。

美砂生は昇降機の扉を開いたまま手で押さえ、素早く見回し、重しになる物を捜した。

氷の塊が目につく。適当な物がほかにない、ギャレーの冷凍庫から滑り出たらしい長さ五〇センチはある氷塊を、美砂生は足で蹴って移動させた。重い。昇降機の扉が開いたままになるよう、氷塊で固定した。

(これで、昇降機では上がって来られない)

コクピットへ戻ろう。

肩で息をしながら思った。

とにかくコクピットへ――

「はぁ、はぁ」

操縦室扉を内側からロックして、立て籠《こも》ればいい……。通信も出来るだろう。何とかしてこの機体をどこか――一番近いのは美保《みほ》基地か、福岡空港か――どこか日本国内の安全な場所へ、何とかして着陸させなくては。

だがカーテンをめくって、通路へ出ようとした時。

(――うっ)

美砂生はのけぞるように動作を止め、ギャレー内へ戻った。

カーテンの隙間から、あらためて通路後方をそっと覗く。十数メートル後ろ――

「……!?」

何だ。

一五メートルほど後方で、通路のカーペットが四角くめくれ、床面から四角いハッチの蓋のようなものが跳ね上がって開いている。その開口部から、ピンクのブラウスの制服姿が床に手をついて跳ねるように出て来るところだ。スカートの両脚を揃え、たちまち通路に立つ。

床下から客室へ出る経路はほかにもあったのか――!?

美砂生は急いでギャレーの床を見回し、散乱する物の中から『武器』を捜した。

（あった、アイスピック）

工具のドライバーのような形状の、氷を割るアイスピックだ。尖端は鋭い。

拾い上げ、右手に持ってカーテンの隙間から再び覗く。襲いかかってきたら、これを使って反撃して倒さなければならないか。正当防衛だ、仕方ない。

しかし
何をしている……？

ピンクの制服姿は、昇降機のあるこのギャレーへすぐに襲いかかって来ず、非常口脇の非常用装備品ラックから白と赤色の金属ケースを外して、床に開いた。蓋に赤い十字。

（あれは救急箱……えっ）

美砂生は目を見開く。

ピンクの制服のCAが、床に片膝をついて救急箱から取り出したのは黒い物体——

何だ。

け、拳銃……⁉

(どういうこと)

見間違いではない。

機内に備えられている救急箱に、あらかじめ拳銃が入れてあったと言うのか⁉

黒い自動拳銃だ。型式は分からない、CAは慣れた手つきで素早く弾倉を銃把《じゅうは》に突っ込み、遊底をスライドさせ初弾を薬室内へ送り込む操作をする。やばい、あれで襲って来るつもりか⁉ 可愛い作りの顔をこちらへ向け、小走りに来る。

(まずい)

両側がキャビネット、背中は昇降機。逃げ場のない場所で何発も撃ち込まれたら確実に殺される……！

十三週間のレンジャー訓練で、つけ焼き刃だが戦闘のセオリーは身につけていた。

「——くっ」

ためらいなく、カーテンをはね除《の》けて通路へ跳び出すと、美砂生は同一モーションでアイスピックをCAへ向かって投げた。間合い八メートル、両手で銃を保持して走って来るCA——結城まどかの上半身正面へ。CAは「ちぃっ！」と舌打ちして上半身をそらし、避ける。その隙に美砂生は背を向け、通路を前方へ駆けた。

パシッ

乾いた音がして、超音速の銃弾が美砂生の左耳をかすめた。やばい……！　前方にコンパートメントを分けるカーテン。通路の床を蹴った。ヘッドスライディングのようにカーテンへ跳び込む。自分の頭が一瞬前にあった空間を銃弾がパシッ、と通過する。そのままカーテンの隙間を突き抜け、前方コンパートメントの通路へ転がり込む。

ずだだっ

跳び込み前転。

「く」

コクピットは——まだ遠い、この先にファーストクラスの客室があって、それのさらに先だ。操縦室扉は頑丈だろうが、駆け込む前に背中から撃たれる……！

（くそ）

瞬時に判断し、そのまま床を転がり、手近の化粧室の扉を蹴って開けた。中へ転がり込む。中折れ式の扉を美砂生が背で閉じるのと、後方からカーテンをめくって結城まどかが踏み込んで来る気配がするのは同時だった。

「……!?」

呼吸が止まった。

美砂生は、目を見開いた。

狭い化粧室には『先客』がいた。すぐ目の前に、黒髪の女がいた。蓋をした便器の上に腰かけ、のけぞるような姿勢で動かない。両腕で黄色いボンベを抱きかかえ、簡易吸入器を顔につけているが気を失っているようだ。

(や、山澄先生……⁉)

どういうことだ。

なんで、こんなところに——⁉

東京　永田町・国会議事堂

「間もなくです」

主民党控室の奥の間。

国会議員たちに〈エックス〉と呼ばれた男——怜悧な切れ長の目に縁なし眼鏡の三十代の男は、茶卓に置いたタブレット端末を指した。

画面の地図上の赤い輝点。

「〈タイタン〉は予定通り、隠しプログラムに従ってオート・パイロットがさらに高度を下げ、間もなくここへ到達します」

「――」

「――」

緞帳のようなカーテンが高い天井から下がり、奥の間の空間は薄暗い。

咲山友一郎、先島終太郎、丸肌岩男そして長沼秘書の四名が卓上の画面を覗き込む。

「二七〇〇年」

エックスはつぶやくように言った。

「二七〇〇年も続いたこの島国の歴史――中華冊封体制の中で唯一皇帝に逆らった、誇りあるこの国の歴史も間もなく終わります」クク、とエックスは喉を鳴らす。

「本当にもう、選挙の心配などしなくてよくなるんだな？」

丸肌岩男が、赤ら顔をハンカチで拭く。

「もう選挙民に土下座など――」

「丸肌」

咲山友一郎が、軽はずみな口は慎め、という感じで遮る。

「大事な局面だ。何のためにお前を大臣へ昇格させた。ここは自衛隊に絶対に邪魔をさせてはならぬ。航空自衛隊に手を出させぬよう統御せよ」

「は、はっ」

府中　総隊司令部

「先任」

地下の中央指揮所。

連絡担当官が、受話器を手にしたまま振り向いた。片手で真上を指す。

「地上からです。規定――じゃない総隊司令が、今から下りて来られるそうです」

「そ、そうか」

先任席で和響はまた「うぇっ」と思ったが、うなずいた。

「分かった。ま、いいだろ」

正面スクリーンを見上げた。

〈SB001〉の黄色い三角形は、依然として左方向へ――真西へまっすぐ移動中だ。五〇〇フィートの低空、二四〇ノット。

今日は、日本海中部にE767が監視任務で出ているから、遠方の低高度までをここCCPで監視出来る。だが、いつかの尖閣の事件の時は、当時の防衛副大臣のわけの分からない『命令』で空自の早期警戒管制機は全機帰投させられていて、何が起きているのか目で見ることは出来なかった。

さすがに今日は、そんなことはない――

和響の差し向けた緑の三角形二つ――ブルーディフェンサー編隊が、黄色い三角形をマッハ一・四で追いかけている。二機のＦ15も間もなく防空識別圏の外側ラインを出る。

（いいだろう……。今日は救難オペレーションだ。未確認機が領空へ入ろうとして、スクランブルで上げたＦ15に武器を使わせるだの使わせないだの、規定がどうだの、そういうややこしいことにはならない）

和響がそう思った時。

「先任、あれを見てください」

前方の列の管制官が声を上げた。

日本海上空　ＣＡ３８０

「はぁ、はぁ」

ビジネスクラスの客室のどこか、化粧室の内部。

追手のＣＡ――正体が何者なのか分からない――を避け、とっさに跳びこんだ化粧室の中に、山澄玲子が気を失って倒れていたので美砂生は息を呑んだ。

どういうこと……!?

床下空間を捜したのに、いなかった。

黒髪の女医は、胸の前に黄色い救急用酸素ボンベを抱きかかえ、顔に簡易吸入器をつけている。そうか、さっき『結城まどか』が近くの非常装備品のラックを見た時、ボンベが無いと――

だが考えている暇は無い。

結城まどかと名乗ったあのCAは、たった今、すぐ背中を通り過ぎた。しかし通路を前方へ追いかけて行ってあたしがいなければ、隠れたことを疑って今度は化粧室の扉を片端から蹴って開け始めるだろう。さっきは、アイスピックを投げてのけぞらせたから弾丸は外れたが――あの銃の扱いは手慣れている。あれは相当訓練されている、射撃はたぶんあたしより正確だ――

どうする。

黄色い酸素ボンベが目についた。

もう、空気は濃い。美砂生は女医の顔から透明プラスチックの吸入器を外した。頬に触ってみると体温はある、息もしている。大丈夫――

美砂生は吸入器を取り外し、黄色いボンベのボトルネックの部分を両手で握った。背中を化粧室の扉につけ、目をつぶり、全神経を耳に集中した。感じろ――伊豆の山林の暗闇でも岩を背にして隠れ、こうやって〈敵〉の気配を摑んだ。訓練を終えてまだ数日、感覚は鈍っていないはず……。

（……いる、まだこのコンパートメントにいる）

微かな殺気を感じた。

通路の前方にいる。間合いは一〇メートルくらい、何をしている――？

聞こえる。がつっ、という何かを蹴る響き。やはり、コンパートメントを前方まで追いかけてあたしがいなかったから、化粧室を疑い始めたか。ファーストクラスとの境目にも化粧室がいくつかあった。それらの扉から蹴って開けている。扉を蹴って、中にあたしがいたら即座に撃つつもりだ。

「――くっ」

向こうで見つからなければ、いずれこちらへ来る――

やるしかない。

美砂生は目を開け、息を吸い込むと背中で打撃するようにして扉を開けた。だんっ、と足音をさせて通路へ跳び出す。

「結城まどかっ、こっちだ！」

怒鳴ると同時に両手で酸素ボンベを投げた。間合い一〇メートル、クルクル回転しながら黄色いボンベは通路の宙を吹っ飛び、結城まどかの上半身へ放物線を描いて襲いかかる。

ピンクの制服のＣＡは両手に拳銃を保持し、蹴り開けた化粧室に美砂生がいたら即座に撃つ体勢だった。そこへ横から唸りを上げて物体が飛来したので、思わず反応してしまった。銃を真横へ向けトリガーを絞った。二度絞った。射撃は正確だった。

ドカンッ

美砂生が通路の床へ跳び込むように伏せるのと、酸素ボンベがCAの一メートル手前の宙で火球と化すのは同時だった。

「うぎゃぁああっ！」

悲鳴に顔を上げると、真っ赤な火焔に包まれたCAが後ろ向きに吹っ飛んで、火だるまになりながらコンパートメントの境目のカーテンに巻き込まれる。カーテンは火焔を内包するように天井からちぎれ、倒れたCAを巻き込んで煙を上げた。

どささっ

「くそ」

美砂生は手をついて立ち上がり、床を蹴って前方へ走った。非常口脇に装備品ラック。赤い消火器に見覚えがある——有り難い、空自で使っているのと同じ炭酸ガス消火器だ。赤いボンベをラックから外し取ると、安全ピンを抜き、ハンドルを握って煙を上げるカーテンへ向け噴射した。

バシュウッ

たちまち白煙が充満する。こんなところで、火災を起こすわけには行かない。消火器の中身が尽きるまで徹底的に吹きかけた。

三十秒後。

化学繊維にくるまれて黒焦げになった人型の物体が、床で白煙を上げていた。暴れて転がったのか、俯せの姿勢だ。美砂生は足先で転がして、それを仰向けにした。

「う」

臭いに顔をしかめる。

（――これは）

人型の物体は、胸の部分だけが焼け残り、ブラウスのピンクの生地がそのままだった。

〈結城〉というネームバッジ。

こいつは、何者だったんだ……。

結城まどかが手に握っていた拳銃が、そばに転がっている。美砂生は膝をつき、拾い上げた。

どこのものだろう？　銃器には詳しくない。黒い自動拳銃――米国製でないことは確かだ、銃把に漢字が彫り込まれている。

ほかにこいつの仲間は？

「――――」

美砂生は振り返って、通路を見回す。

動くものの気配は無いが……。

(一応、キープしとこう)

銃を手のひらに置き、弾倉を引き出して中身をあらためた。まだ数発残っている。叩くようにマガジンを銃把に戻し、美砂生は自分のパンツスーツの腰の後ろに差し込んだ。

立ち上がった。


「先生、先生」

化粧室へ急いで戻り、ぐったりとのけぞる山澄玲子の肩を摑んで揺さぶった。

ここでボンベを抱え、気を失っていたということは。いったんは目覚めて、自力で床下から出て来たのだ。

「……う」

山澄玲子は、唇を開いてうめいた。続いてうっすら目を開ける。

「……漆沢一尉……?」

「気がつきましたか」

「……いたの、あなた」

「すみません、さっきいったん、置き去りにしました」

美砂生は、目をしばたく女医に詫びた。

玲子は辛そうに、美砂生の顔と周囲の空間を見回す。情況が分かっていないようだ。

「立てますか」

「いったい、私たちはどこにいるの」

「いろいろと、わけが分からないことに――う？」

言い掛けて、美砂生は耳に感じたものに言葉を止めた。

目を上げる。

傾斜している……!?

耳に傾斜を感じた。機体全体が、前方へ――同時にエンジンの唸りが低くなる。回転が下がり始めた……？

キィイイイ――

（やばい、海面まで五〇〇〇フィートしかない）

立ち上がった。

「すみません先生」

「え」

「あたしはコクピットへ。先に行っています」

10

日本海上空　CA380・機内

化粧室の扉を蹴るように出て、美砂生は通路を前方へ向かった。

キィイイン──

エンジン音が低くなる。回転が下がっている──通路が前方へ下り坂だ。しまった、何分間コクピットを空けた……!?

やばい。

(さっきは、オート・パイロットで水平飛行していたのに……!)

機首が下がっている。

高度は五〇〇〇フィートしかない。

走った。ファーストクラスとのコンパートメントの境目を抜ける。黒焦げになった人型の物体を跳び越すとき、美砂生の目に何かが止まった。

(……!?)

何だ。

焼け残ったピンクのブラウスの胸ポケットから、何かがこぼれるように覗いていた。

銀色の小さな物体――

さっきは消火剤の白い泡にまみれ、目につかなかったか……？　しかし立ち止まってあらためる余裕はない。そのまま跳び越して前方へ走った。


半開きの操縦室扉からコクピット内部へ跳び込んだ。

床に寝かせた二名のパイロットはそのまま。仰向けで動かないままだ。目を上げると、前面風防に押し寄せる水蒸気の奔流。

降下している。

「――くっ」

美砂生は右側操縦席へ跳び込むように着席した。今度は右手で、サイド・スティックを握る。

高度は……!?

目の前の画面。プライマリー・フライトディスプレーの高度表示を見る。三五七〇――三四九〇、減り続けている。降下率表示、毎分一〇〇〇フィート。速度は二四〇ノットをキープ、推力はアイドル、機首姿勢マイナス一度。

だが

（姿勢が、安定してる……？）

美砂生は眉をひそめる。

姿勢は一定だ。機はコントロールされている……？　これは、自動操縦がいつの間にか外れて操縦者不在で気ままに動いているのではない。

機を依然操っているのは自動操縦――オート・パイロットだ。オート・パイロットが機を降下させている。

「どうして、勝手に降下を始め――う」

白い水蒸気の奔流が切れ、前面窓に視界が開けた。眼下に一面の白波。

海だ。

雲の下へ出たのか。

日本海のどの辺りだ――？　いや、外界を見回す余裕はない。高度は下がり続け、三〇〇〇フィートを切る。機は毎分一〇〇〇フィートで降りている。このままオート・パイロットが降下をやめなければ三分で海面だ。

水平飛行へ戻さなければ。

「オート・パイロット、どうやって切るんだ？」

美砂生はコンソールを見回す。

自分で操作出来るか。手動で自動操縦をオーバーライド出来るだろうか？　試しに右手でサイド・スティックを手前へ引いてみる。びくともしない。

やはり自動操縦を、解除しなくては――オート・パイロットの解除スイッチは？　どこかにないか。

サイド・スティックについていないか。

赤いボタンが、スティックの頭――親指の当たるところについている。これか。押してみる。

（――――）

反応が無い。

自動操縦の解除スイッチは、普通、操縦桿そのものについている（パイロットが操縦桿を握った状態のまま解除出来ないと危ない）。覗き込むと、確かにスティックの頭の赤いボタンは『AUTO　PILOT　DISCONNECT』と小さく表示されている。これに間違いない。

だが何度押しても、反応しない。サイド・スティックはびくとも動かない。

ゴォオオオ
（手動操縦が出来ない――くそっ）

高度は二〇〇〇フィートを切った。海面まで二分。

前方視界。白波の海面が迫って来る。オート・パイロットが解除出来ないなら、何とかして自動操縦のままで水平飛行へ入れられないか!?　どこかにオート・パイロットをコントロールするスイッチは?

数字が目に入った。計器パネルの中央を見る。エンジンの表示が並ぶ中央画面の上、風防のすぐ下に横長のパネルがある。スイッチとノブと、数字の出るカウンターが並んでいる。

「こ、これか……!?」

美砂生は『PUSH TO LEVEL OFF』と表示されたノブを見つけて押してみるが

「反応しない」

美砂生が「くそっ」とつぶやいた時

「どうしたの漆沢一尉?」

すぐ背中で、声がした。

「どうって、オーパイが外れ──えっ」

突然、ぐうっ、と下向きのGがかかった。機首が持ち上がり、四本並んだスロットル・レバーが勝手に前方へ動いた。

キィイイイン──

機首が上がった。

（……!?）

グォオオッ
エンジン推力が増し、降下が止まる。

どういうことだ……？

美砂生の操作によってではない、オート・パイロットが働いて勝手に機首を上げ、四発のエンジン推力を増加させた。巨大なＣＡ３８０は、機首姿勢をマイナス一度からプラス三度まで引き起こし、水平飛行に入る。高度表示、一〇〇〇フィートちょうど。

（降下が止まった）

眼下に一面の白波（海上の風が強い）。頭上には灰色の天井のように雲の底が被さっている。雲底と海面に挟まれた狭い空間を、巨人機は水平飛行していた。

勝手に、水平飛行に入った……？

美砂生は肩を上下させた。

どうなっている。

解除出来ないオート・パイロットが、勝手に機体をコントロールしているようだ。

緊急降下をした後、五〇〇〇フィートをしばらく水平飛行し、ある時点で今度は海面上一〇〇〇フィートの低空へ勝手に降下……。

「漆沢一尉」

山澄玲子が、操縦席の背を摑むようにして、後ろから訊いた。

「いったい、何が起きているの？　ここはどこ」

「あたしにも分かりません」

美砂生は頭を振る。

計器パネルを見回す。オート・パイロットにコントロールされ、ＣＡ３８０は一見、何の異常も無いように飛行している。

「目が覚めてから、いろいろあってさっぱり」

「後ろに転がっている焼死体は何なの？」

「あたしがやりました」

「え？」

美砂生は、床下空間で目覚めてからの経過を、十秒間でかいつまんで説明した。

急減圧が起きて、気づいてみるとなぜか他の乗客たちはマスクをつけたまま気を失っていたこと。謎のＣＡにいきなり生命《いのち》を狙われたこと。

「急減圧は、ちょうど私が客室へ上がってきた時だったわ」

玲子はうなずいた。

「突然で、手近に空席がなくて。非常口前にボンベがあったから拝借した。猛烈な気流に身体ごと持っていかれそうになって化粧室へ跳び込んだら、また頭を打ってしまって——うぅ」

玲子は額を指で押さえ、まだ痛そうにする。

「出て来なくて、良かったですよ先生」

そうだ。もしも玲子を護りながら、あいつと格闘するようなことになっていたら——ちょっと考えたくない。

美砂生は操縦席のシート・バックに手を回し、腰ベルトに差し込んでいた自動拳銃を抜き取った。腰に差したままだと座り心地が良くない。

「あたしが、乗客でないと知れた途端。あれ——あのＣＡが襲って来たんです。この銃が機内搭載の救急箱に仕込んであって」

「…………」

「わけが分からないです」

乗客も乗員も全部眠らせ、オート・パイロットでどこかへ飛んで行く巨人旅客機。

何が始まっているのか。

「ここへ来る途中に、乗客の酸素マスクをいくつか外させてみたわ」

　玲子は言う。

「あれは酸素じゃない、麻酔ガスね」

「麻酔ガス？」

「手術用。臭いで分かる。もしも空席があって、あれを吸っていたら私も今頃まだ夢の中
――いや夢も見ないか」

「この機の酸素系統に、仕込まれていたんですか」

「そうみたい」

　玲子はうなずく。

「漆沢一尉。急減圧の時、防煙フードでガスを吸わずに助かったCAが、あなたを襲って来たのね」

「はい」

「あの焼死体を見たら、胸ポケットにこれが焼け残って入ってたわ。何かしら」

　玲子は美砂生の肩越しに、何か小さな物を差し出して見せた。

（――？）

　薄い銀色の物体。

これが、あのCAの胸ポケットに……？

そうか――さっき目にしたあれか。

「ICレコーダーみたいなんだけど」

「あ、ちょっと貸してください」

もしも隠し凶器のような物だったら、玲子に持たせておくと危険だ――

しかし受け取ってみると、薄い銀色の物体は普通のICヴォイス・レコーダーにしか見えない。TVの取材記者がインタビューの録音に使ったりする物だ。

ただ腹の部分に、何か貼り付けてある。白いシールだ。面に数字。『一二一・五』

（――一二一・五？）

何だろう。すぐ思い当たる数字は、国際緊急周波数だが――

「中身が入ってるわ」玲子が、美砂生の手の中のレコーダーを指して言う。「一件だけ、録音ファイルが保存されている。液晶を見て」

「録音？」

何だろう。

あのCAが、自分の胸に入れていたと言うことは、爆発物ではないだろう。スイッチを入れた瞬間にドカンとはいくまい。

（聞いてみるか）

再生スイッチは、どこだ……？

だがその時

ピッ

ふいに、美砂生の目の前のマップ画面――ナビゲーション・ディスプレーというのか、自機を中心に周囲の状況が地図のように表示される画面に、何かが現われた。機首前方、近い距離。

（――!?）

ピピッ

〈POINT D〉

赤い三角形の地点マークのようなものが、前方から近づいて来る。

同時に

「漆沢一尉、あれは何？」

玲子が前方を指す。

「……？」

水平線が白く煙っている。その視界の奥――何か黒い尖ったものが、海面から突き出して見え始める。接近していく。みるみる大きくなる。

何だ——あれは。

日本海　海上

荒天の海。

激しい風に白波の立つ海面から、天へ突き出すように黒い岩山がそそり立っている。ささくれたような巨大な尖った岩山は、周囲に小島を従え、風の中に屹立《きつりつ》している。波が切り立った崖に激しく砕ける。

キィイイン——

そこへ鉛色の空から、怪鳥のような四発大型旅客機が低く飛来すると、大きくバンクを取って岩山を中心に弧を描いて飛び始めた。

グォオオオッ

CA380　コクピット

「勝手に旋回を始めた」

美砂生は右側操縦席で、声を上げた。

勝手に動いている。

水平線から現われたのは島——黒い切り立った岩の島だった。

機体は、海面から突き出す岩山へぶつけるように接近すると、海面上一〇〇〇フィートの低空を正確にキープしながらバンク二〇度で左旋回に入った。

操縦席から左側サイドウインドーを見やると、白波に取り囲まれた岩山が見える。島を円の中心に置くようにして、旋回している。

プライマリー・フライトディスプレーを見ると、姿勢を表示する図形の上に『NAV』という緑の文字が出ている。プログラムされた通りの経路を、飛行しているのか。

フライトマネージメント・コンピュータが、あの島の周囲を回るようにプログラムされているのか——?

「あの島は、何なの」

「分かりません、日本海のどこか——あ」

「どうした」

「見覚えないですか、この島。先生」

「え?」

「この岩山みたいな島は——」

手のひらの、ICレコーダーを見た。面に貼られたシールの数字。『二二一・五』

そうだ、国際緊急周波数――無線はどこにある……？

無線が使えれば、助けが呼べる。美砂生は通信用のヘッドセットを捜した。座席の周囲には見当たらない。

どこだ。

（そうだ）

たぶん急減圧が起きた時、この席のパイロットは酸素マスクを急いで着けようとして、頭に掛けていたヘッドセットをどこかへ吹っ飛ばしてしまったのではないか――？

操縦席の足下を目で捜す。あった。有線のヘッドセットが、座席の下におちている。

美砂生はかがんで、手を伸ばして拾おうとしたが、そのとき右手に持っていたICレコーダーを取りおとしてしまった。

「あ」

カチ

『――韓国政府に告げるっ』

いきなり、大音量の〈声〉がコクピットに響いた。

な、何だ……？

ICレコーダーが、床におとした拍子に再生し始めたか。

男の声。

『私は日本国国会議員・石橋護である。同志とともに上空から呼びかけている。韓国政府と韓国国民に告げる。この竹島は日本国固有の領土である。韓国はただちに不法占拠を止め、島から退去せよ！』

「な」

「何これ」

「分かりません」

美砂生はレコーダーを拾い上げると、大声で叫ぶ録音の声に目をしばたいた。

何だ、この録音――

『繰り返す、再三の抗議にもかかわらず不法占拠を続ける韓国政府に告げる』

「漆沢一尉、この声」

「え」

「この声、あの代議士だわ。羽田で社長を介抱しようと駆けつけた時に会った」

「――――」

『韓国政府に通告する。ただちに島を明け渡して出ていけ！　島から退去し、日本国民へ謝罪する意思表示をせよ。一時間だけ猶予を与える。回答なくば、この石橋護が島を占拠する者たちに対し、頭上より無慈悲な天誅《てんちゅう》を加えることになるだろう。繰り返す――』

カチッ
「先生、これ」

美砂生はレコーダーのスイッチを探して切ると、玲子を見た。

「これはいったい何ですか」

「何だか分からないけど、大変なことに――きゃ」

ズンッ、と機体が上下に揺れ、玲子が小さく悲鳴を上げた。

（……！）

美砂生が気配にハッとして右側を見やると、鮫《さめ》の口を連想させるグレーの機首が一つ、後方から追いついてぶつけるような近さに並んだ。

グォッ
しまった――

府中　総隊司令部

「先任、スクランブルをかけられました。韓国空軍です！」

中央指揮所。

最前列の管制官が振り向いて叫ぶのと、地下空間の後方から〈規定〉——敷石空将補が入場してきて「報告せよ」と言うのは同時だった。

正面スクリーンでは、日本海西方、竹島と思われるポイントの上空で旋回に入った黄色い三角形に、赤い三角形が二つ絡みついて並ぶところだ。

「くそっ、救難機にしては速度が速いと思っていたが……」

半島側から何か上がって来る、と報告を受けた時。初めは韓国軍がスターボウ航空機の遭難に備え、救難ヘリを出してくれたのだろうと思った。

しかし、実際は〈SB001〉が竹島へ直行するコースを取っていたのを見て、韓国はスクランブルの戦闘機を発進させたのか。

俺は見方が甘い……。

和響は唇を噛んだが、背後のトップダイアスには総隊司令官が下りて来て着席した。振り向いて敬礼しないわけに行かない。

「司令、ご苦労様です」

「和響二佐。緊急信号を出した民間機を、救難するオペレーションではなかったか。韓国にスクランブルをかけられると言うのは、どうなっている」

敷石はいつも以上の渋面で訊いて来た。

「説明しろ」

「は」

だが説明しろと言われても、〈スターボウ〇〇二〉便に何が起きて、緊急降下をした上でコースを外れたのか、まだ分かっていない。E767に中継させ、交信を試みているが応答すらないのだ。

和響は、分かっている数少ないことを説明した。

「司令。実際の機体の状態は、現在追尾中のブルーディフェンサー編隊が追いついて目視で確認するまで、分かりません」

そこへ

「市ケ谷から指示が出ました」

連絡担当官が、受話器を手にしたまま報告した。

「統合幕僚監部より。『情況に鑑《かんが》み、防空識別圏より外へFを出すな』です」

「何」

「ブルーディフェンサーはADIZを出ます。引き返させますか？」

日本海上空　F15編隊

『ブルーディフェンサー・ワン、CCPだ。追尾は中止。繰り返す、追尾は中止。ブルーディフェンサーは現在位置を維持して旋回、待機せよ』

「――!?」

超音速で西へ向かうＦ15・一番機のコクピット。

風谷は、ヘルメット・イヤフォンに届いた声に眉をひそめた。

Ｆ15のＡＰＧ63レーダーは、前方の海面に張り付くような低空の目標に対しても、捜し出して探知するルックダウン能力を持っている。しかしそのルックダウン機能を働かせるには、目標へ八〇マイル以内に近づく必要がある。間もなく追いついて、画面に白い菱形が現われるはずだ――とレーダー・ディスプレーを睨んでいた。

追尾中止……？

眼下は一面の雲海だ。風谷の機と、右後ろにいる鏡黒羽の二番機はマッハ一・四をキープして西進している。風谷はレーダーで捉えたら呼びかけようと、二つある無線の一方のチャンネルを国際緊急周波数に合わせたところだ。

「ＣＣＰ、確認する。追尾は中止か」

『そうだブルーディフェンサー』

無線の向こうの要撃管制官は、言いにくそうな声だ。

『指示により、今はＡＤＩＺを出られない。現在位置を維持して旋回、待機せよ』

「待機って、いつまで？」

『分からない』

永田町　国会議事堂

「そうだ、その通りだ。これは国際問題になる、繰り返して念を押すが自衛隊機はわが国の防空識別圏を絶対に出るなっ。防衛大臣命令だ」

主民党控室の奥の間。

汗を拭きながら携帯に怒鳴りつけていた丸肌岩男は、通話を切ると咲山友一郎へ「総理大丈夫です」と報告した。

「市ケ谷の統幕議長へ、繰り返し厳命しておきました。自衛隊は、防衛大臣命令には絶対逆らえません。航空自衛隊機は独島へは絶対行きません」

「よろしい」

咲山友一郎は、ぎょろりとした目でうなずいた。

「長沼。韓国側の対応は？」

「は」

初老の長沼秘書も、自分の携帯を握ったままうなずく。

「韓国側とも、連絡が取れております総理。向こうは〈タイタン〉の独島飛来を『領空侵犯』とみなし、空軍の戦闘機にスクランブルをかけさせています」

「よし」

咲山がうなずいた時。

ピッ
薄暗い奥の間の茶卓に置かれたタブレット端末で、赤い輝点が動きを止めた。

〈POINT D〉

「予定通りですな、総理」

細い眼をさらに細めて、エックスが微笑した。

「〈タイタン〉はプログラムに従って、独島上空で旋回を開始。間もなく国際緊急周波数を使い、石橋護が『犯行声明』を全世界に向けて怒鳴ります。〈タイタン〉は石橋護の一派に乗っ取られ、独島上空を旋回しているというわけです。韓国政府を脅す『犯行声明』は、我々が石橋議員の過去の国会質問の音声などから繋ぎ合わせて作り上げた傑作です。ことあるごとにあの議員は『竹島、竹島』と発言して来ましたからな。竹島は日本国固有の領土である、韓国が不法占拠を止めて日本へ謝罪しなければ、島の韓国施設へ突っ込むぞ――クク」

「――――」

「――――」

　あらかじめ組まれた段取りを、楽しそうに口にするエックスを、全員が注目した。

「当然、韓国政府は要求を拒否。独島は歴史的に何の疑いもなく韓国固有の民族の財産である、と突き放します。やけになった石橋護は、自分の主張を叫びながら民間人を巻き添えに自決しようとするが――ククク、しかしそのとき一人の勇気ある客室乗務員が立ち上がり、得意の中国拳法で石橋一派に反撃、気絶させて操縦室を奪還、地上からの助言を得て自動操縦を使い〈タイタン〉を無事ソウルの空港へ着陸させます」

「――――」

「――――」

「着陸後、韓国警察が機内に突入して気絶した石橋一派二十六名を逮捕、ファーストクラスに乗っていた日団連一行も共謀を疑われて逮捕、その他の一般の乗客・乗員も石橋の共犯者が混じっている可能性があるので全員拘束、外部への連絡など一切許さず、マスコミもシャットアウトして韓国国家警察により厳しい取り調べが実施されます。その中で単身石橋に立ち向かった客室乗務員・結城まどかだけは『韓国固有の領土である独島上空を領空侵犯してしまい申し訳ありません』とＴＶカメラの前で泣いて謝るので、解放され出国を許される予定です。さて皆さん」

エックスは人差し指を立て、全員を見回した。

「いいですか。ここからが大事なところです。石橋は、韓国国家警察の厳しい取り調べにより、日本国内にも〈タイタン〉事件の共謀者が多数いることを次々に『自白』します。『証拠』となるメールが次々に見つかり、これを受けて日本の警察は、日頃から独島や尖閣諸島を日本のものだとか言い張る保守系議員、外国人参政権に反対する多数の保守系議員たちを共謀者と断定、総理の逮捕許諾を得て、これらを片っ端から逮捕します。他にも『外国人参政権は憲法違反だから駄目だ』とかほざく内閣法制局の幹部や最高裁判事らも残らず逮捕、この隙に国会では〈外国人国政参政権法案〉が衆参両院を賛成多数で通過、可決成立します」

「うむ」

咲山は表情も変えずにうなずいた。

「一度法案さえ成立させてしまえば、こちらのものだ」

「時を失せず、わが中国からは三〇〇〇万人の移民が輸送船で運ばれて入国し、移民たちは新法により入植と同時に国政選挙権を得て、総理の行われる解散総選挙で一斉に投票します。総理、おめでとうございます。これでこの列島はあなたの思い通りだ。二七〇〇年も続いた国家のくびきから解放され、中国共産党の庇護《ひご》のもと、あなたの理想とされる民族や国家の垣根のないコスモポリタン地域となるのです」

「うむ」

　咲山はまたうなずくと、先島終太郎を見て言った。

「先島。移民たちの受け入れ準備は、どうなっているか」

「はっ」

　銀髪の先島終太郎は威儀を正して応える。

「現在、経済産業省の全力を挙げまして、移民の定着と就労支援に向け準備中です。三年もすれば、全国すべての主要都市の一等地に立派なチャイナタウンが出来るでしょう」

「それは嬉しいですね」

　エックスは、縁なしの眼鏡を指でつまんだ。

「皆さん。いずれ憲法が廃止され国の体制が変われば、ここにいらっしゃる皆さんには、党中央委員会の裁量により中国共産党日本支部の要職が用意されるでしょう。咲山総理、あなたは人民最高会議で功績を称《たた》えられ、〈アジア共同体〉すなわち新中華帝国柵封体制のもと、新疆《しんきょう》日本地区の初代首長に任ぜられるでしょう」

「有り難いことだ」〈半魚人〉がぐるりと目を一回転させた。「アジアのすべての垣根がなくなり、一つの世界となる。私はこの列島に、私の理想とする社会を築くとしよう。私の考えに逆らう者は皆殺しだ」

「本当に、もう選挙の心配はしなくていいんだな？」

丸肌岩男が、赤ら顔でエックスに食いつくように言った。

「選挙民に、ぺこぺこしなくていいんだなっ」

「その通りです丸肌大臣」

エックスは力強くうなずいた。

「もう選挙に一喜一憂する必要は無いのです。選挙民どもに土下座する必要は無い、あなた方は共産党幹部です。身分は世襲され、子々孫々に至るまで民を支配し続けるのです。この列島に住み着くどんな民族の民も等しくあなた方のしもべだ。民はもはやあなた方に投票するためにいるのではない、あなた方に奉仕するために存在するのです」

「子々孫々、末代まで……」

「そうです。共産党は世界で一番偉いのです。誰に気がねも無く、ただ支配するのです。ただ当然のように、取ればいいのです」

「………」

「幸せになるのが、怖いのですか丸肌大臣?」

「い、いや」

丸肌岩男は、赤ら顔から滴《したた》る汗をハンカチでさかんに拭いた。

「総理。韓国側から連絡です」

長沼秘書が、携帯を手で押さえながら告げた。

「予定通りなら間もなく始まる国際緊急周波数での『犯行声明』を、傍受してこちらにも聞かせてくれると言っています。どうされますか」

「うむ。スピーカーに繋げ」

半魚人はうなずいた。

「歴史的な瞬間だ。二七〇〇年の歴史を終わらせる、革命の声を皆で聞こう」

プツ
長沼秘書が、携帯を茶卓に置くと、接続ケーブルで小型スピーカーに繋いだ。

奥の間の全員が注目した。

「――間もなく予定の時刻です」

秘書は腕時計を見て告げた。

「五秒前。四、三、二、一」

『――――』

スピーカーからは、何も流れない。

「おい、どうしたんだ？」

丸肌が、汗を拭きながら言った。

「聞こえて来ないぞ」

「変ですね」

「まぁ待て。客室乗務員は中国の工作員だ」咲山が言った。「一秒単位で正確に行動するわけではない、大目に見て——」

その時

『ザザッ——き、聞こえますかっ』

ふいにノイズと共にスピーカーから跳び出たのは、女の声だった。

「!?」

「……!?」

全員が卓上スピーカーに注目する。

どうしたのだ。

予定では、工作員がＩＣレコーダーに入れた『石橋護の声』を、一二一・五メガヘルツの無線に流すはずだったが——

「おい、工作員が自分でしゃべっているのか？」

「いや、そんなはずは」

だが

『こちらはスターボウ航空機。日本の民間機ですっ』

スピーカーの女の声は、何かに言い返すように叫んだ。

『領空侵犯って、そんなつもりじゃないのよ。オート・パイロットが外れないで、何だか知らないけどここまで来ちゃったのよ、機内ではみんな麻酔で眠らされてる、何とかして欲しいのはこっちよっ！』

11

府中　総隊司令部

「〈SB001〉が応答しています！」

中央指揮所。

最前列の管制官が、振り向いて報告した。

「スクランブルをかけた韓国戦闘機に対して、返答しています。国際緊急周波数です」

「スピーカーに出せ」

和響は命じた。

「〈スターボウ〇〇一〉のパイロットが、応答しているんだな？」

「はい、これです」

管制官の操作で、中央指揮所の天井スピーカーから『音声』が出た。

『――ディス・イズ・ジャパニーズ・シビル・エアクラフト。ウィ・ハブ・オートパイロット・マルファンクション、アネイブル・チェンジ・コース！　ちょっと聞いてるっ？　こっちは自動操縦が外れないのよ、ここから出て行けったって出て行けないのよ』

「――――」

「――――」

見上げる全員が、絶句する。

「おい、〈スターボウ〇〇一〉の機長は女性か」

「さぁ、分かりません」

『▼×※～！』

野太い男の声が、女性の音声に被さった。嘲笑《ちょうしょう》するような感じ。

韓国戦闘機か。

「何と言っている？」

「分かりません、韓国語です」

最前列の管制官がイヤフォンを押さえる。

『ゲット・アウト・コリアン・テリトリー！』

野太い声は、英語で続ける。日本人と同じくらい下手な英語だ。

『ゲット・アウト・オブ・コリアン・テリトリー、イミーディアトリー！　ユー・アー・インベイディング・コリアン・エアスペース！　ゲット・アウト！』

「先任指令官」

「はっ」

背後から〈規定〉――敷石総隊司令に促されるまでもない、和響は命じた。

「俺のインカムに繋げ。割り込んで呼びかける」

日本海　竹島上空

「出て行けったって、自動操縦が外れないんだから、どうしようもないじゃない」

ＣＡ３８０のコクピット。

美砂生は右側操縦席で、右の真横――旋回のすぐ外側にぴたりとついたダークグレーの機影を睨んだ。

鮫のようなインテーク。単発。左右の翼端に熱線追尾ミサイルをつけている。あれはＡＩＭ９――細かい型式は分からないがサイドワインダーだ。胴体上部になじみのない国籍マーク。韓国空軍のＫＦ16戦闘機か。実物は初めて見る。

そのＫＦ16が、数分前に飛来してから遠慮を知らないしつこい男のように、横にくっついて『ゲット・アウト』『ゲット・アウト』とわめき続けているのだ。こっちは『オートパイロット・マルファンクション（自動操縦の故障）』だと言っているのに――

しつこい。

それにだいたい、下の島――あの島って韓国の島なのか？

「あれ、韓国の戦闘機なの」

「そうです」

美砂生は、操縦席の後ろから立って外を見る玲子にうなずく。

玲子は、床に寝かせたパイロット二名を何とか正気づかせようと試みていたが、反応は無いようだ。

「真横に一機。たぶん後方のどこかにバックアップの二番機」

「空自のやり方と同じね」

「違うのは、あたしたちと違って『撃てる』ってことです」

美砂生は唇を嘗めた。

韓国は、『平和を愛する諸国民を信頼して戦争は一切やりません、武器は持ちません』などとは一言も言っていない。美砂生たち自衛隊機は、前方に向かって警告射撃をするだけでものすごい手順を踏んで許可を得る必要があるが、今そこにいるあのＫＦ16は現場の判断で気軽にいくらでも撃てるのだろう――と思った瞬間。

ヴォッ

「うっ」

真横で赤いフラッシュを焚かれ、美砂生は目をすがめた。赤い鞭《むち》のような火線が前方の空間へ伸び、衝撃波が側面窓を叩いた。

ぶわっ

き、機関砲を撃った……!?

韓国軍機の野太い声が『これは警告である、ただちに韓国領空から出ていけ、出ていかないと撃墜する』と下手くそな英語でわめいた。

「ちょっと、いい加減にしてよっ」

美砂生もヘッドセットのマイクに、日本語で怒鳴り返す。

「こっちは旅客機じゃないの。見れば分かるでしょ」

そこへ

『〈スターボウ〇〇二〉、聞こえるか』

同じイヤフォンに別の声が入った。割り込んできた。

『〈スターボウ〇〇二〉、こちらは日本の航空自衛隊。一二一・五メガヘルツで呼びかけている。聞こえたら応答して欲しい』

「……！」

日本語だ。

有り難い――！　美砂生はヘッドセットのマイクに「聞こえます」と応答する。

「こちら日本の民間機。聞こえてます。ええと、〈スターボウ〇〇一〉っていうのがこの機のコールサインなんですか。よく分からないけど、今コクピットにいます。助けて」

『――――』

無線の向こうの声は、一瞬黙ってしまう。

美砂生の返答に戸惑ったのか。しかしすぐに続けて訊いてきた。

『君は、誰だ。その便の乗員か』

「いいえ」

美砂生は頭を振る。横目で、右真横につけたままの鮫口の戦闘機を見やる。身をひねるとシートの座り心地がまだ悪い。ヒップポケットに何か入れたままだったか――？

「乗客っていうか――偶然乗り合わせました。あたしたち二人のほかは、全員気を失って倒れています。機は勝手に島の周りを旋回して――オート・パイロットが外せません。韓国空軍のスクランブルを受けてます。右横にKF16が一機、ここから見えないけどたぶん後ろにもう一機。たった今警告射撃をやられました、しつこくて離れません」

『き、君は誰――』

『ゲット・アウト・コリアン・テリトリー！』

「うるさい韓国だまれっ」

美砂生は怒鳴った。

「助けてください、乗員も乗客も全員気を失って――オート・パイロットが外れないんです！」

府中　総隊司令部

「おちついて、説明してくれ」

和響は正面スクリーンを見上げながらインカムのマイクに言った。いつの間にか、立ち上がっていた。

「私は、航空自衛隊航空総隊、中央指揮所の先任指令官・和響一馬だ。まず君は誰だ」

『そっちはCCPなんですね。府中の人ですね』

天井の声は、身内と連絡が取れてほっとした――という感じだ。

『私は漆沢美砂生一尉。第六航空団・第三〇七飛行隊所属。偶然、ものの弾みでこの旅客機に乗り合わせ、今コクピットにいます。正規の操縦士は二名とも昏倒、意識不明。今同行の医師が介抱に当たっていますが起きてくれません、麻酔で眠らされているんです』

「……？」

「?」

どういうことだ。

和響は眉をひそめる。指揮所の管制官たちも、一気にまくしたてる天井の声に顔を見合わせるばかりだ。

でも、マイクを取って返答しているのは航空自衛隊の幹部か。一尉と口にした。

「あぁ、漆沢一尉。情況をもう一度——」

『ディス・イズ・コリアン・エアスペース! ゲット・アウト・オブ・コリアン・テリトリー、イミーディアトリー!』

『しつこいわね黙れっ』

小松基地

『——原因不明の急減圧が発生した時、乗員も乗客も全員、非常用の酸素マスクをつけて吸入しましたが、これに酸素ではなく、何らかの薬物が入っていました。同行の医師による検分では〈手術用麻酔ガス〉とのこと』

小松基地・地下の要撃管制室。

規模は小さいが、ここにも日本海上空の情況をスクリーンで監視出来る管制室がある。

教室の黒板程度のスクリーンを前に、管制卓がある。おそらくは府中で映し出されているものとほとんど同じ情況が浮かび、交信もモニター出来る。

「……あ!?」

火浦暁一郎は、当直要撃管制官たちの肩越しに、立ったままスクリーンを見ていた。風谷と鏡黒羽の編隊が、ＡＤＩＺの外側境界線ぎりぎりの位置で、旋回待機に入る様子を見守っていたのだ。

ところが

『乗客用マスクをつけることが出来ず、たまたまガスを吸わなかった私たち二名だけが、意識を失わずに済みました』

天井スピーカーから発せられるその声に、火浦はサングラスの下で目を見開いた。

「な、何だ。おい今、あれは誰と名乗った？」

『機はそのまま自動操縦で飛行を続け、この島の上空へ来ると低空で旋回を始めました。オート・パイロットを解除して手動で操縦を試みましたが出来ません』

「聞き違いでなければ、漆沢一尉と」

当直主任管制官が、振り向いてうなずく。

「私にも今そう聞こえました。確かに、あのしゃべり方は〈フェアリ〉です。Ｇ空域での演習を何度もモニターしたので、覚えています」

「しかしどうして漆沢が、あんなところを飛んでいる飛行機に乗っているんだ。あいつは今日、ここへ帰って――」

言いかける火浦に、入室してきた飛行隊スタッフの一曹がメモを差し出した。

「火浦隊長、オペレーション・ルームに伝言が入っています。これを」

「あぁ、今は忙しい」

「でも、玲子さん――いえ山澄先生からですよ」

若い一曹は、メモを見るように促した。

「今し方、上のオペレーション・ルームにかけてきて、緊急の用件だからすぐ携帯のスイッチを入れてくれと」

「何」

緊急……？

火浦が飛行服の脚ポケットから取り出したスマートフォンの電源を入れるのと、着信のバイブレータが振動するのはほとんど同時だった。

でも、登録していない相手からだ。

誰だ。

「――あぁ、もしもし」

本当は要撃管制室で携帯など使ってはいけないのだが、火浦はスクリーンから目が離せない。画面の一方では、韓国空軍のスクランブル機が竹島上空で旋回に入った〈ＳＢ００１〉に絡みついている。レーダーで監視するＥ７６７からの距離が遠いため、低空目標を十分に分解表示することが出来ず、韓国軍は何機来ているのか正確には分からない

――

「どなたか。こっちは今忙しい――」

『こっちも大変なのよ』

電話の向こうで、山澄玲子の声が言った。うわずった感じだ。いつもの冷静な低い声の調子ではない。

発信元も玲子の携帯ではない。誰かのを借りているのか。

「どうしたんだ玲子、雨でタクシーが拾えないのか」

火浦がスクリーンから目を離せぬまま問うと

『とにかく、これを見て。今映像を送る。映像の受信にして』

「……？」

何だろう。

昼頃に聞いた留守電の内容では、山澄玲子は漆沢美砂生と共に、午後の便で小松へ帰って来るはずだが――

訝《いぶか》りながらスマートフォンを映像の受信にすると。

いきなり、山澄玲子の正面からのアップが映った。いつもはきちんと整えている長い黒髪を、振り乱している。

（……!?）

何だ。

この玲子の顔は——

『火浦、私が見える？』

「ああ、見える。そこはどこだ」

『映すから、見て』

玲子が携帯を、ひっくり返して自分の前へ向けたのか。不安定にぐるりと画面がパンして、大型航空機のコクピットらしい様子がぶれながら映った。

「……！」

火浦は息を呑んだ。

右側操縦席について、ヘッドセットのマイクにしゃべっている後ろ姿は漆沢美砂生。

天井スピーカーからの『私では自動操縦が外せません、専門家の助言を求めます』という音声と横顔の口の動きが、完全に合っている。

確かにあれは漆沢――火浦の直属パイロットだ。その前方、風防の外は鉛色の水平線が斜めに傾き、低空を旋回しているらしいと分かる。何だ、このコクピットは……。

『これを見て』

今度は画面が下を向き、床に寝かされた二名の民間操縦士が映った。さらに携帯のカメラは、玲子の手によって右側サイドウインドー――漆沢美砂生の肩越しにコクピットの右サイドの光景を映す。

「う」

ＫＦ16……!?

『今、島の周りを旋回してる。報道映像で何度か見た、あれは竹島だわ。韓国軍にスクランブルされている。警告射撃もされた。機内は全員、気を失っている。このまま自動操縦が解除出来なければ撃墜されてしまうわ』

「………………」

『聞いてる？　火浦、何とかして』

「あ、あぁ」

『漆沢一尉が、今ＣＣＰへ助言を求めてる。オート・パイロットの外し方を調べてもらっているわ。あなたは手下のイーグルをここへ急行させて、あの笑ってる鮫みたいな韓国機を追っ払って。ここは本当は、日本の領空なんでしょ』

「ちょ、ちょっと待て――おいっ」

火浦は画面を見たまま、背中に大声で言った。

「誰か、この携帯の映像を府中のＣＰへ転送するやり方を知らないかっ」

府中　総隊司令部

『――このように機内は、すべての乗客が非常用酸素マスクをつけたままで昏倒している状態です。酸素系統に入っていたガスに毒性はなく、手術用に使われる麻酔ガスに酷似しています。おそらく、そのものでしょう』

中央指揮所の正面スクリーンの一か所にウインドーが開き、小松基地から指揮回線を通じ中継されてきた画像が映し出されている。音声は、スマートフォンを構えているという女医のものだ。

機内の様子を伝えて欲しいと頼むと、コクピットから客室へ出てくれたのだった。

黄色いマスクをつけたまま昏倒している乗客の様子が映し出されると、中央指揮所の全員が息を呑んだ。

黒焦げになって転がる人型の物体が映し出されると、和響は目を剝いた。

何だ、あれは……。

『これは謎の〈敵〉です。私たち二名のほかに乗客用の酸素マスクを吸わずに意識を保っていた客室乗務員です。突然、漆沢一尉を殺そうと襲いかかってきました。銃で撃たれたため一尉が正当防衛で反撃、排除しました』

「分かった、山澄先生」

『予備自衛官の二尉です。山澄二尉で結構です』

「分かった」

和響は、回線で遠く小松の地下の飛行隊長の携帯を経由して繋がっている女医に、うなずいた。

「コクピットへ戻ってくれ。三〇七空の火浦隊長からは、所属機を竹島へ向かわせるよう強く要請されているが、出来ない。今、エアバス機の操縦の専門家とコンタクトを取っているところだ。少し待ってくれ」

だが

『どうして、出来ないのです』

スマートフォンのカメラ部分がくるりと裏返って、撮影している本人——黒髪の女医の顔が大写しになった。

『ここは、竹島上空は、日本の領空のはずではないのですか。どうして韓国軍に「出て行け」と言われ武器を向けられなくてはならないのです。どうして自衛隊の戦闘機が来られないのです。ここには日本人が何百人もいます』

「――――」

「――――」

一瞬、誰も声が出ない。

「山澄二尉」

トップダイアスから、敷石が唸るように言った。

「それは、出来ないのだ」

『これを見てください』

画面の山澄玲子が、薄い銀色の物体を指でつまみ上げて示した。

『見えますか。謎の〈敵〉が所持していた、ＩＣレコーダーです。今から再生します』

「先任」

全員が息を呑んで見上げる中、連絡担当官が受話器を持ったまま和響を呼んだ。

「先ほどよりスターボウ航空の技術部門にコンタクトを試みていますが、担当者が不在とか言って逃げ回り、らちが明きません。代わりに防衛省内で専門家を捜しました。小牧の飛行開発実験団に欧州エアバス社で研修を受けたテスト・パイロットがいます」

「本当かっ」和響はうなずいた。「すぐに回線を小牧にも繋げ。映像を見ながら指示してもらえれば早い」

12

日本海上空　F15編隊

（――美砂生さん!?）

音速以下に減速し、待機旋回を続けるF15のコクピット。

まさか。

風谷は目を見開いた。ヘルメット・イヤフォンでモニターしている国際緊急周波数に、聞こえて来たのはよく知っている声だ。

漆沢美砂生。

歳は二つくらい上。同僚――というかもう上官だ。イーグルに乗れるようになる前からの知り合いでもある。

（どういうことだ。〈スターボウ〇〇一〉に、美砂生さんが乗っていて、操縦席についている……？）

いったい――

前方を見た。ヘッドアップ・ディスプレーの向こうは傾く雲海だ。日も傾いている。八〇マイル先。この厚い雲の下で、何が起きているのか。漆沢美砂生の声から切れ切れに情況は分かるが――

旋回を続けさせられているから、竹島の方向をルックダウンしようと思ってもレーダーは使えない。

『風谷三尉』

編隊の周波数で、二番機の鏡黒羽が呼んで来た。

黒羽の方から何か言って来るのは珍しい。

『民間機は、〈スターボウ〇〇一〉は、ソウル行きのA380なのか』

「そうらしい」

『――――』

「どうした?」

『美砂生のバカも、あれに乗ってるわけか』

黒羽はため息をつくように言う。

「も――って、何だ?」

風谷は右後方を振り向こうとするが

『ブルーディフェンサー・ワン、オフサイドだ。火浦だ』

イヤフォンに別の声が入った。

小松基地

「竹島上空で旋回中の民間機の救援に、お前たちをやりたいが。上からの指示でお前たちをＡＤＩＺから外側へ出せない。今、行かせてくれるよう上申しているが――だがどっちみちお前たちには武装がない。ガンもミサイルも使えない状態では、行ったところでいざと言うとき的になるだけだ」

要撃管制室。

火浦はスクリーンを見上げながらマイクを取っていた。

その横で、下りて来た気象予報官が「やはり駄目です」と言うように頭を振る。

火浦は「分かった」と言うふうにうなずいて、マイクに続ける。

「今、月刀をリーダーに特別飛行班を出撃準備させている。しかし小松は豪雨のため一時的に視界ゼロだ、あと三十分は離陸出来ない、お前たちはもう少しそこで待機してくれ。出来るだけ早く交替を送る」

『分かりました』

風谷の声が、天井から響く。

『でも、丸腰でも、行けば何かの役に立ちますよ』

永田町　国会議事堂

「これはどういうことだ」

主民党控室・奥の間。

卓上のスピーカーからは、韓国側が傍受している独島周辺の国際緊急周波数の音声が、流れ続けていた。

だが流れている日本語は『石橋護の犯行声明』ではない。航空自衛隊の一尉と名乗った女と、府中の総隊司令部と思われる部署の要撃指揮官との会話だ。こともあろうに〈タイタン〉の操縦席にいるのは自衛隊員……？

咲山友一郎は、中国人の男をぎょろりと見た。

「説明しろエックス。予定にないことだ」

「いや、ちょっと待ってください」

「さっさと君の手下の工作員に、あのぺらぺらしゃべる自衛隊員を始末させるのだっ」

長沼秘書も詰め寄った。

「誰でも聞ける周波数で、計画の機密をしゃべりまくっているぞ」

「あぁ、ちょっと」

　縁なし眼鏡の男は「ちょっと待ってくれ」と言うように左手で制すると、懐から携帯を取り出した。身体をあさってへ向け、どこかと早口でしゃべり始めた。速い中国語。


　十秒後。

「あー、ふぅ」

　男は携帯をしまうと、あさってを向いたままスーツの襟を正した。

　奥の間の全員が、その背中に注目する。

「〈タイタン〉機内の工作員と、連絡が取れていません。どうやらやられたようです」

「？」

「!?」

　やられた……!?

「おいっ」

　丸肌岩男が乗り出した。

「どうなっているんだっ、どうするつもりだ」

「ま、どうしようもないですな」エックスは頭を振る。「こうなっては今回の計画は不遂行です。運が悪かったと思って、あきらめるんです」

「私は戦略的転進をします。ま、後は適当によろしく」

「さてね」中国人の男は、卓上のタブレット端末をさっさとしまい始めた。

「わ、我々はどうなるんだっ」

「何」

「な」

「お、おいっ——ぎゃっ」

すたすた出て行こうとする男の肩を丸肌が摑みかけるが、次の瞬間撥《は》ね飛ばされて絨緞に転がった。男はそのまま風が吹くように出て行ってしまう。

「エ——SPを呼べ！」

先島終太郎がハッ、と気づいたように叫びながら後を追うが、すぐにうなだれて戻って来た。

「総理、SPが二名ともいなくなっています。姿が消えている、どこへ行ったのか分かりません」

「そ、総理」

「総理」

「——」

〈半魚人〉は長身をぼうっ、と立たせたまま卓上のスピーカーを睨んだ。

大きな両目が、瞬きをしない。

その横顔を、長沼秘書、先島終太郎、丸肌岩男が覗き込んだ。

「――長沼」

「は」

「仕方ない」

咲山友一郎は独り言をつぶやくように言った。

「韓国側に要請し、〈タイタン〉を撃墜させよう」

「ま、待ってください総理」

長沼秘書は顔色を変えた。

「撃墜させるのですか？」

「そうだ」咲山友一郎は無表情にうなずいた。「日本海の名称変更、独島の領有権譲歩とひきかえに、韓国は私に協力する約束だ。要請すれば『領空侵犯』のかどで〈タイタン〉を撃墜する。石橋だけでもこの世から消す」

「総理待ってください、石橋一派だけをこの世から消したところで、法案は本会議を通りません。〈外国人参政権〉は成立しません」

「構わん」

咲山はスピーカーを指した。

「もうこれ以上、この女にしゃべらせるな。『証拠』は残らず消すのだ、撃墜してすべて海の底へ沈めてしまえ」


「総理」

だが長沼秘書は、食い下がった。

「総理、〈タイタン〉には国民が八〇〇人も乗っているのです」

「それがどうした」

「駄目です、撃墜させたら保険が出ません。総理は破産です」

「何だと」

「保険会社の約定により、戦争行為に巻き込まれて撃墜された場合、保険金は出ません。保険会社は逃げてしまう、損害はすべて総理の自己負担です。撃墜され大騒ぎになれば、総理がスターボウ航空のオーナーであることはすぐにばれます。どうするのです、八〇〇人分の補償金をどうやって払うのです。いくら資産家でも咲山家は破産です！」

「う――うぅっ」

〈半魚人〉はまるでデメキンのように眼球を突出させた。

「か、構わん、破産しても構わん、撃墜させろ。この国の支配者にまで昇り詰めながら、いまさら刑務所に入れるか。証拠を消すのだ！」

府中　総隊司令部

「大変です」

中央指揮所。

情報担当官が振り向いて報告した。

「先任。〈象の檻〉から通報。韓国軍のＧＣＩ通信が再び急増し、竹島上空の戦闘機編隊に〈スターボウ〇〇一〉の『撃墜』を命じている模様」

「何だと」

和響は目を剝いた。

前方スクリーンを仰ぐ。黄色い三角形は、赤い三角形二つ——すなわち韓国空軍のＫＦ16戦闘機二機に絡みつかれている。

「情報官。その〈象の檻〉で傍受している韓国軍の指揮通信、ここで聞けるか」

「出来ると思います。少々お待ちください」

いくらなんでも、と和響は思った。

旅客機だと言うことが、明確に分かっているんだぞ。『撃墜』だなんて、まともな神経で――

そこへ
連絡担当官が受話器を持ったまま報告する。

「先任」

「小牧の飛行開発実験団とコンタクト取れました。専門家のテスト・パイロットが回線に出ます」

「映像回線も小牧に繋げ。出来るか」

「大丈夫です、すぐ繋がります」


正面スクリーンに、もう一つウインドーが開いた。

遠く竹島上空から『中継』されるスマートフォンの画像の脇に、愛知県小牧の飛行開発実験団オフィスからのTV回線画像が、並んで浮かび上がった。TV回線は遠隔地会議用に備えてあったものだ。

『飛行開発実験団、秋山《あきやま》三佐です』

銀縁眼鏡の三十代の男が、正面からのアップで現われた。パイロットであることは、飛行服の胸のウイングマークで分かる。

『情況は、概略聞いております。エアバスA380――失礼、CA380のオート・パイロットを解除出来ればよいのですね』

「その通りだ」和響は乗り出して、映像の男にうなずいた。「そちらで、竹島の現場から中継されて来る画像は見えるか」

『届いています。この回線を経由して、向こうと直接、話せますか』

「可能だ。君の経験で、助言出来そうか」

『私が欧州で研修を受け、操縦資格を取得したのは、空自の空中給油母機の候補として提案されたＡ３３０でしたが。しかしエアバス機はパイロットの機種転換訓練を容易にするため、各機種のコクピット仕様をほとんど共通化しています。大丈夫だと思います、繋いでください』

「分かった、頼む」

竹島上空

『漆沢一尉、こちらは飛行開発実験団・秋山三佐だ。非番中に大変な目にあったな、ご苦労だ』

ＣＡ３８０のコクピット。

右側操縦席に座る美砂生に、中央計器パネルに乗り出すようにして山澄玲子がスマートフォンを向けている。画面に会話の相手が映っている。白いアイフォンは、美砂生が前に客席で岩谷美鈴から『借りた』ものだ。

「大変どころの、騒ぎじゃないです」

美砂生は右手でサイド・スティックを握ったまま、アイフォンの画面に応える。

「助けてください。赤い『DISCONNECT』ボタンではオーパイが解除出来ません。エンジン計器の上にあるコントロール・パネルのスイッチも利かない、手動操作を全然、受けつけないんです」

『分かった漆沢一尉、君のTACネームは』

「は？」

『君の名はビット数が多く、通信に時間がかかる。これよりTACネームで呼ぶ。教えてくれ』

「あたしは、フェアリです。言っときますけど自分でつけたんじゃないですからねっ」

有り難い、と美砂生は思った。

この人は親切だな、あたしをなごませようとしてくれているのか。

『よしフェアリ、まず計器パネルの様子が知りたい。コンソールの各画面を、順にゆっくり映してくれ。特に君の左下の、フライトマネージメント・コンピュータのキーボード・パネルだ』

府中　総隊司令部

「先任、隠岐島の〈象の檻〉と繋がりました。韓国の指揮通信が傍受出来ます」

「よし、俺のインカムに出せ」

和響は指示し、頭につけたヘッドセットのイヤフォン部分を指で押さえた。頭上では、正面スクリーンに並ぶ二つの画像の間で、漆沢一尉と飛行開発実験団パイロットとの会話がやり取りされている。

「――う」

和響はイヤフォンに入ってきた音声に、顔をしかめた。

「何か、韓国の防空司令部と戦闘機の間で、盛んにやり合っているぞ。韓国語だ。俺にはさっぱり分からん、誰か、聞いて分かる者はいるか」

「私が聞いてみます」

情報官が、自分のヘッドセットのイヤフォンを押さえ、早口の内容に聞き入る。

「……こ、これは」

「どうだ。現場のパイロットが『民間人の多数乗った旅客機を撃墜など出来ない』とか、抗議しているのか？」

「い、いえ」

情報官は振り向いて、頭を振る。

「いえ違います。司令部と戦闘機の間で、興奮して盛んに言い合っています。『撃墜命令が出た。独島を狙う日本をやっつけるのだ』『東海から日本人を叩き出せ』『撃墜したら民族の英雄だ』」

「な、何っ」

「『機体が巨大なので二機同時にサイドワインダーを使う。これよりミニマム・レンジを取るためいったん後方へ下がる』——こ、攻撃体勢に入ります！」

竹島上空

CA380コクピット。

「——あら」

山澄玲子が、計器パネルを映すアイフォンは構えたまま、右側のサイド・ウインドーを見やってつぶやいた。

「韓国の戦闘機が、いなくなったわ」

グォッ

ＣＡ３８０の後方。

巨人機の機首の右横――警告位置に張り付いていたＫＦ16編隊の一番機が、胴体上面のスピード・ブレーキを立てて、後方へ下がり始めた。

一〇〇〇フィート（約三〇〇メートル）の低空でゆったりと旋回する巨大なエアバスの背後へ、ダークグレーの戦闘機は減速し下がっていく。巨人機を一撃で屠るにはミサイルが有効だったが、ＡＩＭ９サイドワインダーを使用するには自機が爆発に巻き込まれないよう、いったん三マイル後方まで下がる必要があった。

『〈無慈悲な鮫１〉より。これよりＳＲＭモード。〈無慈悲な鮫２〉、同時にロックせよ』

一番機は、一マイル後方・五〇〇フィート上方で待機していた二番機と合流する。編隊が組み直され、二機そろって下がっていく。韓国軍の周波数で交信が行われる。

『〈無慈悲な鮫２〉、了解』

『でかい的だ』

総隊司令部

「司令」

和響は振り向くと、トップダイアスの敷石空将補へ進言した。

「司令、ブルーディフェンサー編隊を進出させてください。AAM4を持っています。ただちに竹島へ」

だが
「ならん」

敷石は、渋面のまま頭を振った。

「防衛大臣命令は『ADIZを絶対に出るな』だ」

「し、しかし」

和響はトップダイアスと、正面スクリーンを交互に見た。

黄色い三角形に並んで張り付いていた赤の三角形が、後方へずれるように微妙に位置を変える。

竹島上空

『ロックオン。トーン良好』

だが二機のKF16が、水平旋回するCA380の真後ろへ占位しようとした瞬間。

ブワッ

ふいに螺旋状の気流が襲い、KF16一番機をその場でグルッ、とひっくり返した。

『ウワッ』

『こ、後方乱気流だ。ブレークせよ、ブレークせよ』

府中　総隊司令部

「『真後ろは超大型機特有の後方乱気流で危険、いったんブレークし斜め上方よりオフセット攻撃する』――真後ろがやばいので、旋回し斜め上へ廻り込んでサイドワインダーを使うつもりです！」

情報官がヘッドセットを手で押さえながら、振り向いて怒鳴った。

「二分もかからない、やられます」

正面スクリーンで赤い三角形が、その場で廻るようにゆっくり尖端を回転させる。

「秋山三佐っ」

和響は正面スクリーンのテストパイロットに怒鳴った。

「後方からミサイルで撃たれる、二分もかからん、オート・パイロットを外させてくれ、急げっ」

小松基地

『――二分もかからん、オート・パイロットを外させてくれ、急げっ』

地下・要撃管制室。

「な、何⁉」

火浦は電話回線に言われたＣＣＰからの警告の声に、管制室のスクリーンを見上げた。

黄色い〈ＳＢ００１〉に絡みついていた赤い三角形が、ゆっくりと尖端を回転させる。

「こ、これは……」

スクリーン上では小さな動きだが。現場空域では二機のＫＦ16がＣＡ３８０の近傍からいったんブレークし、大きく上昇旋回して斜め上から襲いかかろうとしている。

火浦は息を呑む。

まさか、韓国軍が撃墜命令を……⁉

「まずい」

火浦は無線のマイクをひっ掴んだ。洋上で待機中のＦ15二機――ブルーディフェンサー編隊に通じる周波数だ。風谷たちがすでに府中ＣＣＰの指揮下に入っていることは、承知の上だ。

「風谷、火浦だ。竹島で〈スターボウ〇〇一〉が攻撃される。ただちに向かえ、何とかして阻止しろっ」

日本海上空

『何とかして阻止しろっ』

「えっ」

雲海の上を待機旋回中のF15・一番機。

操縦桿を握る風谷は、自分たちの編隊の指揮周波数と、国際緊急周波数の二つしか聞けていなかった。火浦の携帯を中継してCCPとエアバス機との間で行われるやり取りについては知る術もなかったので、その怒鳴り声に驚いた。

しかも指揮下にあるCCPからでなく、小松基地の火浦隊長からだ。

『KF16二機が〈スターボウ〇〇一〉に対して短距離ミサイルの射撃位置につこうとしている。あと一分で撃たれる。構わんから突っ込んで行ってAAM4をロックしろ。ロックしただけで追い散らせる』

「は――はいっ」

正規の命令ではない。

おそらく、府中CCPでは今『行かせる、行かせない』で揉めているのだ——

風谷はこれまで散々そういう場面を見てきた。

『風谷、ケツは俺が持つ。構わん行けっ、超音速だ』

「了解。鏡、行くぞ」

『ツー』

竹島上空

『よし分かった。いいかフェアリ、その機は何らかの工作によって、フライトマネージメント・コンピュータが人間のインプットを受けつけなくなっている。自動操縦が外れないのはそのせいだ。今からフライトマネージメント・コンピュータを殺す。操縦席の後ろのサーキット・ブレーカーのパネルを見てくれ』

CA380の操縦席。

冷静な声が、アイフォンの画面から美砂生に指示した。

「サーキット・ブレーカーですかっ」

美砂生は振り向いて、操縦席のシートから後ろの壁を見る。座席の背後の壁には黒いボタン状の回路遮断器——サーキット・ブレーカーが一面に、無数に並んでいる。要するにヒューズだ。機内の機器の数だけある。むちゃくちゃたくさんある……

『サーキット・ブレーカーのパネルを映してくれ。フライトマネージメント・コンピュータへの電力供給を遮断するブレーカーがどこかにある。〈ＦＭＣ〉と表示されているはずだ。うまくすればフライバイワイヤ・システムに影響を与えずにＦＭＣだけを殺せる』

「で、でも、どれですかそれ……!?」

美砂生は目を丸くする。ずらりと並ぶボタン状の回路遮断器――いったい何百個あるんだ……!?

『ついでに言えば』

遠く小牧から助言してくれている飛行開発実験団のテスト・パイロットは、つけ加えるように言った。

『今、韓国軍のＫＦ16が短距離ミサイルの攻撃体勢に入ったらしい。三〇秒以内にブレーカーを見つけて引っこ抜き、オーパイを解除して回避機動を取れ』

「――えっ」

聞いてない。

『急げ。後ろ上方へ廻りこまれている、猶予はないぞ』

「せ、先生、一緒に捜してっ」

美砂生は叫びながら座席から立ち上がった。

「〈FMC〉って書いてあるブレーカー!」

13

CA380　コクピット

「これかしら? 〈FMC〉」

山澄玲子が、操縦席背後の壁一面の黒いボタン状サーキット・ブレーカー(回路遮断器)の列に目をくっつけるようにして、その一つを指でつまんだ。

「抜いて抜いてっ」

美砂生は叫ぶと、右側操縦席へ跳び込んだ。ベルトを締める暇もない、右手でサイド・スティックを摑む。

同時に後ろでサーキット・ブレーカーが抜かれ、美砂生の左下に見えるキーボード・パネルの入力画面がフッ、と真っ黒に沈んだ。フライトマネージメント・コンピュータへの電力が遮断されたのだ。

「くっ」

美砂生はサイド・スティックの頭にある赤いボタンを押す。

ププッ、ププッ

今度は短い警告電子音が鳴って、石のように動かなかったサイド・スティック——機のフライバイワイヤ操縦系統をコントロールする操縦桿が、軽くフリーになった。

(外れたっ！)

後ろ上方から短距離ミサイル攻撃——!?　回避機動を取れって、簡単に言う……！

「先生、つかまれっ！」

竹島上空

グォッ

グォッ

ＫＦ16二機は、斜め宙返りの頂点近くで低い雲の底へ突っ込んでしまい、いったん標的を見失いかけたが、そのまま宙返りを続けることによって雲の下へ出て再びＣＡ３８０を視認した。斜め下方にいた。今度は後方乱気流に入らない、絶好の射撃ポジションだ。

間合い三マイル、射程に入る。二機の装備するＡＩＭ９サイドワインダーが標的の熱源を捉えてロックした。短距離ミサイルは、敵機のエンジン排気熱を弾頭の赤外線シーカーで捉えて追いかける熱線追尾誘導だ。

『トーン良好、全弾発射する。フォックス・ツー』

『フォックス・ツー』

二機のパイロットによって〈発射〉のコールがなされ、笑う鮫のような空気取入口《インテーク》を持つKF16の両翼端から二発ずつのサイドワインダーが切り離されると、瞬時にロケット・モーターに点火した。

シュパッ

シュパッ

合計四発のミサイルは噴射煙を曳いて宙を驀進《ばくしん》し、左旋回する巨人旅客機の白い背中へ吸い込まれる。

だが命中の直前、翼幅八〇メートルの巨人機は急激に機首を右へ回頭すると、エンジン推力を急増させながら反対側へ急旋回した。バンク六〇度――いや七〇度。機体の平面形が真横から見えるような急旋回に、左右主翼端から激しく水蒸気を曳く。

追いかける四発のミサイルはそろって宙でドリフトし、弾頭を巨人旅客機のエンジン排気熱の方へ向けながら難なく追いついて当たろうとしたが、その瞬間、機体真後ろの航跡の中へ入ってしまった。

ヴワッ

後方乱気流。マッチ棒のように細いＡＩＭ９サイドワインダーは、ＣＡ３８０の両翼端が巻き起こす強烈な螺旋状の空気渦に捕まり、きりきり舞いして外側へ吹っ飛ばされた。そのまま四発そろって巨体を取り囲むように追い越した。

日本海上空　Ｆ15編隊

『ＫＦが発射した、発射した！』

マッハ一・四で竹島へ向かうＦ15の一番機。

風谷のヘルメット・イヤフォンに叫び声が入った。

『ＳＲＭの反応複数、〈スターボウ〇〇二〉へ向かう！　回避せよ、漆沢一尉、回避せよっ』

（……!?）

声はＣＣＰの要撃管制官。国際緊急周波数で叫んでいる。どこか上空にいるＥ７６７の赤外線センサーが、ミサイルの噴射炎を検知したのか。

ＳＲＭ――短距離ミサイルを発射した……!?

風谷は目を剝き、計器パネル左上のレーダー・ディスプレーを見やる。捜索レンジを八〇マイル、ビームを下向きにし、ルックダウンさせている。

（──これか！）

三つの白い菱形が、ディスプレーの上端近くに出現した。いた、見つけた──前方距離五五マイル、高度一〇〇〇〇フィート、飛行速度は一つが二四〇ノット。追いすがるように絡みつく二つが四〇〇ノット──射撃ポジションにいる、遅かったかっ……!?

だが
「反応が消えない」

風谷はマスクの中でつぶやいた。

命中してない。

間合い三マイルで複数同時発射すれば、もう命中・爆砕して消えてしまっていいタイミングだ。だが追われる白い菱形は二四〇ノットからやや速度をおとしつつ急激に進行方向を曲げているが、高度はそのままだ。おちてない──

美砂生さんが、逃げているのか……！

自動操縦は解除出来たのか。

だが
『〈スターボウ〇〇一〉、ＫＦは追撃中。回避続けよ、回避続けよ！』

「くそっ」

風谷は前方へ視線を上げた。一面の雲海。

韓国機二機を表わす菱形二つは、雲の下、五二マイル前方だ。今にも〈スターボウ○○一〉に食らいつこうとしている。どうやったらもっと速く駆けつけられる……!?

その時

『増槽』

ぼそりとイヤフォンに声がした。

右後ろの位置を保ってついて来る、鏡黒羽だ。

『いつまでつけている』

「……！」

そうか、しまった。

忘れていた……！

「鏡、すまん増槽を捨てる、マッハ二・五だっ」

風谷は左手を下へやって、増槽投棄レバーを引いた。スパッ、と軽いショックがあって機体が浮き上がる。抵抗が減り、機首が上がろうとするのを操縦桿で押さえ、すかさず左手でスロットルをフル・アフターバーナーへ叩き込んだ。

ドンッ

「韓国機を牽制《けんせい》する。続け鏡、行くぞ」

風谷は言いながらさらに操縦桿を押し、機首を下げて加速しながら波打つ雲海の上面へ突っ込んだ。

CA380

シュバッ

シュババッ

シュバッ

「――!!」

コクピット左右の窓の外を、白い噴射煙の束が猛烈な勢いで前方へ追い越して行くと、一瞬視界が真っ白になった。

(そ、それた……!?)

今の、ミサイルかっ!?

外したのかっ。

美砂生は目を見開いた。噴射煙の束は前面視界の奥へ、まだらに絡み合いながら伸びて消えた。信じられぬ思いでそれを見やりながら、サイド・スティックを右へ思い切り倒して右ラダーを踏み込んだまま、呼吸を止めていた。大型機でサイドワインダーをかわせるとは――この低高度ではエンジンは絞れない、セオリー通りの回避は出来なかった。おそらく韓国機の照準がまずかったのだ、こちらが大き過ぎて目測を誤ったとか……

「――はぁっ、はぁっ」

『〈スターボウ〇〇一〉、ＫＦは追撃中。回避続けよ、回避続けよ！』

だが国際緊急周波数で、府中ＣＣＰの管制官はわめく。

「はっ」

そうか、ミサイルはかわしたが、まだ敵は後ろにいる。

（く、くそっ……！）

その時

島から離れろ。

美砂生の中で、何かが言う。

離れろ。

島から離れれば、撃墜される理由がなくなる――

（そ、そうかっ）

そうだ。韓国の主張する『領空』から、出てしまえばいい！

美砂生は首をめぐらせた。日本はどっちだ、日本の方角へ、離脱――

ピピッ

だがその時。

ピピッ

ふいにまた電子音がすると、美砂生の握り倒していたサイド・スティックが機械の力で強制的に中立位置へ戻り、また動かぬ棒になってしまった。

「……えっ!?」

美砂生は目を見開く。

続いてぐうっ、と水平線の傾きが戻る。CA380の機体が右急旋回から、切り返して元の緩い左旋回へ勝手に戻って行く。

「ど、どうなっているのっ」

「漆沢一尉、あれは何」

操縦席の背にしがみつくようにしていた山澄玲子が、キーボード・パネルを指す。

竹島上空　KF16編隊

グォッ

グォッ

ダークグレーのKF16二機は、急旋回でサイドワインダー四発をかわしたCA380の外側上方を、ハイGヨーヨーという機動でエネルギーをおとさぬようにしながら追尾していた。後ろ斜め上方から、襲いかかれる体勢だ。

『サイドワインダーが外れた。やむを得ん、機関砲で――う!?』

だがその時、二機のコクピットでは同時にロックオン警報が鳴り響いた。後方から何者かの射撃レーダーに狙われたのだ。

さらに

『AAM4、フォックス・ワン！』

何者かの声が叫んだ。

それは遥か後方から来る日本の航空自衛隊機のパイロットが、国際緊急周波数にわざと叫んだのだが、〈無慈悲な鮫1〉のパイロットは即座に反応した。『フォックス・ワン』は中距離ミサイル発射のコールだ。数十マイル後方から電波誘導ミサイルを撃たれた、と思い込んだ。

『ブレーク、ブレーク』

背後からミサイルを撃たれたら、ただちに回避機動――それは世界中の戦闘機パイロットが身に染み込ませている鉄則だ。

目の下に、大きな獲物のように白い巨人機が浮いていて、撃ってくださいと言わんばかりに切り返して背中を見せるところだったが。それにはもう目もくれず、二機のKF16は左右へ分かれるとアフターバーナーを全開、互いに逆方向へ九〇度バンクの急旋回に入った。機体下面からチャフ（ミサイルの電波誘導を欺瞞《ぎまん》する無数のアルミ片）を撒き、急速に離脱する。

ドゴォッ

永田町　国会議事堂
主民党控室・奥の間

ブルルルッ

咲山友一郎の胸で携帯が振動した。

「——私だ」

『総理、私です。クク』

番号非通知の発信者は、中国の男だった。

「エックス」

『先ほどは失礼した。すでに安全圏へ逃れています。私のことは追っても無駄です総理。クククク』

「き、貴様」

『咲山総理。あなたに一つ、置き土産を差し上げる。それを言いたくて電話しました』

「──？」

電話の向こうで、中国の男は『クク』と喉を鳴らした。


「総理？」

「総理？」

先島終太郎と丸肌岩男が覗きこむのを、咲山は『待て』と言うように手で制する。

「置き土産とは、何だ？　エックス」

『〈タイタン〉のことですよ。証拠を残さなくて済むようにして差し上げる。こちらの工作車両から衛星回線経由で機体をコントロールします。コクピットにいる自衛隊員が何をしようともう無駄だ、〈タイタン〉は独島上空を旋回し続けるでしょう』

「──────」

『総理、韓国軍に指示してミサイルで撃破させるのです。燃料切れで海におちたのでは機体は残ってしまう、ミサイルで粉々に爆破させなさい。我々としても、この世に〈証拠〉が残るのは嫌なのでね』

ククク、と低く笑うと通話は途切れた。

「総理っ」

携帯を睨んでいる咲山を、横から同じく携帯を耳に当てた長沼秘書が呼ぶ。

「総理、韓国側から抗議です。独島上空へ航空自衛隊機が介入して来た、どうなっていると言っています！」

「何」

「なにっ⁉」

咲山よりも早く、丸肌岩男が反応して、懐から自分の携帯をひっつかんで取り出す。

長沼秘書は汗を滴らせ、携帯を手で押さえると咲山に訴える。

「総理、どういうつもりかと訊かれています」

だが
「自衛隊機はすぐに下げる。〈タイタン〉を撃墜させろ」

〈半魚人〉は、自分の携帯に嚙み付くようにわめく丸肌岩男をぎょろりと見て、長沼に応えた。

「韓国に伝えろ。邪魔をするなら、自衛隊機も撃墜して構わん」

竹島上空　CA380

「漆沢一尉、あれは何!?」

操縦席の背にしがみつく山澄玲子が、美砂生の左下のキーボード・パネルを指した。

黒く死んで沈んだはずの入力画面に、赤い文字が浮き出ている。

〈SATELLITE　MODE〉

「動かないっ」

美砂生は再び石のように動かなくなったサイド・スティックを握り、叫んだ。

「そ、操縦出来ない。また手動操縦出来ないわ、秋山三佐どういうこと!?」

玲子がハッ、と気づいて、手にしたアイフォンを美砂生へ向け直す。

『オート・パイロットが勝手に入ったのか』

冷静な男の声が、アイフォンの画面から美砂生に問うた。

「そうですっ」

『キーボード・パネルを見せてくれ、フェアリ』

永田町　国会議事堂

「総理。韓国側が要求しています」

長沼秘書が、携帯をまた手で押さえて咲山へ告げた。

「〈タイタン〉を万難を排して撃墜するから、その代わり総理に確約をしろ、と」

「確約――?」

〈半魚人〉はぎょろり、と見返す。

長沼は汗も拭けずに「そうです」とうなずく。

「日本海の〈東海〉呼称と、独島の領有権主張放棄を今この場で総理に確約しろ、と要求しています。電話に出ろと」

「確約してやると言え」

「向こうは、録音をとると言っています」

「何」

「総理、いくら『領空侵犯』でも、八〇〇人が乗る民間機であることを知りながら撃墜すれば韓国は国際社会で非難されます。それでも日本海の〈東海〉呼称が勝ち取れ、独島の領有権が確定すれば、現韓国政権は盤石となり、あの海の海底のメタンハイドレート資源も未来永劫そのほとんどを韓国が独占出来るのです。得るものは大きい、録音をとるから今確約しろと——」

咲山友一郎は、苛立《いらだ》ったように唇を引きつらせ、初老の秘書から携帯を受け取った。

「咲山だ。二件とも確約するから撃墜しろ——何、対馬《つしま》？　構わん、対馬も韓国にくれてやる、住民付きでくれてやるから好きにしろ。さっさと全力で〈タイタン〉を撃墜するのだ大統領。証拠を一かけらも残すな」

府中　総隊司令部

『それは〈サテライト・モード〉だ。しまった』

中央指揮所の正面スクリーンで、ウインドーの中のテスト・パイロット——秋山三佐が眉を曇らせた。

サテライト・モード……？

和響は立ったまま、テスト・パイロットの言葉に集中した。

一方の〈スターボウ〇〇一〉のコクピットから送られて来る映像には、フライトマネージメント・コンピュータの入力画面が大写しになっている。

フライトマネージメント・コンピュータは、電源を断って殺したはずではないのか。

だが

『何らかのアクシデントで、ＦＭＣもパイロットも使い物にならなくなった時。地上から、、、衛星経由でオート・パイロットをコントロールし、機体を無事に帰還させる非常システムがある。エアバス社の最新技術だ。それがなぜか働いている。漆沢一尉、その機体はどこか別の場所から、衛星回線経由でコントロールされているんだ』

『衛星か何か知らないけど、島の上空へ戻って、旋回を始めてます。さっきと同じです。何とかしてください！』

スクリーンに、操縦席から振り返って訴える私服の女性パイロットがアップになる。

（あれが漆沢一尉か――フェアリと言ったか）

和響は、前にこの女性パイロットのＴＡＣネームと声を聞いたことがある気がしたが、思い出している暇はない。

「先任、報告します」

最前列の管制官が振り向いて告げる。

「取り敢えず韓国のＫＦ16二機は、島の周辺から離脱しました」

「そうか、ロックオンの脅しが利いたな」

そこへ

「先任指令官」

　背中からしわがれた声が呼んだ。

「はい」

　しわがれた声は、総隊司令官の敷石だ。

「先任指令官。結果的に〈スターボウ〇〇一〉は救援出来たが、これは命令違反である。ブルーディフェンサーに指示を出したのは誰か」

「は」

　和響は、そんなことを今問題にしている場合じゃないだろう、という言葉が喉元まで出て来るのをこらえ、トップダイアスを振り仰いだ。

「指示を出したのは、たぶん、ブルーディフェンサー編隊の直属上官――小松の第三〇七飛行隊の隊長です。適切な指示と考えます」

「――――」

　敷石は、和響を睨み降ろした。

「先任指令官。命令は『ＡＤＩＺを出るな』だ。命令違反は許されない。ただちにブルーディフェンサー二機を呼び戻せ」

「それは出来ません」

　和響は頭を振った。

「ご覧ください、〈スターボウ〇〇一〉は再び自動操縦が外れなくなり、あのように竹島の上空を旋回中です。何者かに地上からコントロールされている可能性もあり、このままではまた――」

その時

「大変ですっ」

和響の言葉を遮るように、誰かが叫んだ。

「あ、あれを見てください！」

小松基地　要撃管制室

「火浦隊長、あれを……！」

当直要撃管制官が、スクリーンを指して声を上げた。

「半島の沿岸から、多数上がってきます。無数に来る、あれは――〈スターボウ〇〇一〉へ向かって来る。急速接近中」

「……う!?」

腕組みをして見ていた火浦は、息を呑んだ。

要撃管制室の情況表示スクリーンの左端――日本海の西の外れの朝鮮半島沿岸に、突然多数の赤い三角形が出現すると、右方向へ一斉に進み始めた。

「何だ、これは」

「レーダー情報を送って来るE767が、解析しています。スクリーンに間もなく表示が出ます」

当直管制官は、キーボードに指を走らせる。

「情報来ました。ターゲットのレーダー・パルスを解析。機種、韓国空軍KF16。機数は――六編隊。おそらく十二機」

「…………」


スクリーンには、竹島と思われる位置で旋回中の黄色い三角形。〈SB001〉――漆沢美砂生の乗るCA380だ。それを目がけて、右手からは〈BD001〉と〈BD002〉の緑の二つの三角形が行く。対する左端から現われ、向かって来るのが赤い三角形六つ――いや距離が遠いのでターゲットを分離出来ないでいるが、おそらく二機編隊が六つで合計十二機はいる、韓国空軍KF16戦闘機だ。

火浦は唇を噛んだ。

十二機というのは、警告のためのスクランブルではない。

『フェアリ、おちついて聞いてくれ』

管制卓に置いた火浦の携帯にはケーブルが繋がれ、竹島上空のエアバス機のコクピットと、小牧の飛行開発実験団テスト・パイロットとの会話を中継している。

『サテライト・モードは、機体を救う最後のシステムとして設計されている。人間の操作は介入出来ない。サーキット・ブレーカーでも殺せないだろう、やろうとすれば、フライバイワイヤ・システムそのものを殺さなくてはいけなくなる。無理だ』

『じゃ、どうすればいいんですかっ』

漆沢美砂生の抗議の声も聞こえる。

『ここにいたんじゃ、また韓国の戦闘機が来るわ』

その通りだ。

どうすればいい――

火浦は唇を噛む。風谷たちは武装が使えない。出撃準備をさせた月刀たちの特別飛行班も、たとえ今すぐ天候が回復し離陸させても到底間に合わない……。

十二機が相手では、中距離ミサイルのロックオンで脅かしても――

「くそっ」

『いいかフェアリ。よく聞いてくれ。地上からコントロールされるサテライト・モードを解除する方法は、一つしかない。衛星回線の信号を絶つのだ。それには――』

プツッ

モニター用のスピーカーに出していた会話の声が、不意に途切れた。

「……おい、どうした!?」

考え込んでいた火浦は、驚いて携帯を見た。

卓上の自分のアイフォンは、ケーブルを繋いだままだ。バッテリーが切れないよう、電源コードもつけている。

「隊長、向こうの端末です」

通信担当の管制官が、アイフォンを調べて言った。

「機上側の――漆沢一尉の端末が、おそらくバッテリー切れですっ」

「な、何っ」

14

竹島上空　CA380・コクピット

『衛星回線からの信号を絶つのだ。それには――』
プツッ
ノイズと共に、唐突にアイフォンの画面が消えた。

「えっ？」

「!?」

画面を見て話していた美砂生と、アイフォンを構えていた玲子は同時に目を見開いた。

しまった、テレビ電話はバッテリーを食うんだった……！

「じゅ、充電器。先生、充電器っ」

「ちょっと待ってて」

山澄玲子が、開いたままの操縦室扉から跳び出して行く。後方の客室へ行けば、乗客の誰かが携帯用充電器を持っているかも知れない。

同時に

『漆沢一尉、ＣＣＰだ』

国際緊急周波数に合わせている無線に、府中の声が入った。

『おちつけ。今、秋山三佐の意見を基《もと》に対策を協議中だ。この周波数を聞いていろ』

「早くして。いつまでもこんなところにいられないわっ」

『なるべく早くする。実は、半島沿岸から韓国軍の大編隊が接近中だ。出来るだけ早く、自動操縦を解除してそこを離脱出来るようにする』

「な――」

日本海上空　F15編隊

(何だ、このターゲットの数は!?)

F15一番機のコクピット。

風谷は、レーダーを〈広域索敵〉モードに戻した途端、無数と言えるくらいの白い菱形がディスプレーに浮かび上がるのを見て息を呑んだ。

ブォオオオッ
凄まじい風切り音が風防を包み、風谷のイーグルはマッハ二・五で雲の中を降下中だ。小刻みに揺れる中、風谷はレーダーの異常ではないか――？　と疑ったが操作は間違っていない。

〈スターボウ〇〇一〉と思われるターゲットまでは二三マイル、あと一分で到達する。しかしその向こう、水平線の彼方《かなた》から無数――数えたら全部で十二個の菱形が、横一列に広がって押し寄せて来るのだ。高度三〇〇〇フィートの低空、速度五〇〇ノット。

これは――

『たくさん来る』

右後方から、鏡黒羽の声がぼそっと言った。

府中　総隊司令部

「────」

いったい、どうなっているんだ⁉

和響はスクリーンを仰いだまま、言葉を失っていた。

いや和響だけでなく、中央指揮所の全員が言葉もなくスクリーンを見上げていた。

無数の韓国軍機が、竹島の方向へ西進している。まるで群れをなして〈スターボウ〇〇一〉に襲いかかるようだ。

(韓国は、わが国を相手に戦争でも始めるつもりか⁉)

外交ルートを通して、何とか出来ないのか。

市ケ谷の防衛省は、何をやっているんだ⁉

「先任」

最前列の管制官が、振り向いて訊いた。

「ブルーディフェンサーは、竹島へ一分で到達します。その後の指示は」

「──あ、ちょっと待て」

ブルーディフェンサー編隊のＦ15二機は、小松の飛行隊長が勝手に命令して差し向けたので、中央指揮所は何も指示を出していない。

和響は、二機のＦ15が中距離ミサイルの慣熟訓練に出ていたことは知っていたが、二機が訓練の安全対策で武装を使えない状態にしていることは知らなかった。

「――――」

和響は振り向くと、トップダイアスの敷石空将補――別名〈規定〉と呼ばれる堅物の将官を仰ぎ見た。

「――――」

敷石も、和響を睨み返した。

「司令。意見具申します。やはりここは――――」

だが和響が言い掛けた時。

「総隊司令！」

連絡担当官が、受話器を手にしたまま振り向いて怒鳴った。

「市ケ谷から電話が入っています。統幕議長です」

「――？」

「緊急です。命令違反を咎めておられます。すぐ電話に出ろと」

しん、と指揮所の空間が静まった。

「——連絡担当官」

敷石がしわがれた声で命じた。

「喉の調子が悪い。マイクで話す。スピーカーに出せ」

「はっ」

すぐに、防衛省回線の電話が天井スピーカーに繋がれた。

敷石はゴホン、と一度せき込むとトップダイアスの卓上マイクに向かった。

「総隊司令です」

『総隊司令官、統幕議長だ』

天井から不機嫌そうな声が降った。

どうなるんだ……？

和響は唾を呑み込み、トップダイアスを見た。和響だけでなく、管制官たちもほぼ全員が壇上の総隊司令官に注目した。まさか上からの——統幕議長の命令で、F15編隊を引き揚げさせられてしまうのか……!?

『市ケ谷でも情況はモニター出来ている。いったいどうなっている。ＡＤＩＺを出るなという防衛大臣命令に反して、戦闘機を竹島空域へ差し向けたな!?　重大な命令違反だ』

「——はい」

　敷石はうなずいた。

「命令違反です」

『ではただちに、戦闘機を下げろ。国際問題になる。防衛大臣も大変お怒りになっているぞっ』

「――――」

『何を黙っている、敷石空将補!?　我々自衛隊の組織は、シビリアンコントロールの鉄則に基づいて防衛大臣の命令に従わなければならない。命令は絶対である』

「その通りです、統幕議長。大臣命令には、絶対に従わなければいけません」

『では防衛大臣の命令通り、戦闘機をただちにＡＤＩＺの線の内側まで下げたまえ！』

「はい」

　敷石はうなずいた。

「進出中の戦闘機二機を、ただちに防空識別圏の内側へ下げます」

『よろしい』

　指揮所の空間のあちこちで、音もなくため息が漏れた。

　やはり〈規定〉に、この国を護るのは無理か……。

　だが

「ところで、統幕議長」

会話はそれだけで終わらなかった。

敷石は、いつものしわがれた声のまま、市ケ谷から電話して来ている自衛隊制服組の最高指揮官に問うた。

「お訊ねしますが。竹島はどこの国の領土ですか」

『何だ、今はそんなことを議論する時ではないっ』

「いえ。ただ訊ねているのです。竹島はどこの国の領土ですか」

『うぅ、それはわが国固有の領土である。防衛白書にもちゃんとそう書いてあるっ』

「分かりました。竹島は日本の領土ですね」

すると敷石は、卓上マイクのスイッチをパチリと切ってしまう。

『お、おい総隊司令っ。何のつもり――』

天井スピーカーの声も途切れた。

「日本海第一セクター」

驚いて注目する管制官たちを、面白くもなさそうに見渡して敷石は命じた。

「竹島は日本の領土である。スクリーンの竹島の周囲に、領空線を引け」

「……は？」

「復唱はどうしたっ」

「は、はい」最前列の管制官は、目を見開いて復唱した。「スクリーンの竹島の周囲に、領空線を引きます」

たちまち正面スクリーンの左手、竹島の周囲に半径一二マイルの紅い真円が描かれた。黄色い三角形は、紅い真円のちょうど内側を回っている。

さらに

「領空の外側二〇〇マイルは、規定により防空識別圏である」敷石は重ねて命じた。「日本海第一セクター、線を引き直せっ」

「は、はいっ」

管制卓のキーボード操作により、中央指揮所の巨大な正面スクリーンで、防空識別圏を表わす点線が形を変え、大きく西へ広がって紅い真円をその内側へ抱き込んだ。

「空域、繋がりました！」

「よし」

敷石はうなずいた。

あっけに取られている指揮所の全員に、号令した。

「全員に告げる。竹島の一二マイル以内は、わが国の領空である。これより航空自衛隊は〈対領空侵犯措置〉を実施する。先任指令官、ブルーディフェンサー編隊に命令、領空へ侵入しようとする他国機に対し警告を実施させよ」

「え」

「復唱はどうしたっ」

竹島上空　F15編隊

ブォオオッ
雲が切れ、風防のヘッドアップ・ディスプレーの向こうに下界が広がった。

鉛色の海の一面に、白波が広がっている。

高度五〇〇〇フィート、降下して雲の下に出た。

もう、すぐに前方だ。風谷はスロットルを絞り、アフターバーナーを切るとマッハ〇・九――五五〇ノットで機を水平飛行に入れた。

(――あれか)

見えた。

風谷の操縦するコクピットの前方視界。

鉛色の海面から突き出すような、尖った島が近づいて来る。

島の上空へ目を凝らす。いた――！　白い大型機が、ゆったりと旋回しているのが一五マイル手前からでもはっきり見える。

『ブルーディフェンサー・ワン、ＣＣＰだ』

ヘルメット・イヤフォンに要撃管制官の声が入った。

『竹島周辺のわが領空に、多数の韓国機が接近中。そちらのレーダーで探知しているか。一二時の方向だ』

「――している」

風谷はレーダー・ディスプレーを見やる。もうルックダウン機能を使わなくても、普通にコンタクトしている。こちらは高度五〇〇〇で雲のすぐ下、接近する大編隊は島の三〇マイル向こう、高度三〇〇〇フィートで海面と雲に挟まれた空間の真ん中を来る。まっすぐこちらへ来る。

十二機――こいつら、何のつもりだ。

『これより、〈対領空侵犯措置〉を実施する。ブルーディフェンサー編隊は接近する韓国編隊に対し、領空へ侵入せぬよう警告せよ』

「えっ」

〈対領空侵犯措置〉……!?

『ブルーディフェンサー・ワン、済まない』

別の管制官の声に変わった。

『CCP先任指令官、和響だ。竹島上空を旋回中の〈スターボウ〇〇一〉にはわが国民が八〇〇人乗っており、自動操縦が解除出来ず逃げられない』

「国際緊急周波数を聞いています。情況は摑んでいます」

『そうか。現在、急ぎ対策を講じている。しかし〈スターボウ〇〇一〉の自動操縦を解除するのに時間が必要だ。韓国軍機が攻撃せぬよう、遠ざけてくれ。我々は自衛隊だ。自衛隊法の範囲内でやる。総隊司令が動けるようにしてくれた、これより〈対領空侵犯措置〉でやる。だが一度警告して言うことを聞かなければ構わん、『急迫した直接的脅威』を適用し武器を使用しろ』

「……!?」

『分かったか、ブルーディフェンサー・ワン』

小松基地　要撃管制室

「衛星アンテナの配線を、直接切る……!?」

山澄玲子が、どこかから携帯充電器を調達してきたらしい、再び火浦の携帯に電話がかかってきて機上と小牧の飛行開発実験団が映像で繫がれた。

しかし、テスト・パイロットの秋山三佐と漆沢美砂生の間でやり取りされる会話を聞いて、火浦は顔から血の気が引いた。

『配線を切るんですかっ。あたしたちで？』

『そうだフェアリ。コクピットには衛星アンテナのサーキット・ブレーカーがない。機体の天井裏へ上がって、君たちの手でアンテナの基本配線を直接切断するのだ』

銀縁眼鏡のテスト・パイロットは、アイフォンの画面に機内構造図を示して、漆沢美砂生に説明している。図面は、飛行開発実験団が欧州エアバス社に頼み、緊急に送ってもらったものらしい。

『メーカーにも確認した。サテライト・モードを解除するには、それしか方法がない。急いでくれ』

すると
『私が行きます』

機上側から送られて来る画面がひっくり返り、黒髪の女医の顔が大写しになった。

『この携帯と工具を持って、二階客室の天井裏へ入ります。指示をしてください』

『君は』

『山澄二尉。医師です。要するに飛行機の手術でしょ、やれるわ』

れ、玲子……！

火浦はサングラスの下で目を剝いた。

飛行機の手術――って、お前、機体の電気配線なんか見たことあるのか……!?

『よし分かった山澄二尉』テスト・パイロットの声がうなずく。『工具は応急配線修理用のものが、コクピットの後部キャビネットに1セットある。ケースごと持って出るのだ。フェアリは機体の背中の衛星アンテナが死に次第、オート・パイロットを解除してそこを離脱しろ。アンテナが死んだことは、キーボード・パネルの文字が消えることで分かる。同時にこの通話も切れる。衛星回線が遮断されるからな』

『分かりました』

「…………」

火浦はアイフォンの画面の様子に気を取られ、ＣＣＰと風谷との間で交わされる命令のやり取りを聞き逃してしまった。

竹島上空　F15編隊

武器を使用――って。

風谷はヘルメットの下で目を見開いた。

(『急迫した直接的脅威』を適用して武器を使え……?)

この人、俺たちが武装を使えない状態だってこと、知らないのか。

　思わず、操縦席右下の一番UHF無線機を見やる。

　同時に、風谷のイーグルは尖った島の真上を飛び越した。右のすぐ下に、ゆったり旋回する白い巨人旅客機がちらりと見え、すぐ機体の下に隠れてしまう。

「…………」

『ブルーディフェンサー・ワン、了解したか』

　時間を稼げ、か。

　あそこにいる八〇〇人、助けられるのは俺だけなんだ……。

「分かりました、行きます」

　風谷は、ただそう答えた。

　武装が使えない、などと申告すれば。

　またCCPが混乱して、戻って来いとか言い出しかねない。ここまで来て引き返すわけにはいかない……

（いいさ。いざと言う時は死ねばいいんだ）

　すると
『あなたは死なない』

　後ろから鏡黒羽の声が、ぼそりと言った。

「？」

風谷は驚いて、バックミラーに目を上げた。すぐ右後ろに浮いているもう一機のF15。パイロットの顔までは見えない。

『あなたは死なない。わたしが死なせない』

「お前」

『警告は』

「え」

『一応、するんでしょ』

あいつ。俺が考えること、読めるのか……?

風谷は瞬きをしたが、レーダー・ディスプレーの白い菱形の群れは、前方二五マイルに迫っている。

『ブルーディフェンサー・ワン、こちらブランケット・トス』

イヤフォンに別の声が入った。初めて聞く声だ。

『E767の前線管制官だ。これより君のバックアップをする。一つ朗報があるぞ、襲って来る十二機のレーダー・パルスを解析した。こいつらは全機、KF16のブロック40だ。二十年前配備された初期型だ。中距離ミサイルは運用出来ない、安心して戦ってくれ』

「ありがとうブランケット・トス、寿命が十秒伸びたよ」

風谷は送信を国際緊急周波数に切り替えると、左の親指で送信ボタンを押した。迫り来る白い菱形の群れを睨み、言った。

「こちらは航空自衛隊。接近中の編隊に警告する。君たちは日本領空へ接近している。ただちに針路を変え退去せよ。繰り返す――」

府中　総隊司令部

「E767より。レーダー・パルスの解析が来ました。襲来するKF16は全機、ブロック40以下。初期型です」

情報担当官が振り向いて報告した。

「中距離ミサイルは持っていません」

「ミサイルは短距離用のサイドワインダーのみか？」

「そうです。三マイル以内に近づかなければ〈スターボウ〇〇一〉を撃墜出来ません」

「なるほど」和響は腕組みをする。「韓国では、最新鋭のF15Kや、KF16の最新ブロック機材は国連軍司令官の統制下にある。たとえ韓国大統領でも勝手には動かせない。こんな無茶な攻撃に出して来られるのは、二線級の部隊だ」

「二線級でも十二機です」

「分かってる。〈スターボウ〇〇一〉の処置はどうなっているか」

「今、山澄二尉が機体の天井裏へ向かいました」

映像の中継をモニターしている連絡担当官が報告する。

「工具を持って、衛星アンテナを切断しに向かいます。秋山三佐がアイフォンを見ながら道案内します」

「切るのに何分かかる？」

「全く分かりません」

「先任」

最前列の管制官が、ヘッドセットを手で押さえながら振り向いて報告した。

「ブルーディフェンサー・ワンが、韓国編隊に対して〈警告〉を開始しました」

「韓国機の反応は？」

「物凄く怒っています！」

第Ⅳ章　ヴィクトリー・ロール

1

竹島西方二〇マイル　上空

『×♂▼◎※〜！』

『×♂▼◎!!』

早口の荒い朝鮮語が、韓国軍指揮周波数に飛び交う。

ドゴォオオッ
灰色の雲の天井の下、三〇〇〇フィートの濃い大気を震わせ、横一線のライン・アブレスト隊形で進撃する韓国空軍KF16・十二機編隊。

熱い呼吸の伝わる怒声は、数秒前、日本の航空自衛隊機が行なった〈警告〉のせいで沸き起こった。

竹島――彼らの言葉で〈独島〉と呼ばれる島を背にして、突然に飛来した日本航空自衛隊のF15J戦闘機は『ここは日本の領空だから帰れ』と宣告して来たのだ。

祖国の領土を防衛せよ――独島を狙う悪い日本の巨人機を撃墜せよ。

急な命令を受け、出撃してきた韓国人パイロットたちは頭に血を昇らせた。

『★■××※（正義の鉄槌《てっつい》を下すのだ）！』

シュパッ

シュパシュパッ

シュパパッ

中央でリードを取る隊長機の号令で、ほぼ横一線に展開した十二機の主翼下から一斉にＡＩＭ９熱線追尾ミサイルが前方へ放たれた。

シュパーッ

白い横向きの滝のように、空間の奥へたちまち小さくなる。

ＡＩＭ９サイドワインダーの射程は三マイル、前方二〇マイルに対峙し接近する日本のイーグルにはまだ射程外だ。ヘッドオン（対向）で発射しても意味はない。しかしそれは韓国編隊の『怒り』を表わしていた。今回は、ＫＦ16の十二機全機が主翼下と翼端に計四発ずつのサイドワインダーを装着していた。今そのうち一発ずつを、〈警告〉に対する怒りのしるしとして撃ち返したのだ。

『日本人を殺せ』

一機のパイロットが叫んだ。

『今こそ無慈悲な正義の力を思い知らせろ』

『ＫＦがなぜか一斉に発射した。ＳＲＭだ、怒っているぞ連中』

「――――」

風谷はレーダー・ディスプレーを睨みながら、肩を上下させていた。

『だが好都合だ、ブルーディフェンサー・ワン。向こうが先に撃った。ここからは正当防衛だ、好きにやれ』

イヤフォンに遥か後方で支援するＥ７６７の前線管制官の声がしたが、いちいち応えている暇はない。

酸素マスクのエアを強く吸った。

一八マイル、一五マイル――この低空で相対接近速度一〇〇〇ノット。

「鏡」

マスクのマイクに告げた。

「ＡＡＭ４のロックオンから行く。中央の二つだ」

府中　総隊司令部

「韓国編隊、ブルーディフェンサーに真正面から接近！」

中央指揮所の正面スクリーンで、朝鮮半島沿岸から襲い来る無数の赤い三角形と、竹島を背にする緑の二つの三角形が真っ向から交差しようとする。緑の二つの三角形は、背後に黄色い三角形一つを護る形だ。

「来ますっ！」

「…………」

「…………」

指揮所の空間で、一瞬誰もが言葉を止め、息を呑んで見上げた。

竹島周辺　上空

『皆聞け。学校で習った通りである。わが民族が不幸なのは全部日本が悪いのだっ』

横一線の隊形の中央で、やや前に出て編隊を引っ張るＫＦ16の隊長機が言った。

『祖国分断も日本のせいだ。日本はわが民族を不幸にしたっ。我々には報復をする権利がある。日本人を殺せ！』

『そうだ殺せっ』

『殺せっ』

『八〇〇人も殺せば故郷で英雄だ』

『たった二機のF15など蹴散らせ』

『その通りである、蹴散ら——うわっ』

そのとき隊長機のコクピットでロックオン警報が鳴り響いた。

『フォックス・ワン』

『フォックス・ワン』

国際緊急周波数に中距離ミサイル発射のコールが二つ（片方は女の声だ）。日本の新型AAM4は、対向する標的にもロックして命中すると知らされていた。

『狙われた、ブレークするっ』

『ブレークする』

ロックオンされた隊長機とその僚機は、反射的に訓練通りの回避機動を行なった。左右に分かれ九〇度バンクの急旋回。しかし隊長機は興奮して演説していたので、旋回する前に横をよく見ていなかった。

『うわっ』

『うわぁっ』

三番機はいきなり右横から隊長機が目の前に被さるように急旋回してきたので、避ける暇が全くなかった。空中接触。隊長機の左翼と三番機の垂直尾翼がぶつかり、どちらも吹っ飛んだ。二機のKF16は絡み合うようにきりきり舞いし、三〇〇〇フィート下の海面に五〇〇ノットの速度のまま落下した。

ドグォッ

水柱が上がるのを見る暇もなく、崩れた編隊の中央へ二機のF15が突っ込んできた。

F15

上だ……！

「くっ」

風谷の一番機。

崩れて空いた〈敵〉編隊中央のスペースへ突っ込むなり、風谷は操縦桿を思い切り引いた。凄まじいプラスGと共に機首が上がり、ヘッドアップ・ディスプレーの向こうに雲の天井が迫り、次の瞬間視界が真っ白になった。バックミラーで二番機の追従を確かめる暇もなく、雲中へ突っ込んだ。

そのまま引き起こし、機首を垂直に立てた。

「鏡、あれをやる」

頭には、さっきの訓練で菅野一朗がやって見せた機動が焼きついていた。

無線に短く告げるなり、スロットルをアイドルへ絞った。同時にスピード・ブレーキも立てた。いちいち二番機に口で細かく指示する余裕はない、しかし鏡ならこちらの動きを読み、適切に追従するはずだ——

イーグルの機体が、真っ白い水蒸気の只中で急速に減速し宙に止まろうとする。

KF16編隊

『うろたえるなっ。五番機がリードを取る、六番続け。ほかの者は独島上空の巨人機をやれ』

韓国編隊にも冷静な者はいた。

空中接触で脱落した隊長機に代わり、五番機が指揮継承を宣言すると、編隊の多くを独島上空の巨人機撃墜に向かわせ、みずからは僚機を率いて頭上へ姿を消した日本機の掃討に向かった。

急上昇。

たちまち雲に入る。

『隊長の仇《かたき》を討つ。日本機をやるっ。兵装選択〈SRM〉、レーダーをドッグファイト・モードにせよ』

格闘戦になれば、レーダーのディスプレーを見ながらいちいちカーソルで挟んでクリックする暇はない。ドッグファイト・モードは、目の前に最初に現われた目標を自動的にロックオンし、ヘッドアップ・ディスプレーに円形のマークを出す。パイロットは兵装発射トリガーを引くだけだ。

だが

『――コンタクトしない？』

垂直近くまで引き起こしても、真っ白い前方空間を探るレーダーは何も捉えない。日本機は上方にいるはずだ、動く物体があればコンタクトするはずだ――五番機は僚機を引きつれ、そのまま雲中を引き起こし続け、密集編隊で宙返り機動になった。宙返り後半の急降下の段階になり、ようやくヘッドアップ・ディスプレー中央にマークが出た。自動ロックオン。

『いた、いたぞ。前方にいる。トーン良好、攻撃する。フォックス・ツー――いや待て、待てっ！』

『フォックス・ツー！』

雲中での編隊宙返りから雲の下へ出た瞬間、自分たちがロックオンしたのが先行させた友軍機だと気づいた五番機はＡＩＭ９の発射を中止したが、僚機の六番機はそのまま発射してしまった。

シュルッ

一発のサイドワインダーが、雲のすぐ下を噴射煙を曳いてＫＦ16の一機に背後から襲いかかった。着弾。

いきなり背後頭上からミサイルを撃たれた一機は、気づいて悲鳴を上げる暇もなく爆散した。

『──う、うわぁっ』

同時にロックオンされたもう一機は、僚機が真横で火球となって爆散したのに驚き、反射的にフレア（欺瞞熱源）を放出しながら右へ急旋回した。ミサイルを撃たれたら回避機動、これだけは訓練で叩き込まれていた。

しかしパイロットは、恐怖のあまり高Ｇをかけたまま後方を振り向いて見ようとして、その瞬間バーティゴ（空間識失調）に陥った。三半規管のおかしくなった操縦者に操られるＫＦ16は、宙で腹を上にしてひっくり返った。

『うわ、うわぁあっ、ど、どっちが上だ⁉』

海面にぶつかる恐怖から、パイロットは本能的にスティックを引いた。

『し、しまったっ』

五番機は悪態をつく瞬間、隙が出来た。そのコクピットに、背後頭上の雲の中から青灰色のイーグルが落下するように現われ、後頭部に機関砲を突きつけるようにしてピタリと被さった。

『フォックス・スリー！』

女の声。

ど、どこから現われた……!?　驚いて疑う暇はなかった。フォックス・スリー——機関砲で撃たれる……！

回避するには背後のF15はあまりにも近かった。五番機のパイロットはとっさに判断し射出座席を作動させベイルアウトした。

バシュッ

『う、うわ』

六番機にも同時に、背後頭上からイーグルが覆い被さった。いったい、日本機はどこにいた……!?　六番機のパイロットは自分の誤射したサイドワインダーが友軍機を爆散させたことに動揺し、ただでさえわけが分からなくなっていた。『フォックス・スリー！』と叫ばれると反射的に下へ逃げようとして、サイド・スティックを思い切り前へ押した。

グワッ

ＫＦ16は急激に機首を下げ、強烈なマイナスＧが襲った。フライバイワイヤ・システムはマイナス二・五Ｇで昇降舵の動きを自動的に止めたが、パイロットのＧスーツは血液の上昇を止め切れなかった。

『ぐぎゃ』

パイロットは瞬時に失神した。ＫＦ16はそのまま海面へ向けて突っ込んだ。

F15

「はぁっ、はぁっ」

風谷はマスクの酸素を激しく吸っていた。自分が機関砲でロックし脅かしたＫＦ16が、海面へ突っ込んでいくのを目で確かめる暇もない。

『ブルーディフェンサー・ワン、〈スターボウ〇〇一〉が襲われる、六機向かっている』

前線管制官の声がイヤフォンに響く。『島へ一〇マイル、間もなく射程に入るぞ。急げ』

「――――」

風谷は大きく息を吸って、左手のスロットルをフル・アフターバーへ叩き込んだ。

わかっている、と返答するエネルギーも惜しい。前方の空間を睨みつけ、イーグルを加速させた。

「バーナー・オン、鏡行くぞっ」

府中　総隊司令部

「混戦しています。敵を何機か撃墜したようですが、確認出来ません」

正面スクリーンでは、E767が捉えて送って来るレーダー情報をもとに敵・味方各機の位置と運動が表示されていたが、距離が遠いためAWACSのレーダーも全てを追い切れず、赤い三角形は現われたり消えたりを繰り返した。緑の三角形二つも、敵編隊と交差した直後に一瞬姿が消えて一同をひやりとさせたが、すぐまた現われてKF16編隊を追撃にかかっていた。

「〈スターボウ〇〇二〉の処置は、どうなっているか」

和響が訊くと。

「今、山澄二尉が二階客室の天井から、天井裏へ入りました」

連絡担当官が振り向いて報告した。

正面スクリーンの一方には、二つのウインドーが開かれたまま。屋根裏のような狭い空間を進む主観映像と、アドバイスをする秋山三佐の顔が映っている。携帯電話の回線を通じて、会話は続いているようだが、戦闘が開始されてから和響はそちらを注視することは出来なかった。

「見通しは？」

「はい、秋山三佐によれば、間もなく衛星アンテナ・ユニットの基部に辿り着くので、あと三分もたせてもらえれば──と」

「三分……」

和響はスクリーンを仰いだ。

CA380の背中の衛星アンテナを無効化し、自動操縦を解除して竹島の上空から離脱させれば、とりあえず韓国軍にエアバス機を撃墜する理由はなくなる。操縦席にいる漆沢美砂生は、TACネームを持つイーグル・ドライバーだ。何とか機を操縦して、日本国内へ生還出来るだろう。

あと三分……。

竹島上空

ドンッ

「くっ」

風谷はアフターバーナーに点火すると、ＫＦ16の群れを追った。

高度三〇〇〇フィート。全力加速飛行――Ｇが風谷の背をシートに押しつける。Ｆ15Ｊの加速ダッシュ力はＫＦ16に勝っている。索敵モードのレーダー・ディスプレーに散って現われる六つの白い菱形へ、みるみる差を詰めていく。

「はぁっ、はぁっ」

鉛色に煙った水平線から、尖った島影が再び引き寄せられるように近づく。レーダー・ディスプレーを睨む。六つの菱形は八マイル前方、さっきの二機と格闘する間に先へ行かれた――さらにその向こう五マイル先に、大きなもう一つの反応。〈スターボウ〇〇一〉だ、まずい……！

だが

『ブルーディフェンサー・ワン、ＫＦ16ブロック40の装備するＡＩＭ９Ｋは、対向撃ちが出来ない。必ず標的の後方へ廻りこむぞ。中距離ミサイルは残っているか』

Ｅ767の管制官が教える。そうか、敵はミサイルを撃つ前に、射撃ポジションへ廻り込む機動をするはずだ――

（まだ間に合う）

ズン、と軽いショックを感じる。何だ、音速を超えたのか――？　もうヘッドアップ・

ディスプレーの速度スケールを見る余裕もない。ディスプレー上で一番先行している菱形の一つをカーソルで挟む。指が滑る……しっかりしろ、エアバス機には美砂生さんたち八〇〇人が乗っている──カーソルで挟んでクリック。

ロックオン。ヘッドアップ・ディスプレーの島影と重なり、四角い目標指示コンテナが浮かぶ。その中に小さな黒い点。続いて横に展開し進む他の五つも視認出来た。そうか、あそこにいるのか、見つけた……！

「鏡、二番目の奴だ」

『ツー』

実弾が使えない。こうやって後ろからロックオンして脅かして、〈スターボウ〇〇一〉に近づかないよう追い散らすしかない。

距離がもう近い。そろそろ中距離ミサイルのミニマム・レンジを切る。ここからは短距離ミサイルのコールだ。

「フォックス・ツー！」

『フォックス・ツー！』

目標指示コンテナの中に浮かぶ点のようなターゲット（ＫＦ16は機体が小さい）を睨みながら叫ぶと、右後ろの位置にぴたりとつけた二番機からも、鏡黒羽が打てば響くようにコール。

脅しが効いて、ロックオンした機影は一瞬テールから不完全燃焼の黒煙を吐くと、機体の腹からフレアをちかちかっ、と散布しながら左へ急旋回した。エンジンを瞬間的にアイドルへ絞り、排気熱を減らしながら急速退避したのだ。その横にいたもう一機も同様に右へ急旋回、島影へ向かうコースから離脱する。まだ敵編隊は風谷の七マイル先で、本当にＡＡＭ３を発射したとしても射程外で当たりはしないが、後ろからロックオンされ『発射』とコールされたら敵はとりあえず回避するしかない。

（次——！）

その時
『ブルーディフェンサー・ワン、あと三分だ』

耳のイヤフォンに、Ｅ７６７の管制官が告げた。

『あと三分、もたせてくれ。〈スターボウ〇〇一〉の中で、今衛星アンテナを切断している。あと三分で自動操縦が切れる、そうすれば自由が回復する。そこを離脱できる』

「……！」

三分……そんなに⁉

風谷が息を呑む隙に、残り四つの機影のうち両端にいる二機が左右にブレークした。アフターバーナー全開で急旋回、こちらへ向かって来る。

（くそ）

小松基地　要撃管制室

「うっ」

火浦が、機体天井裏へ上がる山澄玲子の主観映像に気を取られるうち、スクリーン上で〈戦闘〉は始まってしまっていた。

緑と赤の三角形が、目まぐるしく交差する。韓国編隊と真正面から交差した風谷と鏡黒羽の編隊が、バーチカル・リバースの技を使って相手のレーダーから姿を隠し、襲いかかろうとした二機を逆に『撃墜』する様子はスクリーンから見て取れた。韓国機は混乱し、同士討ちや空中衝突によってたちまち半数がスクリーンから消えた。武装がまるで使えない丸腰なのに、脅かすだけでこれだけ闘うとは――

しかし島へ向かう韓国編隊四機を追撃する風谷と鏡に対し、ＫＦ16の二機が左右にブレーク、反撃せんと襲いかかって来る。

「か――風谷っ」

火浦は拳を握った。

駄目だ直進するな、やられる――そう言いたかったが、一方〈スターボウ〇〇一〉へ肉薄するＫＦ16の先行二機は、間もなく巨大エアバスの斜め後方三マイルの位置へ達してしまう。

玲子。

火浦は、管制卓に置いた携帯の画面を見た。映像は天井裏のような空間を、這い進んでいく。

早く。

（早くアンテナの配線を切るんだ、玲子……！）

竹島上空

ズグォッ
グォッ
『我々が日本機をやる、十一番、十二番は直進せよ』
ＫＦ16九番機と十番機はアフターバーナーを全開、互いに九〇度バンクで左右に分かれ、後方から迫りくる日本の二機の脇腹を突くべく急旋回した。
残る二機は独島上空で旋回する巨人機の撃墜に向かわせ、追撃してくる自衛隊Ｆ15を自分たちで撃破するつもりだ。

本当は水平旋回でなく真上へ引き起こし、宙返りを利用すればもっとコンパクトに向きを変え、後方にいる日本機編隊を真上かやや後ろ上方の有利な位置から襲える。しかし頭上の雲へ入れば相手を一時的に見失う。雲中から闇雲にロックオンすればまた味方を撃ってしまう――どうしても視認したまま襲いたければ、そうするしかなかった。

「くそっ」

風谷は、前方で左右に分かれる敵機二機の動きを目にしたが、どうすることも出来ない。レーダー・ディスプレーでは〈スターボウ〇〇一〉へ肉薄する二機が、間もなく射撃の位置についてしまう。

このまま全力で追い、ロックオンするしかない。そうしなければ――

視野の外側を速い小さな影がすれ違った。KF16の旋回能力はイーグル以上だ、たちまち反撃の二機は真横を通り越し、斜め後方へ回り込むだろう。

その時

『ツー、エンゲージ』

鏡黒羽の声がすると、バックミラーの中に浮いていた二番機のF15が、吹っ飛ぶように上方へ消えた。

『わたしがやる。風谷三尉、旅客機を』

「――すまんっ」

府中　総隊司令部

「KF二機が、両側からブルーディフェンサーの後方へ廻り込みます！」

「――！」

「――！」

指揮所の全員が、スクリーンを仰いで息を止めた。

「――〈スターボウ〇〇一〉はっ!?」

和響は叫んだ。

「衛星アンテナはまだ切れんのかっ」

「間もなくですっ」

CA380

「――空中戦……!?」

操縦席に座る漆沢美砂生は、フライトマネージメント・コンピュータの入力画面に浮かんだ〈ＳＡＴＥＬＩＴＥ　ＭＯＤＥ〉の赤い文字が消えるのを待っていたが、国際緊急周波数の騒々しさに目を上げた。

コクピットの窓から目視出来る範囲には、何も見えなかった。巨大なＣＡ３８０は、眼下の尖った岩の島を中心に、緩く旋回し続けている。右手のサイド・スティックは、まだぴくともしない。

ＣＡ３８０・機体天井裏

『そうだ山澄二尉、そこにあるのが衛星アンテナのパワー・フィーディングボックスだ。アンテナの電力供給装置だ』

狭い空間を這い進んできた玲子が、手に持ったアイフォンを斜め上へ向けると、遠く小牧からアドバイスしてくれているテスト・パイロットの声が教えた。

『仰向けになり、まず前面パネルをドライバーでねじを回して外せ』

「分かりました」

山澄玲子はうなずくと、仰向けになり、湾曲した機体の天井に取りつけられた黒いボックス——三〇センチ四方の黒い金属の箱に向き合った。箱には天井を這うように、四方から配線が集まっている。工具箱から取り出したドライバーで四隅のねじを回し始めた。

カチ

外れた……。

『ゆっくり、蓋を外せ』

「――」

秋山三佐の助言に従って、両手の指で黒い金属ボックスの蓋を掴み、手前へ引いた。

その途端。

「――！」

玲子の白い顔のすぐ上、箱の中身の配線に被さるように、銀色の小さなボンベが露出した。

何だ……!?

蓋を外されたことで作動したのか、チカチカッと赤いランプが明滅すると、ボンベから白い気体が噴出した。

プシュッ

「うっ」

顔を覆って息を止める暇もなかった。気体をもろに吸い込んでしまった玲子は仰向けの姿勢のまま昏倒した。

2

小松基地　要撃管制室

「――れ、玲子っ!?」

画面に白煙が見えた――と思った途端。CA380の機体の天井裏から送られて来るアイフォンの映像が急に傾き、動かなくなった。秋山三佐の『どうしたっ』と呼びかける声がしきりに聞こえるが、山澄玲子の反応はない。

まさか――

立ったまま呆然《ぼうぜん》とする火浦のサングラスに、管制室スクリーンの戦況が映り込む。赤い三角形二つが、左右に分かれて両側から緑の三角形に襲いかかろうとしている。

府中　総隊司令部

中央指揮所の正面スクリーンでも、山澄玲子が白い気体を目の前で噴射され、昏倒したらしい様子が映し出された。

「秋山三佐。秋山三佐、どうなっている⁉」

和響は思わずマイクを取って叫んだ。

『〈罠〉です。やられた、衛星アンテナが切られないよう、あらかじめ〈罠〉が仕掛けてあった』

「何だと」

『おそらく、酸素系統に仕込まれていたのと同じ麻酔ガスかと思われます。コクピットの漆沢一尉に連絡を。ただちに防煙フードを被り、天井裏へ向かうよう』

「分かった」

竹島上空

「――はぁっ、はぁっ」

F15一番機のコクピット。

風谷は、エアバス機の斜め後方位置へ入ろうとしている二つの小さなシルエットを睨むと、レーダーをスーパー・サーチモードにした。もう標的が近い、スーパー・サーチモードはKF16のドッグファイト・モードと同じで、前方空間に最初に探知した敵を自動的にロックオンする。

ピッ

ヘッドアップ・ディスプレーで、KF16の片方——右の一機のシルエットをASEサークルが囲んだ。ロックオン。

「フォックス・ツー！」

熱線追尾ミサイルの発射コールを叫ぶと、ロックオン警報が鳴り響いたのだろう、サークルで囲われた単発エンジンの機影はノズルから煙を吐き、機体腹部からフレアを放出しながら右急旋回で離脱した。

あと一機……！

だが

ビーッ

ビーッ

風谷の計器パネルの右上、円型のTEWSスコープで赤い輝点が明滅し、けたたましいアラームを鳴らした。しまった、こっちもロックオンされた……！　後ろだ。スコープの赤い輝点は二つ、左右の斜め後ろ——

ズゴォッ

ゴォッ

風谷機の左右後方から、二機のKF16がほぼ同時に襲いかかって来た。

『わはははっ、死ねっ』

KF16九番機は右急旋回で、直進するF15Jの右斜め後方へ廻り込み、青灰色の機影をドッグファイト・モードでロックオンした。九〇度バンクの水平旋回で速度はややおちていたが、AIM9を使用すれば音速で直進するF15を十分に捉えて撃ちおとせる。

『トーン良好、フォックス――おわっ!?』

ザァアッ
その時、頭上の雲の天井を突き抜けるように、一機の青灰色の機影が急降下して来ると九番機の真後ろ上方に食らいついた。

『フォックス・スリー!』

『うわぁっ』


「くそ」

だが今度は相手が急旋回していたため、さすがの鏡黒羽もさっきのように相手の戦意を喪失させるほど間近に覆い被さることは出来なかった。

「くっ、一〇〇メートルも開いたっ」

F15の二番機。

酸素マスクの中で歯嚙みする暇もなく、鏡黒羽のヘッドアップ・ディスプレーの中で右旋回していた単発シルエットは鋭いロールで左へ切り返し、逃げにかかった。

逃がすかっ……！

黒羽は操縦桿を左へ倒して追う。だが同時に、前方で風谷機に追いすがろうとしていたもう一機のKF16が、鋭く上方へ引き起こして背面になり、右バレル・ロールに入るのが見えた。

「くっ」

そうか。

眼前の機は、左へ離脱しながらわたしを後尾へ引きつけ、僚機をその間に上方から後ろへ廻り込ませて反撃させるつもりだ――視野の上、ヘルメットの目庇《まびさし》の上へ吹っ飛ぶように消えたシルエットの軌道を読み、黒羽は直感した。セオリー通りかっ。

だが、それでいい。

黒羽は眼前のKF16を追い続ける。くそっ、旋回がコンパクトだ、食らいつこうとするとKF16は主翼前縁に自動フラップを展張し、ググッと曲がってヘッドアップ・ディスプレーから逃げる。F15には無い前縁自動フラップに加え、胴体そのものからも揚力を発生するからF16の旋回性能はF15と同等以上と聞く。そうかも知れない――

『来い、来いっ』

ＫＦ16九番機は左に切り返して逃げながら、僚機の十番機を応援に呼んだ。

『食いつかせてレフトターンする、後ろから日本機をやれっ』

『任せろっ』

十番機はただちに呼応し、直進するイーグルへの攻撃を取り止め、ＫＦ16の秀逸な旋回性能をフルに発揮して僚機を追うＦ15二番機の真後ろ一マイルの位置へひねり込んだ。

グォッ

『よし、ロックオンしたぞっ――！』

十番機のヘッドアップ・ディスプレーには、一番奥に小さく九番機、その手前に航空自衛隊Ｆ15Ｊの後ろ姿が斜めになり円型のサークルにしっかりと囲まれた。

『死ね、フォックス・ツー！』

バシュッ

十番機の主翼下から一発のＡＩＭ９が必殺の照準で放たれた。

（――！）

鏡黒羽は、その瞬間を待っていた。

F15二番機のコクピット、六Gの急旋回で傾くバックミラーの視野の中。真後ろの位置に入りこんだ鮫口のKF16が主翼下から白煙を噴き、死を運ぶサイドワインダーが跳び出す――視神経がそれを捉えると同時に、腕は反応した。操縦桿をフルに左、同時にラダーをフルに右へ蹴る。さらにスピード・ブレーキ。

ヴワッ

高G・高速で無理やりにフルの舵を使われたイーグルは、宙のその場でひっくり返り、ディパーチャーした。操縦不能の発散運動だ。揚力は瞬間的にゼロになり、F15二番機は回転しながら真下へ落下した。

それは後方から見る者には、双尾翼の機体がいきなり回転してフッ、と消え去ったようにしか見えなかった。

『な――』

KF16十番機のパイロットは、目を見開くしかなかった。

イーグルが消えた……!?

発射したAIM9サイドワインダーは、弾頭の赤外線シーカーに捉えていた熱源を一瞬見失い、何もない空間を通り抜けたが、すぐ前方にもう一つの熱源が『見えた』のでそれに向かってまっしぐらに突き進んだ。

『き、九番逃げろ、逃げろ逃げ——うわぁっ』

九番機のエンジン・ノズルにサイドワインダーが吸い込まれるように命中し、大爆発。

十番機は叫ぶ以外に出来ることが何もなかった。

ヴォオオッ
F15二番機は瞬時に一〇〇〇フィートを落下した。黒羽の眼前で、鉛色の天地が激しく不規則に回転した。こんなに低高度で、この技を使ったことは今までに一度もなかった。空戦の訓練は、いつも安全なもっと高い高度で行なっていた。

「——クッ！」

歯を食い縛った。華奢な腕をGに潰されそうになりながら、前方の空間を睨み、ただ水平線よまっすぐになれ、と念じた。後は日頃の鍛錬がものを言って、手足が勝手に動いてくれた。

ブンッ
海面すれすれでF15は水平姿勢を取り戻した。

「うっ」

翼端で波頭を擦らぬよう、黒羽は慌ててバンキングを止めた。助かった——！

眼を上げると、たった今自分にミサイルを撃ったKF16が、腹を見せて頭上を追い越していく。呆然としているのか、旋回も止めてしまっている。

黒羽は操縦桿を引き、上昇した。KF16の後ろ下方から、たやすく垂直尾翼の真後ろに食らいついた。

「警告する」

黒羽は切れ長の眼でKF16の涙滴型キャノピーを睨み、国際緊急周波数に告げた。

「竹島の周囲一二マイルは日本領空だ。領空侵犯すれば、撃ちおとすっ」

『う、うわぁああっ』

F16にはバックミラーが無い。いきなり後ろから『警告』され、よほど驚いたのかパイロットは振り向いて悲鳴を上げると、ベイルアウトした。

バシュッ

パイロットが射出座席と共に脱出し、主のいなくなったKF16はゆっくり機首を下げて眼下の海面へ突っ込んでいく。

それを見ることもなく、鏡黒羽は機体を反転させた。

F15一番機

「フォックス・ツー！」

一番機のコクピット。

鏡黒羽の援護によってKF16の襲撃を免れた風谷は、前方五マイルに残る一機の機影を捉えると、ロックオンして『発射』のコールをした。

しかしKF16の十二番機は、一瞬早く白い巨人機の後方へ占位すると、翼下から二発のミサイルを発射してしまった。

（し――しまったっ……！）

フレアを散布しながらKF16は離脱、しかし白い二本の噴射煙はCA380の後ろ姿へまっすぐに伸びていく。

やられたかっ。

だが最後のKF16は、風谷に追われていたために十分にオフセット角を取れなかったのだろう、白い二本の噴射煙は巨人機の真後ろの航跡に入り込んでしまう。まっすぐだった白い筋が、互いに激しく絡み合って接触し、機体に届く寸前で爆発した。

『漆沢一尉、漆沢一尉大変だっ。ただちに防煙フードを──』

国際緊急周波数に合わせた無線に、府中の慌てたような声が入るのと、機体の後方から爆発的な衝撃波が襲うのは同時だった。

ドカンッ

「きゃあっ」

シートベルトをしていなかった美砂生は、操縦席のシートから放り出され、前面風防に頭をぶつけかけた。耳にかけていたヘッドセットが吹っ飛んだ。

パリリッ

爆発か。

左側サイドウインドーに白いひび割れが走った。左後方で、何か爆発──やられたか⁉

いやエンジンは四基とも回っている、至近弾か。

「うっ」

シートの背もたれにつかまって身を起こした美砂生は、情況を知らせてもらおうとヘッドセットを捜したが──吹っ飛んだきり見つからない。

「ど、どこだヘッドセット!?」

府中　総隊司令部

「韓国機発射しました、〈スターボウ〇〇一〉に向け発射したっ」

最前列の管制官が叫ぶと、中央指揮所は総立ちになった。

おう――

全員が息を呑む中。

〈SB001〉の黄色い三角形は、数秒たってもスクリーンから消えず、何事もないようにゆっくり旋回する。

「――いえ、当たっていません。ミサイルは当たってない、〈スターボウ〇〇一〉まだ浮いています、至近距離で爆発した模様っ」

「漆沢一尉に連絡はついたか!?」

和響が怒鳴ると
「〈スターボウ〇〇一〉のコクピットから、応答ありません」

別の管制官が応える。

「機体が何かしら、損害を受けたのではないですか」

「呼び続けろ」

「はっ」

「損害を受けたんなら」和響はスクリーンを仰いでつぶやいた。「いっそのこと、衛星アンテナを外からぶっ壊してくれねえか――」

そこへ

「先任指令官」

背後から声がした。

しわがれた声。敷石総隊司令だ。

「今、何と言った？」

「は」

和響は振り向くが、何を訊かれたのか分からない。

「今、何と言ったと訊いているのだ。和響二佐」

「は――いや」

「先任！」

だが和響を遮るように、最前列の管制官が叫びを上げた。

「大変です。いったん追い散らしたＫＦ残存機が、体勢を立て直し、再び襲って来ます。

三機──いや四機。島の反対側の東、一〇マイルからまとまって来る」

「何」

くそ。さっき全部、撃墜してくれれば良かったものを……！　和響はスクリーンを見上げて歯噛みするが。

しかしこの時まだ和響一馬は、ブルーディフェンサー編隊が『発射』したミサイルの数と、編隊が携行しているはずのミサイル弾数（各機ＡＡＭ４二発、ＡＡＭ３二発ずつ）がまるで合っていないのに気づいていなかった。

「ブルーディフェンサー・ワンは？」

「ただ今、〈スターボウ〇〇一〉に追いつきます。直掩《ちょくえん》につく」

「ツーは」

「島の西側で敵を引きつけ、空戦しました。遅れます」

「先任指令官」

後ろの壇上から敷石が言った。

「ブルーディフェンサー・ワンに命令せよ」

「は？」

命令──？

「命令ですか」

「そうだ。〈スターボウ〇〇一〉の機体の背の衛星アンテナを、機関砲で撃て」

「――えっ？」

一瞬、和響は何を命じられたのか分からない。

「総隊司令、今、なんと」

「エアバスの背中の衛星アンテナを、ブルーディフェンサー・ワンの機関砲で撃って破壊するのだ。外から破壊せよ。次のKFの編隊が襲って来る、時間はない、やらせろ」

「し、しかし。機関砲で民間機の機体を撃たせるのですかっ？」

そんなことが、出来るのか。

「ぎりぎりまで近寄って、撃てばよい」

敷石は、卓上に両肘を突いてスクリーンを睨んだ。

「砲弾が至近距離を通過しただけでも精密機械は衝撃波で壊れる、八〇〇人救うにはこれしか方法はない」

「しかし、垂直尾翼が邪魔になって、たぶん射線が取れません」

「現場の判断で、何とかやらせろ」

『待ってください総隊司令』

正面スクリーンのウインドーから、秋山三佐が割り込んだ。

『ＣＡ３８０の背中の衛星アンテナのすぐ下に、山澄二尉が昏倒して倒れています。二〇ミリ砲弾がもし機体外板をわずかでも貫通したら、衝撃波で山澄二尉は即死しますっ』

「山澄二尉は、予備自衛官だ」

敷石は表情を変えずに言う。

「自衛官ならば、自衛官となった時から――」

「――」

「――」

『――』

「すべての責任は、規定に基づき、この敷石が取る。国民八〇〇人の生命を救わなければならないのだ」

「――韓国編隊、接近しますっ」

竹島　直上

（――どこだ、コクピットは）

Ｆ15一番機。

風谷は〈スターボウ〇〇一〉の白い巨体に、斜め後ろ上方から接近すると、機体の左横に沿って追い抜くように見て行った。

白い巨大な機体だ。〈STARBOW AIRLINES〉のロゴ。客席の窓が、上下に二列ある。

眼下には尖った島。その真上をゆったり左旋回する四発エンジン・総二階建ての機体はまだオート・パイロットが外れていないのだろう、姿勢を微動だに変えない。

大きい……。そばに寄ると、〈白鯨〉というのはこんな感じじゃないのかと思う。

胴体の左側に沿って、機首の真横まで来た。コクピットの側面窓が真っ白にひび割れている。中の様子は透かして見えない──

(──反対側だ)

風谷は、旅客機に速度を合わせて飛ぶイーグルを、わずかに上昇させた。白い巨鯨のような胴体の背中を、横移動でまたぐように飛び越し、反対側へ出る。右側の機首の真横へ高さを合わせて並ぶと、今度は操縦室内の様子が見えた。右側操縦席にいるのは──黒い私服のスーツの女性。

あの横顔は。

「……美砂生さんっ!?」

風谷は思わず、酸素マスクのマイクに呼ぶが
『ブルーディフェンサー・ワン、ひと息をつく暇はない。敵がまた来る』

Ｅ７６７前線管制官の声が、無線に被った。

『敵残存勢力四機、島の東――反対側にいる。四機で編隊を組んでいる。距離一〇マイル、斜め後方へ廻りこむべく旋回中――一分で来るぞ』

「!?」

そこへ
『こちらＣＣＰ先任指令官・和響だ』

府中の声が割り込んで来た。

『ブルーディフェンサー・ワン、残念だが〈スターボウ〇〇一〉の機内での処置は、もう間に合わない。最後の手段を使う。機関砲でエアバスの機体の背の衛星アンテナを撃て。外側からアンテナを破壊して、機のコントロールを取り戻す』

「――えっ!?」

『それ以外にそこを脱する方法は』

「ま、待ってください」

風谷は思わず、遮っていた。

「機関砲は無理です、撃てない」

『そんなことを言っていられる場合じゃない』

「撃てないんです。武装は作動しない」

『な、何だと』

「でも――」

風谷は、右横二〇メートルに並ぶ巨人旅客機のコクピットの窓を見た。

窓の中で漆沢美砂生が、こちらの並走に気づいた。操縦席の下から無線のヘッドセットを取り上げて、頭に掛けるところだ。あの顔を見るの、一年ぶりか――

「でも待ってください、機関砲は作動しないが、何とかします」

府中　総隊司令部

「………」

和響は、立ったまま絶句した。

武装は作動しない――って、どういうことだ。

「先任」

情報担当官が言った。

「そ、そう言えば、昨年決まったマニュアルでは訓練中の万一の誤射防止のため、航空団における空戦訓練では実弾が出ないよう兵装を不作動処置することになっています」

「な」

ざわっ

「それでは」敷石が唸った。「ブルー・ディフェンサー編隊は、今まで丸腰で戦っていたと言うのかっ」

「敵残存編隊、来ます！」

最前列の管制官が叫んだ。

「斜め後方の射撃位置へ、廻り込んで来る」

竹島　直上

『敵編隊四機、島の外周を廻り込み、射撃位置へ追いついて来る。あと四十秒だ』

F15一番機のコクピット。

前線管制官の声が告げたが、風谷はもう応答している暇がない。

考えていた。

エアバスの機体の背のアンテナを壊す。背中のアンテナ――

（――――）

たった今、横にまたぎ越すように機体の上側を通った。思い出すと、機体の背の中心線沿いに、流線型の突起物があった。おそらく、あれだ……。

機関砲を使わずに、あれを壊す——


「鏡」

指揮周波数に呼んだ。

「鏡、どこにいる」

『そちらへ八マイル』

低いアルトの声が応えた。

『急行中。聞いていた。わたしなら出来るけど、間に合わない』

「え」

『風谷三尉、あなたがやって』

「————」

風谷は、マスクの中で絶句した。

俺が……!?

そんなの無理だ。

でも時間はない。

横を見た。

二四〇ノットで水平飛行する気流越しに、白い顔と目が合った。

「美砂生さん」

『……風谷君――!?』

「美砂生さん、聞いてくれ」

驚く声に応える暇もなく、風谷は横を見たまま国際緊急周波数に告げた。

無理でもやるしかないか――

「今、後方に敵機が廻り込んでる。三十秒で撃たれる。これから俺が上へ行ってアンテナを壊す。オート・パイロットが外れたら、全力回避機動をするんだっ」

『わ、分かったっ』

ＫＦ16編隊

『こちら七番機。皆聞け。日本の巨人機は、後方乱気流が強い。斜め後ろ上方の射撃位置へ廻り込んで撃つ』

ドゴォオオッ

四機のＫＦ16が、編隊を組み直して、洋上から再び岩の島の上空へ襲いかかろうとしていた。

『思い上がった日本の自衛隊に同胞がやられた。許し難い。わが領土の上空にあのように居座り、「独島は日本のものだ」とか間違ったデモンストレーションをする奴等を決して許してはならない。愚かな間違った日本人は思い知らせなければ駄目だ、一人残らず無慈悲な鉄槌を下して地獄へ送るっ』

『おお！』

『おぉっ』

『日本人を殺せっ』

急旋回する四機の視界に、島の上空に滞空する白い巨人機の姿が斜めになって見えて来た。

『全機同時にロックオン、合図と共にサイドワインダーを全弾発射せよ』

『了解』

『了解』

竹島　直上

『ブルーディフェンサー・ワン、敵編隊は射撃位置へ二十秒。急げ』

「――くっ」

風谷は操縦桿を引くと、白い機体の背中の高さへ機体を上昇させた。

真横に、確かに機体の背から流線型のこぶのようなものが突き出して見える。

あれだ――

(あと十五秒)

無理だ。

風谷は歯嚙みした。鏡みたいに背面にして、あれを垂直尾翼で小突くなんて……！

『あと十秒だ』

「くそっ」

風谷は、機体を横滑りさせた。真横の白い流線型のこぶを見ながら、左翼の翼端をそれにぶつけた。

ゴンッ
外れたっ、くそ……！

少し低かった。だがこうして、主翼の翼端をぶつけて壊すしかない……。俺に出来るのはこれが精一杯だ。今のは手前の胴体を突いてしまった。もう一度。今度はやや機体を高くし、ラダーを踏んで思い切り横へ滑らせるんだ。

風谷は真横の白いこぶを睨み、高さと水平を保つよう操縦桿を固定しながら左ラダーを踏み込んだ。

ぐいっ

イーグルの機体は白いエアバスの背中すれすれに横移動し、左の主翼端は今度も白いこぶ——衛星アンテナのすぐ上を空振りして通った。しかし左翼下ハード・ポイントに吊り下げたAAM3熱線追尾ミサイルの弾体が、こぶにぶつかりグラスファイバー製の外被を突き破った。同時にミサイル弾体もパイロンからシヤ・アウトして脱落した。

バキッ

(……やったかっ!?)

CA380

『美砂生さん、アンテナをやったっ、逃げろ。急速回避!』

ヘッドセットで風谷の声が叫ぶと同時に、フライトマネージメント・コンピュータの入力画面に浮かんでいた〈SATELLITE MODE〉の赤い文字がフッ、と消えた。

美砂生が握っていたサイド・スティックの赤いボタンを押すと、反応した。

ププッ、ププッ

「……操縦出来る」

ＫＦ16編隊

『ロックオン、トーン良好』

『全機、全弾発射せよ。フォックス・ツー！』

『フォックス・ツー！』

『フォックス・ツー！』

くさび型に布陣した四機のＫＦ16の両翼下から、各機二発から三発ずつのＡＩＭ９が一斉に放たれた。

真っ白い横向きの滝のように、噴射煙の束が直進する。

シュパーッ

竹島　直上

ＣＡ３８０のコクピット。

自動操縦が外れた、操縦出来る……！　と感じた瞬間に美砂生はサイド・スティックを思い切り右へ倒し、左手で四連スロットルを摑むと前方へ一杯に押した。同時に右脚で右ラダー。一杯に踏み込んだ。

「反応しろっ、こなくそっ……！」

一拍遅れてウォオオオッ、とエンジン音が高まり、緩く左へ傾いていた鉛色の水平線がぐううっ、と逆向きに傾き始める。F15の機動に慣れた目には恐ろしく鈍い動き。それでも機体は右へ傾き、どんどんロールを深めて背面に近くなっていく。水平線が縦になってさらに傾く。

「お前は絶対失速しないんだろ、真価を見せてみろっ」

美砂生は機体を叱咤《しった》するように叫び、スティックを右一杯にして手前へ引き、右ラダーから左ラダーへ踏み替えた。推力全開、水平線が廻る。下向きGに身体がシートへ押しつけられる。世界が逆さまになる。

「――廻れっ！」

巨大な白いエアバス機は、岩山の島の直上一〇〇〇フィートでエンジン全開、腹を上にしてバレル・ロールに入った。主翼端から凄まじい水蒸気の筋を曳いて螺旋状に廻り、背面からさらに廻りながら無理やり飛行方向をねじ曲げる。

そこへ十発のサイドワインダーが、噴射煙の束となって襲いかかった。だがバレル・ロールをするCA380の後方乱気流は、想像を絶していた。エンジン排気熱を追おうとした十発のミサイルは、竜巻の中へ撒かれたマッチ棒のように全部あさっての方へ吹っ飛ばされちりぢりになって消えた。

『なっ、何だ何だっ⁉』

さらにその空間へ、四機の軽戦闘機――ＫＦ16が五〇〇ノットで突っ込んで来た。

『う、うわぁああっ』

『うぎゃぁああっ』

エピローグ

府中　総隊司令部

「韓国編隊、すべてレーダーから消えましたっ」

最前列の管制官が叫ぶまでもなく。

中央指揮所の正面スクリーンでは、乱舞していた赤い三角形が、ほとんど一瞬にしてすべて消えてしまった——空中監視するE767のパルス・ドップラーレーダーから消え去ったのだ。

「何が起きた!?」

「分かりません」

管制官は、和響の問いかけに頭を振るばかりだ。〈スターボウ〇〇一〉の斜め後方から多数のミサイルを一斉発射し、さらにその後尾へ食らいつこうとしていた四つの赤い三角形は、ほとんど同時にスクリーンから消えてしまった。

「〈スターボウ〇〇二〉はっ？」

「健在です。ブルーディフェンサー・ワンがその上方で、直掩についています」

「――」

「ブルーディフェンサー・ワンを呼び出せ」

絶句する和響の後ろで、トップダイアスから敷石が言った。

「私にマイクを寄越せ」

竹島　上空

「――」

風谷は、息を呑んでいた。

あっという間のことだった。

漆沢美砂生の操縦で、巨大なバレル・ロールを打ったCA380。その八〇メートルの翼幅が螺旋状に一回転して、宙に巻き起こした後方乱気流は『横向きの竜巻』だった。

巨人機の斜め後方へ肉薄して多数のサイドワインダーを一斉発射したKF16編隊――四機の単発戦闘機は、勢い余ってその『竜巻』へ跳び込むと、くさび型密集隊形のまま絡み合って互いに空中衝突し、破片の塊となって八方へ飛び散ってしまった。F16はイーグル同様、翼面荷重が小さい。乱気流には弱いのだった。

後には、岩山の島の上空空間だけが残った。

『ブルーディフェンサー・ワン、こちらはCCP・総隊司令官だ』

ヘルメットのイヤフォンに、しわがれた声が入った。初めて聞く声だ。

『報告せよ。韓国編隊はどうなった』

「ブルーディフェンサー・ワン、報告します」

風谷は、たった今見たままを報告した。

すると

『分かった』

しわがれた声はうなずいてから、訊いてきた。

『ブルーディフェンサー・ワン、君の姓名は』

「風谷修三尉です」

『では三尉。なぜ武装が使えないことを申告しなかった』

「――――」

風谷は少し考えて、応えた。

「お分かりになっていると思いました」

『そうか。次からは、正直に申告しろ』

「はい」

『ご苦労だった』


短い交信が済むと。

シュッ、と何かが近づく気配がして、バックミラーに目を上げると、もう一機のＦ15Ｊが右後ろの定位置に浮いていた。

（――――！）

風谷は少し驚いた。

鏡黒羽の近づく気配を、初めて感知することが出来たのだ。

『ミサイルランチャー』

ぼそっ、とアルトの声が言った。

「え？」

『壊した。整備員にしかられる』

「君だって」風谷は、振り返って言い返した。「よく衝突防止灯を壊すだろ」

すると、アルトの声が低く笑って、Ｆ15二番機はその場でクルッ、とエルロン・ロールを打った。

「何だよ、それ」

『ヴィクトリー・ロール』

「────」

風谷は、五〇フィート後ろで編隊を組むイーグルのキャノピーを見やって、今日はあいつが僚機でよかった──と思った。

下を見た。五〇〇フィート下方に、巨人旅客機はゆったりと浮いている。

「下に美砂生さんがいる。エスコートして、帰ろう」

『ツー』

府中　総隊司令部

「私は上へ戻る」

敷石はトップダイアスで立ち上がると、和響を見下ろして言った。

「いろいろと、事後処理が大変そうだ。ここは頼む、先任指令官」

「はっ」

和響は立ち上がり、敬礼して見送った。

ざざっ、と中央指揮所の全員が続いて立ち上がると、退場する敷石へ敬礼した。

「――――」

敷石は、出口扉で去りぎわに振り向くと、正面スクリーンへ短く敬礼した。

＊　＊　＊　＊

数日後。

東京　総理官邸
会見ルーム

「何度も言っているように」

演壇に立っているのは官房長官だ。

定例記者会見。

「スターボウ航空の国際線第一便が、急減圧のトラブルを起こして緊急降下をした件は、すでに国土交通省の報告書が出ている。酸素系統の不具合により乗員・乗客は一時的に気を失ったが、乗客の中にレンジャー訓練を受けた自衛隊員がいて、ただ一人気を失わずに操縦を代わり、自動操縦装置を駆使して無事に福岡空港へ帰還した。訓練中だった自衛隊戦闘機二機が、駆けつけてエスコートしてくれた。それがすべてだ」

「しかし、官房長官」

新聞記者の一人が、食い下がっていた。

「スターボウ航空機が竹島上空へ迷い込んで、韓国軍機にスクランブルされ撃墜されそうになり、同機を守ろうとする自衛隊機との間で交戦になったのではないか、とする憶測が流れています。国際緊急周波数を傍聴していた、日本海の航空路を飛行していた民間機の乗員からの話です」

「そんなばかげたデマを、誰が信じるのかね。確かに韓国の空軍で、戦闘機の一個中隊が航法訓練中を悪天候で遭難し、行方不明になるという不幸な出来事が起きているが、これとは全然関係ないことだ。スターボウ航空機をエスコートした自衛隊機は訓練中で、武器は持っていなかった。君はどこの社だ？　何だまた大八洲新聞か、あまりでたらめばかり書くと官邸を出入り禁止にするぞ」

小松基地

「結局、また『なかったこと』ですか」

管制塔の中で、管制官たちの後ろから訓練機の発着を見守りながら、月刀慧は火浦と話していた。

「空幕に箝口令《かんこうれい》――って、ひでぇなこれは」

「仕方ないさ」

黒いサングラスで基地のフィールドを見渡しながら、火浦は腕組みをした。

「とにかく、あの日は漆沢も玲子も無事に戻って来たし。一人の犠牲も出さずに済んだ。俺たちの隊は、ああして腕のいいパイロットを手に入れた」

火浦が顎で指すので、下を見ると。

ちょうど管制塔の下のエプロンを、イーグルの機体を降りたパイロットが二人、連れ立って歩いていく。飛行服の一人は華奢な細身。午前中のフライトを終えてブリーフィングに向かうところか。並んで歩いていく姿は、息が合っている、という感じだ。

「一発も撃たずに十二機撃墜だ。たいしたもんだな」

「――――」

「ここを頼む」

苦笑する月刀の肩を叩いて、火浦は管制塔を下りていく。

「俺は午後一時から、新任飛行班長の就任式だ。あぁ、それから」

「はい？」

「月刀、そういえばお前、中央のキャリアに同級生がいたよな」

「はい」

「新任飛行班長が、俺にないしょで預けてくれたんだが――」

火浦は、飛行服の脚ポケットから、銀色の薄い携帯のようなものを取り出した。

「これ、戦闘のどさくさで、CA380のコクピットのどこかへおとして失《な》くしたことにしたんだそうだ。漆沢は俺に預けてくれたが、俺にも使いみちが分からない」

「――ICレコーダー、ですか」

「外国の工作員が持っていた。お前、これを何か、国をよくするために使えないか？」

「借りときます」

＊　＊　＊　＊

さらに数日後。

東京　外務省
アジア大洋州局オフィス

『――急きょ訪韓を取り止めた咲山総理は、体調不良を理由に本日の閣議にも欠た。これで総理大臣の閣議欠席、国会欠席は十日以上に及び、心配した与党主権在民党は執務代行のため副総理を立てる必要があると話し合われています。次のニュースです。新潟では天然記念物のトキのひなが――』

卓上のパソコンから、低い音量でワンセグ放送のニュースが流れている。

「こちら外務省の者ですが」

夏威総一郎は、右腕をまだギプスで吊ったままの姿で、左手で携帯を使っていた。

ＰＣの横には、先ほど石川県の小松から宅配便で届いた分厚い保護封筒が開封され、置かれている。裸のＩＣレコーダーが、ケーブルでＰＣに繋がれている。

「大八洲ＴＶですね。報道局をお願いします。沢渡という記者がそちらに在籍されているはずですが、直接話したい。そうです外務省です。私の部署と名前は申し上げられない、直接話をしたい。重要な用件です」

東シナ海

同時刻。

六隻の大型貨物船が、船団を組んで東へ向け航行していた。

赤茶けた古い船体は、積み荷を満載しているらしく吃水《きっすい》が深く沈み、鈍い動きで波をかき分けていた。

船首には漢字と英文字で船名・船籍地が書かれているが、錆びていてよく見えない。

かろうじて船籍は上海だと読める。

「――〈計画〉は、中止となった」

その船橋。

届いた電報を読み上げた背広姿の男が、船員服の船長に告げた。

「我が船団の〈積み荷〉は、放棄することになった。船底の栓を抜け。船ごと海
する」

「ふ、船ごとですかっ」

老齢の船長は、目を見開いた。

「しかし船倉には、二千人の」

「党の決定だ」

男は頭を振った。

「六隻、全部ここで沈める。我々は先にボートで脱出する。急げ」

東シナ海　水面

一時間後。


「うっぷ、あっぷ」

村人Cは、うねる大波に呑まれそうになりながら、必死に水を掻いていた。

何で、こんなことに……!?

嵐でも事故でもないのに、どうして突然、船が沈んだのか。

いや。

いや、自分は運がいい――そう思った。

船が沈み始める時。たまたま自分だけが、用を足しに甲板へ出ていた。昼間の洋上は暑いので、船倉に押し込められている仲間たちは、あまり外へ出ようとはしなかった。船倉の中は、ぎゅう詰めだったが空調は何とか利いていた。

あと二日で、日本へ着くのだ——〈世話役〉と称する共産党の役員から、そのように言われていた。着いたらすぐに仕事を世話される。少し狭いのは我慢するように——

ところが、この日の昼過ぎにいきなり船底で大きな音がすると、濁流となった水柱が貨物船の内部を襲い、船はたちまち沈み始めたのだ。

頼みの船員たちは、いつの間にか全員姿を消していて、誰も助けてくれなかった。

Cは独りで海面へ跳び込み、沈没する船体の渦に巻き込まれないよう、必死で泳いだのだった。

泳ぐんだ。

「——はぁっ、はぁっ」

村人Cの中で、何かが教えていた。

泳ぐんだ。生きてさえいれば、いつかきっといいこともある。

泳いで、どこかへ泳ぎ着くんだ。

生きるんだ。

「はぁっ、はぁっ、あぷ」

Cは必死に、水を掻いた。

生きるんだ……！

この作品は徳間文庫のために書下されました。
なお本作品はフィクションであり実在の個人・団体などとは一切関係がありません。

本書のコピー、スキャン、デジタル化等の無断複製は著作権法上での例外を除き禁じられています。本書を代行業者等の第三者に依頼してスキャンやデジタル化することは、たとえ個人や家庭内での利用であっても著作権法上一切認められておりません。